U0090881

古典文學研究輯刊

十九編

曾永義主編

第1冊

〈十九編〉總目

編輯部編

《文心雕龍》與徐庾麗辭

鄭宇辰著

國家圖書館出版品預行編目資料

《文心雕龍》與徐庾麗辭／鄭宇辰 著 — 初版 — 新北市：花木蘭文化事業有限公司，2019〔民108〕

目 6+264 面；19×26 公分

（古典文學研究輯刊 十九編；第1冊）

ISBN 978-986-485-636-7（精裝）

1. 文心雕龍 2. 研究考訂

820.8　　108000762

古典文學研究輯刊

十九編 第一冊　　ISBN：978-986-485-636-7

《文心雕龍》與徐庾麗辭

作　者　鄭宇辰

主　編　曾永義

總 編 輯　杜潔祥

副總編輯　楊嘉樂

編　輯　許郁翎、王筑　美術編輯　陳逸婷

出　版　花木蘭文化事業有限公司

發 行 人　高小娟

聯絡地址　235 新北市中和區中安街七二號十三樓

電話：02-2923-1455／傳眞：02-2923-1452

網　址　http://www.huamulan.tw 信箱 hml 810518@gmail.com

印　刷　普羅文化出版廣告事業

初　版　2019年3月

全書字數　217507字

定　價　十九編33冊（精裝）新台幣64,000元

〈十九編〉總目

編輯部　編

《古典文學研究輯刊》十九編　書目

《古典文學研究輯刊》十九編
各書作者簡介・提要・目次

第一冊　《文心雕龍》與徐庾麗辭

作者簡介

鄭宇辰，東吳大學中文博士，師從當代駢文名家陳松雄教授，自大學時代即朝夕諷誦駢文，稽古索於典墳，屬詞效之徐庾。專攻六朝駢文、六朝文論、駢古文創作，近年將研究視角延伸至清駢，著有〈陳維崧駢文受庾信影響研究〉、〈臺灣先賢洪棄生駢文初探〉等論文。

提　要

六朝崇文，始於述典；東莞用心，寓之《雕龍》。囿別區分，悉論文敘筆之作；籠圈條貫，皆割情析采之篇。振古鑠今，敻乎尚矣。梁元《金樓》，還見同文之說；空海《秘府》，猶繼載心之義。洵他論所莫逮，亦諸賢所共推。而奇響矜後，存評點者居多；精思正聲，窺作家者猶少。則有書記之體，挺英於徐陵；表啓之篇，掇秀於庾信。固已譽馳河北，名重江南。開駢體之正宗，樹麗辭之典範。然而文加麗密，只言新變之風；辭尤清深，誰移徐庾之體。不徵前，豈足雋談；微通奧津，何由奇賞。於是搦筆發藻，探賾運思。麗有紹繩，偕文論以發響；清不滌濫，共文心以味腴。沿波而討源，求同而存異。欲明關係，論標六端。一曰《文心雕龍》樞紐論與徐庾麗辭。遐稽原道，獨數自然；詎意宗經，共推雅正。辭匠文理，此言圀自彥和；義極性情，其製見乎徐庾。二曰《文心雕龍》緣情論與徐庾麗辭。宋武都俞，半飾羽尚畫之製；彥和吁咈，多採濫忽眞之音。徐庾則才調英奇，篇章卓絕。文質並騖，皆是情移；風骨相宣，無非哀述。三曰《文心雕龍》想像論與徐庾麗辭。想像之珍，理本劉勰；思理之致，義出《文心》。意貴翻空，夙標巧義；言豈徵實，早闡神思。徐庾姿稟通明，才鋒瑰異。常嗟羈北，神因聯想而彌雄；每賦傷心，境以創造而倍敞。四曰《文心雕龍》意象論與徐庾麗辭。心物交融，已奉爲文則；意象連綴，何止乎詩歌。徐庾以來，奇文鬱起。文章清麗，比興隱秀之辭；體製遙深，同象複意之筆。五曰《文心雕龍》風格論與徐庾麗辭。曹丕體氣之識，先譜四科；彥和品藻之餘，尤推八體。徐庾則清音模範，得典雅之精神；健筆敲鏗，蕩輕靡之浮詭。六曰《文心雕龍》通變論與徐庾麗辭。遐觀辭林，非無新變；泛覽章句，亦有紹承。檢徐庾之華章，較劉勰之高論，乍新奇而訝變，或因革而偏通。始知《文心》立言，彌工通變之說；史家記事，纔呼新變之詞。

目　次

第二冊 文學與事功——唐代中興名相研究

作者簡介

邱顯鎮，臺灣臺中人，逢甲大學中國文學系學士、碩士（2011、2015），現於國立中興大學中國文學研究所攻讀博士學位（2016～），師從廖美玉教授、林淑貞教授。治學領域爲唐代史、唐代政治、唐代文學與文化，近年聚焦中晚唐史傳、散文、官文書及詩賦等方面。

提 要

有唐一代宰相爲數極多，名相數量也是史間少有。這些名相在大唐歷史的不同階段發揮功能，特別在開國、盛世與中興三個時期大放異彩，其中又以中興時期的名相最爲耀眼，除了在事功上有優異成果，在文學領域亦表現突出，受到當時文人的肯定與歌頌，對當時文學風氣與文人書寫有一定程度的影響，值得深入討論。

本論文以唐代中興名相爲研究對象，標舉安史亂後出任宰相的李泌、裴度、李德裕三人，爬梳史傳文獻、筆記資料、文集與詩集文本，從「文學」與「事功」二個視角，分析三位名相在「文學」與「事功」的表現及影響，並結合他們的生命情態與生活表現等內容，凸顯他們在不同體裁書寫中所呈現的形象。同時關注三位名相的特有議題，如李泌在入世與出世、有才能與否的相關討論；裴度既是當朝功臣又是風流宰相的矛盾與調和論題；李德裕在自我詩文書寫中，同時展現出積極養志關切時政、消極養性追求閒適的兩種面向等議題。通過分析、比較與歸納，整合各種資料與論述內容，不僅從中尋求唐代中興名相舊有形象的確立，更企圖開展中興名相的全新面貌。

經過對唐代中興名相的分析、討論、歸納、比較並綜合融匯後，本論文的學術價值可概括爲以下三點：一、較全面性地展現唐代中興名相在不同書寫下的樣貌，具擬定範本之功效。二、聯繫唐代中興名相的「文學」、「事功」、「生命情態」、「生活表現」等內容，從多元面向凸顯名相的整體成就。三、運用唐代中興名相「文學」、「事功」、「生命情態」與「生活表現」這些要件，賦予唐代「中興名相」更突出、更鮮活的形象，對安史亂後的中興並開展出中唐文學的蓬勃發展，也能有更深入的詮解。

目 次

第三冊　中唐文人知識結構與文學研究

作者簡介

趙舒，1984 年生，安徽無為人，文學博士，畢業於武漢大學文學院，供職於武漢學院人文學院，主要從事漢唐文學以及通識教育方面的研究。曾發表《〈紅樓夢〉的「還鄉情結」》、《儲光羲五言古詩的創作技法》、《儲光羲的仿古心態及其致力五古的緣由》、《人工智能時代大學通識寫作教學的困境與突破》等論文，並曾參與國家社科基金、教育部人文社會科學研究一般項目等課題的研究工作。

提　要

本文以中唐文人知識結構與文學之間的關係為研究對象。「知識」是文人之所以稱為文人的關鍵要素之一，「知識結構」不僅反映了文人知識水平的高低、知識吸取的方向和知識應用的程度，還影響著文人的文化心理和精神氣質的形成。一個時代的文人知識結構狀況總是與當時的社會文化、教育政策、政治制度等因素形成互動關係，文人知識結構是個體文學創作的內在驅動因素之一。

中唐時期文人以經術、詩賦知識為公共知識，主動追求知識的淵博融通。有唐一代，中唐全能文人數量最多，出現了以韓愈、柳宗元、白居易等為代表的一批知識結構宏大、淹博的精英文人，他們創作了絕大部分中唐文學作品，並在學術研究、政事實踐上都頗有建樹。中唐文人知識結構也呈現出了階段性的演進特點，以貞元為界，貞元後文人知識結構比此前文人知識結構更為博通，尤其以元和文人的知識結構最為典型。科舉制度、讀書活動、實踐經驗都影響著文人知識結構的建構，家庭、交友、自我意識也影響著文人知識結構的形成。本文同時還嘗試以白居易、柳宗元、中唐古文家為個案，研究知識結構與文學之間的互動關係。

目　次

第四、五、六冊　湯顯祖及其文藝觀之研究

作者簡介

洪慧敏，畢業於東吳大學中國文學系，現任教於東吳大學中文系。

提　要

湯顯祖（1550～1616）一生以「主人之才」立命之基石，以實踐「大人之道」爲生命的終極追求。

本論文將湯顯祖一生分成：啓蒙期、建構期、過渡期、實踐期、作繭期、成蝶期等六期，代表他生命六個轉化階段。透過湯顯祖在這六個轉化階段所展現的內心風景，並加以探掘與詮釋，便能夠明白他是如何在險阻之途展現其精神風格，又如何在舉步維艱的仕途上覺民行道，完成「君子學道則愛人」

的思想實踐。

棄官歸隱回到臨川的湯顯祖，在面臨心如繭蛹的狀態下，苦悶不在話下，然而堅毅如他，化危機爲轉機，開始了「臨川四夢」的創作，其中《南柯記》、《邯鄲記》、《牡丹亭》三劇刻畫了他歸隱後對其生命及其政治仕途的反思，以及對於佛法的反芻與思辯，可謂是勾勒其文藝思想不可忽略的文本。

湯顯祖之風華面貌，隨著時代的推進自有不同的詮釋，本論文之旨在於深入湯顯祖各階段之作品，並將其重要脈絡論析而出，縱使無法達到心目中預期的理想，然而這個嘗試，是一個踏實的開端，期待對於研究湯顯祖能獻上一份心力。

目　次

上　冊

中　冊

下　冊

第七、八冊　徐孚遠在世變下之生命情懷

作者簡介

蔡靖文，國立中山大學中國文學系博士。曾任高雄應用科技大學、文藻外語大學、屏東科技大學、高雄海洋科技大學、樹德科技大學、美和科技大學、等校兼任講師，高雄醫學大學兼任助理教授；現任高雄科技大學、文藻外語大學兼任助理教授。主要研究領域爲古典詩詞、中國文學理論、中國女性文學。著有《韓偓詩新探》、〈宋、魯二國君位嗣繼制析疑〉、〈論《蘭雪集》中張玉娘之自我形象〉、〈由《釣璜堂存稿》試探徐孚遠入臺之相關問題〉、〈趙元禮「詩味」說〉等論文，及編撰《文苑采風》一書。

提　要

徐孚遠，明季與陳子龍、夏允彝等人籌組幾社，有聲於眾。明清易代之變，擇選棄家抗清，輾轉經歷南明諸王。《釣璜堂存稿》、《交行摘稿》爲其流離抗清之作，總計詩約二千八百首。卻因世人不易取得，以至論明代詩文者鮮少言及，而論臺灣文學者，又有爭議待決。國家不幸詩家幸，賦到滄桑語便工。因此本編以此二書爲研究範圍，探討他在改朝換代下的生命情懷，試圖填補徐孚遠研究的不足。

本編共計七章。分別從徐孚遠生平、著述、交遊、世變下之自我認同、離亂情懷、海洋書寫、異域臺灣書寫著手探討，針對其人、其詩進行深入考察。一、生平事蹟，文中正誤闇公長子世威去世時間，以及浮海安南在永曆十二年（1658）二月等。二、交遊考略，得出《釣璜堂存稿》、《交行摘稿》中一百四十多名闇公儕朋交遊事蹟，不僅有助了解闇公和時人詩文，也可裨補南明史。三、自我認同和離亂情懷，得出闇公有根深蒂固的忠節思想和民族精神，詩歌具發抒亡國之痛、描述民間疾苦、譴責滿清暴行、倡導民族思想、嚴辨夷夏之防的時代特色。四、海洋書寫，徐孚遠具有豐富的海洋經驗，書寫海洋題材多樣，多采的海洋意象則增添感時憂國、救亡圖存的精神，兼具個人色彩和時代意義。五、臺灣書寫，據《釣璜堂存稿》探得徐孚遠康熙元年（1662）十月攜眷移墾臺灣，也探知相關臺灣詩中詩人情懷。另外，還考證出〈桃花〉、〈送張宮師北伐〉、〈挽張宮傅〉三首不爲闇公在臺之詠。總而言之，得出在臺灣文學、中國文學和史學上研究的意義。

目 次

上 冊

下 冊

第九冊　湖上常留處士風——晚清民初的西湖隱逸文學研究

作者簡介

任聰穎，1985 年 9 月生，山西文水人。在太原師範學院中文系漢語言文學專業獲文學學士學位。碩士就讀於蘇州大學文學院古代文學專業，研究中國近代文學，導師是馬亞中教授。博士就讀於華東師範大學思勉人文高等研究院江南學專業，師從胡曉明教授。畢業後在太原學院任教，講授中國文學史、書法等課程。發表過《「西泠吟社」考》、《柳如是與宋徵輿、陳子龍關係新證》、《失節遺民的自贖——以錢謙益、吳偉業爲中心》、《龔自珍己亥戀情考》、《試論唐宋詩轉型的情感因素》、《論丘逢甲詩中的英雄意象》等文章。

提　要

西湖隱逸精神是西湖文化多元內涵的重要一端，從唐宋至清代發展不輟。逮及晚清民初，由於時代變遷、社會轉型等緣故，此精神與前代相比產生較多新變。本文即以此爲論題，結合西湖山水志書、與西湖相關者的詩文別集等材料，試圖繪出這一歷史階段西湖隱逸文學發展的軌跡，深味西湖隱士的文化心靈，繼而解決隱逸文化與社會轉型、傳統消亡的關係等問題。文學文本是論述的依託，文化考量則是論文的主題。

論文分四章。第一章敘述在太平軍攻奪杭州對西湖士人隱居場域的破壞及隱士對戰亂的回應，隱士詩詞中對亂離的書寫蘊含著文化憂患意識。這是西湖文化從喪亂走向復振的時代背景，也爲下文西湖隱士的文化功業張本。第二章主要通過丁申、丁丙文瀾補闕和薛時雨、俞樾講學傳道等史實來凸顯懷抱隱逸理想的士人對戰後西湖文化恢復的重要意義，隱士結社之風的興盛也推動了西湖文化的復蘇。當湖山風物恢復舊觀後，他鄉、異族的詩人來此遊賞，受到隱逸精神的影響而萌生隱遁之志。第三章即以此爲主題，並附及北京詩人胡俊章編輯《西湖詩錄》等內容，由此可見異鄉隱士對西湖文學的貢獻。辛亥革命後，杭州隱逸文化的中心有從西湖轉向西溪的趨勢。第四章以遺民詩人在西湖、西溪的文化活動爲研究重點，將陳三立、周慶雲作爲研究個案討論遺民守護文化命脈的意義，兼及西湖隱逸傳統對新文化運動的回應。

晚清民初的湖山隱者作爲守護西湖傳統的主體，其身份尤須辨明。是否具有隱居的動機與隱居的事實是判斷的關鍵。文中與西湖有關的某些士人一般不被視爲隱士，是由於其心跡沒有得到足夠的體認。本文通過詩文對其隱居的志行作了詳細的考察，向其心靈世界的開掘亦是頗爲深入的。

目　次

第十冊　樊增祥評傳

作者簡介

潘宏恩，男，1983 年生，山西省太原市人，文學博士，助理研究員。2013 年畢業於蘇州大學中國古代文學專業（近代文學方向）。現任職於江蘇淮陰師範學院運河與漕運文化研究中心。主講《國學經典選讀》、《中國古代文學史》、《中國文化概論》、《運河詩文研究》等多門專業課。研究方向為中國古代文學（近代方向）、運河與漕運文化研究，已發表《20 世紀以來樊增祥詩歌研究述略》、《京杭大運河鎮江段文化遺產保護與利用研究》等相關研究論文多篇。

提　要

李鴻章論其時代為：「三千餘年一大變局也」。在這個大時代中，除少數先鋒人物外，還有大量的「守舊」遺老，他們生長於舊文化的土壤，並自覺得在歷史轉變中充當了傳統的繼承者與衛道士，他們創作舊體詩歌、不屑於學習西方現代文明，在對古典美的想像與陶醉中，無限懷念著帝制時代的榮耀與驕傲。研究他們的文學創作與思想、搞清楚守舊的文人個體與時代變遷之間的互動關係，可以幫助我們更好地認識古典文學向現當代文學轉型時期的文人心態，並由此管窺中國近代以來文學變遷的內在原因。

本文以樊增祥為研究對象。樊增祥於清末官及「紅頂」，民國初年雖有短暫仕宦經歷，但很快隨著袁世凱帝制夢的破碎而隨之結束。樊氏也轉而「放浪狹邪」，混跡於伶人之中，遊戲於梨園內外。樊增祥以其特殊的經歷成為「遺老」中的代表人物之一。因此選取他進行全面的研究與評價，是非常合適的。本文基本以作家生平經歷安排行文脈絡。第一章至第三章，論述樊增祥早年行跡，重點討論了樊增祥家世背景對其影響和李慈銘、張之洞二位「恩師」對青年樊增祥思想形成所起到的重大作用，並兼述樊氏與李、張門下眾文人的交遊情況。第四章至第五章，就樊增祥仕宦生涯進行了整理，重點討論了《樊山政書》價值、樊增祥與官僚集團之關係、樊增祥晚年與新政權間的關係等幾大議題，並以此爲基礎，對樊增祥的政治生涯進行了較爲客觀地評價。第六章，是對樊增祥的「豔詩」創作、「捧角兒」癡迷戲曲等問題的探討，論述中嘗試從時代背景的角度分析樊增祥晚年名聲不佳的原因。第七章則專論樊山詩歌創作主張與詩歌藝術特徵，在總結前人成果的同時，對其詩學思想和創作實踐特點做出了補充和修正。文末附錄了樊增祥年譜簡編和部分輯佚詩文，供參考。

目　次

第十一、十二冊　晚清四大小說研究

作者簡介

黃美珍，台南人，高雄師範學院學士，成功大學中文所碩士，中山大學中文所博士。曾任雲林北港高中教師，台南護專助理教授。碩士論文《張載讀書論研究》，單篇論文：〈「六經責我開生面」——論王夫之「道器之辨」於明清之際所標示之承轉意義〉（《南大學報》）、〈從創作意識論唐傳奇愛情小說之藝術特徵〉（《實踐大學學報》）。

提　要

本論文以晚清四大小說爲研究對象，就其著述意識、時代背景、結構敘事、人物讀者以及文學思想等面向做一探究。

晚清作者著述意識極爲強烈，本文探究其形成之中外根源，並說明四位作者各具特色之不同表現。晚清外患頻繁、政治污亂、新舊文化雜糅，本文探究時代具體情況，對作家、作品之影響，以及在小說內容之呈現。

由於域外小說之輸入，以及報章雜誌之媒體傳播，使小說在形式結構上產生變化，本文細察此一改變，並重新審視四大小說之個別整體結構及敘事藝術之評價。讀者是四大小說極重要之一環，新聞傳播之興盛使讀者與作家、作品之互動產生改變，本文探究此一改變，說明讀者對作家、作品之影響。

四大小說之著述意識強烈，以故作品在文學性上亦表現較強之思想性。在文藝表現上以直諷、暴露、譴責爲多；在文學思想上則對新舊文化、社會亂象有理性之針砭。本文不止於四大小說之時代環境、形式敘事，又兼及作者意識及內容思想，以全面性之研究，冀以提供對晚清四大小說具體而整體之認識。

目　次

上　冊

下　冊

第十三、十四冊　中國傳統戲劇鬧熱性研究

作者簡介

王奕禎，男，文學博士。1982 年 1 月出生於山西大同，2012 年畢業於上海師範大學人文學院中國古代文學專業（研究方向：中國戲曲與文化）。同年進入湖南科技大學工作，期間（2014～2016 年）赴美國克利夫蘭州立大學孔子學院任教兩年。目前爲湖南科技大學人文學院講師。

提　要

熱鬧，是中國人的民俗文化心理，也是對於傳統戲劇藝術的直觀感受。本文以「鬧熱」爲切入，在「一縱一橫」——中國戲劇史、戲劇本體——兩條線索上展開論述，進而在東亞戲劇圈中「遊走」一程，將中國傳統戲劇的鬧熱性進行了全面發掘，並認爲鬧熱性是中國傳統戲劇的本質屬性。

全文分爲六章，解決三方面的問題：

鬧熱性與戲劇史。鬧熱性與戲劇史的發展相統一，是推動中國傳統戲劇發展的內在動力，在其作用下，中國傳統戲劇經歷了三個時期——原始宗教階段、民俗演藝階段、戲曲藝術階段，完成了娛樂、藝術的兩次轉型，並呈現出順序發展、辯證統一的三個形態——原始鬧熱性、民俗鬧熱性、戲曲鬧熱性。

鬧熱性與戲劇本體。鬧熱性具有普遍性的特點，並與戲劇本體相統一，其不僅通過傳統戲劇的不同形態與大量「鬧」字戲得以呈現，而且還存在於儀式、民俗、節日、文本、舞臺表演、觀演傳播、戲劇審美等諸多方面。

東亞戲劇的鬧熱性。東亞各國文化「同源異流」「同根異花」，其戲劇構成了東亞戲劇圈。由於中國傳統戲劇的影響，鬧熱性亦爲東亞戲劇的主要特徵，但又各具特點。日本戲劇鬧熱性「退而其次」，僅存一隅；韓國戲劇鬧熱性原始與民俗混雜，形成獨特的民俗鬧熱特徵；越南戲劇鬧熱性則頗具民間性特點。

目　次

上　冊

下　冊

第十五、十六冊　宋元南戲「明改本」研究

作者簡介

羅冠華，於華南師範大學中國古代文學專業攻讀博士學位，已畢業，師從陳建森教授。曾在國內外刊物公開發表學術論文多篇。

提　要

戲曲的改編既是一種文學創作的方式，也是文學批評的一種類型。改編戲曲是戲曲史上的一種特殊現象，正所謂「曲無定本」。劇作家爲了適應戲曲演唱和舞臺表演的需要，常常需要改編戲曲作品，以新面貌吸引觀眾。戲曲的改編，也反映了作者的思想意圖、價值立場和話語訴求，並且與社會環境、文化氛圍和倫理思潮息息相關。

宋元南戲「明改本」指經過明人增刪或者改編的宋元南戲作品。本來流行於民間的宋元南戲，在明代崑腔的改革和文人積極參與改編創作的戲曲文化環境之下，逐漸演變爲明傳奇。宋元南戲「明改本」成爲期間的重要過渡環節，是連繫宋元南戲與明傳奇的藝術紐帶，具有獨特的價值和意義。

本文從文化生態學的視角考察宋元南戲「明改本」，將「明改本」置於明代文化生態環境、戲曲生產和消費的鏈條之中，考察作家意圖、舞臺表演與觀眾的關係，考察改本的相關性，呈現改本在內容和形式上的演變，總結其演變規律，揭示明人的審美趣味和價值立場。

現存宋元南戲「明改本」有十五個劇目、八十一本全本戲和兩百四十八個折子戲。本文將宋元南戲「明改本」置於明代社會文化生態環境之中進行探究，解析其「改什麼」、「如何改」、「何以如此改」，得出以下觀點：

明人善於採納民間傳說、筆記小說、說唱的素材和表現形式對宋元南戲進行改編，主要有「增補潤色」、「改編」、「改寫」和「翻改」這四種方式。

宋元南戲「明改本」多保留舊本的情節和人物形象並進行改易。「明改本」的情節多比原著曲折，部分改本增添了具有神話和傳奇性質的情節。改編者尊重原著對主角人物形象的塑造，重塑潤色人物性格，崇尚自然樸素的「眞性情」和「忠信孝義」的美德，通過增添刪削次要情節和人物戲份，削弱低

俗趣味，體現出積極樂觀的精神。

宋元南戲「明改本」中以歷史爲題材的劇作主要採用「一實九虛」、「虛實參半」和「七虛三實」的方式進行改編。

宋元南戲「明改本」多用南北合套音樂形式，增加重複疊唱、增減曲牌和曲子、拆分合併曲子和文辭。改編者還以集曲表現人物心理和劇情環境。

宋元南戲「明改本」注重劇場主體的交流互動，通過增添情節、賓白、舞臺提示和插科打諢，引導觀眾的審美取向，使之與戲曲「演述者」一起「戲樂」。

明人善於選擇宋元南戲中喜劇性和戲劇性較強的故事情節改編爲折子戲，顯示了從重視「曲」到重視「劇」的創作趣向。

宋元南戲「明改本」體現了民間和文人兩種改編視角。以民間視角改編的劇本，靈活吸取民間文藝形式，宣揚行俠仗義的精神。以文人視角改編的劇本，崇尚高雅趣味，辭采華麗，強調教化，按照「子孝妻賢」、「重視情義」和「事功」的理想重塑人物形象。文人還希望通過改編實踐來指導戲曲舞臺實際。

宋元南戲「明改本」通過書坊刊刻和劇場演出推動其傳播。「明改本」是連繫宋元南戲與明傳奇的藝術紐帶。明中葉和晚明，「禮失而求諸野」，大量文人參與宋元南戲「明改本」的改編和改寫，從中吸取藝術經驗，爲明傳奇的創作積累了豐富的藝術經驗。「明改本」還影響了後來的戲曲，其中的精彩片段，通過一代又一代人的改編，薪火相傳，生生不息。

目　次

上　冊

下　冊

第十七、十八冊　魏晉南北朝書牘研究

作者簡介

徐月芳，中國文化大學中文博士，現任台北海洋科技大學副教授。

研究領域：中國古典文學：〈王維〈輞川集〉中的儒、道、釋色彩〉、〈《石頭記》脂評本蘇州方言詞彙綜探〉、〈盛唐飲酒詩中的儒懷、道影、佛心〉、〈《三言・警世通言・蘇知縣羅衫再合》初探〉、〈《詩經》飲酒詩初探〉、〈一千年前的運動休閒：唐宋鞦韆詩詞綜探〉、〈唐代節俗飲酒詩〉、〈唐朝駢文書牘寫作藝術〉、〈李漁《閒情偶寄》園林種植休閒觀〉、〈唐代步打球 (曲棍球) 運動初探〉、〈從唐朝書牘觀其古文運動〉、〈《紅樓夢》詩詞音韻淺析〉、《蘇軾奏議書牘研究》、《唐詩三百首新賞》；中國現代文學：〈魯迅〈故鄉〉的寫作技巧探析〉、〈應用微電影融入唐詩教學之探討〉；臺灣文學：〈賴和小說發出時代「吶喊」〉。

提　要

秦、漢爲書牘的發展期，今觀出土漢簡，一般長 23 厘米、寬 1 厘米、厚 0.2～0.3 厘米，即漢尺一尺長、五分寬、一分厚。一簡上所寫不到五十字。此用於一般文書。後世稱書信爲「尺牘」，蓋源於此。漢初「書牘」文體漸爲抒發個人心聲之作。

魏晉南北朝爲書牘的成熟期，魏晉時期，書牘漸漸涉及個人志向和性情，自然與眞情之流露已躍然紙上。當時文人似乎特別喜愛書牘這一特殊文學形式，也可以說書牘寫作已經形成一種文學樣式。

南朝劉宋初年，老、莊思想已漸消退，文人對自然的欣賞，也更趨於客觀而深刻，於是山水文學勃興，書牘亦有描寫山水風情之作，格調清新而素雅，篇幅雖小，筆法卻靈活多變。

六朝時駢儷文盛行，它的特色就是講求對偶、對仗工整、講求平仄、音韻鏗鏘、多用典故、辭藻富麗、文采斐然。清・孫德謙的《六朝麗指》中，將六朝駢文分為：永明體、宮體、徐庾體、吳均體四體。

南朝齊武帝・永明年間，沈約、謝朓、王融等，用聲律說寫詩文，稱為「永明體」。宮體駢文，是指梁簡文帝及其侍臣徐摛、庾肩吾等人，描寫宮廷女子的輕豔駢文，辭藻潤澤，傷於輕靡，時號「宮體」。「徐庾體」，便是徐陵、庾信等人描寫女性的感情、刻畫女性的容止、形態為主的作品，也稱「新宮體」。「吳均體」是以山水清音為主的駢文。

北朝文章「舍文尚質」是其本色，文士中最負盛名者，如北齊祖鴻勳〈與陽休之書〉，為文清剛質實。

目　次

第十九冊　形神空間的觀看、顯應與冥遊——六朝觀音感應故事研究

作者簡介

邱學志，國立中興大學中國文學系碩士畢，目前正就讀於國立中興大學中國文學系博士班。喜歡在文字中找尋自在，也喜歡在信仰中發掘靈明覺性，

文學路途中曾得過一些文學獎，證明自己揮灑過的足跡。願此論文的出版能讓先進前輩、同好共感道業之精進，速達所願！

提　要

觀音是影響中國最深遠的菩薩，在六朝時也首度出現了專門記載觀音顯聖事蹟之感應故事，且深遠地影響後世許多文學，也影響了觀音救度形象之建立，故本研究之基礎以六朝時之（宋）傅亮之《觀世音應驗記》、（宋）張演之《續光世音應驗記》、（齊）陸杲之《繫觀世音應驗記》爲主，所採之版本爲二〇〇二年董志翹根據語言、聲韻學相關資料點校之《觀世音應驗記》。從觀音感應故事中可以看見觀音濟眾之神通廣大，出入任何空間而不自得，現實、虛幻、鬼域、未知他界皆其出入場域，其信仰之神通力凌駕於任何空間之上，故其「空間」必有所究處，畢竟每個人都透過自己所在的歷史位置理解個人經驗，每一個人所在的空間具有特別意義。另外作爲一種文學形式，小說具有它自己內在的地理屬性，它更展現人們在某時、某地的社會文化價值與心理認同。從本研究將得知觀音神力之威赫，可以跨越任何空間（如出入鬼域或夢中），甚至產生空間移動：如由甲空間至乙空間，甲空間至乙空間、再回到甲空間，或是個人自身能力的縱向提升等，形成了一種慈悲的空間霸權，在小說中由於諸生命的種種事件，因而更顯著其神聖空間之廣袤。

目　次

第二十冊　杜貴晨文集（第一卷）：文學數理批評

作者簡介

杜貴晨，字慕之。山東省寧陽縣人。1950 年 3 月 25（農曆庚寅年二月初八）日生於寧陽縣堽城鄉（今鎮）堽城南村。六歲入本村小學，從仲偉林先生受業初小四年；十歲入堽城屯小學讀高小二年；十一歲慈母見背；十二歲入寧陽縣第三中學（初中，駐堽城屯）；十五歲入寧陽縣第一中學（駐縣城）高中部；文革中 1968 年畢業，回鄉務農。歷任村及管理區幹部。1978 年高考以全縣第一名考入中國人民大學中文系；1979 年 10 月作爲學生代表列席全國第四次文代會開幕式；1980 年開始發表文章，1981 年參加《文學遺產》編輯部舉辦的青年作者座談會；1982 年七月大學畢業，畢業論文《〈歧路燈〉簡論》發表於《文學遺產》（1983 年第 1 期）。

1982 至 1983 年短暫在全國人大常委會法制工作委員會辦公室工作。1983 年 3 月調入曲阜師範學院中文系（今曲阜師範大學文學院），先後任講師、副教授、教授、碩士生導師，教研室主任；2000 年 10 月調河北大學人文學院，任教授、博士生導師、教研室主任；2002 年 7 月調山東師範大學文學院，任教授，古代文學、文藝學博士生導師、博士後合作導師，學科負責人。2015 年 4 月退休。兼任中國《三國演義》學會副會長，《歧路燈》研究會副會長，羅貫中學會副會長，中國水滸學會、中國《儒林外史》學會（籌）常務理事，中國《金瓶梅》學會理事等；創立山東省水滸研究會並擔任會長；擔任山東省古典文學學會副會長兼秘書長。

先後出版各類著作 19 部；在《中國社會科學》《文學評論》《文學遺產》《北京大學學報》《中國人民大學學報》《復旦學報》《清華大學學報》《明清小說研究》《河北學刊》《學術研究》《齊魯學刊》《山東師範大學學報》《南都學壇》等刊，以及《人民日報》（海外版）、《光明日報》等報發表學術論文、隨筆等約 200 篇。多種學術觀點在學界以至社會有一定影響。

提　要

「文學數理批評」是作者獨立研究提出的一種文學批評理論。這種理論認爲，文學乃至文獻的編撰，大至全書、叢書、文集、章回，小至人物、時空、情節、節奏甚至字句，凡屬精心製作，無論中外，莫不有意無意遵循某種數理，成一種貫串始終、彌漫全體的數理機制。這種機制既是文本形象（內容）的聯絡，又一定程度上是文本形象（內容）意義的顯現。在中國，數理與形象的關係基於《周易》之「象」與「數」即「象數」觀念，爲一體之兩面，共生共存，非數理無以成形象，非形象無以存數理。故文學研究必從形象與數理兩面入手，在二者的結合上達至全面深入的認識。具體說，文學數理必藉形象之研究以見其用，文學形象必藉數理之研究以見其道。數理與形象在文學創作與研究上均如車之兩輪、鳥之雙翼，各不可或缺。但文學數理批評主要透視形象體系的邏輯存在，形象批評主要關照數理的意義顯現，二者不可互相代替，也缺一不可。本卷包括上、下兩編。上編側重理論探討，下編主要是具體作品的文學數理批評。兩編共同涉及有「數理批評」「三復情節」「三極建構」「三事話語」「七子模式」「七復」「二八定律」「五世（而斬）敘事」「敘事中點」等獨創性概念，和明代「四大奇書」、《儒林外史》《紅樓夢》、魯迅小說、《全唐詩》以及西班牙小說《小癩子》等古今中外名著。

目　次

第二一冊　杜貴晨文集（第二卷）：「羅學」與《三國演義》研究

提　要

「羅學」是研究《三國演義》等小說的作者羅貫中的學問，由本作者首次正面提出。以「羅學」領起，本卷收作者關於「羅學」與《三國演義》研究的文章。關於「羅學」部分的主要內容包括提出「羅學」的經過、必要性、內容、意義以及「羅學」之未來等，偏重「羅學」理論方面的探討；關於《三國演義》的部分主要探討《三國演義》的作者是羅貫中，羅貫中是東原（今山東東平）人，《錄鬼簿續編》所載「羅貫中，太原人」一條資料暫不能用爲考證《三國演義》作者的根據，古代小說考證同名交錯之誤及其對策，《三國演義》「成書於元泰定三年（1326）前後」，《三國演義》「實是一部外通俗而內高雅的文人之作，我國古代第一部文人獨立創作的長篇小說」，「《三國演義》在一定程度上成了儒家學說的『通俗演義』，又在「在一定程度上是《孫子兵法》的演繹，是一部『通俗小說體兵書』」，毛宗崗評《三國演義》對中國古代小說理論的貢獻及其「擁劉反曹」意在反清復明，毛澤東與《三國演義》，等等，都屬「羅學」實踐的主要內容。本卷因《三國演義》研究的諸多新見和統歸之於「羅學」而有鮮明特色。

目　次

第二二冊　杜貴晨文集（第三卷）：泰山文化與《水滸傳》研究

提　要

本卷收錄作者有關泰山文化與《水滸傳》研究文章。分上、下編。上編考證泰山別稱「太行山」以及泰山與太行山、華山互稱的歷史，破解了《大宋宣和遺事》等稱「太行山梁山泊」等千古之謎，揭蔽泰山與水滸地相近、文化血脈相連的密切關係，以及這種聯繫對《水滸傳》《三國志平話》《西遊記》《殘唐五代史演義傳》等多種文學作品的影響；下編探討自《水滸傳》作者、名義、主旨到宋江、九天玄女、李逵、武松等人物形象，以及《水滸傳》中的儒家思想、「血腥描寫」、茶事描寫等藝術特色多方面問題，提出《水滸傳》的主旨是「替天行道」，某些「血腥描寫」也是寫「替天行道」，而不是「宣揚暴力」；《水滸傳》是「忠義」「護國」之書；以《水滸傳》「李逵殺四虎」爲例，通俗小說尙俗黜雅，有時是化雅爲俗，從而通俗小說文本不免俗中有雅，讀者必當「以雅觀俗」，有如漢儒治經的態度與方法閱讀理解；《水滸傳》所寫「八百里梁山水泊」今雖大部淤沒，但是仍有「梁山泊遺存」。重大的問題，新穎的角度，別樣的解讀，第一次全面溝通泰山與水滸文化，使二者珠聯璧合，相得益彰，是本卷突出的特色。

目　次

第二三冊　杜貴晨文集（第四卷）：泰山與《西遊記》研究

提　要

本卷分上、下編。上編主要探討泰山與《西遊記》關係，提出泰山是《西遊記》寫「花果山」和「三界」的地理背景，或曰藍本、原型。「孫悟空是『泰山猴』」，以及略述古今載論中的孫悟空崇祀，特別是泰山周邊孫悟空崇祀之俗等，開創《西遊記》的泰山文化背景和泰山文化的《西遊記》影響研究，以及孫悟空崇祀之俗研究；下編主要是《西遊記》文本研究，在對「西遊」作了主要是孫悟空的兩次「西遊」之新解的同時，提出「《西遊記》是『仙石記』」、其「三教歸一歸於佛」「萬法歸一歸於心」，是一部「成佛之書」，以及「孫悟空」義即「心悟空」等。另有若干考證和有關《西遊記》文本的數理批評，後者可與本文集第一卷諸文相參觀。

目　次

下　編

第二四冊　杜貴晨文集（第五卷）：《金瓶梅》與《紅樓夢》研究

提　要

本卷分上、中、下三編。上編《金瓶梅》研究，就近七十年前荷蘭漢學家高羅佩提出「偉大的色情小說《金瓶梅》」展開論證，認爲《金瓶梅》是「色情小說」，「色情小說」不應該是一個汙名，「色情小說」可以有「偉大」的價值，《金瓶梅》是中國十六世紀性與「婚姻的鏡子」，以及對西門慶、武大郎人物形象分析等；中編《紅樓夢》研究，提出《紅樓夢》是一部接續了「女媧補天」故事的「新神話」，其「大旨談情」，有「女性崇拜」傾向，以及有關賈寶玉、巧姐、《情僧錄》等的考論；下編以兩書的比較爲主，提出並論證《紅樓夢》是《金瓶梅》的「反模仿」與「倒影」及其「基因」，以及《水滸傳》《西遊記》《紅樓夢》的「石頭記」和「女仙指路」敘事模式，以《西遊記》中「緊箍兒」、《金瓶梅》中「胡僧藥」和《紅樓夢》中「冷香丸」爲例論古典小說以「物」寫「人」的傳統，《肉蒲團》的思想藝術價值及其對《紅樓夢》的影響等。

目　次

第二五冊　杜貴晨文集（第六卷）：《儒林外史》與《歧路燈》等燈話小說研究

提　要

本卷收錄吳敬梓《儒林外史》、李綠園《歧路燈》以及若干「燈話小說」研究的文章。雖然皆非系統的研究，但是也能如本文集其他諸作一樣，一般都有一個與眾不同的看法。在吳敬梓《儒林外史》諸如「功名富貴爲一篇之骨」是全書的思想線索，《儒林外史》「假託明代」是一個僞命題，《儒林外史》是「儒林」「寫實」小說，周進形象有作者吳敬梓曾短暫爲塾師的影子，以及吳敬梓與袁枚之人與文學異同等的討論；在李綠園《歧路燈》則主要是較早提出《歧路燈》是「我國第一部，也是唯一的以教育爲題材的古典長篇小說」，李綠園《歧路燈》名義與佛教有某種緣分，《歧路燈》的「愛民主義」，以及「《歧路燈》『全生靈』故事，……生動顯示了《歧路燈》熱切而新銳的古代人道主義精神，與孟子以降一脈傳承並日漸發揚光大的『仁政』理想」等；在「燈話小說」雖然僅是《歧路燈》《剪燈三話》等幾部燈話小說個案研究文章的集合，然而確實涉及了古代「燈話小說」最主要的作品，所以也當得起把這一個概念用到標題中去。

目　次

第二六冊　杜貴晨文集（第七卷）：傳統文化與小說散論

提　要

本卷所收是除「四大奇書」、《儒林外史》《紅樓夢》《歧路燈》研究之外，作者迄今有關小說史和其它小說作品研究的主要文章。雖重在小說史述論與作品的分析，但是多自傳統文化的背景出發，又因爲涉及魯迅等個別中外作者，故作本題。分上、下兩編。上編討論涉及先秦「說」字有故事義，《莊子》「小說」爲「小的故事」，「爲中國小說立名甚工」；先秦是小說發生的時代，也是中國小說理論奠基的時代；齊魯文化是中國小說主要源頭；「中國小說起源民間故事」;「羅貫中薄醫術而不為與現代魯迅的棄醫從文」消息暗通等;下編主要提出並論證《越絕書》「作者三分說」;《李娃傳》《鶯鶯傳》《柳毅傳》皆非「愛情小說」;《聊齋志異·嬰寧》是「人類困境的永久象徵」;《夢狼》有比「《狂人日記》……超前的民主意識」,其曰「黜陟之權(即任免官職的權力)在上臺不在百姓。上臺喜,便是好官;愛百姓,何術能令上臺喜也」之問,實際接觸到民主政治的根本問題;以及《鏡花緣》不宜只稱為「才學小說」,其題材內容依次為「『女權』『俗弊』『才學』三個方面」等等。

目 次

第二七、二八冊　杜貴晨文集（第八卷）：詩文論序評

提　要

本卷是作者有關詩文理論、作品研究、名作賞析以及書序、評等文章的彙集。分上、中、下三編。上編有論「《易傳》實爲我國最早作專書批評的文章——文學理論著作」，杜甫《茅屋爲秋風所破歌》「是一篇有嚴重瑕疵的作品，既不足爲杜詩最高成就的代表，也不足稱我國古代詩歌的優秀之作」；明詩人「無論復古或反復古，各都是爲一代詩尋求自己的出路。……是在對古代各式的追摹或反叛中尋求詩歌的創新之路」，一如「唐人詩主情」「宋人詩主理」，「明人詩主眞」；陳廷敬是「有清一代台閣詩人的傑出代表……中國台閣體詩人的殿軍」；袁枚曾婉拒乾隆南巡中入駐隋園，等等。中、下兩編爲若干名篇賞析和書序、評等文，力能實事求是，實話實說，而戒敷衍浮泛，故亦時有精見，值得一讀。

目 次

上 冊

自 序

上編 詩文研究

下編　書評

第二九冊　杜貴晨文集（第九卷）：說「三」道「四」合稿——《三國》與四「燈」小說評介

提　要

本卷收入《羅貫中與〈三國演義〉》、《剪燈三話》《李綠園與〈歧路燈〉》三部小書，論及小說有《三國演義》和《剪燈新話》《剪燈餘話》《覓燈因話》與《歧路燈》四部「燈話小說」，故題曰「說『三』道『四』合稿」。三書均爲普及而作，不同時期先後寫成，通俗評介了五部小說的時代作者、思想內容、藝術特色等，是各書閱讀良好參考，亦可爲研究者一助。

目　次

第三十冊　杜貴晨文集（第十卷）：慕之拾零

提　要

本卷包括「古典臆說」「博文選存」「詩文偶作」及「其他」四輯。所收主要是作者所寫學術論文之外的學術隨筆、詩文等雜著。學術隨筆多關古代典籍的新解，其中有關經典舊說者或未經人道，有關小說者或可與本文集中論文相呼應；詩文等雜著則因人、因時、因事而作，乃以存閱歷、寄性情、抒胸臆、記見識。本卷諸文雖所關未盡皆細故，但大都篇幅短小，零零星星，故輯之曰「慕之拾零」。

目　次

第二輯　博文選存

第三輯　詩文偶作

第四輯　其他

第三一、三二冊　杜貴晨文集（第十一卷）：齊魯人文景觀論證設計三種

提　要

本卷收入《泰安市徂徠山汶河景區傳統文化景觀建設論證報告》、《「水滸故里」學術考察論證報告》和《羅貫中紀念館布展文本》三種，各為受有關方面委託對當地傳統文化景觀的考察報告或設計大綱。這些文本的撰作基於實地田野考察和文獻的考證，是著眼傳統、時尚與未來需要結合之思考酌量的結果，目的是幫助地方傳統文化景觀建設做到有根有據，有理有節，真善美新，整體互補，使有限的經濟投入，能產出當地傳統文化可能最大化的景觀效果，有功當代，澤被後人。其中《羅貫中紀念館布展文本》早已付之應用，收效尚好；另外兩種則備為有關方面工作的參考，從而都成為了相關該地文化建設的資料。故輯為本卷，以便留傳。

目　次

上　冊

下　冊

第三三冊　杜貴晨文集（第十二卷）：宋遼金詩選注

提　要

五代末至元朝建立之間宋朝時的中國，實際是一個分裂的時代，這一時代以宋朝爲主體，同時或先後有與遼、金的對立，形成中國歷史上又一個「三國」時期。這一時期的中國文化以宋朝最爲繁盛堪稱主要代表，但實事求是則無論如何也不能把遼、金的成就排除在外，更不可一概抹殺了。故本卷作爲這一時期中國詩歌的選本，以宋詩爲主，兼收遼、金之作；選讀固然皆以名家名作爲主，但亦兼收作者雖非名家，而孤篇秀句膾炙人口，或認爲堪可標榜者。而自出手眼，簡注精鑿，注析或有與古人並當世諸賢不得不同，但也頗多同中有異，乃至大相徑庭者，可爲閱讀研究宋、遼、金三國詩之一助。

目　次

《文心雕龍》與徐庾麗辭

鄭宇辰 著

作者簡介

鄭宇辰，東吳大學中文博士，師從當代駢文名家陳松雄教授，自大學時代即朝夕諷誦駢文，稽古索於典墳，屬詞效之徐庾。專攻六朝駢文、六朝文論、駢古文創作，近年將研究視角延伸至清駢，著有〈陳維崧駢文受庾信影響研究〉、〈臺灣先賢洪棄生駢文初探〉等論文。

提　要

六朝崇文，始於述典；東莞用心，寓之《雕龍》。囿別區分，悉論文敘筆之作；籠圈條貫，皆割情析采之篇。振古鑠今，敻乎尚矣。梁元《金樓》，還見同文之說；空海《秘府》，猶繼載心之義。洵他論所莫逮，亦諸賢所共推。而奇響矜後，存評點者居多；精思正聲，窺作家者猶少。則有書記之體，挺英於徐陵；表啓之篇，掇秀於庾信。固已譽馳河北，名重江南。開駢體之正宗，樹麗辭之典範。然而文加麗密，只言新變之風；辭尤清深，誰移徐庾之體。不徵前喆，豈足雋談；微通奧津，何由奇賞。於是搦筆發藻，探賾運思。麗有縚繩，偕文論以發響；清不滌濫，共文心以味腴。沿波而討源，求同而存異。欲明關係，論標六端。一曰《文心雕龍》樞紐論與徐庾麗辭。遐稽原道，獨數自然；詎意宗經，共推雅正。辭匠文理，此言啚自彥和；義極性情，其製見乎徐庾。二曰《文心雕龍》緣情論與徐庾麗辭。宋武都俞，半飾羽尚畫之製；彥和吁咈，多採濫忽眞之音。徐庾則才調英奇，篇章卓絕。文質並鶩，皆是情移；風骨相宣，無非哀述。三曰《文心雕龍》想像論與徐庾麗辭。想像之珍，理本劉勰；思理之致，義出《文心》。意貴翻空，夙標巧義；言豈徵實，早闡神思。徐庾姿稟通明，才鋒瑰異。常嗟羈北，神因聯想而彌雄；每賦傷心，境以創造而倍敞。四曰《文心雕龍》意象論與徐庾麗辭。心物交融，已奉為文則；意象連綴，何止乎詩歌。徐庾以來，奇文鬱起。文章清麗，比興隱秀之辭；體製遙深，同象複意之筆。五曰《文心雕龍》風格論與徐庾麗辭。曹丕體氣之識，先譜四科；彥和品藻之餘，尤推八體。徐庾則清音模範，得典雅之精神；健筆敲鏗，蕩輕靡之浮詭。六曰《文心雕龍》通變論與徐庾麗辭。遐觀辭林，非無新變;泛覽章句，亦有紹承。檢徐庾之華章，較劉勰之高論，乍新奇而訝變，或因革而偏通。始知《文心》立言，彌工通變之說；史家記事，纔呼新變之詞。

目次

第一章　緒　論

第一節　研究動機

本論文以劉勰（466？～537）〔註 1〕《文心雕龍》與徐庾麗辭〔註 2〕作相關性研究，所考量者，有以下諸原因：蓋《文心雕龍》之於中國傳統文論，體系最爲完整，綱領最爲用心，學者譽其「體大思精」，已爲公認，「龍學」於今亦爲顯學，研究者眾；至於徐庾乃集南北朝駢文之大成者〔註 3〕，於駢文之地位，猶李杜於唐詩之地位；然則一爲南北朝集大成之理論，一爲南北朝集大成之作品，若以二者爲相關性研究，頗具新意，或能開發「龍學」與六朝駢文學之新研究方向，此則本論文研究動機之一也。

復次，所欲辨明者，即此二者間之研究，其爲關係之研究？抑比較之研究？若爲關係研究，則徐庾之麗辭淵源，可追溯至劉勰《文心雕龍》乎？抑或其麗辭有受《文心雕龍》之影響者乎？若爲比較研究，則《文心雕龍》爲文學理論之著作，徐庾麗辭爲文學之作品，二者之間，其有可比較性者乎？此則於本論文尚有足可釐清者，即本論文研究動機之二也。

〔註 1〕劉勰其人之生卒年，據曹道衡、沈玉成：《南北朝文學史》（北京：人民文學出版社，2006 年 6 月），頁 294。

〔註 2〕指徐陵（507～583）、庾信（513～581）之駢儷體。其範圍界定詳見本章第三節「研究範圍」。

〔註 3〕如許槤評曰：「駢語至徐庾，五色相宣，八音迭奏，可謂六朝之渤澥，唐代之津梁。」見〔清〕許槤評選，黎經誥注：《六朝文絜箋注》（臺北：鼎文書局，2001 年 12 月），頁 142。

近人以《文心雕龍》與其他書籍作相關研究者，大致有與〈文賦〉、《詩品》、《文選》、《史通》、其他中國文論等〔註 4〕，作比較之研究。若其與〈文賦〉、《詩品》、魏晉文論，乃文學觀之比較與相關性研究；與《史通》，乃史學批評理論之比較與相關性研究；唯其與《文選》之研究，二者一爲文論，一爲總集，合而觀之，較其文學理論與編輯實務，即開「龍學」與「文選學」之新頁。至於《文心雕龍》與作家，或與純文學作品之間，作相關性研究者，其數量仍少〔註 5〕，雖曰其少，而已有之，既已有之，乃見將《文心雕龍》與徐庾麗辭，作相關性研究，於理論而言爲可行者。齊梁時徐庾體盛行，而《文心雕龍》成書於齊末（一說梁），書成「仍未爲時流所稱」〔註 6〕，然劉勰之卒，徐陵年已三十一，庾信年二十五，則於《文心》當已寓目焉。今見蕭繹（508～554）《金樓子・立言下》，其言有襲自《文心雕龍・指瑕》篇者〔註 7〕，故知蕭繹實有所接受於《文心》矣。入唐後《文心》之理論，流風所及，散見各文論詩論，而徐庾則類多詆訶，則後人之視《文心》與徐庾，似以其二者之文學觀與風格，非同一衢路，至於清代，《文心》與徐庾，竟同受重視焉，劉勰之理論，見於眾詩論文論；徐庾麗辭之風格，亦同時視爲科考舉業文字之標準，如清蔣士銓（1725～1785）編選批點之《忠雅堂評選四六法海》，乃專爲指導學子應付舉業文字而編者，其尤突出之特色，乃時見「跌宕」、「遒逸」、「雋永」等風格批語，且特推崇於徐庾，以爲其麗辭有以上風格特色；

〔註 4〕參戚良德編：《文心雕龍分類索引》（上海：上海古籍出版社，2005 年 12 月），頁 101～112。

〔註 5〕如陳允鋒：〈《文心雕龍》與白居易的文學思想〉，《南陽師範學院學報（社會科學版）》，第 5 卷第 2 期（2006 年 2 月），頁 49～53；韓湖初：〈論蘇軾對《文心雕龍》文學理論的繼承和發展〉，《華南師範大學學報（社會科學版）》，2005 年第 4 期（2005 年 8 月），頁 149～157。

〔註 6〕〔唐〕姚思廉：《梁書》（北京：中華書局，2002 年 10 月），冊 2，〈劉勰傳〉，頁 712。

〔註 7〕按，蕭繹《金樓子・立言下》：「管仲有言：『無翼而飛者，聲也；無根而固者，情也。』然則聲不假翼其飛甚易，情不待根其固非難。以之垂文，可不慎歟？」又：「古來文士，異世爭驅，而慮動難固，鮮無瑕病。陳思之文，有才之雋也，〈武帝誄〉云：『尊靈永蜇。』〈明帝頌〉云：『聖體浮輕。』浮輕有似於蝴蝶，永蜇可擬於昆蟲，施之尊極，不其嗤乎！」劉勰《文心雕龍・指瑕》：「管仲有言：『無翼而飛者，聲也；無根而固者，情也。』然則聲不假翼，其飛甚易；情不待根，其固匪難。以之垂文，可不慎歟？古來文才，異世爭驅；或逸才以爽迅，或精思以纖密，而慮動難圓，鮮無瑕病。陳思之文，群才之俊也，而〈武帝誄〉云『尊靈永蟄。』，〈明帝頌〉云『聖體浮輕。』浮輕有似於蝴蝶，永蟄頗疑於昆蟲，施之尊極，豈其當乎！」

與此同時，清代考官於評閱科舉試卷時，亦多有類似之評語，如《清代硃卷集成》即有：「風骨遒上，藻采高翔」、「典麗喬皇」、「清新俊逸」、「氣和音雅，玉潤珠圓」〔註 8〕等批語，故知徐庾麗辭與清代科考之評審標準相一致，蔣氏又於〈目錄〉後曰：「《文心雕龍》宜全選入。」〔註 9〕蓋其同時看重《文心雕龍》與徐庾麗辭，則二者之間，當有某相關性，與可比較性焉。又楊明照（1909～2003）《增訂文心雕龍校注》，亦條列明屠隆（1543～1605）評徐陵麗辭之批語，襲用《文心雕龍》文字之處：

《徐孝穆集評》明屠隆

謝兒報坐事付治中啓評：「捶字堅而難移，接脈老而有韻。」卷三頁七下

按文心風骨篇云：「捶字堅而難移。」長卿評語襲此。

與楊僕射書評：「或暢言以達旨，或隱義以藏用。」卷四頁七上

按文心徵聖篇云：「或簡言以達旨，或隱義以藏用。」長卿評語襲此。

同上：「造懷指事，無憚犯顏，惟蘄昭晰。」頁十上

按文心明詩篇云：「造懷指事，不求纖密之巧；驅辭逐貌，唯取昭晰之能。」長卿評語襲此。

徐州刺史侯安都德政碑評：「論農務則循聲而得貌，言節侯則披文而見時。」卷九卷三上

按文心辨騷篇云：「論山水則循聲而得貌，言節侯則披文而見時。」長卿評語襲此。

廣州刺史歐陽頠德政碑評：「發端必道，體大而文炳。」同上頁四上

按文心詮賦篇云：「及仲宣靡密，發端必猷。」長卿評語襲此。

晉陵太守王勱德政碑評：「事豐奇偉，辭富膏腴。」同上頁六下

按此評語襲自文心正緯篇。

同上：「湊集致意，流靡自妍。」同上

按文心明詩篇云：「或流靡以自妍。」長卿評語襲此。〔註 10〕

〔註 8〕顧廷龍主編：《清代硃卷集成》（臺北：成文出版社，1992 年），冊 231。

〔註 9〕〔明〕王志堅編，〔清〕蔣士銓評：《評選四六法海》（臺北：德志出版社，1963 年 7 月），〈目錄〉，頁 14a。

〔註 10〕楊明照：《增訂文心雕龍校注》（北京：中華書局，2005 年 11 月），冊下，頁 774～775。

故知徐陵麗辭有與《文心雕龍》理論相合者，是以尋繹《文心雕龍》與徐庾麗辭間之關係、對比，且試以《文心雕龍》理論，而分析解讀徐庾麗辭，有助於六朝文論與駢文學之研究發展，此則本論文研究動機之三也。

蓋古人之學，必有師法家法焉〔註 11〕；史家之著述，亦必敘及其人之家世家學，《周書・庾信傳》:「摛子陵及信，竝爲抄撰學士。父子在東宮，出入禁闥，恩禮莫與比隆。既有盛才，文竝綺豔，故世號爲徐庾體焉。當時後進，競相模範。每有一文，京都莫不傳誦。……文章辭令，盛爲鄴下所稱。」〔註 12〕當時後進，既競相習效徐庾，然而徐庾之學文，又淵源於誰？錢基博《駢文通義・敘目》曰:「乃知儷體之宗〈文言〉，遠出劉勰《文心雕龍》，而不始於阮元〈文言說〉。」〔註 13〕蓋以劉勰《文心雕龍》爲麗體理論之大宗，然則其影響豈不大哉？今溯劉勰《文心》理論之淵源，其要皆源於魏晉文論〔註 14〕，魏晉文論，盡折衷概括於《文心》。劉勰《文心》既有承上矣，其啓下者，豈必文論而已哉？時人之作，豈無有與《文心》理論相契相應者？故以《文心雕龍》與徐庾麗辭爲並列研究，查其相通相異者，以另類之視角，見《文心》理論之實用性，與夫徐庾麗辭之優劣，此本論文之另一研究動機也。

第二節　前人相關研究綜述

一、《文心雕龍》與徐庾麗辭相關之研究

今見關於《文心雕龍》與徐庾麗辭之相關性研究論著，唯筆者〈《文心雕

〔註 11〕如〔宋〕張鎡《仕學規範・作文》卷三:「古人學問，必有師友淵源。」收入王水照編:《歷代文話》(上海：復旦大學出版社，2007 年 11 月)，冊 1，頁 319。

〔註 12〕〔唐〕令狐德棻:《周書》(北京：中華書局，1974 年 2 月)，冊 3，頁 733。

〔註 13〕錢基博:《近百年湖南學風；駢文通義》(上海：上海古籍出版社，2012 年 4 月)，頁 103。

〔註 14〕呂武志《魏晉文論與文心雕龍》:「不過《文心雕龍》之取得鉅大成就，不管是文學思想、文學體裁、文學創作、文學批評，主要還是建立在魏晉文論固有的基礎上。」又:「前代文論家雖多，劉勰所標舉的，除了桓譚，其他九位都是魏晉人：魏有曹丕、曹植、應瑒、劉楨；西晉有陸機、陸雲、摯虞、應貞；東晉有李充。揭示的文論專著，像《典論・論文》、〈與楊德祖書〉、〈文論〉、〈文賦〉、《文章流別論》、《翰林論》也全屬魏晉之作。」見呂武志:《魏晉文論與文心雕龍》(臺北：樂學書局，2006 年 1 月)，頁 2。

龍》與庾信的文學觀〉〔註 15〕一文，首度提及，全文以爲《文心雕龍》之中心思想，乃由宗經、文質、通變之立論而開展，而庾信之性靈觀、文質觀、新逸觀，亦與《文心雕龍》此三大主張，而有相符相契之現象。然該文爲此類問題之初步研究，引證尚疏，且重在以研究庾信文學觀與《文心雕龍》相合與否；《文心雕龍》理論與庾信麗辭，尚未能全面之比較，亦未能發展至《文心雕龍》與徐庾麗辭之對比研究。故於此方面之研究，尚有其發展空間也。

二、《文心雕龍》對前代文論之繼承與開創研究

臺灣研究《文心雕龍》與前代文論之關係者，劉渼《台灣近五十年來「《文心雕龍》學」研究》有詳細之說明，其書第四章「台灣《文心雕龍》研究具體成果之一」第二節敘述《文心雕龍》與魏晉文論比較之研究成果：

> 關於《文心》與魏晉文論，有饒宗頤〈劉勰以前及其同時之文論佚書考〉、王師更生〈魏晉六朝文論佚書鉤沉〉、劉渼《魏晉南北朝文論佚書鉤沈》等，做過深入的考述研究。復有舒衷正〈沈約、劉勰、鍾嶸三家詩論之比較關係〉、李中成《文心雕龍析論・文心雕龍與當時各家文論的比較》、黎活仁〈《文心雕龍》的「質文」說與應瑒「文質論」的關係〉等。
>
> 上述各家，已分別將《文心》與曹丕《典論・論文》、陳思〈序書〉、陸機〈文賦〉、桓範《世要論》、摯虞《文章志》、《流別論》、李充《翰林論》、應瑒〈文質論〉、葛洪《抱朴子・外篇》八家相較。
>
> 晚近呂武志《魏晉文論與《文心雕龍》》一書，主要根據上述研究，增加傅玄〈七謨序〉、左思〈三都賦序〉、陸雲〈與兄平原君書〉三者，合爲十一家，分成十七章：首敘魏晉文論發展的背景、特質、選樣。中論十一家。最後揭示劉勰對其繼承與開展。末附「魏晉文論家一覽表」。以下十一篇單獨發表的論文，全部出自此書：
>
> 一是〈劉勰《文心雕龍》與曹氏兄弟文論〉，分別對劉勰與曹丕、曹植文論加以比較。二是〈劉勰《文心雕龍》與桓範《世要論》〉，就嚴可均《全三國文》輯十六篇桓範《世要論》，其中〈讚象〉、〈銘誄〉、

〔註 15〕 鄭宇辰：〈《文心雕龍》與庾信的文學觀〉，《有鳳初鳴年刊》第 8 期（2012 年 7 月），頁 599～618。

〈序作〉三篇論及文體寫作、文風時弊。在寫作目的、立言價值、針砭浮詭文風，二人的觀念相同。對銘誄之作尚眞實、忌浮夸的寫作要求與文體源流上，都有傳承之跡。三是〈劉勰《文心雕龍》與傅玄〈七謨序〉、〈連珠序〉〉，首言劉勰文體論的四大綱領。次論七和連珠體的源流和作家，二家對探源和代表作家看法不盡相同，但有傳承亦有創見。再論七和連珠體名義和特點，二家對義明、詞麗、事圓、音澤的看法相同。最後指出宗經的文學思想有所相承。四是〈劉勰《文心雕龍》與皇甫謐〈三都賦序〉〉，揭示賦體名義和寫作要求、論述賦體源流和作家作品。五是〈劉勰《文心雕龍》與左思〈三都賦序〉〉，劉勰稱許左思有九次之多。左序對劉勰論賦、論文學創作的影響有二：一、批評二漢賦家所造成的浮詭文風。二、揭示賦體徵實的創作要求。六是〈劉勰《文心雕龍》和陸雲〈與兄平原君書〉〉，以〈與兄平原君書〉三五首爲據，從七方面加以比勘驗証：見情後辭、重視體勢、提倡清省、力求精警、調諧聲律、養神衛氣、其他觀點。七是〈《文心雕龍》對魏晉文論的繼承與折衷〉，言文原論立足於葛洪、傅玄、李充、摯虞、皇甫謐的觀點。文體論濫觴於曹丕、陸機、摯虞、李充、傅玄、桓範的基礎。文術論奠基於陸機、曹丕、摯虞、陸雲、左思、曹植的成說。文評論採擷了曹丕、曹植、葛洪、李充的看法。〈序志〉則有桓範、葛洪發其端倪。由觀念、行文措辭、例証等方面來論証。八是〈從文體層面看《翰林論》對《文心雕龍》的影響〉，從文章體裁的分類、探究各體的緣起、列舉著名的作家作品、綜論各體的寫作要求四方面談二者關係。其他還有〈從文體論看摯虞〈文章流別論〉對劉勰《文心雕龍》的影響〉、〈《文心雕龍》與《抱朴子》文論〉、〈劉勰《文心雕龍》與陸機〈文賦〉〉。故此書綜合研究魏晉時代十一家文論，能全面看出劉勰《文心》與其前文論的承繼關係。〔註 16〕

以上爲劉氏於二〇〇一年該書出版時，所述之研究狀況，蓋學者呂武志《魏晉文論與文心雕龍》，已將《文心》理論淵源於魏晉文論者，作徹底之考察比較，至今此論題尙無更新之研究。

〔註 16〕 劉渼：《台灣近五十年來「《文心雕龍》學」研究》（臺北：萬卷樓圖書有限公司，2001 年 3 月），頁 186～188。

大陸方面，有張文勛之《文心雕龍研究史》〔註 17〕，該書第一章第二節「《文心雕龍》對前人文論、詩論的總結和繼承」，分為「緣情說的確立」、「想象論的發揮」、「意象論的發展」、「風格論的形成」、「聲律說的影響」，析論劉勰以前之文論、詩論，並及《文心雕龍》於此數理論之開創而突出者。郭鵬《《文心雕龍》的文學理論和歷史淵源》〔註 18〕，以文藝創作為中心，統攝上古文論之全部內容，全書分為「創作過程開始前的諸理論觀點的淵源論析」、「創作進行過程所涉及的諸理論觀點的淵源論析」、「批評欣賞階段所涉及的諸理論觀點的淵源論析」。頗能聯繫文學作品創作之實際過程，於劉勰對文學創作不同階段之過程中，所涉及之理論，乃至於其思想、觀點，作為研究之切入點，而進行考索焉〔註 19〕。

學位論文方面，大陸李峰《《文心雕龍》對先秦文學理論的繼承與發展》〔註 20〕分為「《文心雕龍》對先秦儒家文學理論的繼承與發展」、「《文心雕龍》對先秦道家文學理論的繼承與發展」、「《文心雕龍》對《周易》文學理論的繼承與發展」、「《文心雕龍・原道》之「道」對先秦文學理論的繼承與發展」等章節，綱舉目張，頗能清晰掌握先秦文論，與《文心雕龍》對其繼承發展之情狀。

三、《文心雕龍》對後代影響研究

（一）《文心雕龍》於南北朝之影響研究

今夫《文心雕龍》對於南朝影響之研究，所見者較少，論及專著，有張少康、汪春泓《文心雕龍研究史》〔註 21〕，蓋今見於此議題述之最詳者。該書第一章第一節「《文心雕龍》誕生之後在南朝的地位和影響」，主張《文心雕龍》成書於南齊末年，並列舉例證，計有八條，以證《文心雕龍》有影響於南朝。進而言之，該書所引之例證，大致係由文體篇目、文辭纂組、用典手法等方面，列舉梁朝受《文心雕龍》影響之處。於文體篇目方面，謂梁代

〔註 17〕 張文勛：《文心雕龍研究史》（昆明：雲南大學出版社，2001 年 6 月）。

〔註 18〕 郭鵬：《《文心雕龍》的文學理論和歷史淵源》（濟南：齊魯書社，2004 年 7 月）。

〔註 19〕 同上註，頁 7～8。

〔註 20〕 李峰：《《文心雕龍》對先秦文學理論的繼承與發展》，山西：山西師範大學碩士論文，2015 年。

〔註 21〕 張少康、汪春泓：《文心雕龍研究史》（北京：北京大學出版社，2001 年 9 月），頁 3～5。

劉勰曾爲東宮通事舍人，「昭明太子好文學，深愛接之」(《梁書・劉勰傳》)。且《文選》與《文心雕龍》臚列之文體、各種文體之發展、所選取之篇目，有頗爲接近者。文辭纂組方面，以爲蕭繹《金樓子》、任昉、到洽、沈約、王僧孺、顏之推等人之文章字句，與比擬方式，皆有與《文心雕龍》雷同者。用典手法方面，指出蕭統、何胤、張率等人之文章用典手法，與典故排序，皆有同於《文心》者。最終遂得一結論：梁代雖《文心雕龍》成書不久，然確實已有輻射其影響，且有一定程度之反響。至少劉勰《文心雕龍》各部分獨到之文論觀念、意識，已拓展梁代士人文學思考之領域，提升此一時期之文論水準。〔註 22〕

汪春泓之《文心雕龍的傳播和影響》〔註 23〕，其第四章第一節「《文心雕龍》在南朝的地位和影響」，分別自「齊梁時期的文論主流」與「劉勰與蕭梁個派文論沖突的理論分析」兩方面，論述《文心雕龍》對齊梁時期之具體影響，而所持論與引證內容，大致與前揭《文心雕龍研究史》相同。

以上爲有關《文心雕龍》於南朝影響研究之現況，至於《文心雕龍》於北朝影響之研究者，至今尚無專書論及也。

學位論文方面，劉兆輳《《文心雕龍》在南北朝時期的傳播與影響》〔註 24〕一文，以《文選》、《詩品》、《顏氏家訓》爲例，分析《文心雕龍》於南北朝之傳播與影響，然而南北朝文人作品是否有受《文心雕龍》之影響，則猶待探賾。

單篇論文方面，王景禔〈從《文鏡秘府論》看《文心雕龍》對隋代文論的影響〉〔註 25〕，以爲《秘府論》此歷史之文獻，保存《四聲指歸》、《文筆式》、《論體》、《定位》等多篇隋代詩學論著，且皆見其洋溢乎《文心》之理論氣息，並分別論述《四聲指歸》承襲《文心・聲律》，《論體》承襲《文心・體性》，《定位》承襲《文心雕龍》〈章句〉、〈鎔裁〉、〈附會〉等編，《文筆式》承襲《文心》「有韻者爲文，無韻者爲筆」之觀點。吳承學《中國古典文學風

〔註 22〕 張少康、汪春泓：《文心雕龍研究史》(北京：北京大學出版社，2001 年 9 月)，頁 5。

〔註 23〕 汪春泓：《文心雕龍的傳播和影響》(北京：學苑出版社，2002 年 6 月)。

〔註 24〕 劉兆輳：《《文心雕龍》在南北朝時期的傳播與影響》，吉林：東北師範大學碩士論文，2009 年。

〔註 25〕 王景禔：〈從《文鏡秘府論》看《文心雕龍》對隋代文論的影響〉，《文心雕龍研究》第三輯（北京：北京大學出版社，1998 年 7 月），頁 57～66。

格學》第六章「文體風格學的歷史發展」，以爲隋唐時代較有代表性之文體理論，爲《文鏡秘府論》南卷所載《論體》，而所論大致與劉勰諸人相似〔註26〕，其說法與王景禔所論相同，然因該書主題非在辨析二者間之關係，故其論述頗爲疏略。

（二）《文心雕龍》於南北朝後之影響研究

關於研究《文心雕龍》對後代文論之影響狀況，專書方面，有張文勛《文心雕龍研究史》，其書主要乃由版本學之角度，分析歷代研究《文心雕龍》一書之狀況，然其中亦有若干章節，涉及《文心雕龍》理論影響後代者，如第二章第四節「劉勰『原道』思想對唐宋文學思想的影響」，針對「初唐文學家和史學家論「道」」、「唐代古文運動的「文以明道」思想」、「宋代古文運動的「文以明道」思想」等方面，析論唐宋人論詩文多徵引襲用《文心雕龍》之處，以見《文心》之影響。又第三章第一節「文學思想的變化與《文心雕龍》研究的興起」，分爲「復古思潮與『明道』傳統」、「性靈與情性」、「格調辨體與劉勰的體性說」、「文體研究」等小節，以爲明初以宋濂爲代表之文學主張，上繼唐宋文以明道之思想，而其內容又同於劉勰〈原道〉；公安派袁宏道提倡「性靈」，又與劉勰「陶鑄性情」「洞性靈之奧區」等一脈相承；劉勰〈體性〉篇又爲李夢陽、王世貞格調說之先聲；又明代文體研究盛行，於文體分類及各體之研究，多徵引《文心雕龍》「論文敘筆」之敘述，足見元明時期詩文論受《文心雕龍》影響之深。張少康、汪春泓《文心雕龍研究史》旨在以研究史之角度，論述歷代《文心雕龍》之傳播與「《文心雕龍》學」之專著，第一章第二節「《文心雕龍》在隋唐五代時期的傳播和影響」，其中「《文心雕龍》在唐初的傳播和影響」、「《文心雕龍》對劉知幾《史通》的影響」、「《文心雕龍》對盛唐、中唐文學思想發展的影響」等節，主要由唐朝流行之「風骨」，評於詩、《文鏡秘府論》、皎然《詩式》、唐宋古文運動之文道等方面，析論受《文心雕龍》影響之處。第一章第三節「《文心雕龍》在宋金元時代的傳播和影響」，分別自「《文心雕龍》和宋代文學批評」、「元至正本《文心雕龍》及元人對於《文心雕龍》之接受與闡發」兩方面論述，其內容不外徵引宋元文論與《文心》相合者以爲論證。汪春泓《文心雕龍的傳播和影響》一書，爲作者參與張少康主編之《文心雕龍研究史》後，就其搜集所得之材料而撰成者，該書第四章「《文心雕龍》對於

〔註26〕 吳承學：《中國古典文學風格學》（北京：北京大學出版社，2011年7月），頁89。

歷代文學發展進程之影響」，列述「劉勰《文心雕龍》在唐初之北南文風融合中所發揮的理論主導作用」、「《文心雕龍》對於盛、中唐文藝思想發展的影響」、「劉勰資唐代古文運動之文、道關係論之啓迪」、「劉勰對於北宋古文運動之文、道關係論的啓迪」、「《文心雕龍》對宋代詩話之類文獻的影響」、「元人對於《文心雕龍》之接受與闡發」、「明代性靈派借助《文心雕龍》所展開的文學思想」、「清代宗經與神韻兩派借助《文心雕龍》所展開的文論鬥爭」等節，其論述之內容與關注焦點，大致與上列張少康主編之《文心雕龍研究史》無異，然論證之文獻尤爲豐富，篇幅亦過之。

若夫學位論文，今見臺灣陳素英《文心雕龍對後世文論之影響》〔註 27〕一文，共分四章，第一章分析劉勰文原論，以宗經爲脈絡，探討文論思想之影響；第二章分析劉勰文體論，及由文筆兼重、駢散兼宗、分類辨體方面，探討文體觀念，及分類方法之影響；第三章分析劉勰創作論，乃由創作理論、及創作技巧方面，探討其影響；第四章分析劉勰批評論，及此批評之素養、態度、準的方面，探討對批評家之影響。又何恭傑《劉勰《文心雕龍》對唐代文藝理論的影響——以情志與文采爲主的討論》〔註 28〕，該論文分「《文心雕龍》對唐代詩論的影響」、「《文心雕龍》對劉知幾史論的影響」、「《文心雕龍》對唐代書論和畫論的影響」三方面而論述，其中《文心》對唐詩論之影響，主要聚焦於皎然詩論與司空圖詩論而言，而未及於文論者。

大陸方面，關於《文心雕龍》於明清文論之影響研究，暫見有三篇，其中楊倩《明代《文心雕龍》接受研究》〔註 29〕乃以接受史角度，分橫向與縱向雙方面論述，橫向爲明線，主要論述明人於樞紐論、文體論、創作論、知音論之接受；縱向爲隱線，主要論述明前期與明代中後期二階段之接受情況。其中第六章「明代對《文心雕龍》知音論的接受」，指出「明人多從指導寫作的角度來看待《文心雕龍》知音論內容，而不是僅僅視其爲鑒賞論」〔註 30〕，頗能揭示明清以來文論家對於《文心雕龍》之態度。劉如娜《《文心雕龍》與

〔註 27〕 陳素英：《文心雕龍對後世文論之影響》，臺北：東吳大學中文研究所碩士論文，1985 年。

〔註 28〕 何恭傑：《劉勰《文心雕龍》對唐代文藝理論的影響——以情志與文采爲主的討論》，臺中：國立中興大學中文研究所碩士論文，2013 年。

〔註 29〕 楊倩：《明代《文心雕龍》接受研究》，山東：山東大學博士論文，2012 年。

〔註 30〕 同上註，〈中文摘要〉，頁 VI。

公安「三袁」文學思想比較研究》〔註31〕一文，則運用比較研究法，先述《文心雕龍》於明代之傳播情形，及晚明公安派「三袁」文學理論之形成，再比較《文心雕龍》與公安三袁文學思想之一致性與差異性，尤其指出其於求自然、崇性靈、重眞情之文學創作論爲一致者。于曉楠《《文心雕龍》與桐城派文學思想比較研究》〔註32〕，第二、三章乃自「《文心雕龍》與桐城派文學思想的一致性」與「《文心雕龍》與桐城派文學思想的差異性」，而分別比較之，論其「明道、徵聖、宗經的文學觀」、「求新求變的創作論」、「文氣說」、「風格說及與作家才情修養之關係」等方面之一致者，以見桐城派作爲清古文派之的宗，而受《文心雕龍》影響如此。

單篇論文方面，目前分爲三類：其一，總論《文心雕龍》對後代之影響。如韓湖初〈略論《文心雕龍》對我國後世的影響〉〔註33〕；其二，研究《文心雕龍》對某朝代文論之影響。眾類中以此類最多，如《文心雕龍》對唐代文論之影響，有汪春泓〈論劉勰《文心雕龍》在唐初之北南文風融合中所發揮的理論主導作用〉〔註34〕，與李偉〈論《文心雕龍》對初唐文學的影響〉〔註35〕；研究《文心雕龍》對宋代文論之影響，有廖志斌〈淺淡劉勰「比興」觀對嚴羽「興趣」說的影響〉〔註36〕；研究《文心雕龍》對明代文論之影響，如鄒慧芳〈劉勰賦體觀對明代復古派賦論的影響〉〔註37〕；研究《文心雕龍》對清代文論之影響，如汪春泓〈比較分析《文心雕龍》對錢謙益與王士禎的影響〉〔註38〕，及朱供羅〈論《藝概》對《文心雕龍》的引用〉〔註39〕；研

〔註31〕劉如娜：《《文心雕龍》與公安「三袁」文學思想比較研究》，山東：山東大學碩士論文，2012年。

〔註32〕于曉楠：《《文心雕龍》與桐城派文學思想比較研究》，山東：山東大學碩士論文，2011年。

〔註33〕韓湖初：〈略論《文心雕龍》對我國後世的影響〉，《文心雕龍研究》第六輯（北京：學苑出版社，2005年7月），頁304～322。

〔註34〕汪春泓：〈論劉勰《文心雕龍》在唐初之北南文風融合中所發揮的理論主導作用〉，《鎮江師專學報（社會科學版）》2000年第1期，頁11～20。

〔註35〕李偉：〈論《文心雕龍》對初唐文學的影響〉，《大連大學學報》2009年第1期，頁49～53。

〔註36〕廖志斌：〈淺淡劉勰「比興」觀對嚴羽「興趣」說的影響〉，《十堰職業技術學院學報》第22卷第6期（2009年12月），頁71～73。

〔註37〕鄒慧芳：〈劉勰賦體觀對明代復古派賦論的影響〉，《語文知識》2013年第1期，頁82～83。

〔註38〕汪春泓：〈比較分析《文心雕龍》對錢謙益與王士禎的影響〉，《中國文學研究》第四輯（2001年），頁214～257。

究《文心雕龍》對近代文論之影響，如陳允鋒：〈《文心雕龍》對近代文學理論的影響〉〔註 40〕；其三，以《文心雕龍》理論實際運用於古文批評。如呂武志、陳鳳秋：〈從《文心雕龍》「六觀」看蘇轍的記體散文〉〔註 41〕。

（三）《文心雕龍》於後代文人之影響研究

研究《文心雕龍》對後代文人之影響，較之《文心雕龍》影響後代文論之情況，稍有遜色。專著方面，劉業超《文心雕龍通論》第七章「《文心雕龍》地位論」第三節「《文心雕龍》對唐代文學繁榮的重大影響」〔註 42〕稍有涉及，文中又分爲「與陳子昂在文學思想上的關聯性」、「與李白在文學思想上的關聯性」、「與白居易在文學思想上的關聯性」、「與韓愈文學思想的關聯性」等方面而論述。該書僅論及《文心雕龍》對唐代文學之影響，其他朝代則未有論述。

單篇論文方面，可分爲四類：其一，影響李白者。如許東海〈從劉勰辭賦論看李白的「詩人之賦」及其通變特色〉〔註 43〕；其二，影響韓愈者。如張瑞興：〈韓柳「古文運動」內涵源於文心雕龍「原道、徵聖、宗經」之探討〉〔註 44〕及雷恩海〈一種隱性文學現象之考察——以《文心雕龍》思維方式對韓愈的影響爲例〉〔註 45〕、〈論韓愈對《文心雕龍》創作思想的認同與借鑒〉〔註 46〕；其三，影響白居易者。如許東海：〈諷諭與美麗：白居易詩、賦論之精神取向及其與《文心雕龍》之關係〉〔註 47〕及陳允鋒：〈《文心雕龍》與白

〔註 39〕 朱供羅：〈論《藝概》對《文心雕龍》的引用〉，《文山學院學報》第 26 卷第 4 期（2013 年 8 月），頁 57～62。

〔註 40〕 陳允鋒：〈《文心雕龍》對近代文學理論的影響〉，《北京郵電大學學報》第 2 卷第 1 期（2000 年 3 月），頁 50～54。

〔註 41〕 呂武志、陳鳳秋：〈從《文心雕龍》「六觀」看蘇轍的記體散文〉，《靜宜中文學報》第 2 期（2012 年 12 月），頁 1～30。

〔註 42〕 劉業超：《文心雕龍通論》（北京：人民出版社，2012 年 12 月），冊上，頁 360～382。

〔註 43〕 許東海：〈從劉勰辭賦論看李白的「詩人之賦」及其通變特色〉，《文史學報》第 30 期（2000 年 6 月），頁 53～80。

〔註 44〕 張瑞興：〈韓柳「古文運動」內涵源於文心雕龍「原道、徵聖、宗經」之探討〉，《國立虎尾技術學院學報》第 3 期（2000 年 3 月），頁 9～18。

〔註 45〕 雷恩海：〈一種隱性文學現象之考察——以《文心雕龍》思維方式對韓愈的影響爲例〉，《文學評論》2010 年第 5 期，頁 25～30。

〔註 46〕 雷恩海：〈論韓愈對《文心雕龍》創作思想的認同與借鑒〉，《湖南大學學報（社會科學版）》第 25 卷第 1 期（2011 年 1 月），頁 81～86。

〔註 47〕 許東海：〈諷諭與美麗：白居易詩、賦論之精神取向及其與《文心雕龍》之關係〉，《文心雕龍研究》第六輯，頁 323～353。

居易的文學思想〉〔註 48〕、彭曙蓉〈白居易與劉勰《文心雕龍》主要文學思想的比較〉〔註 49〕、趙衛衛〈白居易對《文心雕龍》重情及文章之用文學觀念的發展〉〔註 50〕；其四，影響蘇軾者。如黃美娥〈劉勰與蘇軾文、道觀念之比較——從「文心雕龍．原道篇」談起〉〔註 51〕、韓湖初〈論蘇軾對《文心雕龍》文學理論的繼承和發展〉〔註 52〕、李軼婷〈蘇軾對《文心雕龍．定勢》的繼承和發展——以「隨物賦形」說與「辭達」說爲中心〉〔註 53〕。以上論文或以影響爲名，或以比較爲說，或以淵源是探，要皆持正面之態度，肯定《文心雕龍》於後代文人之影響。

四、徐庾麗辭影響研究

歷代於徐庾駢文之批評，或立足於史學家之立場，貶多於褒；於評點學之中，則褒多於貶。然而尚未有任何專書與學位論文，研究徐庾駢文對後世之影響。于景祥《駢文論稿》收錄〈「四傑」駢賦與庾信辭賦之關係〉〔註 54〕一文，稍及庾信影響初唐四傑之處，文章共分三小節，第一論駢賦之定義、流變及庾信駢賦成就，並對唐初庾信駢賦批評之再批判，以見四傑學庾信之高明，復引前人之批評證四傑學庾信，並述四傑學庾信之原因；第二論四傑師法庾信在形式、抒情兩方面，並分別比較王勃〈春思賦〉、庾信〈春賦〉與駱賓王〈螢火賦〉、庾信〈春賦〉；第三論四傑之創新獨到過於庾信者，並從內容角度、情感基調、表現形式等方面，分別比較庾信〈蕩子賦〉之與駱賓王〈蕩子從軍賦〉；王勃〈春思賦〉之與庾信〈春賦〉；盧照鄰〈馴鳶賦〉之

〔註 48〕 陳允鋒：〈《文心雕龍》與白居易的文學思想〉，《文心雕龍研究》第六輯，頁354～366。

〔註 49〕 彭曙蓉：〈白居易與劉勰《文心雕龍》主要文學思想的比較〉，《貴州文史叢刊》2005 年第 3 期，頁 44～47。

〔註 50〕 趙衛衛：〈白居易對《文心雕龍》重情及文章之用文學觀念的發展〉，《文藝生活．文海藝苑》第 5 期（2009 年 5 月），頁 26～27。

〔註 51〕 黃美娥：〈劉勰與蘇軾文、道觀念之比較～從「文心雕龍．原道篇」談起〉，《東南學報》第 18 期（1995 年 12 月），頁 181～192。

〔註 52〕 韓湖初：〈論蘇軾對《文心雕龍》文學理論的繼承和發展〉，《華南師範大學學報》2005 年第 4 期，頁 49～56。

〔註 53〕 李軼婷：〈蘇軾對《文心雕龍．定勢》的繼承和發展——以「隨物賦形」說與「辭達」說爲中心〉，《衡山學院學報》第 12 卷第 3 期（2010 年 6 月），頁 42～44。

〔註 54〕 于景祥：《駢文論稿》（北京：中華書局，2012 年 5 月），頁 125～140。

與庾信〈對燭賦〉。全文限於篇幅，難免舉例過少，論述未及深入，及缺少文章內容之具體比較者。

其他單篇論文方面，筆者〈陳維崧駢文受庾信影響研究〉〔註 55〕一文，探討清初駢文大家陳維崧受庾信影響之原因及具體文藝表現，爲目前臺灣僅見庾信駢文影響研究之單篇論文。近年大陸青年學者何世劍，乃有心建構歷代庾信接受史，著有《庾信詩賦接受研究》〔註 56〕，而其單篇論文，與庾信賦或駢文相關者，皆見之上書，計有：〈論李白對庾信詩賦的承傳接受〉〔註 57〕、〈試論李商隱庾信詩賦的接受〉〔註 58〕、〈論黃庭堅對庾信詩賦的接受〉〔註 59〕、〈宋詩話視野中的庾信詩賦〉〔註 60〕等。然其論述，仍不足以見庾信駢文對後世文論或駢文家影響之全貌。游適宏〈從《少邑賦草》看清代臺灣賦的庾信餘影〉〔註 61〕一文，作者以爲曾流傳於臺灣之夏思沺《少邑賦草》，其中所反映對庾信賦之接受者，亦將有以表現於其他臺灣賦中，故該文分爲《少邑賦草》顯示之「庾信基準」、清代臺灣賦之庾信餘影兩部分而論述之，對臺灣之庾信影響研究有開拓之功。

以上敘述庾信賦文之影響研究現況，關於駢文方面之影響研究甚少，至於徐陵駢文之影響研究尤爲闕如。

五、小結

本論文旨在探索《文心雕龍》與徐庾麗辭之關係與比較，故本節主要討論《文心雕龍》與徐庾麗辭影響研究之現況。由以上之述評，可知《文心雕龍》對前代文論之繼承與開創研究方面，最主要者，乃與魏晉文論之比較，

〔註 55〕 鄭宇辰：〈陳維崧駢文受庾信影響研究〉，《有鳳初鳴年刊》第 7 期（2011 年 7 月），頁 601～624。

〔註 56〕 何世劍：《庾信詩賦接受研究》（南昌「江西人民出版社，2013 年 10 月）。

〔註 57〕 何世劍：〈論李白對庾信詩賦的承傳接受〉，《中國文化研究》2010 年春之卷，頁 102～110。

〔註 58〕 何世劍：〈試論李商隱庾信詩賦的接受〉，《河北師範大學學報（哲學社會科學版）》第 35 卷第 3 期（2012 年 5 月），頁 53～58。

〔註 59〕 何世劍、吳艷：〈論黃庭堅對庾信詩賦的接受〉，《南昌大學學報（人文社會科學版）》第 43 卷第 6 期（2012 年 11 月），頁 91～97。

〔註 60〕 何世劍：〈宋詩話視野中的庾信詩賦〉，《井岡山大學學報（社會科學版）》第 35 卷第 4 期（2014 年 7 月），頁 112～117。

〔註 61〕 游適宏：〈從《少邑賦草》看清代臺灣賦的庾信餘影〉，《漢學研究集刊》第 18 期，頁 99～126。

從而觀察《文心雕龍》文原論、文體論、文術論、文評論等理論之濫觴也。觀之專著中之章節，多以文術論爲中心，探討《文心雕龍》之文學理論與前代淵源。故知現代學界於《文心雕龍》受前代文論之影響研究，所得甚豐。

研究《文心雕龍》對後代之影響方面，包括南北朝、唐、宋、明、清等朝代，對於《文心雕龍》之接受、研究者，以明清居多，南北朝最少，如王景禔以爲：隋代文人對《文心》之接受與闡發乃爲有限，并非全面，尤其對於有關審美、鑒賞理論之〈情采〉、〈風骨〉、〈隱秀〉、〈知音〉，以及有關藝術表現手法之〈比興〉、〈夸飾〉等篇，似還未曾普遍觸及。〔註 62〕然而相比之下，徐庾麗辭於此方面之表現爲何？亦有可探討者，此即爲本論文之研究，而預留頗大之發揮空間也。

徐庾麗辭影響研究方面，目前並無專著，學位論文亦尚未見，單篇論文主要散論各代文人及文論家對庾信之批評及接受、學習，至於徐陵駢文影響方面，則未有學者論及，比之庾信，關注徐陵者猶少。

總而言之，《文心雕龍》之影響研究，有影響於文論、史論者，有影響於文人者。徐庾麗辭之影響研究方面，亦影響於文論及文人者。以此觀之，探討《文心雕龍》對徐庾麗辭之影響或比較，於邏輯而言，乃可成立，亦且大有可爲也。

第三節　研究範圍、研究方法與章節安排

一、研究範圍

本論文既以《文心雕龍》與徐庾麗辭作相關性研究，而《文心雕龍》全書五十篇，則研究範圍，又當具體說明焉。蓋《文心》之結構，有上下二篇，上篇則「文之樞紐」，與夫「論文敘筆」；下篇則「剖情析采」之類。王更生先生則分爲緒論、文原論、文體論、文術論、文評論。〔註 63〕緒論則〈序志〉篇是也；文原論則〈原道〉、〈徵聖〉、〈宗經〉、〈正緯〉、〈辨騷〉，即「文之樞紐」，〈序志〉所謂：「《文心》之作也，本乎道，師乎聖，體乎經，酌乎緯，

〔註 62〕 見王景禔：〈從《文鏡秘府論》看《文心雕龍》對隋代文論的影響〉，《文心雕龍研究》第三輯，頁 66。

〔註 63〕 王更生：《重修增訂文心雕龍導讀》（臺北：華正書局，2004 年 2 月），頁 39～40。

變乎騷，文之樞紐，亦云極矣。」〔註 64〕自〈明詩〉至〈書記〉，論文敘筆，則文體論是也；自〈神思〉至〈養氣〉，則文術論是也；自〈時序〉至〈程器〉諸篇，爲文評論，皆下篇「剖情析采」者。本論文稱文原論爲樞紐論〔註 65〕，以其爲劉勰文論之主要思想原則，亦《文心》之最高指導原則，故樞紐論之研究，不得忽之。

至於文體論之二十篇，既述文體之流變，亦括文體之創作原則與批評，至關重要。然文體論之旨，在於「原始以表末，釋名以彰義，選文以定篇，敷理以舉統」(〈序志〉)，故其敘一體，每自發展先後與應用功能而言，非以美學特質而論述之，故欲以《文心》文體論所論諸體，與徐庾麗辭之文體，細加對比，實有難焉：或困於論文之分目過細，一一對比，則失之瑣碎；或躓於劉勰之文體之評語過簡，執以檢驗徐庾麗辭，則標準太疏；或文體此有而彼無；且文體之批評，常兼文術而觀之，若又設文術論與徐庾麗辭之對應研究，則必又相犯焉。故本論文不爲文體論闢爲專章，而散論於各章中。

文術論者，即創作論，自構思至布局、修辭，皆包其中，若乃〈麗辭〉、〈事類〉、〈練字〉、〈聲律〉等篇，皆徐庾麗辭之要件，然苟欲細加對比研究，亦流於煩瑣，且前人論之詳矣。蓋《文心》之文體論，歷來多爲見者所略，僅重文術論，而劉勰之文術論，有淵源者，有發明者，本論文擇其影響後代文論尤深者，得緣情說、想像論、意象論、風格論、通變論等，分別與徐庾麗辭對比研究，其餘諸文術論亦散見各章中。

至於《文心雕龍》有〈麗辭〉篇，專論對偶之起源、沿革、分類、疵病、要領諸問題，其舉例皆賦、詩之屬，則《文心雕龍》之麗辭，指駢儷之辭，即對偶之辭也。擴充解釋，麗辭又可指駢儷體，陳師松雄曰：「南朝文運，體有因革，莊老告退，麗辭勃興。……斯時之作，貴尚形似，故眾美殷會，諸巧騖集。或謂麗辭，或謂美文，或謂駢偶，或謂俳語。名稱雖殊，『美』意則一，故語其特色，厥有數端：曰偶對精工，曰音律鏗鏘，曰藻采綺麗，曰故實繁夥。」〔註 66〕其論以麗辭爲駢體之別名，松雄師又有數篇論文，皆以麗

〔註 64〕 王更生：《文心雕龍讀本》(臺北：文史哲出版社，2004 年 10 月)，下篇，頁 383。本論文所引《文心雕龍》皆以此書爲本，以下不再另註出處。

〔註 65〕 見第二章第一節之「樞紐論之定名」。

〔註 66〕 陳師松雄：〈陸機之才學及其對南朝麗辭之影響〉，《魏晉六朝學術研討會論文集》(臺北：東吳大學中國文學系出版，2005 年 9 月)，頁 262～263。

辭爲名〔註67〕，故本論文之「徐庾麗辭」，指徐陵、庾信之駢儷體。唯駢儷包括駢文與駢賦，然二者之分體，前人多模棱兩可，有合論者，有分論者。本論文以廣義角度，將二者皆視爲麗辭。

徐庾麗辭之文體甚多，徐陵早年仕梁，賦唯存〈鴛鴦賦〉一篇，文有〈玉臺新詠集序〉，固綺靡華麗之風。及侯景鍾亂，梁室蕩覆，徐陵出使東魏，羈留北齊，其時所作，如與楊遵彥求還書、爲貞陽侯蕭淵明與王僧辯諸書，皆中年遘艱，一片血淚之作。其後蕭繹平侯景之亂，旋被陳霸先所代，徐陵遂入仕陳，一切軍書詔策，皆其所製。庾信仕梁之時，所作諸賦，亦多宮體特色，侯景亂時，流離江陵，旋入北周，終身不得南還，所作皆篇篇有哀。要而言之，徐長於書記詔冊，庾擅於表啓墓誌，至於細目，可見附錄「徐陵麗辭繫年表」、「庾信麗辭繫年表」。

二、研究方法與章節安排

本論文所采取之研究方法共有六端，茲分述如下：

其一，本論文將《文心雕龍》樞紐論作爲重要切入點。先分析《文心雕龍》樞紐論各篇之思想，再就徐庾麗辭，分析其麗辭用典繁夥所具有之內涵，繼則據《文心》樞紐論之中心思想，比較徐庾麗辭用典思想，以探究其間之關係。

其二，本論文就緣情說、想像論、意象論、風格論、通變論數方面，比較《文心雕龍》與徐庾麗辭。於正文論述之中，著重求其同，以期確立《文心雕龍》理論實踐於徐庾麗辭，然亦不忽略存其異，對於徐庾麗辭未達《文心雕龍》之理想標準者，亦加以說明。蓋秉乎求同而存異，力圖予《文心雕龍》與徐庾麗辭一公允之評價。

其三，對於分析上述各理論，著力於述《文心》理論之源流、析《文心》理論之精義。徐庾之文學理論，或見其文辭有所語及者，或於其麗辭所表現者，亦予以分析。末則就《文心雕龍》理論分析徐庾麗辭，以見徐庾麗辭是否符合《文心》之理論，與夫《文心》理論之實用性。

〔註67〕 如：〈六朝麗辭體用說〉，《東吳中文學報》第13期，2007年5月，頁1～30；〈徐庾麗辭同體異風說〉，《東吳中文學報》第15期，2008年5月，頁1～16；〈南朝麗辭之韻化與詩化〉，《東吳中文學報》第18期，2009年11月，頁85～98；〈麗體文之前茅與後勁〉，《東吳中文學報》第20期，2010年11月，頁73～108；〈《左傳》與南朝麗辭〉，《東吳中文學報》第21期，2011年5月，頁1～28。

其四，本論文運用縱向與橫向比較之研究方法。就縱向而言，析論《文心》之理論，亦敘及前代文論，以見其淵源。又如本論文第七章分析徐庾麗辭之通變，於麗辭之對偶、藻飾、隸事、聲律數特色，皆能溯及前人，以觀其流變。就橫向而言，如本論文第六章分析徐庾麗辭之風格，亦與同時其他作家，如簡文、梁元對比焉，再比較徐庾之間麗辭風格，以示其同異。又本論文運用《文心雕龍》理論分析徐庾麗辭，以期分別觀察徐陵、庾信麗辭之同異與優劣。

其五，本論文之研究方法，既重宏觀之總體探析，亦重微觀細致之個別差異。故本論文就《文心雕龍》理論分析徐庾麗辭，尚以時代相近之文論著作，作相互比較研究，如第一章既分析《文心雕龍》、《顏氏家訓》文章源出五經論之差異，再觀察徐庾麗辭傾向何者。第六章分析《文心雕龍》、《文鏡秘府論》風格論之差異，再觀察徐庾麗辭傾向何者。總之，力求於比較之中，爲《文心》與徐庾麗辭作重新之評估，進而審視六朝文論集大成之《文心雕龍》，與六朝文章集大成之徐庾麗辭，於中國文學批評史與中國文學史應有之地位。

其六，本論文之章節，即配合研究方法而安排。第一章「緒論」，綜述本書之研究目的、研究方法，及前人相關研究之成果，以證本題研究之價值。第二章「《文心雕龍》樞紐論與徐庾麗辭」，此章論述《文心》文德說與宗經思想，與徐庾麗辭用典之尺度與內涵，分析其間之同異，以證《文心》樞紐論是否得其情實。第三章「《文心雕龍》緣情說與徐庾麗辭」，蓋《文心》成書之際，作家爲文之風氣，適由情志過渡爲緣情，故此章以呈現《文心》與徐庾麗辭於此方面之成就，所論子題包括抒情、文質、風骨各方面。第四章「《文心雕龍》想像論與徐庾麗辭」，蓋想像乃作家於寫作動機之下，借助想像與聯想之心理活動，乃藝術形象之思維過程，本章所述劉勰想像論包括神思、奇思、鍊意、奇正等方面，並就徐庾麗辭之想像，析論其特色，最後再以《文心》想像論分析徐庾麗辭，作徐庾麗辭全篇之觀察，以證明《文心》想像論之重要性。第五章「《文心雕龍》意象論與徐庾麗辭」，意象爲想像之實現，其具體即爲由心物交融而深化精化之結果。本章分析《文心》論意象之方式與特徵，拈出比興、隱秀，其次分析徐庾麗辭之意象，以知其常見意象與意象手法，最終將徐庾麗辭作全篇之分析，觀察是否符合《文心》意象論，以彰顯《文心》意象論之地位。第六章「《文心雕龍》風格論與徐庾麗辭」，風格辨析本為中國古代文論之重點，本章析論《文心》風格論，對於風骨、隱秀是否風格，歷來主張多不同，亦加以辨析。其次分析徐庾麗辭之風格，包括文體風格、時代風格、作家風格皆有論述，以見《文心》風格論之影響力。第七章「《文心雕龍》通變論與徐庾麗辭」，分論《文心》之通變與徐庾麗辭之新變，以證明二者內涵為一致之說成立。第八章「結論」，綜合說明本論文之研究成果。附錄一「徐陵麗辭繫年表」、附錄二「庾信麗辭繫年表」，表列徐庾麗辭之體裁與寫作時間，摘要說明其寫作緣起。

第二章 《文心雕龍》樞紐論與徐庾麗辭

蓋聞競煒曄之辭者，不足詠其情性；好詭巧之言者，無以覩其文德。況呈能之士，寫實追虛；取勝之徒，竭才鑽思者哉！是以舍人擅鈎沉之訣，搦論文之筆。祓飾星雲，用循自然之聲；渙揚風雅，以通神理之路。然語休美者，必求徵於正言；談卓爍者，亦研幾於聖文。是故至道既辨，識宗經之功；鴻教已陳，悟酌雅之致。文之不入於訛，其在茲乎！然圖緯之傳，多於儒經；離騷之起，異於聖訓。配之於經，則挹其英華；憑之於軾，則取其雅頌。其樞紐之蘊也。夫徐孝穆之生青睛，固多蕩魄；庾子山之逃朱雀，惟餘傷心。況音聲所託，權輿有由，貫鍊雅頌，洞鑒風騷。弘宣導之王猷，實繼風教；聽雅曲於文弦，乃爲典麗。於是聖言關鍵，感而遂通；哲人驪淵，酌而不竭。精思密運，咸合經義；逸氣高騫，不離雅正。是以金粉六朝，闡江南之秀氣；烽煙四境，移河北之騂風。文章之時義遠矣，麗辭之能事畢矣。然後較之《文心》，衡之文論：文德之說，則〈原道〉統其首；雅正之觀，則〈宗經〉立其本。因斯而談，徐庾麗辭，與《文心》樞紐論不異矣。

第一節 劉勰《文心雕龍》之樞紐論

一、樞紐論之定名

關於劉勰文學觀之中心思想，即《文心雕龍・序志》所謂：「蓋文心之作也，本乎道，師乎聖，體乎經，酌乎緯，變乎騷，文之樞紐，亦云極矣。」以爲文章以天地之心自然之道爲根本，以聖人爲宗師，以經典爲體幹，在酌取緯書之事豐奇偉，辭富膏腴，有助文事；辨明《楚辭》之變化，取鎔經旨，自鑄偉辭。則寫作之主要關鍵，亦可謂達乎極致矣。此中心思想統攝《文心》全書之理論，故劉勰稱之以「樞紐」，樞紐者，猶機要關鍵〔註1〕也。

唯此範疇之定名，學界說法不一：有定其爲「文原論」者。如李曰剛之言：「文原論。『蓋文心之作也，本乎道，師乎聖，體乎經，酌乎緯，變乎騷，文之樞紐，亦云極矣。』謂卷一〈原道〉、〈徵聖〉、〈宗經〉、〈正緯〉、〈辨騷〉五篇，探討文章本原。」〔註2〕王更生先生沿其說，以爲「文原論」即劉彥和之文學思想，而其文學思想，淵源於群經，故欲讀《文心雕龍》，必先究心於中國之經學，明其影響劉勰之究竟，然後乃能原始要終，見劉勰文論發展之軌跡，及其思想之所自來。〔註3〕王先生以爲欲明《文心雕龍》之內容結構，自當據其〈序志〉所自言乃爲確論，進而謂劉勰分全書爲上下兩篇，上篇包括兩類，其一爲文學基本原理，或簡稱爲「文原論」，即「《文心》之作也，本乎道，師乎聖，體乎經，酌乎緯，變乎騷，文之樞紐，亦云極矣」，其所指之道、聖、經、緯、騷云云，即卷一之〈原道〉、〈徵聖〉、〈宗經〉、〈正緯〉、〈辨騷〉五篇。此五篇乃劉勰用以說明其文學思想者，謂之「文之樞紐」，而其中又有主從焉，大抵以宗經爲主，前乎此者，有〈原道〉、〈徵聖〉；後乎此者，爲〈正緯〉、〈辨騷〉。又謂「道沿聖以垂文，聖因文以明道」，故〈原道〉、〈徵聖〉乃正面之宗經，是以曰「原」曰「徵」，緯書「乖道謬典」，《楚辭》「語多夸誕」，故〈正緯〉、〈辨騷〉乃反面之宗經，故曰「正」曰「辨」。而無論其正面反面，皆緣經典而生也，故知劉勰之文學思想，即宗經者也。〔註4〕先生又以爲據《文心雕龍》〈序志〉，劉勰嘗自言其著書之緣起與內容旨趣，及其寫作態度。內容則卷一之〈原道〉、〈徵聖〉、〈宗經〉、〈正緯〉、〈辨騷〉五篇，即劉勰用以申明其文學思想也。〔註5〕其說以爲「文原論」涵括〈原道〉、〈徵聖〉、〈宗經〉、〈正緯〉、〈辨騷〉五篇，旨在論文章本原及文學思想，而劉勰之文學思想，即文章淵源於群經，文章本原於道，而落實於宗經。

〔註1〕李曰剛：《文心雕龍斠詮》（臺北：國立編譯館中華叢書編審委員會，1982年5月），下編，頁2320。
〔註2〕同上註，下編，頁2286。
〔註3〕王更生：《重修增訂文心雕龍研究》（臺北：文史哲出版社，1979年5月），頁279。
〔註4〕王更生：《文心雕龍新論》（臺北：文史哲出版社，1991年5月），頁3。
〔註5〕王更生：《重修增訂文心雕龍導讀》（臺北：華正書局，2004年2月），頁30。

亦有以「思想論」定名者，如王忠林《文心雕龍析論》，於《文心雕龍》之思想論一章，以爲〈原道〉、〈徵聖〉、〈宗經〉、〈正緯〉、〈辨騷〉五篇，乃劉勰自序所言之「文之樞紐」，此樞紐主要用指文之本源、文之體現，以及爲文之取法，此部分乃劉勰文學思想論之主體，亦其全書之總綱。〔註6〕

又如張少康則以「本體論」稱之，觀其《劉勰及其《文心雕龍》研究》第三章「文之樞紐——文學本體論」，乃區分爲：一、原道論——論文學之本質和起源；二、徵聖、宗經論——論文學之經典範本；三、正緯、辨騷論——論緯書、《楚辭》與經典之異同。故知張氏將〈原道〉、〈徵聖〉、〈宗經〉、〈正緯〉、〈辨騷〉五篇定爲本體論，張氏概括以爲《文心雕龍》前五篇，乃就『文』之基本性質而論述，故稱爲「文之樞紐」。〔註7〕

又如黃端陽以「樞紐論」顏其書名曰《文心雕龍樞紐論研究》，其言曰：「本論文之研究範圍，爲〈原道〉、〈徵聖〉、〈宗經〉、〈正緯〉、〈辨騷〉五篇。……故『文之樞紐』，即指文學之中心思想。」〔註8〕

劉業超則定「樞紐論」、「文心論」、「雕龍論」爲《文心雕龍》之三大綱領，以爲：《文心雕龍》之邏輯結構，由樞紐論、文心論、雕龍論三方面組成。樞紐論乃就全書總綱之系統而論述，爲哲理論之範疇；文心論乃就全書之內在工作平台而有系統論述，亦即就「以心術總文術」之原理、法則、要領之系統論述，爲「控引情源」之心術論範疇；雕龍論乃就全書之外在工作平台而有系統論述，亦即其於文章形態運動之原理、法則、要領之系統闡述，爲「制勝文苑」之文術論範疇。〔註9〕

以上諸家之定名，計有文原論、思想論、本體論、樞紐論等名目，若以文原論定名，雖符其實，然無以見其總綱全篇之意。若以思想論定名，則「思想」一詞，又稍見籠統。若將劉勰文學觀之根本思想，定爲本體論，則「本體」一詞，係德國哲學家康德之用語，哲學蓋歸之子部，雖古人有視《文心雕龍》爲子書者，如劉知幾《史通・自敘》列敘劉安《淮南子》、揚雄《法言》、王充《論衡》、應劭《風俗通》、劉劭《人物志》、陸景《典語》、劉勰《文心雕龍》等書，論其相繼產生之必然性與必要性，此同列諸書皆屬子部，則劉

〔註6〕王忠林：《文心雕龍析論》（臺北：三民書局，1998年3月），頁31。

〔註7〕張少康：《劉勰及其《文心雕龍》研究》（北京：北京大學出版社，2010年9月），頁59。

〔註8〕黃端陽：《文心雕龍樞紐論研究》（臺北：國家出版社，2000年6月），頁8～9。

〔註9〕劉業超：《文心雕龍通論》（北京：人民出版社，2012年12月），中編，頁539。

知幾蓋以《文心雕龍》爲子書者。亦有以爲合觀劉勰〈序志〉、〈諸子〉二篇，則見其著述《文心》之意，與子書同〔註 10〕。然縱使劉勰以子家自居，其爲文之用心，爲子家之用心，畢竟其書所涉者，文學之術也，故以本體論定名，未必能示其爲全書總綱之意。學者鄧國光以爲：文之樞紐，即指首五篇，〈原道〉、〈徵聖〉、〈宗經〉、〈正緯〉、〈辨騷〉。而「樞紐」一詞，遍考所有經史文獻，皆不見用，然屢見於緯書。故知《文心》所謂「文之樞紐，亦云極矣」，其根本則融攝緯學樞紐之意念，故觀之首五篇，即爲全書之主腦與根本。故知樞紐於旋斡不息之北斗，示其運作無已之根本力量，此即《文心》所資取之主要概念。〔註 11〕故今論《文心》卷一開卷五篇，仍以樞紐論定名爲佳，蓋樞紐一詞，既爲劉勰自言，以樞紐爲名，自見其爲全書理論之總綱。劉勰〈序志〉列評前人之文論，示其皆有不足，而其共同之不足者，即乏系統之論也，陸機〈文賦〉雖較見系統，然於多項持論亦僅數句略過，持論之間，未見邏輯之聯繫，故劉勰謂「陸賦巧而碎亂」（〈序志〉）。其《文心雕龍》既有理論之系統性，上篇則明綱領，下篇則顯毛目，「文之樞紐」，示爲文論之總綱，則定名爲樞紐論，尤顯劉勰之本意也。

二、原道：文之爲德也大矣

樞紐論爲《文心》全書之總綱，而〈原道〉尤爲最重要之核心，申論文之本原，其言曰：

> 文之爲德也大矣，與天地並生者何哉？夫玄黃色雜，方圓體分，日月疊壁，以垂麗天之象；山川煥綺，以鋪理地之形：此蓋道之文也。仰觀吐曜，俯察含章，高卑定位，故兩儀既生矣。惟人參之，性靈所鍾，是謂三才；爲五行之秀，實天地之心，心生而言立，言立而文明，自然之道也。〔註 12〕

〔註 10〕 按：今人亦有視《文心雕龍》爲子書者，如游志誠：《文心雕龍與劉子系統研究》（臺北：文史哲出版社，2010 年 4 月），頁 374；彭玉平：《詩文評的體性》（北京：北京大學出版社，2012 年 8 月），「第五章・《文心》「子書」論」，頁 196～208；方元珍：〈紀評《文心雕龍・諸子》平議〉，《空大人文學報》第 24 期，2015 年 12 月。

〔註 11〕 鄧國光：《《文心雕龍》文理研究：以孔子、屈原爲樞紐軸心的要義》（上海：上海古籍出版社，2012 年 12 月），頁 201～206。

〔註 12〕 楊明照：《增訂文心雕龍校注》（北京：中華書局，2005 年 11 月），冊上，頁 1。

彥和以爲文原於「道」，言「道」則見之諸子，老莊多有之，蓋中國哲學常見之術語，劉勰乃以道論文，啓中國文論之新塗。文者，既包天地動植萬物，則萬物皆有其文，此自然之道也，文學之產生，亦自然之道也，故「自然」者，道也，道者，自然也，〈明詩〉亦曰：「人稟七情，應物斯感，感物吟志，莫非自然。」人於天地之間，爲「有生之器」，生有而情，情受外物之觸動，必有以抒發者，此人之自然本性也，亦一自然之規律也。故「自然」爲《文心雕龍》理論之核心，劉勰論文學之產生，及於文體、文術，皆表現其自然觀也。故以爲文之本質，即道之體現。劉勰本乎此，進而論及「人文」，以人文配天文、地文，爲自然之道，此其文學本原之論，亦其創見也。黃端陽以爲，彥和探索文學之本源，有三層次焉：一則體認於自然之文，而肯定人文之重要。二則就此人文歷程而思考，及於人者，厥有〈徵聖〉；及於經典，乃作〈宗經〉；及於文學，〈正緯〉、〈辨騷〉。三則綜合串聯之，而謂「道沿聖以垂文，聖因文以明道」〔註 13〕。故知〈原道〉爲樞紐論之核心論也。

然而〈原道〉開端，亦標舉「文德」之說，德者何也？學界釋之紛紜，如李曰剛云：「此『爲德』二字與《中庸》『鬼神之爲德盛矣乎』之用法同。朱注：『爲德，猶言性情功效。』所謂性情功效，質言之即『德業』之義。」〔註 14〕陸侃如、牟世金以爲：德指文所獨有之特點、意義。〔註 15〕周振甫以爲：德指功用屬性，苟以禮樂教化而言，德指功用；就形文、聲文而言，德指屬性。〔註 16〕詹鍈以爲：德即宋儒「體用」之謂，「文之爲德」即文之體與用，以通俗語而言，即指文之功能與意義也。〔註 17〕王元化曰：「德者，得也，若物德之德，猶言某物之所以得成某物。」〔註 18〕王更生先生以爲「文之爲德」爲「文之作用」。〔註 19〕諸家之釋雖各不同，然大抵皆以爲「文之爲德」，或指文之本體特點，或指文之功用屬性。揆其原由，即在若干學者，以「文之爲德」簡爲「文德」，而生歧意也。

〔註 13〕 參見黃端陽：《文心雕龍樞紐論研究》，頁 35。

〔註 14〕 李曰剛：《文心雕龍斠詮》，上編，頁 20。

〔註 15〕 陸侃如、牟世金：《文心雕龍譯注》（濟南：齊魯書社，2009 年 4 月），頁 94。

〔註 16〕 周振甫：《文心雕龍注釋》（北京：人民文學出版社，1981 年 11 月），頁 3。

〔註 17〕 詹鍈：《文心雕龍義證》（上海：上海古籍出版社，1989 年 8 月），冊上，頁 2。

〔註 18〕 王元化：《文心雕龍講疏》（上海：上海古籍出版社，1992 年 8 月），頁 27。

〔註 19〕 王更生：《文心雕龍讀本》，上篇，頁 11。

楊明照以爲：范注簡化「文之爲德」爲「文德」，已覺非是；又謂文德本於「君子以懿文德」，則更爲牽強。因兩書辭句各明一義，毫無共通之處。《禮記・中庸》「中庸其至矣乎」釋文：「一本作『中庸之爲德其至矣乎！』」又：「鬼神之爲德其盛矣乎！」《論語・雍也》：「中庸之爲德也其至矣乎！」句法皆與「文之爲德也大矣」相仿，「文之爲德」不能簡化爲文德，正如「中庸之爲德」、「鬼神之爲德」不能簡化爲中庸德、鬼神德然。朱熹《中庸章句》：「程子（程頤）曰：『鬼神天地之功用，而造化之迹也。』……愚謂：『……爲德，猶言性情功效。』」挹彼注茲，甚爲吻合。「文之爲德」者，猶言文之功用或功效也。《隋書・文學傳序》：「然則文之爲用其大矣哉！」寓意與「文之爲德也大矣」同，亦有力旁證。〔註20〕然則「文之爲德」言文之功用，不得簡化爲「文德」其義明矣。〈封禪〉曰：「引鉤讖，敘離亂，計武功，述文德。」此文德指漢武之文教德業。〈程器〉曰：「瞻彼前修，有懿文德。」此文德則指有美好之文才德行，皆與「文之爲德」不同。

劉勰以爲文之功用，與天地同時而存，則文之根源於「道」，蓋自然如此者，故其體現於現實，則爲聖人之文，此人文表現之極至也。〈原道〉曰：

> 爰自風姓，暨于孔氏，玄聖創典，素王述訓，莫不原道心以敷章，研神理而設教。

劉勰之意，由伏羲至孔子，聖人秉自然之道，法天地之文，制作六經，六經者，完美體現「道心」、「神理」〔註21〕之文也。〈原道〉贊曰：

> 道心惟微，神理設教。光采元聖，炳耀仁孝。

故知劉勰所論「文之爲德」，體現於聖人之文，具儒家政治教化之功能也，而文學功用之大者，亦在於發揚仁孝之倫理道德也。承此而作，則有〈徵聖〉、〈宗經〉也。

三、徵聖：三徵、四術與正言、體要

劉勰樞紐論以爲文原於道，作〈原道〉；聖人之文爲闡明道之典範，作〈徵聖〉；六經爲聖人之文，作〈宗經〉；然則聖人謂誰？謂孔子也，〈原道〉曰：

〔註20〕 楊明照：《增訂文心雕龍校注》，冊上，頁5。

〔註21〕 鄧國光詳加考釋，定樞紐論之「神理」爲超凡的能力，不是常人所能，惟聖人方有此稟賦。見《《文心雕龍》文理研究：以孔子、屈原爲樞紐軸心的要義》，頁91。

「至夫子繼聖，獨秀前哲，鎔鈞六經，必金聲而玉振；雕琢情性，組織辭令，木鐸起而千里應，席珍流而萬世響，寫天地之輝光，曉生民之耳目矣。」此言孔子繼聖法道，而有組織辭令之事。〈徵聖〉復曰：「夫作者曰聖，述者曰明。陶鑄性情，功在上哲。夫子文章，可得而聞，則聖人之情，見乎文辭矣。」二文合觀，知劉勰以孔子爲聖人也；徵聖者，取徵孔子之言也。劉勰以爲徵聖之目的，欲效聖人之貴文也，〈徵聖〉曰：

> 先王聖化，布在方冊，夫子風采，溢於格言。是以遠稱唐世，則煥乎爲盛；近褒周代，則郁哉可從：此政化貴文之徵也。鄭伯入陳，以立辭爲功；宋置折俎，以多文舉禮：此事績貴文之徵也。褒美子產，則云「言以足志，文以足言」；泛論君子，則云「情欲信，辭欲巧」：此修身貴文之徵也。

故知聖人貴文，在政化貴文、事蹟貴文，與修身貴文。政化貴文，在於孔子嚮往古禮，由社會教化之角度，欲效法聖賢，突出文之政教功能也。事蹟貴文，則孔子於政治外交之上，重文辭之合禮，突出外交辭令之重要也。修身貴文，或褒美子產，或泛論君子，知孔子皆重文之於個人修養，以爲君子立身處世之基本也。劉勰由此三論，總結聖人貴文之特徵，在「志足而言文，情信而辭巧」，此劉勰文質情采論之根本，亦明貴文必徵聖也。

三徵之說，示聖文之可貴，至於四術之論，又示聖文之可法，〈徵聖〉曰：

> 夫鑒周日月，妙極幾神；文成規矩，思合符契。或簡言以達旨，或博文以該情，或明理以立體，或隱義以藏用。故《春秋》一字以褒貶，〈喪服〉舉輕以包重，此簡言以達旨也。〈邠詩〉聯章以積句，〈儒行〉縟說以繁辭，此博文以該情也。書契決斷以象夬，文章昭晰以效離，此明理以立體也。四象精義以曲隱，五例微辭以婉晦，此隱義以藏用也。

四術者，其一爲簡言以達旨。如《春秋》一字之寓褒貶，以簡潔之文辭，表深刻繁複之旨。其二爲博文以該情。以豐富之文辭，表完整之情意，如《詩經・豳風・七月》，分爲八章，每章十一句，爲《詩經》篇幅最長者，情贍辭豐，善於積句聯章。其三爲明理以立體。以明顯之事理，立思想之體幹，若夬卦象決斷之意，離卦象章采昭明之義皆是。其四爲隱義以藏用。以含蓄之法，隱藏作者之意圖，如《易》之實象、假象、義象、用象，含義曲折而隱微。此四術者，聖人皆能抑引隨時，變通適會，黃侃曰：「文術雖多，要不過繁簡隱顯而已，故彥和徵舉聖文，立四者以示例。」〔註 22〕劉勰立此四術，總結曰：「徵之周孔，則文有師矣。」苟能徵聖立言，庶幾得爲文之道，而爲文亦必取徵聖文之正言體要也，〈徵聖〉曰：

是以子政論文，必徵於聖；稚圭勸學，必宗於經。《易》稱「辨物正言，斷辭則備」；《書》云「辭尚體要，弗惟好異。」故知正言所以立辯，體要所以成辭；辭成無好異之尤，辯立有斷辭之義。雖精義曲隱，無傷其正言；微辭婉晦，不害其體要。體要與微辭偕通，正言共精義并用；聖人之文章，亦可見也。

蓋經典之文皆爲正言，咸能體要，故徵聖之文，不失其爲正言，必辭精而體要，若《易》之正言以辯物，以正言辨明事物之理，正言明斷，合於正規，突出要點，不至於詭異也，故曰：「然則聖文之雅麗，固銜華而佩實者也。」雅麗者，雅正之言，而有文采。故知劉勰徵聖之論，在於徵取聖人貴文之意，爲文之方，與論文之觀念；徵聖之於立言，有必要性也。

四、宗經：稟經以製式，酌雅以富言

聖文之代表爲六經，故劉勰〈徵聖〉曰：「窺聖必宗於經。」繼而有〈宗經〉之作。若以〈原道〉爲樞紐論之核心，則〈宗經〉者，其具體落實之法也，此承〈原道〉：「聖因文以明道。」而來也。宗經之目的，周振甫以爲：劉勰生於南朝，其時文尚華藻，《詩經》以外，其餘經典多排斥於文外，故蕭統《文選》不選經文；劉勰之宗經，實違反風氣之論，其作用在救弊〔註 23〕。宗經救弊，雖言之成理，然其深層用意，尤在於樹立經典，建立秩序，故〈宗經〉曰：「稟經以製式，酌雅以富言。」製式富言，必稟經而酌雅，蓋五經各有不同之作法，有不同之特色，爲文者可依不同之需要，而取法焉。故劉勰以爲，後世一切文體，皆源於五經，〈序志〉曰：「唯文章之用，實經典枝條，……詳其本源，莫非經典。」〈宗經〉則更有具體之論：

故論說辭序，則《易》統其首；詔策章奏，則《書》發其源；賦頌謌讚，則《詩》立其本；銘誄箴祝，則《禮》總其端；記傳盟檄，則《春秋》爲根。

〔註 22〕 黃侃：《文心雕龍札記》（北京：中華書局，2006 年 5 月），頁 15。
〔註 23〕 參周振甫：《文心雕龍注釋》，頁 25。

劉勰分文體二十，以爲皆源於五經，雖未明指眾文體淵源五經之由，紀昀乃謂：「此亦強爲分析，似鍾嶸之論詩，動曰源出某某。」〔註24〕然由《文心雕龍》文體論觀之，庶幾得之。蓋「論說辭序」見之〈論說〉，「詔策章奏」見之〈銘箴〉、〈誄碑〉、〈祝盟〉，「記傳檄」見之〈書記〉、〈史傳〉、〈檄移〉。〈宗經〉所列二十體，唯辭、序、歌三者，《文心》未曾以此命篇而論，然詳究《文心》，則知序體歸於〈論說〉，辭體歸於〈書記〉，歌體歸於〈樂府〉，無待煩述。故五經爲後人爲文之泉源，此「稟經以製式，酌雅以富言」之由也，〈定勢〉亦曰：「模經爲式者，自入典雅之懿。」〈體性〉曰：「典雅者，鎔式經誥，方軌儒門者也。」然鄧國光指出：劉勰原文於經典，本意在取範聖賢之用心，而非句模字擬之仿效，所謂宗經「六義」，爲聖人道心之體現，實爲製作文章之極則。樞紐論之〈辨騷〉，剖析屈賦獨步之根由，關鍵在「雖取鎔經旨，亦自鑄偉辭」，此宗經之理想典型也〔註25〕。宗經之意既非字句之模擬，則必有其特殊效益焉，故劉勰〈宗經〉謂「體有六義」，以明「製式」之原則：

> 故文能宗經，體有六義：一則情深而不詭，二則風清而不雜，三則事信而不誕，四則義貞而不回，五則體約而不蕪，六則文麗而不淫。

「體有六義」者，體爲體製，而六義之定義，自來有三說：一指風格〔註26〕，一指藝術標準〔註27〕，一指典雅風格所表現思想內容與形式之標準〔註28〕，

〔註24〕 黃霖：《文心雕龍匯評》（上海：上海古籍出版社，2006年6月），頁20。

〔註25〕 見鄧國光：《《文心雕龍》文理研究：以孔子、屈原爲樞紐軸心的要義》，頁162。

〔註26〕 如周振甫謂六義：「是對作品提出寫作上的要求，主要是風格上的要求。」見周振甫：〈從〈時序〉看劉勰的創作理論〉，《古代文學理論研究叢刊》第一輯（上海：上海古籍出版社，1979年12月），頁167。又如詹鍈謂六義爲：「六種不同的風格。」見詹鍈：《劉勰與文心雕龍》（北京：中華書局，1980年1月），頁25。

〔註27〕 如徐師曾《文體明辨序說・文章綱領總論》：「故文能宗經，有六善焉：情深而不詭，一也；風清而不雜，二也；事信而不誕，三也；義直而不回，四也；體約而不蕪，五也；文麗而不淫，六也。」將六義釋爲六善，即六種藝術標準。見〔明〕徐師曾著，羅根澤校點：《文體明辨序說》（北京：人民文學出版社，1998年5月），頁80～81。

〔註28〕 如鄧國光則以爲體有六義之體爲典雅之體，其言曰：「此『體有六義』之體，正是〈體性〉所言『典雅』之體。而〈定勢〉所言典雅之懿，懿美的實在意義，具見〈宗經〉六義。由此而言，劉勰倡言稟《經》製式的宗《經》效聖，目的在提倡典雅的筆致，以六義爲法式所在。所以，『體有六義』是詞義已經確定的典雅之體的具體內容，不是泛泛而言『風格有六義』。典雅已定調爲標準的範式，則作典雅之文，必見此六種表現。見鄧國光：《《文心雕龍》文理研究：以孔子、屈原爲樞紐軸心的要義》，頁167～168。按：筆者認同此說，

本文從此說，蓋典雅即劉勰〈體性〉所述八體風格之一，此說已涵蓋前二說矣。六義之內容，其一則情志深摯而不詭異，此則糾正〈情采〉所言「後之作者，采濫忽眞」者也；其二則風貌清暢而不邪雜，此〈風骨〉:「意氣駿爽，則文風清焉。」之意也；其三則事情眞實而不荒誕，〈史傳〉曰:「務信棄奇之要。……若任情失正，文其殆哉！」〈夸飾〉:「夸過其理，則名實兩乖。」道理同也；其四則義理貞正而不邪曲；其五則文章體制要約而不蕪雜；其六則文辭雅麗而不淫靡。故知六義之說，兼思想感情、事類義理、體制形式、文采辭藻而言之也。六義既爲文章宗經之效益，亦爲稟經製式之標準，故〈宗經〉末曰:「勵德樹聲，莫不師聖，而建言修辭，鮮克宗經。是以楚艷漢侈，流弊不還，正末歸本，不其懿歟！」足見劉勰持此標準以評文矣。

五、正緯：無益經典，有助文章

讖者，以詭秘之隱語圖符，代神靈之啓示，而預言禍福興衰；緯者，以宗教之說解經，並僞託孔子之名者。緯之詭異殊多，後儒多斥漢人之以緯亂經，紀昀評〈正緯〉曰:「此在後世爲不足辯論之事，而在當日則爲特識。康成千古通儒，尚不免以緯注經，無論文士也。」〔註 29〕王師更生以爲:經爲文學之根源，緯中之神話，有助文章，騷爲中國文學變化之因子，故宗經目的在守常，正緯目的在藏用，辨騷目的在知變。〔註 30〕張少康則以爲:〈原道〉、〈徵聖〉、〈宗經〉爲「通」，即正確繼承聖人開創之文章寫作優秀傳統；〈正緯〉、〈辨騷〉爲「變」，即如何發揚聖人文章之傳統，而有創造性。又「變」有正確之「變」與錯誤之「變」,《楚辭》爲正確之「變」，至於緯書，荒誕不眞，爲錯誤之「變」。〔註 31〕〈正緯〉目的在藏用，故劉勰揭示其可取者，以爲文章之用；既爲錯誤之變，故劉勰欲正之，辨僞必依乎正，追究其旨，亦在宗經。故〈正緯〉雖論緯書之興盛及其多僞，特論其可取之處：

> 若乃羲農軒皞之源，山瀆鍾律之要，白魚赤烏之符，黃銀紫玉之瑞，事豐奇偉，辭富膏腴，無益經典，而有助文章。是以古來辭人，捃

蓋「稟經以製式」與「酌雅以富言」對舉，示宗經則能典雅，典雅則必宗經之意也。

〔註 29〕 黃霖：《文心雕龍匯評》（上海：上海古籍出版社，2006 年 6 月），頁 21。

〔註 30〕 王更生：《重修增訂文心雕龍導讀》，頁 66。

〔註 31〕 張少康：《劉勰及其《文心雕龍》研究》，頁 73。

摭英華，平子恐其迷學，奏令禁絕；仲豫惜其雜眞，未許煨燔；前代配經，故詳論焉。

劉勰以爲緯之有助文章者，在於「事豐奇偉、辭富膏腴」，前者謂緯書內容豐富奇特，後者謂緯書語言富於文采，詹鍈亦以爲「膏腴，指辭采之豐富」〔註32〕，然而有諸內必形諸外，事豐則多辭富，故此句可以「事豐辭富」與「奇偉」而分論之：

1、事豐辭富

魏晉以來，隸事之風日盛，而讖緯之事典與瑰辭，皆可資借鑒。如劉勰〈雜文〉謂：「陳思〈七啓〉，取美於宏壯。」其用典多有出讖緯者，如「紫蘭丹椒，施和必節」出於《禮斗威儀》：「君乘金而王，其政平，則蘭常生。」「曳文孤，掩狡兔」出於《禮斗威儀》：「其君乘土而王南，輸以文狐。」「果毅輕斷，虎步谷風」出於《春秋元命苞》：「猛虎嘯而谷風起，類相動也。」「甘靈紛而晨降」出於《禮斗威儀》：「其君乘土而王，其政太平，時則甘靈降。」「觀游龍於神淵，聆鳴鳳於高岡」出於《禮斗威儀》：「其君乘水而王，龜龍被文而見。」與《樂汁圖徵》：「五音克諧，各得其倫，則鳳凰至。」又如王融〈三月三日曲水詩序〉：「幽明獻期，雷風通饗，昭華之珍既徙，延喜之玉攸歸。」〔註33〕其「幽明獻期」語出《論語比考讖》：「仲尼曰：吾聞帝堯率舜等游首山觀河渚，乃有五老游河渚，一老曰：《河圖》將來告帝期。」「延喜之玉攸歸」語出《尚書璇璣鈐》：「玄圭出，刻曰延喜之玉。」又其「天瑞降，地符升，澤馬來，器車出；紫脫華，朱英秀；佞枝植，歷草孳」一句，「天瑞降，地符升」出於《詩緯》：「天下和同，天瑞降，地符升。」「澤馬來」語出《孝經援神契》：「德至山陵，則澤出神馬。」「紫脫華，朱英秀」語出《禮斗威儀》：「人君乘土而王，其政太平，而遠方神獻其朱英紫脫。」「歷草孳」出於《尚書帝命驗》：「舜受命，蓂莢孳。」又其「雲潤星暉，風揚月至；江海呈象，龜龍載文」一句，「雲潤」語出《易飛候》：「青雲潤澤，蔽日在西北，爲舉賢良。」「星暉」語出《禮斗威儀》：「君乘土，其政平，則鎭星黃而多暈。」「風揚月至」語出《禮含文嘉》：「朋友有舊，內外有差，則箕爲之直，月至風揚。」「江海呈象，龜龍載文」語出《禮斗威儀》：「其君乘水而王，江海著其象，龜龍被文而見。」

〔註32〕詹鍈：《文心雕龍義證》，冊上，頁128。

〔註33〕〔明〕張溥輯：《漢魏六朝百三名家集》（南京：江蘇古籍出版社，2002年3月），冊3，《王寧朔集》，頁640。

由此數例，可見當時文人之作，或援引讖緯之事，或化用讖緯之詞，事典語典，運用自如，此讖緯有助文章之一證也。

2、奇偉

緯書之大量神話傳說、故事寓言，既有流傳民間者，亦有僞託虛構者，比於經爲虛妄，比於文爲神奇。蓋辭人愛奇，古今一也，緯書之奇，既充實作者之文，亦活潑讀者之想像。鄧國光嘗以爲神思、風骨之論，皆由緯推衍而來，以爲「神」有所居，亦有所遊，緯學《樂動聲儀》嘗論及「神」之居、遊，謂：「神守於心，遊於目，窮於耳，往乎萬里而至疾，故不得而不速，從胸臆之中而徹太極。」〈神思〉取象『神居胸臆』之說，兩字緣此而出。而劉勰〈封禪〉即提及「成、康封禪，聞之《樂緯》」，范注乃自《樂動聲儀》中勾出有關之事典。故知《樂動聲儀》固劉勰所知者，劉勰本《樂動聲儀》而推衍〈神思〉，此則不容置疑之事實。〔註 34〕又以爲〈體性〉篇旨承上起下，其配身取象之法，於〈風骨〉篇乃得以張揚。所謂風骨，即取象之比喻。劉勰以風、骨二象，比況文辭與情志之間，其內外呼應之關係。其言「辭之待骨，猶體之樹骸」，辭爲外象，猶如軀體。軀體必待骨骸樹立，乃能撐柱，而文辭亦須有支撐之骨骸。然此文辭之骨骸謂何？此則見乎劉勰〈體性〉贊語「辭爲肌膚，志實骨髓」，骨爲骨髓，乃「志」之取象。「結言端直」則指文辭之表現。〔註 35〕其說大致可從，劉勰以風骨比類文章神明之志氣，苟有此志氣，則有以感染人之力量，其本緯學配身取象而張揚文體之意識，爲一創見，據此，作者酌乎緯，取其有助文章者，可使文章達乎奇偉，蓋劉勰之論奇，貶棄奇詭，而崇尚奇正；奇偉者，亦奇正之意，故篇名〈正緯〉也。

六、辨騷：取鎔經旨，自鑄偉辭

劉勰作〈辨騷〉之旨，劉永濟釋之曰：「〈辨騷〉者，騷辭接軌風雅，追跡經典，則亦師聖宗經之文也。然而後世浮詭之作，常依託之矣。浮詭足以違道，故嚴辨其同異；同異辨，則屈賦之長與後世文家之短，不難自明。」〔註 36〕其意以爲劉勰之「辨」，在辨析屈騷與經典之同異。然〈序志〉又曰：「變

〔註 34〕 鄧國光：《《文心雕龍》文理研究：以孔子、屈原爲樞紐軸心的要義》，頁 214～215。

〔註 35〕 同上註，頁 215。

〔註 36〕 劉永濟：《文心雕龍校釋》（北京：中華書局，1962 年 3 月），頁 10。

乎騷。」故知尚有一「變」者，由「辨」而得來，此「變」則示屈騷於文學史之意義也。劉勰以爲《楚辭》之成就，在「取鎔經旨，自鑄偉辭」，其言曰：

> 將覈其論，必徵言焉。故其陳堯舜之耿介，稱禹湯之祇敬，典誥之體也；譏桀紂之猖披，傷羿澆之顛隕，規諷之旨也；虬龍以喻君子，雲蜺以譬讒邪，比興之義也；每一顧而掩涕，歎君門之九重，忠怨之辭也：觀茲四事，同於風雅者也。至於託雲龍，說迂怪，駕豐隆，求宓妃，憑鴆鳥，媒娀女，詭異之辭也；康回傾地，夷羿彈日，木夫九首，土伯三目，譎怪之談也；依彭咸之遺則，從子胥以自適，狷狹之志也；士女雜坐，亂而不分，指以爲樂，娛酒不廢，沉湎日夜，舉以爲懽，荒淫之意也：摘此四事，異乎經典者也。

劉勰分析屈騷與聖人經典，有四同四異，四同者：謂典誥之體、規諷之旨、比興之義、忠怨之辭，皆「同於風雅」，亦即「取鎔經旨」者。四異者：謂詭異之辭、譎怪之談、狷狹之志、荒淫之異，皆「異乎經典」，亦「自鑄偉辭」者。蓋屈騷四異雖語似有貶，且有異經典，然其「驚采絕豔，難與並能」，實作者之可取法者，故劉勰稱「乃雅頌之博徒，而詞賦之英傑也」。

學者指出，「變乎騷」之「變」即〈通變〉之「變」，蓋探討繼承與創新之原則方法也，前文亦引張少康之言：〈原道〉、〈徵聖〉、〈宗經〉爲「通」，〈正緯〉、〈辨騷〉爲「變」。由〈辨騷〉觀之，劉勰蓋以爲，自聖人經典，至後世之文，其發展之中，有一變者，即屈騷也，故〈辨騷〉開端曰：「自風雅寢聲，莫或抽緒，奇文鬱起，其《離騷》哉！固已軒翥詩人之後，奮飛辭家之前，豈去聖之未遠，而楚人之多才乎！」此說已突顯屈騷「變」之意義，在上承《詩經》，下啓漢賦也。然其「變」之具體若何？劉勰〈辨騷〉曰：

> 故〈騷經〉、〈九章〉，朗麗以哀志；〈九歌〉、《九辯》，綺靡以傷情；〈遠遊〉、〈天問〉，瓌詭而慧巧，〈招魂〉、〈大招〉，耀豔而深華；〈卜居〉標放言之致，〈漁父〉寄獨往之才。故能氣往轢古，辭來切今，驚采絕艷，難與並能矣。

所舉《楚辭》諸篇章，各標新意，與聖人經典迥異，然大抵肯定其特色與優點，故贊曰：「不有屈原，豈見〈離騷〉？」即肯定以屈原爲首之《楚辭》也。故劉勰所論四同者，通也，四異者，變也，通之目的在變，故其言曰：

> 是以枚賈追風以入麗，馬揚沿波而得奇，其衣被詞人，非一代也。故才高者菀其鴻裁，中巧者獵其豔辭，吟諷者銜其山川，童蒙者拾

其香草。若能憑軾以倚雅頌，懸轡以馭楚篇，酌奇而不失其貞，翫華而不墜其實，則顧盼可以驅辭力，欬唾可以窮文致，亦不復乞靈於長卿，假寵於子淵矣。

彥和既肯定《楚辭》，舉西漢著名賦家，如枚乘、賈誼、司馬相如、揚雄等人，皆深受屈騷影響，而取法屈騷，應持何種原則？劉勰謂「酌奇而不失其貞，翫華而不墜其實」，奇眞、華實之間，劉勰「唯務折衷」（〈序志〉），蓋執經典之正，以馭屈騷之奇也，故屈騷之爲奇文，義兼正變；奇者，〈定勢〉所謂「執正以馭奇」也。

第二節　徐庾麗辭之雅正與用典

一、徐庾麗辭之雅正觀

（一）徐陵麗辭之雅正觀

雅俗爲相對之概念，《論語》:「子所雅言，《詩》、《書》、執禮，皆雅言也。」又 :「子曰 : 惡鄭聲之亂雅樂也。」劉勰《文心雕龍・體性》亦曰 :「體式雅鄭，鮮有反其習。」然則雅鄭固爲相對立者也，雅者正也，所謂「思無邪」、「樂而不淫，哀而不傷」、「發乎情，止乎禮義」者也。顏之推《顏氏家訓・文章》曰 :「吾家世文章，甚爲典正，不從流俗，梁孝元在蕃邸時，撰〈西府新文〉，訖無一篇見錄者，亦以不偶於世，無鄭、衛之音故也。」〔註 37〕推崇其父顏協之文，以其「甚爲典正」，其所以「不從流俗」，「無鄭、衛之音故也」，故知典正之文，必模仿經典，不入浮華之區。

故知文辭之求雅者，指內容思想之醇正雍容。然梁朝宮體之風既興，辭務妖豔，徐陵〈玉臺新詠集序〉嘗言 :

於是燃脂瞑寫，弄筆晨書，選錄豔歌，凡爲十卷。曾無參於雅頌，亦靡濫於風人，涇渭之間，若斯而已。〔註 38〕

徐陵《玉臺》之編，既爲奉蕭綱之命，則於無參雅頌之豔歌，豈不以蕭綱之喜好而選錄乎？其早期豔歌之作，豈不以附和蕭綱而作乎？且此《玉臺》之體，

〔註 37〕　王利器 :《顏氏家訓集解 : 增補本》（北京 : 中華書局，2002 年 8 月），頁 270。

〔註 38〕〔陳〕徐陵撰，許逸民校箋 :《徐陵集校箋》（北京 : 中華書局，2008 年 8 月），冊 1，頁 228。按，本論文所引徐陵麗辭皆出自此書，以下不另註出處。

未得視爲徐陵文學之本色也，何則？蓋《玉臺新詠》雖以「新」命名，《南史．徐陵傳》謂徐陵：「其文頗變舊體，緝裁巧密，多有新意。」然徐陵之「新」，其意不僅限於《玉臺》宮體之新，亦未有大量狹隘男女情思之作也。次則徐陵文學創作之顛峰，皆文質相宜之作，此足以示徐陵之文德也。蓋姚思廉《梁書．裴子野傳論》曰：「阮孝緒常言，仲尼論四科，始乎德行，終乎文學。有行者多尚質樸，有文者少蹈規矩，故衞、石靡餘論可傳，屈、賈無立德之譽。若夫憲章游、夏，祖述回騫，體兼文行，於裴幾原見之矣。」〔註39〕以爲有德者其文以質樸爲尚，有文而無德行者則其文多不合矩，必也體兼文行，德文雙美爲佳。此與《論語》：「有德者必有言，有言者不必有德。」同意也，而於徐陵庶幾見之。再則以魏收批評徐陵之言觀之，《太平御覽》卷五八五引《三國典略》云：「齊主嘗問於魏收曰：『卿才何如徐陵？』收時曰：『臣大國之才，典以雅；徐陵亡國之才，麗以豔。』」〔註40〕魏收自許爲典雅之才，評徐陵文爲亡國豔麗之體，而《陳書．徐陵傳》則云：「自有陳創業，文檄軍書及禪授詔策，皆陵所製，而九錫尤美。爲一代文宗，亦不以此矜物，未嘗詆訶作者。其於後進之徒，接引無倦。世祖、高宗之世，國家有大手筆，皆陵草之。」〔註41〕知徐陵固爲貞正之才也。以今觀之，追求典雅之魏收，性格輕薄，與庾信文並綺豔之徐陵，性格貞正，則陵之才學器識，超出魏收不知幾許也。徐陵於冊文、德政碑之作，推崇德政，必歸之雅頌，如〈冊陳王九錫文〉：

挹建武之風猷，歌宣王之雅頌，此又公之再造於皇家者也。

又曰：

以公調理陰陽，燮諧《風》《雅》，三靈允降，萬國和同，是用錫公軒縣之樂，六佾之舞。以公宣導王猷，弘闡風教，光景所照，鞮象必通，是用錫公朱户以居。

此文作於梁敬帝太平二年（557）九月，上文「挹建武之風猷」，以劉秀光復漢朝爲喻。「歌宣王之雅頌」，謂周宣王即位，人相輔之，修政、法文武成康之遺風，諸侯復宗周。下句「燮諧《風》《雅》」、「弘闡風教」云云，並皆推崇雅頌醇正之意。又如〈司空徐州刺史侯安都德政碑〉：

〔註39〕〔唐〕姚思廉：《梁書》（北京：中華書局，1973年5月），冊2，頁449～450。

〔註40〕〔宋〕李昉編，夏劍欽、王巽齋等校點：《太平御覽》（石家莊：河北教育出版社，1994年7月），卷5，頁612。

〔註41〕〔唐〕姚思廉：《陳書》（北京：中華書局，2002年10月），冊2，頁335。

至於流名《雅》《頌》，著美《風》詩，年代悠然，寂寥無紀。其能繼茲歌詠者，司空侯使君乎？自文昭武穆，祚土開家，濮水盛其衣簪，滎波分其緒秩。仁義之道，夷門美於大梁；儒雅之風，司徒重於強漢。

《陳書》謂侯安都（519～563）東討留異，於陳文帝天嘉三年（562）夏得勝而回，「以功加侍中、征北大將軍，增邑並前五千戶，仍還本鎮。其年，吏民詣闕表請立碑，頌美安都功績，詔許之」。觀其陳政事，宣功績，必歸之於雅頌之繼，流名《雅》《頌》，著美《風》詩之事，亦唯侯安都能之，然則徐陵尚雅正之主張，不其明乎？又其評騭文學，亦唯雅頌是賞，如〈與李那書〉曰：

但恨耆闍遠嶽，檀特高峰，開士羅浮，康公懸溜，不獲銘茲雅頌，耀彼幽巖。循環省覽，用忘饑渴。握之不置，恒如趙璧；玩之不足，同於玉枕。京師長者，好事才人，爭造蓬門，請觀高製。軒車滿路，如看太學之碑；街巷相塡，無異華陰之市。

以上徐陵贊北朝李那之碑文也，查其所以循環省覽，用忘饑渴者，以李那碑文之「銘茲雅頌」，故能「耀彼幽巖」之故也。

質言之，徐陵現存駢文中，多爲國事廟堂應制之篇，如其〈進封陳司空爲長城公詔〉、〈封陳公九錫詔〉、〈禪位陳王詔〉、〈陳武帝即位詔〉、〈禪位陳王璽書〉、〈陳武帝下州郡璽書〉、〈冊陳王九錫文〉、〈禪位陳王策〉等，此類詔冊、璽書，本爲帝王官方之文體，而徐陵代作之也；他如碑、銘、墓誌，或頌帝王之德，或頌功臣之政，或爲名人雅士而寫，皆義歸雅正，一代文宗，固無愧也。

（二）庾信麗辭之雅正觀

《北史．庾信傳》稱庾信：「聘於東魏，文章辭令，盛爲鄴下所稱。」〔註42〕蓋其爲梁朝使臣，則其文學之尚雅正，與其身份相符，豈不有由？其平時聆樂，亦聽於雅曲，如〈哀江南賦〉曰：

侍戎韜於武帳，聽雅曲於文弦。〔註43〕

〔註42〕〔唐〕李延壽：《北史》（北京：中華書局，2003年7月），冊9，頁2793。

〔註43〕〔北周〕庾信撰，〔清〕倪璠注，許逸民校點：《庾子山集注》，冊上，頁108。按，本書所引庾信麗辭皆出自此書，以下不另註出處。

此庾信自謂在梁時身兼文武，而愛好雅曲也。建安以來，欣賞哀樂，以悲爲美，蔚爲風氣，《後漢書・服妖志》引《風俗通》:「時京師賓婚宴會，皆作魁𡣍，酒酣之後，續以挽歌。」〔註 44〕魁𡣍本喪家樂，漢末用之嘉會。又《後漢書・周舉列傳》:「(梁)商大會賓客，讌于洛水，(周)舉時稱疾不往，(梁)商與親暱酣飲極歡，及酒闌倡罷，繼以〈韰露〉之歌，坐中聞者，皆爲掩涕。」〔註 45〕〈韰露〉爲古代著名輓歌，乃於歡飲之際而唱之。又如繁欽〈與魏文帝牋〉:「潛氣內轉，哀音外激……同坐仰歎，觀者俯聽，莫不泫泣殞涕，悲懷慷慨。」〔註46〕曹丕〈善哉行・其二〉:「哀絃微妙，清氣含芳。流鄭激楚，度宮中商。感心動耳，綺麗難忘。」〔註 47〕王粲〈公讌詩〉:「管絃發徽音，曲度清且悲。」〔註 48〕若此之類，皆以欣賞哀樂，以得精神之愉悅，錢鍾書故曰:「奏樂以生悲爲善音，聽樂以能悲爲知音，漢魏六朝，風尚如聽。」〔註 49〕又曰:「吾國古人言音樂以悲哀爲主。」〔註 50〕然則風氣如斯，庾信乃反其道，以聆雅樂爲尚，豈不有深意藏焉！

唐段成式《酉陽雜俎》載:「信曰:我江南才士，今日亦無舉世所推，如溫子升獨擅鄴下，嘗見其詞筆，亦足稱是遠名。近得魏收數卷碑，製作富逸，特是高才也。」前引《太平御覽》，魏收自許爲典雅之才，然則庾信稱讚之，蓋肯定其典雅，而有趨同之文學觀乎！且其庾姓家世，來歷不凡，《南史・庾易傳》稱其祖父庾易:「以文義自樂。」〔註 51〕庾信〈擬連珠〉其三十八云:「蓋聞卷葹不死，誰必有心；甘蕉自長，故知無節。是以螺蚌得路，恐異驪淵；雀鼠同歸，應非丹穴。」喻己在魏周，如宿莽之傷心，珠在蚌中，即異驪龍之頷；穴雖巢雀，終非鳳凰所居，故其內心隱然自高自矜，夷夏既分，此其文尚雅正之心理也。

〔註44〕〔宋〕范曄撰，〔唐〕李賢等注:《後漢書》(北京：中華書局，1973 年 8 月)，冊 11，頁 3273。

〔註45〕同上註，冊 7，頁 2028。

〔註46〕〔梁〕蕭統編，〔唐〕李善注:《文選》(臺北：華正書局，2000 年 10 月)，頁 565。

〔註47〕〔明〕張溥輯:《漢魏六朝百三名家集》，冊 1，《魏文帝集》，頁 745。

〔註48〕同上註，冊 2，《王侍中集》，頁 140。

〔註49〕錢鍾書:《管錐編》(北京：新華書店，2007 年 12 月)，冊 3，頁 946。

〔註50〕同上註，頁 949。

〔註51〕〔唐〕李延壽:《南史》，冊 4，頁 1245。

故庾信之入北，文尚雅正之趨勢愈顯，重文學政治教化之功能，所作郊廟歌辭，皆闡揚雅頌之精神，如〈燕射歌辭・變宮調〉二首之二：

移風廣軒曆，崇德盛唐年。成文興大雅，出豫奏鈞天。
黃鍾六律正，閶闔八風宣。孤竹調陽管，空桑節雅弦。
舞林鸞更下，歌山鳳欲前。聞音能辨俗，聽曲乃思賢。
感物觀治亂，心恒防未然。君子得其道，太平何有焉！

其文典正雍容，觀其「興大雅」之說，以爲詩、樂、舞之能移風易俗，觀治亂之得失，故爲政之君子，當得大雅之道，以致太平也。又其〈燕射歌辭・商調曲〉四首之一：

有剛有斷，四方可以寧。既頌既雅，天下乃升平。

以爲天下皆雅頌之音，則可以升平也。又其〈上益州上柱國趙王二首〉：

風流盛儒雅，泉湧富文詞。

又〈周使持節大將軍廣化郡開國公丘乃敦崇傳〉：

文必正詞，絃惟雅曲。

又〈周上柱國齊王憲神道碑〉：

水涌詞鋒，風飛文雅。

又其〈趙國公集序〉：

公斟酌《雅》《頌》，諧和律呂。

凡此皆庾信詩文所見，觀其盛讚雅頌，既表肯定對方之意，亦其強調爲文之尚雅正也。又其〈賀新樂表〉云：

我太祖文皇帝，體國經野，設官分職，變魏作周，移風正雅，衣裳而朝萬國，珪璧而會諸侯。至如經綸圖籍，校讎煙燼，樂正無缺章，秩宗無廢典。豈但《商頌》十篇，得諸太師之室；《虞書》、《五禮》，取於恭王之宮？

此篇作於周武帝時，肯定北周之代西魏，其中尤在「移風正雅」之讚賞，然則綜觀其一生之創作，自〈哀江南賦〉述在梁之聽雅曲，終肯定北周之「移風正雅」，其推崇雅正之意一也。

二、徐庾麗辭之用典

（一）徐陵麗辭之用典

齊梁以後，文好用典，蓋自王儉始，《南史・王摛傳》云：「尚書令王儉嘗集才學之士，總校虛實，類物隸之，謂之隸事，自此始也。儉嘗使賓客隸事多者賞之，事皆窮，唯廬江何憲爲勝，乃賞以五花簟、白團扇。坐簟執扇，容氣甚自得。」〔註 52〕其時用典謂之隸事，諸家競以典事排比而爭勝也。揆其原因，略有數端：一爲重經典。黃侃《文心雕龍札記・事類》：「逮及漢魏以下，文士撰述，必本舊言，始則資於訓詁，繼而引錄成言，終則綜輯故事。爰至齊梁，而後聲律對偶之文大興，用事采言，尤關能事。」〔註 53〕故知用事采言爲古來文章寫作之傳統，其因即在以爲文章有經世致用之功，故爲文須博古，方能致用，即鍾嶸所謂：「夫屬詞比事，乃爲通談。若乃經國文符，應資博古；撰德駁奏，宜窮往烈。」〔註 54〕次爲信古心態。劉勰《文心雕龍・事類》所謂：「據事以類義，援古以證今。」欲利於敘事議論，須用類事、援古之法，黃侃《文心雕龍札記》釋之曰：「意皆相類，不必語出於我；事苟可信，不必義起乎今，引事引言，凡以達吾之思而已。若夫文之以喻人也，徵於舊則易爲信，舉彼所知則易爲從。」〔註 55〕蓋六朝人欲提升文章之地位，又因其信古之心態，以爲文章在爲聖人代言，故文融經典，則文之地位提升，始能如曹丕所言「文章者，經國之大業，不朽之盛事」(《典論・論文》)。三則便於抒情。抒情之作，其悲喜之情緒，常因外在環境，周遭背景所引起，即劉勰所謂「睹物興情，情以物興」(〈詮賦〉)，而史事之再現，自能渲染情緒，傳染予讀者，而引發共鳴。四則重史之風。六朝隸事之風盛，與史學之興，亦有關焉。其時文人，多有作史之志，劉知幾云：「孝穆在齊，有志梁史。」〔註 56〕又云：「故知史之爲務，必藉於文。」〔註 57〕而徐陵乘勢而起，博涉史籍，又富辭令之才，而其隸事之富，又跨邁群輩矣。今就許逸民《徐陵集校箋》觀之，其麗辭用典之出處，涵蓋經史子集，尤以《史記》、《左傳》最夥，蓋以其曾任使臣行人之官，故史載之行人辭令之故實技巧，足資援引，觀其〈與齊尚書僕射楊遵彥書〉，曹道衡、沈玉成《南北朝文學史》謂其筆法頗得

〔註 52〕〔唐〕李延壽：《南史》，冊 4，卷 49，頁 1213。

〔註 53〕黃侃：《文心雕龍札記》(北京：中華書局，2006 年 5 月)，頁 229。

〔註 54〕王叔岷：《鍾嶸詩品箋證稿》，〈詩品序〉，(北京：中華書局，2007 年 7 月)，頁 93。

〔註 55〕黃侃：《文心雕龍札記》，頁 228。

〔註 56〕〔唐〕劉知幾撰，〔清〕浦起龍通釋：《史通通釋》(上海：上海古籍出版社，2009 年 12 月)，頁 232。

〔註 57〕同上註，頁 167。

力於《左傳》中之行人辭令，說理透辟，且富於形象性之語言。〔註 58〕試舉數段觀之：

又若以吾徒應還侯景，侯景凶逆，殲我國家，天下含靈，人懷憤厲。既不獲投身社稷，衛難乘輿，三家磔蚩尤，千刀剸王莽，安所謂俯首頓膝，歸奉寇讎，佩弭腰鞬，爲其皂隸？又日者通和，方敦曩睦；凶人狙詐，遂駭狼心。頗疑宋萬之誅，彌懼荀罃之請，所以奔蹄勁角，專恣憑陵，凡我行人，偏膺讎憾。

北齊懼孝穆歸附侯景（503～552），未許南歸，孝穆據理力辯，斥侯景爲凶逆，決不做他人之臣，其隸事有運用《左傳》者，如「佩弭腰鞬」用《左傳．僖公二十三年》「左執鞭弭，右屬櫜鞬」。「爲其皂隸」用《左傳．昭公七年》「故王臣公，公臣大夫，大夫臣士，士臣皂，皂臣輿，輿臣隸，隸臣僚，僚臣僕，僕臣臺」。「遂駭狼心」用《左傳．宣公四年》：「諺曰：『狼子野心。』」。「頗疑宋萬之誅」用《左傳．莊公十二年》：「十二年秋，宋萬弒閔公于蒙澤」。「彌懼荀罃之請」用《左傳．成公三年》「晉人歸楚公子穀臣與連尹襄老之屍于楚，以求荀罃」。「憑陵」用《左傳．襄公二十五年》：「以憑陵我敝邑。」觀其用典之法，或舉成詞，或用人事，皆行心應手。又如：

又兵交使在，雖著前經，儻同徇僕之尤，追肆韓山之怒，則凡諸元帥，並釋縲囚，爰及偏裨，同無翦馘。乃至鍾儀見赦，朋笑遵途；襄老蒙歸，《虞歌》引路。吾等張旝拭玉，修好尋盟，涉泗之與浮河，郊勞至於贈賄，公恩既備，賓敬無違，今者何愆，翻無貶責？若以此爲言，斯所未喻六也。

北齊人或尚敵視梁朝，不遣行人，徐陵則以鍾儀、知罃自喻，示其氣節，冀爲兩國之好而致力焉。觀其運用《左傳》之典，駕輕就熟，如「兵交使在」，用《左傳．成公九年》：「欒書伐鄭，鄭人使白蠲行成，晉人殺之，非禮也。兵交，使在其間可也。」示北齊扣留我之不合禮也。又如「徇僕之尤」用《左傳．文公十年》：「宋公違命，無畏抶其僕以徇。」「並釋縲囚」用《左傳．成公三年》：「兩釋纍囚，以成其好。」「鍾儀見赦」用《左傳．成公九年》晉侯觀於軍府，見鍾儀，而見其不背本色、不忘舊、無私、尊君、仁信忠敏等品德，可合晉楚之成，故重爲之禮，使其歸而求成。「襄老蒙歸」化用《左傳．

〔註 58〕曹道衡、沈玉成：《南北朝文學史》（北京：人民出版社，2006 年 6 月），頁 249～250。

宣公十二年》楚以晉人知罃與晉交換楚公子穀臣、連尹襄老之屍，以達和好。凡此數典，皆鏗鏘有力，形容貼切，此徐陵用典之特色，於慷慨激昂中，不失其儒雅也。

（二）庾信麗辭之用典

庾信用典涵蓋亦廣〔註 59〕，《北史・庾信傳》云：「信幼而俊邁，聰敏絕倫，博覽群書，尤善《春秋左氏傳》。」〔註 60〕又庾信〈哀江南賦〉自言「昔桓君山之志事，杜元凱之生平，並有著書，咸能自序」，桓譚字君山，嘗作《新論》，述古今，寓褒貶，自比於《春秋》。杜預字元凱，博學多才，嘗自言「臣有《左傳》癖」〔註 61〕，注《春秋左氏經傳集解》，沾溉後世甚巨。庾信既以桓譚、杜預爲模範，則其志向可知矣，蓋與徐陵同有修史之史家意識也，故其〈哀江南賦〉言：「信身世等於龍門，辭親同於河洛，奉立身之遺訓，受成書之顧託。」〈奉報寄洛州〉：「留滯終南下，惟當一史臣。」〈擬詠懷二十七首〉其二十：「一思探禹穴，無用鑿皋蘭。」凡此皆庾信自比於史臣，而有修史之意也。其後既不得意，乃終生羈北，雖然，其作〈哀江南賦〉，則有賦史之譽也，查其所以然者，蓋其歷述梁朝興亡成敗之因，又多用《左傳》之典〔註 62〕。《左傳》者，所以明聖人一字寓褒貶、與夫撥亂反正之意者也。庾信既多用《左傳》故實，據事以類義，援古以證今，則其文之情志可知，亦儒雅之類也。觀之〈哀江南賦〉：

> 既無謀於肉食，非所望於《論都》。未深思於五難，先自擅於二端。登陽城而避險，臥砥柱而求安。既言多於忌刻，實志勇於形殘。但坐觀於時變，本無情於急難。地爲黑子，城猶彈丸。其怨則黷，其

〔註 59〕 據林怡統計，庾信用典包括：《周易》、《尚書》、《詩經》、《禮記》、《左傳》、《國語》、《戰國策》、《史記》、《漢書》、《後漢書》、《吳越春秋》、《魏志》、《竹書紀年》、《論語》、《老子》、《莊子》、《呂氏春秋》、《淮南子》、《抱朴子》、《列子》、《楚辭》、《樂府古詩》、《山海經》、《穆天子傳》、《新序》、《異苑》、《列女傳》、《列仙傳》、《説苑》、《博物志》、《搜神記》、《拾遺記》、《神仙傳》、《述異記》、《世説新語》、《幽冥錄》等。見林怡：《庾信研究》（北京：人民文學出版社，2000 年 5 月），頁 112。

〔註 60〕 〔唐〕李延壽：《北史》，冊 9，頁 2793。

〔註 61〕 〔唐〕房玄齡：《晉書》（北京：中華書局，1982 年 12 月），冊 2，頁 1032。

〔註 62〕 據徐寶余統計，〈哀江南賦〉用《左傳》典故最多，達 86 次，占此賦用典總量五分之一多。見徐寶余：《庾信研究》（上海：學林出版社，2003 年 12 月），頁 113～114。

盟則寒。豈冤禽之能塞海，非愚叟之可移山。況以沴氣朝浮，妖精夜隕。赤鳥則三朝夾日，蒼雲則七重圍軫。亡吳之歲既窮，入郢之年斯盡。

此段敘梁元帝平侯景之亂而承帝業，然江陵中興不久之因由。「既無謀於肉食」用《左傳・莊公十年》：「其鄉人曰：『肉食者謀之，又何間焉。』劌曰：『肉食者鄙，未能遠謀。』」「未深思於五難」用《左傳・昭公十三年》：「韓宣子問於叔向曰：『子干其濟乎？』對曰：『難。』宣子曰：『同惡相求，如市賈焉，何難？』對曰：『無與同好，誰與同惡，取國有五難：有寵而無人，一也；有人而無主，二也；有主而無謀，三也；有謀而無民，四也；有民而無德，五也；……楚君子干涉，五難以殺舊君，誰能濟之？」「登陽城而避險」用《左傳・昭公四年》：「陽城大室，荊山中南，九州之險也。」「本無情於急難」用《左傳・僖公九年》：「公謂公孫枝曰：『夷吾其定乎？』對曰：『臣聞之，唯則定國，《詩》曰：不識不知，順帝之則，文王之謂也。又曰：不僭不賊，鮮不爲則，無好無惡，不忌不克之謂也。今其言多忌克，難哉！』」言元帝忌克殘忍，當援師討景時，但坐觀時變，剛無兄弟急難之義也。「其怨則黷」用《左傳・宣公十二年》：「君無怨讟。」「赤鳥則三朝夾日」用《左傳・哀公六年》：「有雲如眾，赤鳥夾日以飛，三日。」示元帝即位以來，災異迭見，梁運將終也。觀其比物連類，而《左傳》之典，言如泉湧，思若飆發，論如史學，義與道合。劉勰宗經之體有六義，其四曰「義貞而不回」，以庾信文觀之，信然。

六朝詩文自齊梁後，梁簡文帝與庾肩吾之屬，始爲輕浮綺靡之詞，名曰宮體。自後沿襲，務於妖豔，境內化之。而本節分析徐庾麗辭之用典，乃見其用典之心態，與典事之選擇，皆有雅正之道，故設此章節，以與上節《文心雕龍》樞紐論對比焉。若乃劉勰〈事類〉之說，徐庾用典之術，義涉修辭，非關樞紐，暫不論焉。

第三節　以《文心雕龍》樞紐論分析徐庾麗辭

一、《文心雕龍》文德說與徐庾麗辭

劉勰〈原道〉曰：「文之爲德也，大矣」，繼之則列舉天地日月、山川雲霞、動物植物之形色美，與林籟泉石之音韻美，以顯「道之文」之作用，乃謂：「無識之物，鬱然有彩，有心之器，其無文歟？」引入人文。其描述人文，

始於符號，包易卦、河圖、洛書、文字而言之，繼則敘炎皞以迄孔子，皆基於文字，而建立文明，終則以爲文明之理想目的，爲「雕琢情性」也。雕琢情性屬於道德之善，然則文學之美，又如何導人之性於道德之善乎？此其文德說所由來也。劉勰以爲「文之爲德」，其根源本於「道」，其具體之落實，則爲聖人之「文」，以爲道、聖、文之間，有循環相生、同位一體之關係，其說糅合於傳統強調社會功用之詩教觀，故〈序志〉曰：「唯文章之用，實經典枝條……詳其本源，莫非經典。」由此而有〈徵聖〉、〈宗經〉之作。故劉勰之文德說，於現實與功能，皆關乎儒家政治教化者也，故而推論文章重要之功用，即在發揚仁孝等倫理道德也。

今以劉勰文德說，較之徐庾，徐庾麗辭當爲劉勰文德說之具體落實者，蓋兩漢之時，儒學極盛，魏晉六朝以來，則佛道盛而儒教衰，梁武帝（蕭衍，464～549）乃有復興之舉，《南史・儒林傳》云：「自兩漢登賢，咸資經術。洎魏正始以後，更尚玄虛，公卿士庶，罕通經業。時荀顗、摯虞之徒，雖議創制，未有能易俗移風者也。自是中原橫潰，衣冠道盡。逮江左草創，日不暇給，以迄宋、齊，國學時或開置，而勸課未博，建之不能十年，蓋取文具而已。是時鄉里莫或開館，公卿罕通經術，朝廷大儒，獨學而弗肯養眾，後生孤陋，擁經而無所講習，大道之鬱也久矣乎。至梁武創業，深愍其弊，天監四年，乃詔開五館，建立國學，總以五經教授，置五經博士各一人。於是以平原明山賓、吳郡陸璉、吳興沈峻、建平嚴植之、會稽賀瑒補博士，各主一館。館有數百生，給其餼廩，其射策通明經者，即除爲吏，於是懷經負笈者雲會矣。又選學生遣就會稽雲門山，受業於廬江何胤，分遣博士、祭酒，到州郡立學。七年，又詔皇太子、宗室、王侯始就學受業，武帝親屈輿駕，釋奠於先師先聖，申之以讌語，勞之以束帛，濟濟焉，洋洋焉，大道之行也如是。」〔註 63〕故知梁武即位之初，即頒令而促儒學之興焉。皮錫瑞《經學歷史》亦曰：「南朝以文學自矜，而不重經術；宋齊及陳，皆無足觀。惟梁武起自諸生，知崇經術。崔、嚴、何、伏之徒，前後並見升寵，四方學者靡然向風，斯蓋崇儒之效。」〔註 64〕故知徐陵、庾信身當儒學復興之時，深受陶冶，雖屬簡文之集團，扇宮體之豔風，然其文尚有溫柔敦厚之致，亦多體現儒家之旨，試觀徐陵〈與李那書〉：

〔註 63〕〔唐〕李延壽：《南史》（北京：中華書局，2003 年 6 月），冊，卷 71，頁 1730。
〔註 64〕皮錫瑞：《增註經學歷史》（臺北：藝文印書館，2004 年 3 月），頁 190。

循環省覽，用忘饑渴。握之不置，恒如趙璧；玩之不足，同於玉枕。京師長者，好事才人，爭造蓬門，請觀高製。軒車滿路，如看太學之碑；街巷相塡，無異華陰之市。

「太學之碑」爲蔡邕所書立於太學門之碑文，「華陰之士」指隱居華陰山之張楷，此皆儒家代表，徐陵以李那之碑文比之，豈不以碑文之文德與功能，等於儒家之文者哉？觀之徐陵麗辭，其文多與政治教化相關，如詔、冊、告天文、璽書，皆官方文體；至於個人書信，如〈與齊尚書僕射楊遵彥書〉，蓋侯景亂時，陵出使東魏，因受拘留不返；其致書求還，歷數多方理由，皆能自占地步，以示節操，清陳維崧謂其「河北諸書，奴僕《莊》、《騷》，出入《左》、《國》，即前此史遷、班掾諸史書，未見。」〔註 65〕蓋以儒家聖人經典爲通變（通變論見本論文第七章「《文心雕龍》通變論與徐庾麗辭」）也。

劉勰〈宗經〉有性靈之說：「洞性靈之奧區，極文章之骨髓。」庾信更有具體之性靈說，以爲文學乃性情、才華、學識之綜合表現，爲文必抒其眞情，〈謝趙王示新詩啓〉曰：

四始六義，實動性靈。

庾信性靈說以爲爲文必抒其眞情，蓋眞情者自然流露，自然而來也；然於重視文學表現內心眞情之內容，又不忽視經典之作用，此則與劉勰文德說宗經觀相契合也。劉勰《文心雕龍．宗經》曰：

故文能宗經，體有六義：一則情深而不詭，二則風清而不雜，三則事信而不誕，四則義貞而不回，五則體約而不蕪，六則文麗而不淫。

沈謙釋之曰：「此言文能宗經之效。情深風清，志之事也；事信義貞，辭之事也；體約文麗，文之事也。」〔註 66〕其所言及之志、辭、文三端，恰爲庾信性靈說之內容。庾信性靈說既主抒寫表現眞情，又能宗經，故能「情感深摯而不詭詐，風格清純而不駁雜」〔註 67〕。《北史．庾信傳》謂庾信「尤善《春秋左氏傳》」，故知信嫻熟於《左傳》之學，非惟善裁經文，亦且賦合史筆，所作〈哀江南賦〉有賦史之譽，此即取材「敘事眞實而不荒誕，義理堅正而

〔註 65〕〔清〕陳維崧撰，陳振鵬標點，李學穎校補：《陳維崧集》，(上海：上海古籍出版社，2010 年 12 月)，冊上，〈詞選序〉，頁 54。

〔註 66〕沈謙：《文心雕龍之文學理論與批評》(臺北：華正書局，1990 年 7 月)，頁 48。

〔註 67〕〔梁〕劉勰撰，詹鍈義證：《文心雕龍義證》(上海：上海古籍出版社，1994 年 3 月)，冊上，頁 84。

不回邪」〔註 68〕。信文學觀重性靈，尚悲情，觀其〈周大將軍懷德公吳明徹墓誌銘〉，於碑誌中，寓一己身世之感，融個人身世悲情於碑誌中，於碑誌體頗爲創舉，其敘事又能逐節敷寫，合蔡邕之矩矱，故能「文體簡練而不蕪雜，文辭華麗而不淫靡」〔註 69〕。凡此，見庾信之性靈觀，大致與劉勰相契也，亦即劉勰〈宗經〉:「義既極乎性情，辭亦匠於文理。」之謂也。

二、《文心雕龍》雅正觀與徐庾麗辭

劉勰樞紐論既主宗經，進而肯定「雅正」之文，〈宗經〉曰:「若稟經以製式，酌雅以富言，是即山而鑄銅，煮海而爲鹽也。」而徐庾麗辭之雅正，上節既分述矣，可證合乎劉勰雅正觀，如徐陵〈冊陳公九錫文〉，蔣士銓評:「氣體淵雅，語義勻稱。」〔註 70〕即謂其合於雅正也，蓋徐陵公文之造語，多模仿經書文辭，合乎劉勰《文心雕龍・體性》所言「典雅者，鎔式經誥，方軌儒門」。徐陵尚有少數篇章，亦有風刺之意，如〈答周處士書〉:

> 辱去年三月二十七日告，仰披華翰，甚慰翹結。承歸來天目，得肆閒居，差有弄玉之俱仙，非無孟光之同隱。優游俯仰，極素女之經文；升降盈虛，盡軒皇之圖藝，雖復考槃在阿，不爲獨宿，詎勞金液，唯飲玉泉。比夫煮石紛紜，終年不爛；燒丹辛苦，至老方成。及其得道冥眞，何勞逸之相懸也。又承有方生，亦在天目，理當仰稟明師，總斯秘要。豈如張陵弟子，自墜高巖；孫泰門人，競投滄海。何其樂乎！聖朝虛心版築，尚想丘園，若彼能赴嘉招，便當謹申高命。但其人往歲，亦望至京師，觀此風神，確乎難拔。故以忘懷爵祿，詎持犧牲之談；高視公卿，獨騁蜉蝣之訓。所恐有道三辟，公車十徵，若斯者終當不屈。此既然矣，請復詳言。昔楚國兩龔，同時紆組；漢陰二老，相攜抱甕。凡之幽貞，若其鑿坏負石，方同形影；結綬彈冠，無容越楚。況乎糞土夔龍，糟膍名器，已行所不欲，非應及人。忽承來音，良以多感。何則？潁陽巢父，不曾令薦許由；商洛園公，未聞求徵綺季。斯所未喻高懷，而躊躇於矛楯也。

〔註 68〕〔梁〕劉勰撰，詹鍈義證：《文心雕龍義證》（上海：上海古籍出版社，1994年 3 月），冊上，頁 85。

〔註 69〕同上註。

〔註 70〕〔明〕王志堅編，〔清〕蔣士銓評：《評選四六法海》（臺北：德志出版社，1963年 7 月），頁 13。

唯遲山阿近信，更惠芳音，如或誠言，謹便聞奏。弟夙勞比劇，不復多呈。徐陵白。

此周弘讓（約 498～577）與徐陵薦方圓（？～？），徐陵所答書。蓋周弘讓其人，始仕不得志，隱於句容之茅山，頻徵不出，晚仕侯景。其先隱後仕，非眞隱者，其薦方圓出仕，蓋欲孝穆薦方圓於朝，於徵聘之時，方圓則不應，純爲增處士之虛名耳。《陳書・徐陵傳》謂陵「爲一代文宗，亦不以此矜物，未嘗詆訶作者。其於後進之徒，接引無倦。」乃於薦方圓一事，答書拒之，觀其「優游俯仰，極素女之經文；升降盈虛，盡軒皇之圖藝。」暗諷周弘讓爲習房中之術者，此文通篇調笑，造語運思頗見新意，蔣士銓評曰：「同時如子山，未嘗不巧不密，未嘗不新，未若孝穆之盛也。孝穆惟過巧過密，過求新意，便覺氣格大減子山。」〔註 71〕是知此文秉持雅正，而調笑之意在其中，亦有風刺之旨矣。

觀庾信各體文章，除早期梁宮之宮體賦，與夫若干之銘體，其他則皆能合其體製，而歸之雅正，觀其讚體，內容風格，皆醇正典雅，如〈堯登壇受圖讚〉：

登壇洛汭，沉玉河湄。丹圖馭馬，綠甲乘龜。榮光上幕，休氣連帷。雖存克讓，於見文思。

〈舜舞干戚讚〉：

平風變律，擊石來儀。先齊七政，更服三危。朱干獨舞，玉戚空麾。《南風》一曲，恭己無爲。

〈成王刻桐葉封虞讚〉：

虞叔百里，居河之汾。帝刻桐葉，天書掌文。禮以成德，樂以歌薰。天子無戲，唐其有君。

此皆雍容雅正。

而其麗辭中又有麗雅、清雅、淵雅、溫雅等作。如其墓誌，頗能作細節之描寫，刻畫人物之形象，如〈周大將軍聞嘉公柳遐墓誌銘〉：

諮議府君於都薨背，君奔赴，六日即屆京師。形骸毀瘁，不復可識。靈柩泝江，中川薄晚，亂流乘選，迴風反帆，舟中之人，相視失色。抱棺號慟，誓不求生。俄爾之間，風波即靜，咸以君精誠所致。成

〔註 71〕〔明〕王志堅編，〔清〕蔣士銓評：《評選四六法海》（臺北：德志出版社，1963 年 7 月），頁 234。

都孝子，自赴江流；桂陽先賢，身彰野火。並存靈柩，咸可傷嗟。

太夫人乳間發瘡，醫云：「惟得人吮癰血，或望可差。」君方寸已亂，應聲即吮。旬日之間，遂得痊復。君之事親，可謂至矣。

稱孝道爲北朝碑誌所常見，然一般皆泛泛之敘，庾信則善於情節之細部描寫，於北朝碑誌體中極少見，而合乎史傳文學之體，此其雅正之表現；又其運筆細膩逼眞，狀如目前，可稱麗雅。

其入北後諸作，則爲清新典雅，杜甫詩：「清新庾開府」〔註72〕、「庾信文章老更成，凌雲健筆意縱橫」〔註73〕者是也，如〈謝趙王賚絲布啓〉：

某啓：奉教垂賚雜色絲布三十段。去冬凝閉，今春嚴勁，雪似瓊田，凌如鹽浦。張超之壁，未足郭風；袁安之門，無人開雪。覆鳥毛而不暖。燃獸炭而逾寒。遠降聖慈，曲垂矜賑。諭其蠶月，殆罄桑車；津實秉杼，幾空織室。遂令新市數錢，忽疑販繒；平陵月夜，驚聞擣衣。妾遇新縑，自然心伏；妻聞裂帛，方當含笑。莊周車轍，實有涸魚；信陵鞭前，原非窮鳥。仰蒙經濟，伏荷深慈。

造語清新流麗，自然可誦，不以僻字逞奇，而使事甚巧，無逗砌堆疊之病，是有清雅之趣。

庾信麗辭又有淵雅者，如〈象戲賦〉：

觀夫造作權輿，皇王厥初，法凝陰於厚德，仰沖氣於清虛。於是綠簡既開，丹局直正，理洞研幾，原窮作聖。若扣洪鐘，如懸明鏡。白鳳遙臨，黃雲高映。可以變俗移風，可以莅官行政。是以局取諸乾，仍圖上玄，月輪新滿，日暈重圓，摸羽林之華蓋，寫明堂之壁泉。坤以爲輿，剛柔卷舒，若方鏡而無影，似空城而未居。促成文之畫，亡靈龜之圖。馬麗千金之馬，符明六甲之符。

觀其歌頌北周武帝制《象經》，句句使事用典，而見其博物恰聞，是淵雅之作也。

庾信麗辭又有溫雅者，如〈趙國公集序〉：

竊聞平陽擊石，山谷爲之調；大禹吹筠，風雲爲之動。與夫含吐性靈，抑揚詞氣，曲變《陽春》，光迴白日，豈得同年而語哉！柱國趙

〔註72〕〔唐〕杜甫著，〔清〕仇兆鰲注：《杜詩詳注》（北京：中華書局，2007年6月），冊1，〈春日憶李白〉，頁152。

〔註73〕同上註，冊2，〈戲爲六絕句〉，頁898。

> 國公發言為論，下筆成章，逸態橫生，新情振起，風雨爭飛，魚龍各變。方之珪璧，塗山之會萬重；譬以雲霞，赤城之巖千丈。文參曆象，即入《天官之書》；韻涉絲桐，咸歸總章之觀。論其壯也，則鵬起半天；語其細也；則鷦巢蚊睫。豈直熊熊旦上，增城抱日月之光；燄燄宵飛，南斗觸蛟龍之氣！昔者屈原、宋玉，始於哀怨之深；蘇武、李陵，生於別離之世。自魏建安之末、晉太康以來，雕蟲篆刻，其體三變。人人自謂握靈蛇之珠，抱荊山之玉矣。公斟酌《雅》《頌》，諧和律呂，若使言乖節目，則曲臺不顧；聲止操縵，則成均無取。遂得棟樑文囿，冠冕詞林，《大雅》扶輪，小山承蓋。

趙王宇文招（？～580）與庾信友善，文學庾信體，信序其文集，雖述文學起源於屈宋蘇李，哀怨別離之情，然歸趙王於斟酌《雅》《頌》，諧和律呂，文氣溫和典雅。故知庾信麗辭秉持雅正，而變化活潑。莫道才《駢文通論》以為駢文之典雅美，來自其用典與藻飾，所體現之典雅風韻；典雅美乃一綜合之美感，往往有高深、幽奧、華貴之美感內涵，故主要乃借用典與藻飾而表現〔註 74〕。然則徐庾麗辭之用典，皆能秉持雅正，又善於變化，此其所以為集六朝之大成者也。

以劉勰雅正觀分析徐庾麗辭，尚可觀察徐庾用典之情狀，用典自南朝以後，蔚成風氣，然庸才者有堆砌之弊，見鑿斧之跡，徐庾則運典多而巧，且時見新意，唯時有典故成句之重出，如：

> 正應揚龍旂以饗帝，仰鳳扆以承天。（徐陵〈勸進梁元帝表〉）
>
> 我大梁膺龍圖而受命，御鳳邸以承天。（徐陵〈為貞陽侯與太尉王僧辯書〉）
>
> 黃河白日，亟亶誠言；分災恤患，事非虛旨。（徐陵〈為貞陽侯與太尉王僧辯書〉）
>
> 黃河白日，亟降誠言；分災恤患，事非虛旨。（徐陵〈為貞陽侯與陳司空書〉）
>
> 凡廣陵、歷陽，皆許見還；白水、黃河，屢奉然諾。（徐陵〈為貞陽侯重與王太尉書〉）

〔註 74〕 莫道才：《駢文通論（修訂本）》（濟南：齊魯書社，2010 年 5 月），頁 158。

凡廣陵、歷陽，皆許見還；白水、黃河，屢奉然諾。（徐陵〈爲貞陽侯與荀昂兄弟書〉）

是知零陵孝廉，空傳玉管；始平太守，虛稱銅尺。（庾信〈賀新樂表〉）

是知零陵廟前，徒尋舜管；始平城下，空論周尺。（庾信〈爲晉陽公進玉律秤尺斗升表〉）

臣聞飛南陽之雉，尚闡霸圖；下建章之鵠，猶調和氣。（庾信〈齊王進蒼烏表〉）

南陽雉飛，尚論秦霸；建章鵠下，猶明漢德。（庾信〈齊王進赤雀表〉）

似此典故句法皆同，而重復運用，後人時有批評者，如錢鍾書謂庾信：「造語謀篇，自相襲蹈。」〔註 75〕然而鄙意此尚不足爲病，蓋麗辭至徐庾，五色相宣，八音迭奏，又因有句法，易於摘句嗟賞，若詩之有秀句圖也，此其佳句易重復運用之一因也。又徐庾用典善於出入經史，合乎劉勰宗經雅正之觀，〈宗經〉曰：「經也者，恒久之至道，不刊之鴻教也。」知經之義理，有永恒性與不易性，放諸四海而皆準，然則徐庾用典之句，乃如經義，可擇善者而重復纂組也，〈宗經〉曰：「體約而不蕪。」觀之徐庾，信然。

三、《文心雕龍》、《顏氏家訓》文章源出五經論之差異與徐庾麗辭

今欲以《文心雕龍》樞紐論分析徐庾麗辭，可再與《顏氏家訓》合觀比較，蓋《文心雕龍》與《顏氏家訓》皆有文章源出五經論，二說大同而小異，而顏之推曾事梁元帝，距劉勰不遠，故其文源五經之說，亦有劉勰發端於前之可能。顏之推〈文章〉述自古文人種種道德、人格之缺陷，又與《文心雕龍・程器》篇列數文士之瑕累相似，故比較二書之異處，再參之徐庾麗辭，則知徐庾傾向何者矣。

劉勰《文心雕龍・宗經》曰：「故論說辭序，則《易》統其首；詔策章奏，則《書》發其源；賦頌歌贊，則《詩》立其本；銘誄箴祝，則《禮》總其端；記傳盟檄，則《春秋》爲根。」顏之推《顏氏家訓・文章》曰：「夫文章者，源出於五經。詔命策檄，生於《書》者也；序述論議，生於《易》者也；歌詠賦頌，生於《詩》者也；祭祀哀誄，生於《禮》者也；書奏箴銘，生於《春秋》者也。」〔註 76〕其所不同者，奏、銘、檄三體。奏者，《文心》謂源於《書》，

〔註 75〕 錢鍾書：《管錐編》，冊 4，頁 1527。

〔註 76〕 王利器：《顏氏家訓集解：增補本》，頁 237。

《顏氏家訓》謂源於《春秋》；銘者，《文心》謂源於《禮》，《顏氏家訓》謂源於《春秋》；檄者，《文心》謂源於《春秋》，《顏氏家訓》謂源於書。徐庾麗辭無奏體，茲就銘、檄二體加以說明。

劉勰既以為「銘誄箴祝，則《禮》總其端」，而《禮記》要在記述先秦之禮制，與夫君子舉止之規範，大則國家之典、臣君之義，小則君子之揖讓進退，靡不陳述。又劉勰〈宗經〉曰：「《禮》以立體，據事制範，章條纖曲，執而後顯，采掇片言，莫非寶也。」〈銘箴〉曰：「故銘者，名也，觀器必也正名，審用貴乎慎德。」觀之《禮記．祭統》：「銘者，論撰其先祖之有德善、功烈、勳勞、慶賞、聲名，列於天下，而酌之祭器，自成其名焉，以祀其先祖者也。」〔註 77〕故知銘誄箴祝，皆與儒家禮教相關者也。以此檢視徐陵之銘，今存五篇，〈後堂望美人山銘〉比山為美人，猶是宮體之風，雖符〈銘箴〉之說，未必源出於《禮》。又如〈麈尾銘〉，麈尾即拂塵，銘於其上，全文曰：

> 爰有妙物，窮茲巧制。員上天形，平下地勢。
>
> 靡靡絲垂，綿綿縷細。入貢宜吳，出先陪楚。
>
> 壁懸石拜，帳中玉舉。既落天花，亦通神語。
>
> 用動舍默，出處隨時。揚斯雅論，釋此繁疑。
>
> 拂靜塵暑，引飾妙詞。誰云質賤，左右宜之。

觀其刻畫入微，自外觀、使用者、功用次第敘之，所使典故囊括儒釋道，確如劉勰之說。又如〈太極殿銘〉則銘皇宮正殿，朝會之地，銘有序，序則精采倍之。〈報德寺刹下銘〉、〈四無畏寺刹下銘〉並佛塔銘，蓋其時禮佛盛行，故多建寺，銘文皆莊重典雅。若其宮體之銘，非合儒家之禮制，餘則皆同劉勰之說，有據事制範，觀器正名，審用慎德之意。

庾信之宮體賦亦與徐陵同風，不論，至如其〈秦州天郡麥積崖佛龕銘〉，亦表禮制，且「銘兼褒讚」（《文心雕龍．銘箴》）。至如〈思舊銘〉一文，既非褒贊，亦非銘器物，乃梁觀寧侯蕭永（？～558）之卒，庾信悼之而作。子山與蕭永、王褒（約 513～576）二人同時羈旅，是篇皆其鄉關之思，緣情綺靡，不拘舊體，蓋新變之徵也。由上知徐庾之銘，猶較偏於劉勰之說。

茲再言檄體，劉勰以為「記傳盟檄，則《春秋》為根」，而《春秋》、《左傳》之類，編年史之體，善於記人記事，若其記戰爭與辭令，尤為精采，而庾信無檄，徐陵有〈檄周文〉：

〔註 77〕〔漢〕鄭玄注，〔唐〕孔穎達疏：《禮記正義》，卷 49。

主上恭膺寶曆，嗣奉瑤圖，既稟聖人之材，兼富神武之略。乂安兆庶，共靖戎華，同戢干戈，永銷鋒鏑。況復追惟在楚，無忘玉帛之言；軫念過曹，猶感盤餐之惠。年馳玉節之使，歲降銀車之恩，庶彼懷音，微悟知感。而反其藏匿，招我叛臣，翊從瀟湘，空竭關隴。荊梁左右，漢沔東西。籲地呼天，望停哀救。夫一人掩泣，猶愴滿堂；百姓爲心，彌切宸扆。大都督吳明徹，台司上將，德茂勳高，威著荊湘，化聞庸蜀。叱吒而平宿豫，吹噓而定壽陽，席捲江淮，無淹弦望。

劉勰〈檄移〉曰：「檄者，皦也。宣露於外，皦然明白也。」觀之上文確然，而〈宗經〉曰：「《春秋》辨理，一字見義。」然〈宗經〉又特列《書》與《春秋》爲對比，曰：「《尚書》則覽文如詭，而尋理即暢；《春秋》則觀辭立曉，而訪義方隱。」蓋《尚書》久遠，其文古奧，然能識字則能通義，《春秋》則文字易讀，而微言大義於其中，然則《春秋》特在辨理也，視之徐陵〈檄周文〉則如此。顏之推以爲「詔命策檄，生於《書》者也」，然《書》在記言，乃王言之記載，或及於君臣有關國家政務之對話，以此觀之，則徐陵之檄文，乃傾向於劉勰之說也。

第三章　《文心雕龍》緣情說與徐庾麗辭

文章既盛，風雅陵夷。穿鑿奇巧，以新色而仰止；窮力情性，以綺靡而驚聽。然而矯然跨俗者，繁采寡情；鏗爾奏奇者，崇文滅質。雖人人之握靈珠，未播颸鋑；家家之抱荊玉，莫存心聲。是以絺句繪章，而風骨不飛；引商刻羽，而負聲無力。既而彥和之論，深極骨髓，發之以情志，輔之以經典。經正緯成，獨樹立文之本；理定辭暢，偏昭有味之術。然後孚甲懷新，牢籠取態。高言熠耀於前聞，精義彌綸於百代矣。或有徐庾麗辭者，徐陵、庾信所作也，遲奉南國，能邁群賢之龍章；抄撰東宮，堪稱一代之學士。江表無事，翫風花於茵溷；金陵瓦解，飽世味之酸辛。閱歷愈深，研磨尤力。況乃含吐性靈，抑揚詞氣，賅乎眾體，斯謂之大成；出以至情，實緣於小雅。雖崇新聲，翻有文質之相宣；時發綺艷，更見情文之兼至。若其麗壇木鐸，響窮千里；藝林席珍，貴逾萬金。作翰苑之金針，即文章之淵泉，固不待言也。於是比對《文心》，察其同異，闡發幽隱，咀飫英華。以爲哀江南之蕭瑟，每多逋逸；與僧辯之書信，實有風骨。證之他篇，莫不皆然。乃知徐庾之表裏發揮，華實布濩。履綦經史，函吐宮商。誠藝苑之宏裁，學林之通矩矣。

第一節　劉勰《文心雕龍》之緣情說

一、緣情說之確立

觀夫《文心雕龍》一書，所涉之文體，如騷、賦、詩、樂府者，即今純文學之文體，至於諸子、史傳、章表、奏議，與夫銘箴誄碑者，則屬哲學、史學、公文、應用文之類。劉勰既一一論之，而〈序志〉總結曰：「夫文心者，言爲文之用心也。」然則今之所謂純文學與非純文學之文體，劉勰皆歸之爲「文」乎？近人周振甫釋之，以爲：古代之詩，其主要爲抒情者，然若以抒情而無形象之詩爲文學，則有感情、有動人威懾力量之應用文，何非文學乎？故劉勰視古代之應用文爲文，即文學之屬。〔註 1〕周氏以爲劉勰所論之「文」乃泛文學之屬，羅宗強論劉勰所謂之「文」，亦以爲乃一泛文學或雜文學之概念，而非純文學之概念。〔註 2〕則劉勰所持之「文」爲泛文學，蓋爲今學界所公認也。而由周氏之言，又引出一議題，即有情之文皆爲「文」，此則涉及「文情」之說也。

原夫古代文論，未有言及情者，其初有儒家「詩言志」之說，載之《尚書·舜典》：「詩言志，歌永言，聲依永，律和聲。」〔註 3〕《禮記·樂記》：「詩，言其志也。」〔註 4〕《荀子·儒效》亦云：「《詩》言是，其志也。」〔註 5〕蓋最初所言之志，指人之思想志向者也，故《尚書》、《春秋》有「賦詩言志」、「賦詩觀志」、「賦詩陳志」，《論語》有「盍各言爾志」，且志者多關乎政治、理想、道德者也。〈毛詩序〉則謂：「詩者，志之所之也，在心爲志，發言爲詩。情動於中，而形於言，言之不足，故嗟歎之；嗟歎之不足，故永歌之；永歌之不足，不知手之舞之、足之蹈之也。」〔註 6〕此說蓋「詩言志」之完整論述，然則既云志矣，此「情動於中」之情，又何以釋之？蓋〈毛詩序〉又言「吟詠情性，以風其上」，則此情者，謂志也，情性者，亦情志之謂也，情與志爲一致者也。此〈毛詩序〉所以謂「故正得失，動天地，感鬼神，莫近於詩。先王以是經夫婦，成孝敬，厚人倫，美教化，移風俗」，詩之功用，既如上述，以其中有「言志」也。《春秋左傳正義·昭公二十五年》孔穎達疏「六志」：「此六志《禮記》謂之六情。在己爲情，情動爲志，情志一也。」〔註 7〕以故，知最早之詩論，乃情志合一之說也。

〔註 1〕周振甫：《文心雕龍今譯》（北京：中華書局，1986 年 12 月），頁 379。

〔註 2〕羅宗強：《魏晉南北朝文學思想史》，（北京：中華書局，1996 年 10 月），頁 263。

〔註 3〕〔漢〕孔安國傳，〔唐〕孔穎達正義：《尚書正義》，《十三經注疏本》（臺北：藝文印書館，1977 年 8 月），頁 46。

〔註 4〕〔漢〕鄭玄注，〔唐〕孔穎達疏：《禮記正義》，《十三經注疏》（臺北：藝文印書館，1997 年 8 月），頁 682。

〔註 5〕〔清〕王先謙：《荀子集解》（北京：中華書局，1988 年 9 月），冊上，頁 133。

〔註 6〕〔漢〕毛亨傳，〔漢〕鄭玄箋，〔唐〕孔穎達疏：《毛詩正義》，《十三經注疏》，頁 13。

〔註 7〕〔周〕左丘明傳，〔晉〕杜預注，〔唐〕孔穎達疏：《春秋左傳正義》，《十三經注疏》，頁 891。

魏晉時，猶承詩言志之觀，詩亦以情志合一，如摯虞〈文章流別論〉：「夫詩雖以情志為本，而以成聲為節。」〔註8〕陸機〈文賦〉：「佇中區以玄覽，頤情志於典墳。」皆是，然陸機〈文賦〉亦曰：「詩緣情而綺靡」，其所謂之情，即「悲落葉於勁秋，喜柔條於芳春」（〈文賦〉）之類，屬物感之情也，其中有個人感受在焉。詹福瑞以為詩言志為志中含情，詩緣情則為情中有志。志中有情，由詩學觀最初僅有志，發展為志中增情之內涵；情中有志，則緣情為主導，而志附屬焉，甚至為情所代替，志之內涵已消弱淡化矣。〔註9〕此詹氏所細察其異者。而陸機「緣情」一詞既出，賦詩抒情之文學觀，亦由此定之矣。以此觀之，由情志合一，發展為情志分離，陸機首發其端也。

以今視昔，先秦兩漢為「詩言志」，即情、志之結合，謂之「情志」。六朝則情、性結合，蕭綱〈答湘東王和受試詩書〉：「未聞吟詠情性，反擬《內則》之篇。」〔註10〕是也。唐王昌齡開意境之說，情景交融，境生象外，故唐詩多重視情、景之結合。宋代則又情、理結合，由情理而稱宋調。降至元明清，為情、趣之結合，蓋情趣者，即小品文之精髓也。由文學史之視角觀之，此論殆無疑義，然則劉勰身當「言志」、「緣情」之間，其持論又何如哉？

蓋「抒情」一詞，溯自靈均（屈原，340～278 B.C.），《楚辭‧惜誦》曰：「惜誦以致愍兮，發憤以抒情。」〔註11〕而劉勰《文心雕龍》論「情」者夥矣，有謂情志者、有謂情理者。情志之論，如：

1. 志足而言文，情信而辭巧。（〈徵聖〉）
2. 夫志在山水，琴表其情。（〈知音〉）
3. 率志以方竭情，勞逸差於萬里。（〈養氣〉）
4. 必以情志為神明。（〈附會〉）

一二例則情、志並舉，例三則情、志互文，例四則直言情志。其五十篇中，以情命篇者，有〈情采〉，其中言及情者，亦有情理之義，如：

> 故情者文之經，辭者理之緯，經正而後緯成，理定而後辭暢，此立文之本源也。（〈情采〉）

〔註8〕〔清〕嚴可均輯：《全上古三代秦漢三國六朝文》（北京：中華書局，1999年6月），冊2，《全晉文》，頁1905。

〔註9〕見詹福瑞：《中古文學理論範疇》（北京：中華書局，2005年7月），頁62。

〔註10〕〔明〕張溥輯：《漢魏六朝百三名家集》，冊4，《梁簡文帝集》，頁207。

〔註11〕〔宋〕洪興祖：《楚辭補注》（臺北：漢京文化事業公司，1983年9月），頁121。

> 是以聯辭結采，將欲明理，采濫辭詭，則心理愈翳。(〈情采〉)
>
> 夫能設模以位理，擬地以置心，心定而後結音，理正而後摛藻，使文不滅質，博不溺心，正采耀乎朱藍，間色屏於紅紫，乃可謂雕琢其章，彬彬君子矣。(〈情采〉)

諸例之「理」字，實與「情」之義一也，蓋以「理」字以拓情之內涵者也。以〈情采〉而言，情謂情理之義也。至於〈情采〉言及志者，如：

> 蓋風雅之興，志思蓄憤，而吟詠情性，以諷其上，此爲情而造文也。(〈情采〉)
>
> 故有志深軒冕，而汎詠皐壤；心纏幾務，而虛述人外：眞宰弗存，翩其反矣。(〈情采〉)
>
> 夫以草木之微，依情待實；況乎文章，述志爲本。言與志反，文豈足徵？(〈情采〉)

以此觀之，數例之志字，又含情志之義，故〈情采〉之情，兼情理與情志言之也。而綜觀《文心》全書，又有強調「情」者，如〈明詩〉謂：

> 人稟七情，應物斯感，感物吟志，莫非自然。

細審其言，雖將「緣情」、「言志」統一而言，然由稟情而感物，而吟志，已於「情志」之外，另開「緣情」之徑矣。故劉勰之情志，爲情與志，二者分屬人之思想感情，互爲表裏，不可分割，若情中無志，則其情動人不深。劉勰既於〈情采〉中標示「情文」，以別於「形文」、「聲文」，則見其把握「抒情言志」之文學本質矣，故其言曰：「情者文之經」、「繁采寡情，味之必厭」也。

二、文質並重：爲情造文與爲文造情之調和

《文心雕龍・情采》論情、采之關係，而首段乃論文質之關係：

> 聖賢書辭，總稱文章，非采而何！夫水性虛而淪漪結，木體實而花萼振：文附質也。虎豹無文，則鞹同犬羊；犀兕有皮，而色資丹漆：質待文也。

然則質文相待，即情采對待之論者乎？蓋《論語・雍也》載孔子之言：「質勝文則野，文勝質則史，文質彬彬，然後君子。」此就人之修養而言也。質爲人之內在品性，其本色也；文爲人之外在文采，其修飾也。孔子以爲仁人君

子，當文質兼顧，內外兼美者，故孔子曰：「情欲信，辭欲巧。」（《禮記・表記》）細而較之，孔子猶有質爲本，文爲附之觀，如《論語・學而》：「巧言令色，鮮矣仁。」《論語・八佾》：「子曰：繪事後素。」皆先質後文之思想。雖然，孔子亦以爲文不可無，如《論語・顏淵》：「棘子成曰：『君子質而已矣，何以文爲？』子貢曰：『惜乎！夫子之說，君子也。駟不及舌。文猶質也，質猶文也。虎豹之鞟，猶犬羊之鞟。』」謂一切事物皆文質聯繫者，然後劉勰文質之喻，語出於此，則以文質論而施之於文學理論，若徵之孔子之言，而劉勰之思想可知矣。

《左傳・襄公二十五年》：「仲尼曰：『《志》有之：「言以足志，文以足言。」不言，誰知其志？言之無文，行而不遠。』」〔註12〕此孔子文采觀之論也。《論語・憲問》：「子曰：爲命，裨諶草創之，世叔討論之，行人子羽修飾之，東里子產潤色之。」此孔子爲文重文飾之敘述也。以此觀之，其行文則志文相對，若夫志爲情志，前文論之矣，故志、文相對即情、文相對，再合觀前段文質相對之論，則質與情通也，文與采通也，故劉勰之論情、采，先由文、質分析也。

文質之內涵，雖括情采，而文質實不只情采而已，蓋其涵蓋文辭本色以至於文辭潤飾之發展過程也，此於〈通變〉篇有詳論矣。今由〈情采〉論文質調和之方法，即如何使文章之內容形式和諧統一也，而內容即質即情，形式即文即采，〈情采〉所謂「文質附乎情性」者也。

劉勰主張文質並重，故曰「文附質」、「質附文」，不可一缺，故進而有爲情而造文，與夫爲文而造情之論。〈情采〉曰：

> 昔詩人什篇，爲情而造文；辭人賦頌，爲文而造情。何以明其然？蓋風雅之興，志思蓄憤，而吟詠情性，以諷其上，此爲情而造文也；諸子之徒，心非鬱陶，苟馳夸飾，鬻聲釣世，此爲文而造情也。故爲情者要約而寫眞，爲文者淫麗而煩濫。而後之作者，採濫忽眞，遠棄風雅，近師辭賦，故體情之製日疎，逐文之篇愈盛。故有志深軒冕，而汎詠皐壤；心纏幾務，而虛述人外：眞宰弗存，翩其反矣。

劉勰謂《詩經》爲情而造文，〈時序〉亦曰：「幽厲昏而板蕩怒，平王微而〈黍離〉哀。」蓋以社會政治之不幸，而激起詩人之怨憤，有以作之也，其作之

〔註12〕〔周〕左丘明傳，〔晉〕杜預注，〔唐〕孔穎達疏：《春秋左傳正義》，《十三經注疏》，頁623。

目的，所謂「吟詠情性，以諷其上」，即司馬遷所謂「詩三百篇，大抵聖賢發憤之所爲作也。此人皆意有所鬱結，不得通其道也，故述往事，思來者。」（〈報任安書〉）如建安文學亦此類之作，〈時序〉謂：「觀其時文，雅好慷慨，良由世積亂離，風衰俗怨，並志深而筆長，故梗概而多氣也。」然則「吟詠情性」之「情性」，與「志深」之「志」，即情志之謂也。六朝以來，文學觀多持此論，如范曄〈獄中與諸甥侄書以自序〉：「常謂情志所托，故當以意爲主，以文傳意。以意爲主，則其旨必見；以文傳意，則其詞不流。」〔註 13〕故知劉勰情志、情理之言，有所承也。以此觀之，劉勰「爲情而造文」之情，非一般之情，尤推賞激憤之情，並有鮮明之政治性也。

反之者，則「爲文而造情」，蓋作者內心空虛，無有眞實情志，而欲騰聲釣名，故乃無病呻吟，誇言藻飾，此類作品之情，率矯揉造作之類也，而劉勰以爲此風始於漢賦，近代魏晉齊梁以來，亦此之作，故曰「近師辭賦，故體情之製日疏」。蓋漢末戰亂之動蕩，有建安之文學，怊悵述情，文歸情志，然魏晉劉宋以來，歷短暫之安定，促文藝之繁榮，若帝王、士族之人，皆於安逸之中，從事梁園之樂，故其人爲文之「情」，與「爲情造文」者之「情」，已頗不相同矣。陸機之「詩緣情」，主情志之說，文必志思蓄憤，至蕭綱之「吟詠情性」，則一己喜怒哀樂之情也，此亦爲情造文與爲文造情之異也。孫蓉蓉概括「爲文而造情」之情有三類：一則吟風弄月之閑情，二則矯揉造作之虛情，三則妖冶嫵媚之艷情。〔註 14〕劉勰視追逐此類之情，爲「採濫忽眞」、「眞宰弗存」。

由上所述，劉勰主張爲情而造文，反對文過其情，如其言曰：

> 然逐末之儔，蔑棄其本，雖讀千賦，愈惑體要，遂使繁華損枝，膏腴害骨，無實風軌，莫益勸戒。此揚子所以追悔於雕蟲，貽誚於霧穀者也。（〈詮賦〉）

> 是以聯辭結采，將欲明理，采濫辭詭，則心理愈翳。固知翠綸桂餌，反所以失魚。「言隱榮華」，殆謂此也。是以衣錦褧衣，惡文太章；賁象窮白，貴乎反本。（〈情采〉）

〔註 13〕〔清〕嚴可均輯：《全上古三代秦漢三國六朝文》，冊 3，《全宋文》，頁 2519。

〔註 14〕孫蓉蓉：《劉勰與《文心雕龍》考論》（北京：中華書局，2008 年 11 月），頁 201～202。

自宋玉景差，夸飾始盛。相如憑風，詭濫愈甚；故上林之館，奔星與宛虹入軒；從禽之盛，飛廉與鷦鷯俱獲。及揚雄甘泉，酌其餘波。語瓌奇則假珍於玉樹，言峻極則顛墜於鬼神。至東都之比目，西京之海若，驗理則理無可驗，窮飾則飾猶未窮矣。(〈夸飾〉)

若此之例，皆反對虛僞造情之論也，然則情文之相待，又何如哉？蓋〈徵聖〉所謂：「然則聖文之雅麗，固銜華而佩實者也。」華實之論，其具體內涵，爲內容形式之文質統一，故《文心雕龍》全書，謂「華實相扶」(〈才略〉)、「文質相稱」(〈才略〉)、「文質辨洽」(〈史傳〉)者，皆文質並重，「銜華佩實」之意也；而其反對者，謂「有實無華」(〈書記〉)、「務華棄實」(〈程器〉)、「弄文失質」(〈頌讚〉)者，皆文質不統一也。

三、緣情與風骨

劉勰論情之處不少，〈情采〉篇爲以情命篇者，〈風骨〉篇則又與情結合爲釋者，其言曰：

《詩》總六義，風冠其首，斯乃化感之本源，志氣之符契也。是以怊悵述情，必始乎風；沉吟鋪辭，莫先於骨。故辭之待骨，如體之樹骸；情之含風，猶形之包氣。結言端直，則文骨成焉；意氣駿爽，則文風清焉。若豐藻克贍，風骨不飛，則振采失鮮，負聲無力。是以綴慮裁篇，務盈守氣，剛健既實，輝光乃新，其爲文用，譬徵鳥之使翼也。故練於骨者，析辭必精；深乎風者，述情必顯。捶字堅而難移，結響凝而不滯，此風骨之力也。

觀其「怊悵述情」、「情之含風」、「述情必顯」之語，乃知劉勰以「風骨」與情爲密不可分也，清謹軒藍格舊鈔本評〈情采〉亦曰：「風骨之謚，宜爲情采，故當表裏成篇。」〔註 15〕故論劉勰之緣情說，必與風骨合釋焉。

學界釋劉勰之「風骨」，眾說紛紜〔註 16〕，近人童慶炳總結目前學術界影響力之最大者，有十類之說，分別爲：1、風意骨辭說，以風爲文意之特點，

〔註 15〕 黃霖：《文心雕龍匯評》(上海：上海古籍出版社，2006 年 6 月)，頁 110。

〔註 16〕 如詹鍈於 1984 年出版《文心雕龍的風格學》〈再釋風骨〉，列舉近二十年諸家之說，有十一種。見詹鍈：《文心雕龍的風格學》(臺北：木鐸出版社，1984 年 11 月)，頁 42～48。1989 年陳耀南〈文心風骨群說辨疑〉羅列諸家異說，達六十四種。見曹順慶編：《文心同雕集》(成都：成都出版社，1990 年 6 月)，頁 216～242。

骨爲文辭之特點。2、情志事義說，以風爲情志，骨爲事義。3、風格說，以風骨爲一特殊風格。4、剛柔之氣說，以風骨爲氣。5、情感思想說，以風爲情之因素，骨爲理之因素，風骨爲情感思想之表現。6、感染力說，以風爲作品之感染力。7、精神風貌美說，以風骨爲精神風貌美。8、內容形式說，以風爲內容，骨爲形式。9、形式內容說，以風爲形式，骨爲內容。10、主張由劉勰理論體系之相互關係，見風骨處於理論體系之何種地位。〔註 17〕諸家之說，雖各自成理，然異說紛呈之因，蓋劉勰《文心雕龍》雖多涉風、骨之字，更有〈風骨〉篇專論之，然於風骨之定義，則猶未明確，後代釋之者，或專以〈風骨〉篇爲釋，或廣搜博引，以致牽涉過泛，亦有以現代文學理論而詮釋者，此所以風骨說之歧異特多也。

再審劉勰〈風骨〉之文，觀其「是以怊悵述情，必始乎風；沉吟鋪辭，莫先於骨。故辭之待骨，如體之樹骸；情之含風，猶形之包氣」，則風、骨決定情、辭，又爲須通過情、辭而表達者。情始乎風，骨先於辭，知故先風而後情，先骨而後辭，既有先後之關係，則風不同於文意、情志，骨不同於文辭明矣。

劉勰謂：「《詩》總六義，風冠其首，斯乃化感之本源，志氣之符契也」，則風之起源與內涵，必由《詩經》探之矣。其〈物色〉篇謂：「蓋風雅之興，志思蓄憤。」〈明詩〉謂：「三百之蔽，義歸無邪。」司馬遷則曰：「詩三百篇，大抵聖賢發憤之所爲作也。」觀之數語，則知「風」之內涵，既欲情感眞摯，又欲義歸無邪，無邪者何？雅正也，故劉勰〈風骨〉曰：

相如賦仙，氣號凌雲，蔚爲辭宗，迺其風力遒也。

以司馬相如爲有「風」之例，謂之「風力遒」，黃侃曰：「此贊其命意之高。」〔註 18〕則風力遒乃因命意高，而命意高則由雅正而來也。劉勰〈風骨〉曰：

昔潘勖錫魏，思摹經典，群才韜筆，乃其骨髓峻也。

劉勰謂潘勖爲「骨髓峻」，特多推崇，如：

潘勖九錫，典雅逸群。（〈詔策〉）

潘勖憑經以騁才，故絕群於錫命。（〈才略〉）

〔註 17〕 童慶炳：《文心雕龍三十說》（北京：北京師範大學出版社，2016 年 1 月），頁 175～183。

〔註 18〕 黃侃：《文心雕龍札記》，頁 125。

故知「骨」之內涵，爲「思摹經典」、「典雅逸群」、「憑經」等等，亦雅正之義也。鄧國光以爲，對於劉勰之風骨說，必須於「宗經」之語境中，方可把握。〔註 19〕雅正由宗經而來，風骨即雅正之表現，謂之「風力遒」、「骨髓峻」，則又與「氣」之感人有關，故〈風骨〉篇乃繼而論氣：

> 故魏文稱：「文以氣爲主，氣之清濁有體，不可力強而致。」故其論孔融，則云「體氣高妙」；論徐幹，則云「時有齊氣」；論劉楨，則云「有逸氣」。公幹亦云：「孔氏卓卓，信含異氣；筆墨之性，殆不可勝。」並重氣之旨也。

蓋氣爲思想情志之根源，亦風骨之根源與表現，呂武志以爲：劉勰重氣，而演變爲更精密之風骨說。〔註 20〕氣者何？王承斌以爲「氣」於構成萬物之過程，含有「力」之因素。「氣」爲生命之母，精神之本，又與人之性情品質相關，是以古人持以論之人生修養焉。〔註 21〕王氏並謂氣爲人生命、精神之活力，而劉勰〈風骨〉篇強調風與情、氣之關係，故知風者，謂人之志氣（精神力）於文中之自然流露與表現，而此種志氣之表現，能生感動人心之力量，故爲「化感之本源」。至於骨者，與辭相關，有骨則精於詞，其與文章氣勢相關，故風骨者，必是生機、活力之呈現。〔註 22〕此種生機、活力之呈現，爲風骨之涵義，具有感染力，又由雅正而來。游志誠以爲：〈風骨〉所據之理論本源，來自《周易》，核之〈風骨〉篇之論述次序，先風後骨，再次合風骨而言之。其中末段結論云：「確乎正式，使文明以健。則風清骨峻，篇體光華，」此用《周易・乾文言》以釋風骨。簡言之，風與骨之結合，最完美之境，即「文明以健」，關鍵在於「文明」類比風，「健」類比骨。故欲理解風骨之本義，首須察乎文明以健之概念。乾健即〈風骨〉之本義。能通體，知曉變，辭新意正，必歸正式之體，達致篇體光華。〔註 23〕其言蓋係確論，風骨即乾健雅正之意，其力能感染人也，故劉勰〈宗經〉曰：「故論、說、辭、序，則《易》統其首。」蓋論、說、辭、序之體，亦有風骨乾健雅正之意也，故〈論

〔註 19〕 鄧國光：《文心雕龍文理研究：以孔子、屈原爲樞紐軸心的要義》（上海：上海古籍出版社），頁 169。

〔註 20〕 呂武志：《魏晉文論與文心雕龍》，頁 83。

〔註 21〕 王承斌：《文心雕龍散論》（北京：國家圖書館出版社，2010 年 3 月），頁 30～31。

〔註 22〕 同上註，頁 27～41。

〔註 23〕 游志誠：《文心雕龍與劉子系統研究》，頁 258～259。

說〉曰：「至如張衡譏世，韻似俳說；孔融孝廉，但談嘲戲；曹植辨道，體同書抄：言不持正，論如其已。」

劉勰謂風骨之佳者，爲「確乎正式，使文明以健，則風清骨峻，篇體光華」，童慶炳以爲：「風」於作品中，爲「情」之內質美，其主要特徵，乃有生氣、清新、眞切，與動人。「骨」爲作品中「辭」之內質美，其主要特徵，在於有力量、勁健、精約，與峻拔。〔註 24〕其說與上文王承斌說相互發明，識者同見，王承斌則指出：劉勰以爲「肌豐而力沉」則無風骨，「瘠義肥辭」亦無風骨。苟文章「風清骨峻」，則「篇體光華」，故知劉勰「風骨」之典範，實乃建安詩文一類，乃「情與氣偕，辭共體并」之作也。〔註 25〕蓋因建安文學情感悲壯，具內在蓬勃之生命力。劉勰〈宗經〉亦云：「故文能宗體，體有六義：一則情深而不詭，二則風清而不雜。」據此，則反推劉勰之緣情說，其緣情者，偏於情志也；其內涵者，爲悲壯、憤懣、剛健、雅正、具比興諷諫之內涵也；此等之情，方能深刻表現生機活力，感染人心也。故其〈風骨〉文末曰：

> 若夫鎔鑄經典之範，翔集子史之術，洞曉情變，曲昭文體，然後能孚甲新意，雕畫奇辭。

「鎔鑄經典之範，翔集子史之術」，明指風骨之乾健雅正，由宗經而來。「洞曉情變，曲昭文體」，即爲情而造文之意，王更生先生以爲：劉勰文重「風骨」之終極目的，乃欲達至文質並重之理想。〔註 26〕則知情采、文質、風骨等，固劉勰《文心雕龍》一貫之思想也。

四、「以情論文」與「以味論文」

前文謂「爲文而造情」之情有三類：一則吟風弄月之閑情，二則矯揉造作之虛情，三則妖冶嫵媚之艷情。劉勰以爲此乃魏晉劉宋以來，所衍生之情，故反對之。然此類爲文造情之作品，傳佈亦廣，淵源有自。以蕭統《文選》觀之，其賦類即有「情」賦一類，游志誠以爲《文選》之情字有情色之義，非唯《文心》情志之義〔註 27〕。許東海則以爲：自齊梁以來之著述，與昭明

〔註 24〕 童慶炳：《文心雕龍三十說》，頁 190。
〔註 25〕 王承斌：《文心雕龍散論》，頁 41。
〔註 26〕 王更生：《文心雕龍新論》（臺北：文史哲出版社，1991 年 5 月），頁 103。
〔註 27〕 參游志誠：《文心雕龍與劉子系統研究》，頁 110。

太子〈文選序〉、〈陶淵明集序〉，及於〈玉臺新詠序〉等觀之，其中於「情」字之運用，未有明顯男女豔情之意涵，故知《文選》「情」賦之命名，有模糊與爭議性焉，較之蕭綱主導之《玉臺新詠》，以「新」命名，序文明言「曾無忝於雅頌，亦靡濫於風人」等，《文選》「情」賦之立名，於豔情明顯迴避不安之意也。故許氏又以爲《文選》不以「豔情」一類字詞爲名，徒使「情」賦充滿模糊性，實則亦間接反應蕭統等人，對於傳統儒家「風教」要求之回應。而《文選》「情」賦四篇，皆可明顯見其追求翰藻與風教結合之痕跡。〔註28〕游許二氏之說，即相異之見，蓋其時文學由情志轉爲情性，每有互相抵觸，雖或情中有志，志寡而隱，而情既由情志而漸入模糊性，劉勰以爲正本清源，撥亂反正，有必要焉。

故劉勰所主張之情爲情志，其〈情采〉曰：「爲情而造文。」〈鎔裁〉曰：「是以草創鴻筆，先標三準：履端於始，則設情以位體。」故知體乃與情配合者，依其情志，而擇配合之體，其關鍵者，情志也。若情中無志，則此種即爲文而造之情，感染力不深。

雖然，「詩緣情」由陸機首倡，陸機以前，無有集中模擬古詩之作者，陸機則特擇內容悲、形式麗之五言古詩爲仿擬，作〈擬古詩〉十二首，如〈短歌行〉、〈苦寒行〉擬自曹操，〈燕歌行〉擬曹丕，〈塘上行〉擬甄后，〈門有東馬客行〉擬曹植，〈從軍行〉擬王粲，〈飲馬長城窟行〉擬陳琳。觀其所仿擬者，皆建安文人樂府，而以怨爲標準，其異在建安文學爲情志之發揮，爲情造文，陸機則逐句仿擬，未免爲文而造情也。劉勰既指明爲文造情之創作蹊徑，雖持反對之見，而緣情之說，亦《文心》之要論也，所欲辨明者，劉勰主張之緣情，與時人之緣情，有情志與情性之異焉。

明乎此，見之《文心雕龍》全書，皆劉勰以情論文之意也，如〈徵聖〉曰：「陶鑄性情，功在上哲。」既欲徵聖，則此陶鑄之性情，亦情志之屬。〈宗經〉：「義既埏乎性情，辭亦匠於文理。」觀其「性情」之詞，有五經之義存焉，則性情者，情志也。〈史傳〉：「若任情失正，文其殆矣。」以爲情必歸於雅正。〈養氣〉：「率志委和，則理融而情暢；鑽礪過分，則神疲而氣衰。」率志委和，清和其心，調暢其氣，則是爲情造文，故理融情暢，情暢者，入情入理，眞切感人也。鑽礪過分，即是爲文造情，故神疲氣衰。進而言之，劉

〔註28〕 許東海：《風景・夢幻・困境：辭賦書寫新視界》（臺北：里仁書局，2008年5月），頁112～119。

勰主張情志之說，以情論文，而建立文情之最高標準，則聖人之情也。歐陽艷華以爲：聖人之文章典範，亦緣情而制作，其與凡夫緣情之制，所不同者，亦在情之內涵。劉勰秉承兩晉佛學發展下之思想，肯定聖人有情，在於認同情可循理轉化。聖人有情，故能感而遂通天下之志，是出於自然。〔註 29〕其說闡發至明，蓋聖人之情，感染力特深也，觀之孔子，周遊列國，絕糧陳蔡，其志則「君子固窮」，其情則積極進取，孟子曰：「孔子三月無君，則皇皇如也。」是也。是知劉勰以情論文，亦在發揮宗經、徵聖之思想也。

此外，劉勰又有以味論文者，楊星映以爲，中國詩歌意境理論濫觴於兩晉六朝，成熟於唐宋，其特徵者，情景交融、虛實結合也；其旨歸者，建構象外之象、景外之景、味外之旨、韻外之致也。意境建構之核心，即情與景之關係也。而劉勰之論「味」，於意境理論之發展，乃承先啓後之重要環節，爲後人探討詩文之景中情、文外意，導夫先路也。觀劉勰之論情，雖情志合一，然亦重於「情」，且主張「隱」之表達，物色盡而情有餘，強調於情，乃劉勰以「味」論文評文之基礎。味者，情之含蘊豐富，耐咀嚼，體會不盡，綿綿不絕之意也。楊氏又言，《文心雕龍》言及「味」字有十八處，據楊氏之梳理，主要有二解：一作名詞解，乃當「情味」、「意味」之意，或兼具情、意之義，如〈物色〉：「是以四序紛回，而入興貴閑；物色雖繁，而析辭尚簡；使味飄飄而輕舉，情曄曄而更新。」〈總術〉：「若夫善弈之文，則術有恒數，按部整伍，以待情會，因時順機，動不失正。數逢其極，機入其巧，則義味騰躍而生，辭氣叢雜而至。」〈附會〉：「若統緒失宗，辭味必亂；義脈不流，則偏枯文體。」「篇統間關，情數稠迭。原始要終，疏條布葉。道味相附，懸緒自接。」等等；一作動詞解。與情相聯繫，爲體會、咀嚼、情味之意，如〈辨騷〉：「揚雄諷味，亦言體同詩雅。」〈明詩〉：「至於張衡怨篇，清典可味。」〈情采〉：「研味李老，則知文質附乎性情。」「繁采寡情，味之必厭。」〈隱秀〉：「始正而末奇，內明而外潤，使玩之者無窮，味之者不厭矣。」總體而言，皆強調抒發情感者，鍾嶸以味論詩，即直接繼承於劉勰之以味論詩評文也。〔註 30〕楊氏於劉勰以味論文之旨，析論頗深，味既有情味、意味之意，

〔註 29〕 參歐陽艷華：《徵聖立言——《文心雕龍》體道思想研究》（上海：上海古籍出版社，2015 年 2 月），頁 643～644。

〔註 30〕 參楊星映：〈劉勰以「味」論文評詩的理論價值〉，收入中國文心雕龍學會編：《論劉勰及其文心雕龍》（北京：學苑出版社，2000 年 2 月），頁 255～264。

又指體會、咀嚼，再與劉勰隱秀論聯繫，則劉勰之「味」，實指以語言形式為依托，而在語言形式之外，能激發讀者之體會咀嚼聯想，即言外之意也，而此言外之「意」，即其情志之所在。欲達文之有味，必須窮情寫物，而窮情寫物之法，即賦比興也。然則以情論文，作者之視角也，以味論文，讀者之視角也。以此知劉勰諸理論之環環相扣，體大思精也。

第二節　徐庾麗辭之緣情

一、徐庾麗辭之抒情特徵

（一）徐陵義盡緣情，以情運理

徐陵文名籍甚，唐劉禹錫詩：「中國書流尚皇象，北朝文士重徐陵。」〔註31〕張仁青《駢文學》云：「北人長於說理，南人善於言情，已為古今文家所公認。」〔註32〕豈北人重徐陵之因，以其善於言情者哉？如李昶〈答徐陵書〉：「況復麗藻星鋪，雕文錦縟。風雲景物，義盡緣情；經綸憲章，辭殫表奏。」〔註33〕固已盛贊其文，以徐陵文善緣情矣。蓋孝穆之創作，可略分為三期，前期仕梁，猶宮體之風；中期受羈北齊，時發愀愴之言；後期仕陳，國家詔策皆出其手。今觀其早期之〈玉臺新詠集序〉，亦提倡「時有緣情之作」，至於其麗辭之緣情，多見諸中期書表之作，如〈與齊尚書僕射楊遵彥書〉、〈在北齊與宗室書〉、〈與王僧辯書〉、〈報尹義尚書〉、〈勸進梁元帝表〉等，處國破家亡之際，流離異地之時，或述家國之思，或述天倫之情，人生無常之慨，悲歡離合之感，躍然紙上，所發皆真情切意，感染人心之聲，如〈在北齊與宗室書〉：

> 吾階緣人乏，叨篋皇華，王事無淹，公禮將畢。既而揚都蕩覆，方離獫狁之災；越界風塵，復蹈輶軒之禮。屏居空館，多歷歲時，釁犯靈祇，招延禍罰。號慕無窮，肝膽屠殞，煩冤胸臆，不自堪居。無心奈何！無狀奈何！自徘徊河朔，亟積寒暄，風患彌留，半體枯

〔註31〕〔清〕清聖祖御製：《全唐詩》（臺北：明倫出版社，1971年5月），冊6，〈洛中寺北樓見賀監草書題詩〉，頁4051。

〔註32〕張仁青：《駢文學》（臺北：文史哲出版社，2003年9月），冊下，頁598。

〔註33〕〔清〕嚴可均輯：《全上古三代秦漢三國六朝文》，冊4，《全後周文》，頁3913。

> 廢。折臂爲公，雖非羊祜；跛足而使，無慚郤克。固以形如槁木，心若死灰，匍匐苫廬，纔有魂氣。

此則徐陵身羈北齊，前已上書楊愔求還，而遭婉拒，返國無門，遂不得不再徵求北齊徐姓宗親之援。其言辭之辛酸，感人肺腑。又如〈與王僧辯書〉：

> 惟桑與梓，翻若天涯；杖柏栽松，悠然長絕。明明日月，號叫無聞；茫茫宇宙，容身何所。窮劇奈何！

又如〈與王吳郡僧智書〉：

> 自斯以後，惟有庸賤，本應埋魂趙、魏，折骨幽、并，豈意餘年，復返鄉國。

觀其遭逢戰亂，羈留北地七年之辛酸，父母喪亡，親舊別離，其情極悲壯，其文氣極急迫緊湊，而作者之焦慮，內心之抑鬱，感慨興旺，聲淚並發。其緣情如此，而明白動人也。

徐陵麗辭緣情之另一特色，即所謂以情運理之作。鍾濤指出，說理議論，本求概念之明，判斷之精，以推理論證，而達旨焉，然六朝駢文說理議論之作，乃往往有較強之形象性與抒情性，即以情運理之說理議論也〔註 34〕。若徐陵之〈與齊尚書僕射楊遵彥書〉，作於梁大寶二年、北齊天保三年（551），其時侯景之亂，蕭繹尚未稱帝於江陵，而徐陵羈留北齊，屢上書請求放還而不果，其滿腔鬱積，均見之此書，將北齊拒其遣歸之八理由，一一辯駁，陳師松雄析之曰：

> 甲、齊人謂梁亂未已，歸之無益：
>
> 孝穆則答之曰：「……方今越裳藐藐，馴雉北飛，肅愼茫茫，風牛南偃，吾君之子，含識知歸。」
>
> 乙、齊人謂道路險阻，歸之艱難：
>
> 孝穆則答之曰：「……郢中上客，雲聚魏都。鄴下名卿，風馳江浦。豈盧龍之徑，於彼新開；銅駝之街，於我長閉？何彼途甚易，非勞於五子；我路爲難，如登於九折。」
>
> 丙、齊人謂顚沛未安，資護不易：
>
> 孝穆則答之曰：「……輕裝獨宿，非勞聚橐之儀；微騎閒行，寧望輜

〔註 34〕 鍾濤：《六朝駢文形式及其文化意蘊》（北京：東方出版社，1997 年 6 月），頁 175。

軒之禮？……若曰留之無煩於執事，遣之有費於官司。或以顚沛爲言，或云資裝可懼。固非通論，皆是外篇。」

丁、齊人恐其歸附侯景，助紂爲虐：

孝穆則答之曰：「……昔魏氏將亡，群凶挺爭，諸賢戮力，想得其明，爲葛榮之黨邪？爲刑杲之徒耶？」

戊、齊人疑其蒼黃翻覆，甚不知己：

孝穆則答之曰：「……若爲復命西朝，終奔東虜。雖齊梁有隔，尉侯奚殊。豈以河曲之難浮，而曰江關之可濟。河橋馬渡，寧非宋典之姦？關路雞鳴，皆曰田文之客。」

己、齊人或尚敵視梁朝，不遣行人：

孝穆則答之曰：「……吾等張旝拭玉，修好尋盟，涉泗之與浮河，郊勞至於贈賄，公恩既被，賓敬無違，今者何愆？翻蒙貶責。」

庚、齊人動以優禮頻加，不應有恨：

孝穆則答之曰：「……但山梁飲啄，非有意於樊籠；江海飛浮，本無情於鐘鼓。況吾等營魂已謝，餘息空留。悲默爲生，何能支久。是則雖蒙養護，更夭天年。」

辛、齊人勸其姑且留北，亂平方歸：

孝穆則答之曰：「……介已知命，賓又杖鄉，計彼侯生，肩隨而已。豈銀臺之要，彼未從師，金竈之方，吾知其訣。致恐南陽菊水，竟不延齡；東海桑田，無由可望。」〔註35〕

觀其議論說理之間，情感激越，間亦有緣情直抒之句，蓋眞摯之情，無假雕飾，自能動人，而心繫家國之思，視死如歸之情，嘔心瀝血，氣勢磅礴，直是情理結合，以情馭理之代表作也。陳維崧云：「僕射在河北諸書，奴僕《莊》、《騷》，出入《左》、《國》，即前此史遷、班掾諸史書，未見。」〔註36〕「奴僕《莊》、《騷》」，情也，「出入《左》、《國》」，理也，此言徐陵之以情運理也。「即前此史遷、班掾諸史書，未見」，言其善於新變也。

〔註35〕陳師松雄：〈徐陵麗辭之文藝性與實用性〉，《東吳中文學報》第17期，2009年5月，頁81～82。

〔註36〕〔清〕陳維崧撰，陳振鵬標點，李學穎校補：《陳維崧集》，冊上，〈詞選序〉，頁54。

（二）庾信含吐性靈，抑揚詞氣

庾信以前，文論多強調「情性」，如蕭子顯《南齊書・文學傳論》：「文章者，蓋情性之風標，神明之律呂也。」〔註37〕劉勰《文心雕龍・體性》：「才力居中，肇自血氣，氣以實志，志以定言，吐納英華，莫非情性。」〈原道〉曰：「惟人參之，性靈所鍾，是謂三才。」〈宗經〉又曰：「洞性靈之奧區，極文章之骨髓。」〈情采〉曰：「綜述性靈，敷寫器象。」鍾嶸亦嘗以「性靈」評詩，其評阮籍詩曰：「其源出於〈小雅〉，無雕蟲之巧，而〈詠懷〉之作，可以陶性靈，發幽思。」〔註38〕其論皆為庾信性靈說之淵源，蓋庾信之麗辭，特多「性靈」之詞，如：

> 昭日月之光景，乘風雲之性靈。（庾信〈象戲賦〉）
>
> 與夫含吐性靈，抑揚詞氣。（庾信〈趙國公集序〉）
>
> 性靈造化，高風自然。（庾信〈榮啓期三樂贊〉）
>
> 但年髮已秋，性靈久竭。（庾信〈答趙王啓〉）
>
> 四始六義，實動性靈。（庾信〈謝趙王示新詩啓〉）
>
> 蓋聞性靈屈折，抑鬱不揚，乍感無情，或傷非類。是以嗟怨之水，特結憤泉；感哀之雲，偏含愁氣。（庾信〈擬連珠〉其二十三）

察其所言，以為遭逢抑鬱屈折，危苦悲哀，有傷性靈，故需為文以抒發焉。性原指性情，靈原指巫祝，許慎《說文解字》：「巫，巫祝也，女能事無形，以舞降神者也。」若乃性靈一詞，施於文學，則有才識非凡，妙悟含弘之意。性為先天本情，靈為後天才賦，二者有機之融合。蓋文學之創作，苟不順其本性，自然流露，則非眞情，若無靈感以騁才，則其天賦非高。庾信主張之「性靈」，必欲作者之性情與才力，綜合表現，又具感人之力量。故知庾信以為文之目的，在抒寫個人之情，故其〈趙國公集序〉曰：

> 柱國趙國公發言爲論，下筆成章，逸態橫生，新情振起，風雨爭飛，魚龍各變。方之珪璧，塗山之會萬重；譬以雲霞，赤城之岩千丈。文參曆象，即入《天官之書》；韻涉絲桐，咸歸總章之觀。論其壯也，則鵬起半天；語其細也；則鷦巢蚊睫。豈直熊熊旦上，增城抱日月

〔註37〕〔梁〕蕭子顯：《南齊書》（北京：中華書局，1972年1月），冊2，頁907。
〔註38〕王叔岷：《鍾嶸詩品箋證稿》，頁165。

之光；焰焰宵飛，南斗觸蛟龍之氣！昔者屈原、宋玉，始於哀怨之深；蘇武、李陵，生於別離之世。

觀其評趙國公之文，賞其「逸態」、「新情」，而溯之於屈宋哀怨之詞、蘇李別離之情，故知作者將其非由自然、特受壓抑之性靈，表現爲文，而此詩文，乃爲性靈之風貌也。林怡指出：庾信在「緣情說」之基礎，升華爲「性靈說」〔註 39〕，其性靈說之主旨，即在「不無危苦之辭，惟以悲哀爲主」、「窮者欲達其言，勞者須歌其事」，故其作如〈哀江南賦〉、〈枯樹賦〉、〈傷心賦〉、〈愁賦〉等，皆其性靈說之實踐。

二、徐庾麗辭之文質現象

（一）徐陵之文質相宜

魏晉以來，綺靡之說起，曹丕曰：「詩賦欲麗。」（《典論・論文》）陸機曰：「詩緣情而綺靡。」（〈文賦〉）降至劉宋，重文輕質之風日盛，如鍾嶸《詩品》稱陸機「舉體華美」，謝靈運「才高詞盛，富豔難蹤」，蕭繹以文爲「綺縠紛披」（《金樓子・立言》），而儒家之文質彬彬，不復見稱矣。

而徐陵使北，値侯景之亂，未得南歸，國破家亡之痛，他鄉羈留之苦，發之身命之歎，鄉關之思，棄早年綺豔之體，而多情切之辭，如〈與王僧辯書〉一文，譚獻評曰「顏魯公書，力透紙背」〔註 40〕，〈爲貞陽侯重與王太尉書〉，李兆洛評：「往復數書，此最文質相宜，當於事理。」〔註 41〕則文質相宜，復見於徐陵麗辭，舉其一段以觀之：

如其執事，尚秉前言，將恐戎麾，便濟江表。何則？西浮夏首，已據咽喉；東進彭波，次指心腹。廣陵、京口，烽煙相望。魯柝聞邾，方之尚遠；胡桑對薊，比此爲遙。水陸爭前，龍虎交至。則楊都蕩定，功自齊師，江左臣民，非關梁國。豈不追慚後主崇寄之恩，還負齊朝親鄰之意？東門黃犬，固以長悲；南陽白衣，何可復得。立茲幼弱，非曰大勛；滅我宗祊，何所逃釁！

〔註 39〕 林怡：〈庾信「性靈說」：中國個體詩學與「文的自覺」的成熟標志——兼議「性靈說」與中國詩學的主體間性〉，《蘇州大學學報（哲社版）》，2006 年 3 月，頁 66。

〔註 40〕 〔清〕李兆洛編，〔清〕譚獻評：《駢體文鈔》（臺灣：中華書局，《四部備要》本，1965 年），頁 168。

〔註 41〕 同上註，頁 170。

徐陵此篇，語夫文則偶對工整，句式跌宕，語夫情則慷慨激越，又時如口訴，情切乎辭，確爲文質相宣之作也。其早年綺豔之麗辭，今見〈玉臺新詠集序〉，屬閑適吟詠之情，無甚他意。同時作家如簡文蕭綱，則又興寄都絕，氣骨卑弱，所作僅供賞玩，謂之宮體。而徐陵身逢離亂，所作皆有其由，所論皆有目的，其文風已趨向沉鬱，遒逸兼至，寄慨遙深，非唯新變綺豔而已。其文質相宣之說，非徒見之其作，亦見其所自論，如〈答李顒之書〉曰：

文豔質寡，何似〈上林〉，華而不實，將同〈桂樹〉。

自言其作爲文豔質寡，華而不實，則示其於己作有所不滿，此蓋徐陵於其早年作品之自況，以其詩文中足與豔、華相配之質、實者少，此其所以有文質並重之說也。又如〈與李那書〉：

自古文人，皆爲詞賦，未有登此舊閣，歎此幽宮，標句清新，發言哀斷。豈止悲聞帝瑟，泣望羊碑，一詠歌梁之言，便掩盈懷之淚。至如披文相質，意致縱橫，才壯風雲，義深淵海。

稱讚李昶之文，以辭采與思想感情相和協統一，故爲勝也，故知文質相宣已爲徐陵麗辭所求之境矣。

（二）庾信之情文兼至

庾信麗辭多見其重文采之美，如〈郊廟歌辭・角調曲〉云：

言而無文，行之不遠。

化用孔子之言，強調文采。又其〈謝滕王集序啓〉云：

譬其毫翰，則風雨爭飛；論其文采，則魚龍百變。

亦由其文采而讚焉。至於其論質者，如〈邛竹杖賦〉云：

文不自殊，質而見賞，蘊諸鳴鳳之律，製以成龍之杖。

以竹自況，而強調質之重要。蓋庾信雖未曾有明言「文質」、「質文」之詞，然吾人由其隻字片語，亦可窺探其既重文，亦重質也。

庾信後期之作，多抒發國破家亡、思念故國之悲。其釋文學之起源，曰：「窮者欲達其言，勞者須歌其事」，則其所作，亦非爲賞玩娛樂之目的，杜甫〈戲爲六絕句〉曰：「庾信文章老更成。」〔註 42〕王夫之則曰：「六代文士有心有血者，惟子山而已。」〔註 43〕張溥云：「讀其（徐陵）〈勸進梁元帝表〉

〔註42〕〔唐〕杜甫著，〔清〕仇兆鰲注：《杜詩詳注》，冊 2，頁 898。

〔註43〕〔清〕王夫之：《古詩評選》，收入《船山全書》（湖南：嶽麓書社，1996 年 2 月），冊 14，評〈怨歌行〉，頁 561。

與代貞陽侯數書，感慨興亡，聲淚並發。至羈旅篇牘，親朋報章，蘇李悲歌，猶見遺則。代馬越鳥，能不淒然？」〔註 44〕此其評徐陵之文，以爲其有血有肉，情文相生，而蔣士銓評徐陵，則曰：「孝穆惟過巧過密，過求新意，便覺氣格大減子山。」〔註 45〕蔣氏所評爲〈答周處士書〉，蓋周弘讓欲孝穆薦方圓於朝，孝穆料其徵聘之時，圓亦不應，此純爲增處士之虛聲耳，與周弘讓本身頻徵不出，一同伎倆，故答書明爲嘲笑，實屬有文有理，情志合一之作，乃蔣士銓以爲徐陵刻意求新，氣格大減子山，豈其氣體，比之嵇康〈與山巨源絕交書〉，調笑排暢，又更新穎乎？雖然，反見庾信立意未刻意求新，而出之以眞情，自然流露。其後期之作，皆兼乎文質，試舉一例以明之，如〈小園賦〉：

> 若夫一枝之上，巢父得安巢之所；一壺之中，壺公有容身之地。況乎管寧藜床，雖穿而可坐；嵇康鍛灶，既煖而堪眠。豈必連闥洞房，南陽樊重之弟；綠墀青瑣，西漢王根之宅？余有數畝敝廬，寂寞人外，聊以擬伏臘，聊以避風霜。雖復晏嬰近市，不求朝夕之利；潘岳面城，且適閒居之樂。況乃黃鶴戒露，非有意於輪軒；爰居避風，本無情於鐘鼓。陸機則兄弟同居，韓康則舅甥不別。蝸角蚊睫，又足相容者也。
>
> 爾乃窟室徘徊，聊且鑿壞。桐間露落，柳下風來；琴號珠柱，書名《玉杯》。有棠梨而無館，足酸棗而非臺。猶得欹側八九丈，縱橫數十步，榆柳兩三行，梨桃百餘樹，撥蒙密兮見窗，行欹斜兮得路。蟬有翳兮不驚，雉無羅兮何懼。草樹溷淆，枝格相交；山爲簣覆，地有堂坳。藏貍並窟，乳鵲重巢。連珠細茵，長柄寒匏。可以療飢，可以棲遲。敧嶇兮狹室，穿漏兮茅茨。簷直倚而妨帽，戶平行而礙眉。坐帳無鶴，支床有龜。鳥發閒景，花隨四時。心則歷陵枯木，髮則睢陽亂絲。非夏日而可畏，異秋天而可悲。一寸二寸之魚，三竿兩竿之竹；雲氣蔭於叢著，金精養於秋菊；棗酸梨酢，桃榹李薁；落葉半床，狂花滿屋；名爲野人之家，是謂愚公之谷。

〔註 44〕〔明〕張溥撰，殷孟倫注：《漢魏六朝百三家集題辭注》（臺北：世界書局，1979 年 10 月），〈徐僕射集題辭〉，頁 264。

〔註 45〕〔明〕王志堅編，〔清〕蔣士銓評：《評選四六法海》（臺北：德志出版社，1963 年 7 月），頁 234。

試偃息於茂林，迺久羨於抽簪。雖有門而長閉，實無水而恆沈。三春負鋤相識，五月披裘見尋。問葛洪之藥性，訪京房之卜林。草無忘憂之意，花無長樂之心。鳥何事而逐酒，魚何情而聽琴？

加以寒暑異令，乖違德性。崔駰以不樂損年，吳質以長愁養病。鎮宅神以薶石，厭山精而照鏡。屢動莊舄之吟，幾行魏顆之命。薄晚閑閨，老幼相攜，蓬頭王霸之子，椎髻梁鴻之妻。焦麥兩甕，寒菜一畦。風騷騷而樹急，天慘慘而雲低。聚空倉而雀噪，驚懶婦而蟬嘶。

昔草濫於吹噓，藉《文言》之慶餘。門有通德，家承賜書。或陪玄武之觀，時參風鳳凰之墟；觀受釐於宣室，賦《長楊》於直廬。遂乃山崩川竭，冰碎瓦裂；大盜潛移，長離永滅。摧直轡於三危，碎平途於九折。荊軻有寒水之悲，蘇武有秋風之別。關山則風月悽愴，隴水則肝腸斷絕。龜言此地之寒，鶴訝今年之雪。

百齡兮倏忽，光華兮已晚。不雪雁門之踦，先念鴻陸之遠。非淮海兮可變，非金丹兮能轉。不暴骨於龍門，終低頭於馬阪。諒天造兮昧昧，嗟生民兮渾渾！

倪璠注曰：「〈小園賦〉者，傷其屈體魏、周，願爲隱居而不可得也。其文既異潘岳之〈閒居〉，亦非仲長之樂志，以鄉關之思，發爲哀怨之辭者也。」〔註46〕觀此文開端，園景鋪陳之描寫，筆調閒適，猶如怡然自足，而文末則止於愀然色變，無可掩抑之憂苦，王粲「雖信美而非吾土兮」（〈登樓賦〉），宛然在是，麗句之中，喻其情志焉，非無病呻吟之類可比，故紀昀《四庫全書總目提要》謂：「信北遷以後，閱歷既久，學問彌深，所作皆華實相扶，情文兼至。」〔註47〕若夫華實相扶、情文兼至，即文質並重之謂也。

三、徐庾麗辭之風骨

（一）徐陵麗辭之風骨

自陸機標榜「詩緣情而綺靡」（〈文賦〉）以來，南朝文學，其轉變之核心，尤在情文之爭，如梁簡文帝蕭綱〈答湘東王和受試詩書〉曰：「比見京師文體，

〔註46〕〔北周〕庾信撰，〔清〕倪璠注，許逸民校點：《庾子山集注》，冊上，頁19。

〔註47〕〔清〕紀昀：《四庫全書總目提要》（石家莊：河北人民出版社，2000年3月），冊4，〈庾開府集箋注十卷提要〉，頁3838。

懦鈍殊常，競學浮疏，急爲闡緩。玄冬修夜，思所不得，既殊比興，正背風騷。若夫六典三禮，所施則有地；吉凶嘉賓，用之則有所。未聞吟詠情性，反擬《內則》之篇；操筆寫志，更摹《酒誥》之作；遲遲春日，翻學《歸藏》；湛湛江水，遂同《大傳》。」〔註48〕京師文體，指裴子野爲代表之守舊派，蕭綱斥其「既殊比興，正背風騷」，故謂蕭裴二派主張之異，在乎文質之爭也。蕭綱既重緣情，命徐陵編《玉臺新詠》，則《玉臺》一書之風格，即蕭綱之主張也，今觀《玉臺》入選之作，多爲言情，題材則關乎婦女，風格則宛轉綺靡，多涉及男女之歡愛相思，或於婦女體態歌聲舞姿之純欣賞，少數表面寫男女之情，實則比喻君臣朋友之義，然以字涉女性，故亦選錄〔註49〕。故《玉臺新詠》所緣之情，多狹隘之男女之情、或描摹美人以享樂之情，此蕭綱之文學觀也。楊仲義歸納古代詩文哀樂之情，具體有十四種：1、忠愛之情，憂國憂民者；2、義憤之情，憤世嫉俗者；3、贊頌之情，歌功頌德者；4、宗教之情，祭祖祭神者；5、壯志豪情，改天換地者；6、隱逸之情，消極避世者；7、逸志閑情，賞山樂水者；8、淫樂之情，醉入聲色者；9、愁苦之情，衣食無著者；10、怨憤之情，遭貶失志者；11、貪婪之情，追名逐利者；12、愛怨之情，男女婚戀者；13、鄉思別情，故土親朋者；14、人倫之情，教子愛妻者。〔註50〕以此準之蕭綱《玉臺新詠》之情，則《玉臺》所緣之情已見狹隘矣。

至於蕭繹之文學觀，見其《金樓子》：「至如不便爲詩如閻纂，善爲章奏如伯松，若此之流，汎謂之筆。吟詠風謠，流連哀思者，謂之文。而學者率多不便屬辭，守其章句，遲於通變，質於心用。學者不能定禮樂之是非，辨經教之宗旨，徒能揚榷前言，抵掌多識。然而挹源知流，亦足可貴。筆退則非謂成篇，進則不云取義，神其巧惠，筆端而已。至如文者，惟須綺縠紛披，宮徵靡曼，脣吻遒會，情靈搖蕩。」〔註51〕其所論文者，亦重緣情，然其情靈搖蕩，特見於其文筆論之「文」者，即詩也。

〔註48〕〔明〕張溥輯：《漢魏六朝百三名家集》，冊4，《梁簡文帝集》，頁207。

〔註49〕參曹道衡、沈玉成：《南北朝文學史》（北京：人民文學出版社，2006年6月），頁252。

〔註50〕楊仲義、余穎：《漢語詩歌解讀學》（北京：學苑出版社，2010年1月），頁62。

〔註51〕〔梁〕蕭繹：《金樓子》，見羅愛萍主編：《百子全書》（臺北：黎明文化事業公司，1996年12月），冊23，卷4，〈立言〉，頁6029～6030。

蓋哀怨悲情爲蕭綱蕭繹爲文所同推崇者，其哀怨之由，多離別之閨怨，且由男性作者，代女子之言，已屬爲文而造情；又總體而觀之，悲傷之情與閑逸豔情之交織，則使南朝文學之情，流於淺薄，故李延壽《北史・文苑傳序》曰：「簡文、湘東，啓其淫放；徐陵、庾信，分路揚鑣。其意淺而繁，其文匿而彩，詞尚輕險，情多哀思。」〔註 52〕雖其論或有偏頗，然後人亦斥南朝文氣格之卑弱，則屬事實。至於北朝文學之情，主要爲悲涼之情，即悲傷感歎之中，含剛健之氣，而成悲壯蒼涼者也。此悲壯蒼涼之情，源於北方民俗風情與自然環境，此《隋書・文學傳序》所謂「河朔詞義貞剛，重乎氣質」者，蓋北人性格強悍而武勇，故其述悲則不流於軟弱，而有強大剋制與犧牲之意志，故其悲苦蒼涼之情，與南方婉轉綺媚之情迥異，北朝文學之述悲情，多爲戰亂之情，反映現實社會生活，及戰亂所及人民之痛苦，此與建安風骨之文學爲一脈相承者。

徐陵羈北，其人生遭遇重大之變故，生活環境與時事之變化，鄉關之思、亡國之痛，與夫羈旅之苦，使其爲文於哀傷之中，更多悲涼之體現，許逸民《徐陵集校箋》總結徐陵文頗變舊體之內容，其一項爲「情多哀思」〔註 53〕，然則與蕭綱蕭繹同時之文人，能於駢文深於緣情者，徐陵也。劉師培《漢魏六朝專家文研究》「論文章有生死之別」曰：「凡文章有勁氣，能貫串，有警策而文采傑出（即《文心雕龍・隱秀篇》之所謂『秀』）者乃能生動。否則爲死。蓋文有勁氣，猶花有條幹（即陸士衡〈文賦〉所謂『理扶質以立幹，文垂條而結繁』）。條幹既立，則枝葉扶疏；勁氣貫中，則風骨自顯。」〔註 54〕其所謂氣者，含內容之充實，情感之眞實者也，苟有以如此，則自有風骨，今觀徐陵〈與齊尚書僕射楊遵彥書〉，所體現之文質相宣，爲後世風骨與詞采合流之先導，以其蒼涼梗概，悲壯剛健，鍾嶸《詩品》評曹植「情兼雅怨」，徐陵此文，亦情兼雅怨者也。總而言之，南朝文悲情之內涵，以閨怨哀情、離合悲歡爲主，多屬爲文而造情，其缺乏者，建安風骨之梗概而多氣也，徐陵則兼有之，既爲情而造文，亦有風骨。觀其悲涼沉鬱，又積極進取，有以作爲，如〈勸進梁元帝表〉、〈在北齊與宗室書〉、與王僧辯數書等皆是，故張

〔註 52〕〔唐〕李延壽：《北史》（北京：中華書局，2003 年 7 月），冊 9，頁 2782。

〔註 53〕〔陳〕徐陵撰，許逸民校箋：《徐陵集校箋》，冊 1，〈前言〉，頁 8。

〔註 54〕劉師培：《中國中古文學史講義》（上海：上海古籍出版社，2006 年 4 月），附《漢魏六朝專家文研究》，頁 120。

溥評其文：「歷觀駢體，前有江任，後有庾徐，皆以生氣見高，遂稱俊物。」〔註55〕

（二）庾信麗辭之風骨

庾信入北，終生不得南還，其麗辭之情感複雜悲涼，蓋亡國之痛、羈旅之哀、喪親之悲、鄉關之思，失節之恨等情愫，交織揉合。若乃徐陵思南歸而不得，其情雖悲，而終有梁元帝可依附，歸國有日；庾信所哀之江南，則已根本爲泡影，其故國之思，則根本已無故國，乃缺席之故國，蓋世祖興梁，其已缺席焉，無何而成南冠之囚，遺臣國殤，其哀怨之深，較之徐陵，更無止盡矣。此時庾信之〈哀江南賦〉，察其本質，即效法屈宋楚騷之傳統也，清倪璠曰：「此賦記梁朝之興亡治亂及己世之飄颻播遷，古有『詩史』，此可謂『賦史』矣。」〔註56〕若其以情敘事，夾敘夾議，緣情危苦，惟以悲哀，而其性靈說之主張，即其思想感情升華者也。由其動人之深，故自「徐庾體」以外，又有「庾信體」，見其影響之廣也。

有唐以來，賦詩主張於寫實敘情，先有初唐四傑反對齊梁之纖巧綺靡，如王勃〈游冀州韓家園序〉曰：「高情壯思，有抑揚天地之心；雄筆奇才，有鼓怒風雲之氣。」〔註57〕知四傑所提倡者，剛健骨氣者也。其後陳子昂又倡「風骨」、「興寄」之說，流風響及全唐，其〈與東方左史虯修竹篇序〉曰：「文章道弊，五百年矣。漢魏風骨，晉宋莫傳。然而文獻有可徵者，僕嘗暇時觀齊梁間詩，采麗競繁，而興寄都絕，每以永歎，竊思古人，常恐逶迤頹廢，風雅不作，以耿耿也。」〔註58〕其所欲恢復者，乃《詩經》風雅以來，尤其建安文學之現實主義精神也，以其中悲涼之中，蘊有慷慨任氣之特質，哀怨而不消沉，感傷中猶有一渴望焉，期待焉，此種精神，深富感染力，所謂建安風骨者也。其後規模庾信者，杜甫也，清李調元《雨村詩話》曰：「杜詩本庾子山。」〔註59〕陳祚明《采菽堂古詩選》卷三十三：「庾開府詩是少陵前模。」

〔註55〕〔明〕張溥撰，殷孟倫注：《漢魏六朝百三家集題辭注》，〈徐僕射集題辭〉，頁264。

〔註56〕〔北周〕庾信撰，〔清〕倪璠注，許逸民校點：《庾子山集注》，冊上，頁98。

〔註57〕〔唐〕王勃著，〔清〕蔣清翊註：《王子安集註》（上海：上海古籍出版社，1995年11月），頁223。

〔註58〕〔唐〕陳子昂撰，楊家駱主編：《新校陳子昂集》（臺北：世界書局，2012年12月），卷1，頁15。

〔註59〕〔清〕李調元著，詹杭倫、沈時蓉校正：《雨村詩話校正》（成都：巴蜀書社，2007年1月），卷下，頁13。

〔註 60〕杜甫詩之寫實抒情爲唐詩之光輝，雖與庾信蕭條異代，然其人生境遇與流離之心境，多有相似者，庾信困侯景之亂，自建康遁於江陵，居宋玉故宅，故〈哀江南賦〉曰：「誅茅宋玉之宅，穿徑臨江之府。」庾信懷宋玉，而杜甫懷庾信，庾信思歸南方江陵而不得，杜甫思歸北方長安而不得，其困安史之亂，哀怨殆同庾信。唯杜甫有意爲詩史，庾信則多哀感而致，然庾信麗辭，即建安風骨之繼承者，其〈傷心賦〉曰：

> 人生幾何，百憂俱至！二王奉佛，二郗奉道，必至有期，何能相保？悽其零零，颯焉秋草。去矣黎民，哀哉仲仁！冀羊祜之前識，期張衡之後身。

此賦既傷弱子，亦悼亡國，蓋因侯景之亂，庾信與其子女離散，而子女二女一男，相繼沒世，憶及傷心之事，遂命賦焉，而有「人生幾何？百憂俱至」之謂，一朝風燭，萬古塵埃，其悲哀之感亦深矣。「二王奉佛，二郗奉道，必至有期，何能相保？」謂雖奉佛奉道，然至生死之期，猶不能相保。乃筆鋒一轉，「冀羊祜之前識，期張衡之後身」，以《晉書・羊祜傳》載李氏子死，投胎爲羊祜，《蔡邕別傳》載張衡死投胎爲蔡邕之典故，冀其子女之重來人世相會，則庾信雖悲，而終究未至消極，仍有一絲希望，此其骨力遒也，比之劉令嫻〈祭夫徐敬業文〉：「如當此訣，永痛無窮。百年何幾，泉穴方同。」劉令嫻之辭則冀黃泉之相會，事屬幽冥而消極矣。

杜甫謂庾信晚年之作「凌雲健筆意縱橫」(〈戲爲六絕句〉)，「健筆」、「縱橫」者，示庾信詩文之以氣運詞，情緒飽滿，緣情綺靡而氣勢之開闔壯闊，體物瀏亮而意象之老成悲壯，亦爲初唐文學導夫先路矣。楊愼《升庵詩話》曰：「綺多傷質，豔多無骨；清易近薄，新易近尖。子山綺而有質，豔而有骨；清而不薄，新而不尖，所以爲老成也。」〔註 61〕然則「綺而有質，豔而有骨」，殆所謂有風骨者哉！李曰剛云：「蓋夫作者主觀抽象『情志』之發抒，或由於內在心理之激動，或係於外來物境之感受，意氣流露於文字之間，造成文章之特殊氣韻而具有感染力量者，有如風之襲人吹物者然；此種氣韻感染力量，彥和稱之爲『風』。作品之氣韻感染力量是作者情感、思想、想像之產物，但無實在形象，正如自然界之風，必須藉實物始能顯現其存在。故作家欲表達

〔註 60〕〔清〕陳祚明評選，李金松點校：《采菽堂古詩選》(上海：上海古籍出版社，2008 年 12 月)，冊 2，頁 1081。

〔註 61〕楊文生：《楊愼詩話校箋》(成都：四川人民出版社，1990 年 7 月)，頁 72。

自己之情感、思想、相像，使其文章具有特殊氣韻感染力量，有待於客觀具體『事義』之陳述，而加以匠心安排，使其題材展布於篇章之中，形成文章之獨異體局而備見結構技巧者，亦似骨之持人立身者然。此種體局結構技巧，彥和稱之爲『骨』。」〔註62〕李曰剛釋「風骨」甚詳，本章第一節釋劉勰所論風骨之內涵，乃進而定位爲乾健雅正之思想，而以李氏之說，則楊愼所指之質、骨，即李氏所言之體局結構，所謂骨也者，其所謂綺、豔，則相當於與體局結構相生相諧之肌膚，附麗於其上，助作品之動人表現，即李氏所言之氣韻感染力量，所謂風也者；再合杜甫「健筆」、「縱橫」之說，確知庾信詩文乃乾健雅正之表現也。

歸餘於終，庾信「不無危苦之辭，惟以悲哀爲主」之寫作原則，發展爲悲怨主張，其後期之作，幾篇篇有哀，乃於屈原、宋玉、司馬遷、建安文學傳統之繼承與發揚，猶馬遷之「發憤著書」也。其美學之主張，即「以悲爲美」，情兼雅怨，發愀愴之詞，此情感之內涵，突破南朝宮體狹隘之豔情，以文學史角度觀之，有恢復漢魏風骨與風雅興寄之意義存在也。

第三節　以《文心雕龍》緣情說分析徐庾麗辭

一、《文心雕龍》緣情說與徐庾麗辭

劉勰《文心雕龍》之緣情說，影響於後代者，即於「情志」之外，另開「緣情」之徑矣。觀其〈情采〉篇立「情文」一目，以別於形文、聲文，則由文論見「情」之發展，知由情志說發展爲緣情說，乃至緣情說中，包情志與情性兩端也。

持此比較分析徐庾麗辭，則徐庾麗辭亦呼應《文心》緣情說之具體創作，何以言其然？蓋中國文學史有三大脈絡，一則敘事傳統，一則抒情傳統，一則議論傳統。議論傳統者，諸子是也。敘事傳統者，《詩經》、《楚辭》是也，他如史傳之體，莫非敘事。敘事者，重事件始末之描寫，觀之《詩》、《騷》皆然，而抒情在其中，多見其敘事以抒情也，如《詩經．豳風．七月》：「七月流火，九月授衣。一之日觱發，二之日栗烈。無衣無褐，何以卒歲！三之

〔註62〕李曰剛：《文心雕龍斠詮》，下編，頁1237。

日於耜，四之日舉趾。同我婦子，饁彼南畝。田畯至喜。」〔註 63〕又如《離騷》:「余既滋蘭之九畹兮，又樹蕙之百畝。畦留夷與揭車兮，雜杜衡與芳芷。冀枝葉之峻茂兮，願竢時乎吾將刈。雖萎絕其亦何傷兮，哀眾芳之蕪穢。眾皆競進以貪婪兮，憑不猒乎求索。」〔註 64〕蓋先敘一事件，再據以爲抒情之憑藉。而純粹抒情之作，蓋見之〈古詩十九首〉，及至司馬相如、賈誼、枚乘之賦，皆狀物以抒情，且文多夸飾，略少眞情。

蔡邕碑誄，以精雅見稱，劉勰〈才略〉謂:「張衡通贍，蔡邕精雅，文史彬彬，隔世相望。」又〈誄碑〉謂:「自後漢以來，碑碣雲起。才鋒所斷，莫高蔡邕。」然而碑誄之體，本爲敘事之作，雖有哀悼，亦由敘事而生，非直接抒情者也。由此衍生之作，則所謂代言體是也。建安文學中，時見代言之書信，然則既代他人之言，縱有代人抒情之筆，而所抒之情，未必作者之眞情也，此劉勰所謂「爲文而造情」者也。

南朝代言體之作，亦時有所見。齊梁以來，主張爲文必須有情，無情則造情，有情方成文也。於是齊梁文人遣性娛情之態度，蔚爲風氣，吟詠情性之說，甚囂塵上，其時文人，精神則萎靡而卑弱，情懷則少高潔與卓拔，故其作也，乏深情與雄渾也，又齊梁文學，本質爲貴族文學，既盛行宮廷之中，則描繪宮廷之物，亦自然之勢，故激揚怨憤者少，適情愉性者多，若夫宮闈閣樓、亭臺妝奩、麗人等，皆供吟詠，蕭綱「文章且須放蕩」(〈誡當陽公大心書〉)，可爲代表。及蕭繹之《金樓子》，流連哀思，則又刻意而造作矣。

故觀之中國文學史，抒情傳統之發展，成熟最晚，由最早之敘事以抒情，進而代言以抒情，進而借物興感以抒情，文學技巧則日益講究，所抒之情則日益浮濫，唯徐庾麗辭之作，則又合乎劉勰緣情之說。蓋徐庾身逢侯景叛亂，流離失陷，望故國而難歸，故所作皆發乎眞情至情，蘊眞情乃有至文，非幕下客及捉刀人所得代爲也。徐陵〈玉臺新詠集序〉，雖言「時有緣情之作」，然其緣情之說，猶屬閒適之宮體，及其羈留北齊諸作，如〈與齊尚書僕射楊遵彥書〉、〈在北齊與宗室書〉、〈與王僧辯書〉、〈報尹義尚書〉、〈勸進梁元帝表〉，皆發乎至性，以其情眞，故爲可誦。又如庾信羈北諸賦，如〈小園賦〉、〈竹杖賦〉、〈枯樹賦〉、〈傷心賦〉、〈哀江南賦〉，亦出之以悲哀，其所述所表，

〔註 63〕〔漢〕毛亨傳、鄭玄箋，〔唐〕孔穎達正義:《毛詩正義》，《十三經注疏本》，頁 250。

〔註 64〕〔宋〕洪興祖:《楚辭補注》，頁 10。

皆鄉關之思，見其妻子並逝，家國已亡，歸之無望，以性情之眞，如泉源之湧出，則泉源之有生氣也。

清李兆洛編《駢體文鈔》，錄庾文 37 篇，數冠全書，其碑誌文則有 11，所佔亦不少，則李氏固認可庾信碑志之文者。然自來祝嘏碑誌之文，乃鮮佳構者，其情僞也，學者亦不乏批評庾信碑誌之說，如錢鍾書曰：「信集中銘幽諛墓，居其太半；情文無自，應接未遑。造語謀篇，自相襲蹈。雖按其題，各人自具姓名，而觀其文，通套莫分彼此。」〔註 65〕以爲庾信碑誌之乏眞情，有以致之，然其〈周上柱國齊王憲神道碑〉、〈周大將軍懷德公吳明徹墓誌銘〉，乃能寓一己身世之感，體現個人性情，不爲歌功頌德之流俗，墓誌之以第一人稱視角抒情者，庾信首創其例也，故文學離卻眞情，則無是處，一有眞情，即爲佳作，感人必深。

是知爲文而造情之作，其情必僞，蓋本無情而牽強以起情，本無意而妄想以立意，所謂強悲者雖哭不哀，強親者雖笑不和也，奚足以動人哉？而觀之徐庾麗辭，徐陵則義盡緣情，以情運理，庾信則含吐性靈，抑揚詞氣，足爲爲情而造文之代表也。

徐庾麗辭與《文心雕龍》緣情說，既爲一致，而庾信性靈之說，又與《文心》相符，如其言「年髮已秋，性靈久竭」、「蓋聞性靈屈折，抑鬱不揚，乍感無情，或傷非類。是以嗟怨之水，特結憤泉；感哀之雲，偏含愁氣」，以爲詩人失外界之感應，則性靈消失，易言之，詩人必須與外界相感，其性靈乃得發揮焉，其說與《文心雕龍．明詩》：「人稟七情，應物斯感，感物明志，莫非自然。」〈物色〉：「春秋代序，陰陽慘舒，物色之動，心亦搖焉。」〈知音〉：「夫綴文者情動而辭發。」意皆相通也。

二、《文心雕龍》文質論與徐庾麗辭

劉勰文質論，上節已析之，必欲文質統一，華實相扶，方爲佳構。文質統一謂文章內容與形式之調和也，劉勰以爲，內容與形式須並重，故其「文附質」、「質附文」之說，皆形式與內容和諧統一之意也。然文質之統一，非文質之並列，而乃有主從之關係，蓋以質爲主，文爲從，故曰「情者文之經，辭者理之緯；經正而後緯成，理定而後辭暢」（〈情采〉），是知文質統一，在

〔註 65〕 錢鍾書：《管錐編》，冊 4，頁 1527。

先質而後文，先有充實之內容，然後有形式以配合之，若骨之有皮，質具而骨立也。

梁朝三蕭亦見文質並重之論述，蕭統〈答湘東王求文集及詩苑英華書〉曰：「夫文典則累野，麗亦傷浮，能麗而不浮，典而不野，文質彬彬，有君子之致。」〔註 66〕欲求典與麗之和諧統一，與劉勰情志合一說一致，蕭綱〈答湘東王和受試詩書〉：「謝故巧不可階，裴亦質不宜慕。……竟不精討錙銖，覈量文質。」〔註 67〕蕭繹〈內典碑銘集林序〉：「夫披文相質，博約溫潤，吾聞斯語，未見其久。……存華則失體，從實則無味。……能使艷而不華，質而不野，博而不繁，省而不率，文而有質，……所謂菁華無以間也。」〔註 68〕凡此皆足見其人提倡文質之結合，然試觀其作，又有實踐與理論相違之狀，然則文質並重之體現，豈見諸徐庾麗辭者乎？以上節論述觀之，李兆洛評徐陵〈為貞陽侯重與王太尉書〉，稱其「文質相宣」、「當於事理」，而徐陵麗辭緣情之作，特在書表之體，劉勰《文心雕龍．書記》曰：「詳總書體，本在盡言，言以散鬱陶，託風采，故宜條暢以任氣，優柔以懌懷。」蓋書表之作，尚在於抒情言志，必貫以充沛之情，始如劉勰〈書記〉所言之「志氣槃桓」，觀之徐陵在北齊諸書，皆為情造文，其情眞切，又如〈答李顒之書〉、〈與李那書〉，皆能表文質並重之見，則徐陵可謂達於文質相宜矣。

至於庾信之情文兼至，如上節所述，亦能華實相扶，然而庾信抒「情」之內涵，與《文心》緣情說之「情」內涵，是否相通？於此猶須再深入辨析。考劉勰文中常有「情理」同見者，〈明詩〉曰：「巨細或殊，情理同致。」〈體性〉曰：「夫情動而言形，理發而文見。蓋沿隱以至顯，因內而符外者也。」〈鎔裁〉曰：「情理設位，文採行乎其中。」又曰：「檃括情理，矯揉文采也。」〈章句〉曰：「控引情理，送迎際會。」故知劉勰以情理為內質，與外采相對，而〈情采〉所謂：「夫能設模以位理，擬地以置心，心定而後結音，理正而後摛藻，使文不滅質，博不溺心。」亦是以情理歸為內質，王元化以為：〈情采〉先後所言之「為情造文」、「述志為本」二語，即其企圖以「情」拓廣「志」之領域，以「志」充實「情」之內容，使「情」「志」合而為一整體。〔註 69〕

〔註 66〕〔明〕張溥輯：《漢魏六朝百三名家集》，冊 4，《梁昭明集》，頁 132。

〔註 67〕同上註，《梁簡文帝集》，頁 207。

〔註 68〕同上註，《梁元帝集》，頁 328。

〔註 69〕王元化：《文心雕龍講疏》（桂林：廣西師範大學出版社，2004 年 11 月），頁 203。

然則劉勰論「情」之內涵，未可僅以普通之情感而視之也，其所謂之「情」，乃經由「理」過濾而得者，爲情理融合後之情感也。持此以觀庾信〈哀江南賦〉，既爲六朝第一長賦，兼敘事與抒情，文采斐然，懷江關之思，哀梁朝之亡，復又客觀批判梁朝亡國之因，實爲劉勰《文心雕龍．情采》論之具體實踐者。

劉勰文質並重之主張，既溯自孔子，然前代高論，亦皆其淵源，如揚雄《法言．修身》:「實無華則野，華無實則賈，華實相副則禮。」〔註 70〕又《法言．吾子》曰:「事勝辭則伉，辭勝事則賦，事辭稱則經。」〔註 71〕又如王充《論衡．超奇》:「實誠在胸臆，文墨著竹帛，外內表裏，自相副稱。」〔註 72〕此皆文質兼並之意。而劉勰繼之，建構圓滿之文質論，其文質之意涵，固爲形式內容之謂，執此以分析徐庾麗辭，知其理論與創作，實一脈相通者。然後代文論家之論文質，與劉勰又似有不同，於此可一併釋之。

如劉師培《漢魏六朝專家文研究》論「文質與顯晦」曰:「東漢一代文質適中，賦、詩、論、說、頌、贊、碑、銘各體，皆文質相半。惟張平子、班孟堅，文略勝質；蔡中郎之碑銘則有華有質，章奏亦得其中。建安以後，文風丕變，有文勝質者，有質勝文者。辭賦高華，較東漢爲勝；章奏質樸，較東漢爲差。……欲求文質得中，必博觀東漢之文，以蔡中郎人爲法，乃可成家。……故文質得中，乃文之上乘也。」〔註 73〕劉師培爲近代極爲宗尚駢文之學者，觀其文質說，顯以文質爲駢散之意也。

又如劉咸炘《文學述林》第一冊《辭派圖》曰:「自晉以下，嵇康、李康，子家也，質多於文；張華、潘岳，賦家也，文多於質；陸、范則彬彬矣。傅、任疏而存質；江、鮑、劉則密而過文，猶不失質；徐、庾則純文矣。章炳麟謂文章之盛，窮於天監。信矣！」〔註 74〕又曰:「大氐文質之異在於作述。《禮》文約而嚴，多作；《詩》文豐而通，多述。(「喓喓草蟲」一章，《雅》襲《風》;「揚之水」數句，《風》襲《風》；其餘一二句相同者尤多。）諸子多作，詞賦多述。作者創意造言，述者徵典敷藻。賦詩言志，

〔註 70〕汪榮寶撰，陳仲夫點校：《法言義疏》(北京：中華書局，1997 年 10 月)，冊上，頁 97。

〔註 71〕同上註，頁 60。

〔註 72〕黃暉：《論衡校釋》(北京：中華書局，2006 年 12 月)，冊 2，頁 609。

〔註 73〕劉師培：《中國中古文學史講義》，附《漢魏六朝專家文研究》，頁 129。

〔註 74〕劉咸炘：《文學述林》，收入王水照編：《歷代文話》，冊 10，頁 9746。

述之兆也；詞必己出，作之標也。徐、庾全述，歐、蘇全作。作述之大略分，而文質之說明矣。」〔註 75〕劉氏爲蜀中知名學者，其分析文質如上，試簡化其旨如下：

文：詞賦——《詩》——述——徵典敷藻——賦詩言志——徐庾
質：諸子——《禮》——作——創意造言——詞必己出——歐蘇

故知劉咸炘之文質說，蓋以文爲駢文，質爲散文，與劉師培說不二也，而謂「徐庾全述」，即謂徐庾全爲文者，然劉咸炘以徐庾爲文，與本論文據劉勰文質論分析徐庾麗辭，則得其文質相宣，二說不同，蓋劉咸炘所論之文質，與劉勰「文質」固異，所分析徐庾麗辭之結果，亦必不能同也。本文多方比較，確知徐庾麗辭之文質相宣，有同劉勰之理論也。

三、《文心雕龍》風骨論與徐庾麗辭

劉勰以爲有風骨之作，必是生機、活力之呈現，具有感染力，又由雅正而來，所謂「確乎正式，使文明以健，則風清骨峻，篇體光華」是也。劉勰〈章表〉又云：「章以造闕，風矩應明，表以致策，骨采宜耀。」然則其以爲風骨之作，在乎章表之體者乎？觀其〈章表〉所舉之例，如「文舉之〈薦禰衡〉，氣揚采飛；孔明之辭後主，志盡文暢，雖華實異旨，並表之英也」，豈孔融〈薦禰衡表〉之「氣揚采飛」，即有風骨之作？王禮卿謂：「文氣騫揚，辭采飛舞，故謂爲『氣揚采飛』。方伯海評曰：『疏宕難於典麗，典麗難於疏宕，此獨兼之，東漢中另是一種出色文字。』疏宕由於氣揚，而采飛出自典麗。」〔註 76〕王氏分論氣、采，與「風矩應明」、「骨采宜耀」有相通者。周振甫則明指：「『氣揚采飛』，即是有風骨。」〔註 77〕則孔融〈薦禰衡表〉之氣揚采飛爲風骨，殆無可疑。至於諸葛亮之〈出師表〉，辭意懇切，孫月峰評：「眞實事情，全無藻飾。」郭明龍評：「忠義自肺腑流出，古樸眞率，字字滴淚，與日月爭光，不在文章蹊徑論也，然情至而文自生。」〔註 78〕蓋孔融〈薦

〔註 75〕劉咸炘：《文學述林》，收入王水照編：《歷代文話》，冊 10，頁 9747。
〔註 76〕王禮卿：《文心雕龍通解》（臺北：黎明文化事業公司，1986 年 10 月），頁 424～425。
〔註 77〕周振甫：《文心雕龍注釋》（北京：人民文學出版社，1981 年 11 月），頁 249～250。
〔註 78〕于光華：《評註昭明文選》，頁 690。

禰衡表〉辭采飛揚，諸葛亮之〈出師表〉全無藻飾，故劉勰曰「華實異旨」，然皆「表之英」，則情至而文自健，自有風骨焉。

劉勰風骨之內涵既明，則知其何以推崇建安文學矣，〈時序〉評建安文學曰：「觀其時文，雅好慷慨，良由世積亂離，風衰俗怨，並志深而筆長，故梗概而多氣也。」曹植〈前錄自序〉：「余少而好賦，其所尚也，雅好慷慨，所著繁多。」〔註79〕劉勰「雅好慷慨」之言，出於此乎！《說文》：「忼，慨也。」又：「慨，忼慨，壯士不得志也。」忼从心亢聲，慨从心既聲，《說文》：「亢，人頸也。」段注：「亢之引申爲高也。」《說文》：「既，小食也。」段注：「引申之義爲盡也已也。」然則忼慨者，高遠之志而不得，遂生途窮之歎乎？曹植之作，多見悲傷之情，如〈箜篌引〉：「驚風飄白日，光景馳西流。」〔註80〕〈贈徐幹〉：「慷慨有悲心，興文自成篇。」〔註81〕〈贈白馬王彪·其四〉：「孤獸走索群，銜草不遑食。」〔註82〕〈襍詩六首·其一〉：「高臺多悲風，朝日照北林。……孤鴈飛南游，過庭長哀吟。」〔註83〕率多悲、哀之字，則其雅好慷慨之義，蓋有悲傷之情，蓄以激越之氣也。劉勰所以推崇者，即以建安文學之特色，在於有氣骨有骨力，結言端直，意氣慷慨，剛健悲壯，足爲風骨作品之代表。

漢末之動蕩，乃有建安之風骨，而梁陳之際，頗有類焉。太清二年（548）十月，侯景叛亂，攻陷台城，其時百姓流亡，而六朝古都之建康，亦爲之凋殘，《南史·侯景傳》謂「千里絕烟，人跡罕見，白骨成聚如丘隴焉」〔註84〕。方侯景攻朱雀航時，庾信率兵屯守，無何而一觸即潰，乃奔走南塘。其父庾肩吾於大寶元年（550）受遣至江州，欲曉諭當陽公蕭大心（523～551），蕭大心竟已降，肩吾遂逃之建昌界，良久乃奔江陵，庾信亦投江陵，父子相見，庾肩吾即憂憤而卒。奔亂之中，信子息二男一女相繼亡沒，其悲哀可知矣。至於徐陵當侯景之亂，適出使東魏，然其父徐摛被困台城，因蕭綱被幽閉，摛不獲朝謁，因感氣疾而卒，時徐陵羈留東魏而不獲還國，亦不得奔喪，其痛蓋可知矣。

〔註79〕〔明〕張溥輯：《漢魏六朝百三名家集》，冊2，《陳思王集》，頁41。
〔註80〕同上註，頁71。
〔註81〕同上註，頁85。
〔註82〕同上註，頁86。
〔註83〕同上註，頁87。
〔註84〕〔唐〕李延壽：《南史》，卷70，頁2009。

若乃徐庾麗辭之悲情哀思，與宮體之哀怨有別，蓋宮體雖亦有哀情，然特爲「微躅愁疾」而作，在排遣閑逸之情耳。然而徐庾羈北，鄉關之思、亡國之痛、羈旅之苦、風土之異，皆使其作有悲苦蒼涼之情，風骨翹秀，如徐陵在北齊之〈與齊尚書僕射楊遵彥書〉，慷慨陳情，歷數其歸梁之正當理由，情兼雅怨，文質相宣，其他〈與王僧辯書〉、代貞陽侯與王僧辯數書，皆剖析利害，當國家存亡危急之秋，獨持風骨。庾信之〈哀江南賦〉，以悲哀之情爲基調，既述既議，而檢討梁亡之因，餘有無盡之感慨，則其情雖悲，然亦有欲引以爲鑑，視爲歷史教訓也，此皆與建安風骨相同精神，故劉勰之贊揚建安，推之當亦贊揚徐庾也，且徐庾於侯景叛亂後之麗辭，皆劉勰所謂「志盡文暢」、「氣揚采飛」、「確乎正式」、「文明以健」、「風清骨峻」、「篇體光華」之作也，風清即作品必須具純正高遠之感情也，光華即作品有清新俊逸之本質也。清呂留良（1629～1683）亦曰：「先輩論文必高華。高華如庾、鮑、老杜，稱其清新、俊逸，故知所爭在氣骨，不在詞句也。」〔註 85〕呂氏以爲庾信文之清新俊逸，故曰高華，在其有氣骨，不在詞句，蓋亦同劉勰主張風骨乃「情與氣偕，辭共體并」，以情勝，不以詞勝，蓋情之高華，自有感染之力，由其有氣骨也。

〔註 85〕〔清〕呂留良：《呂晚邨先生論文彙鈔》，收入王水照編：《歷代文話》，冊 4，頁 3349。

第四章 《文心雕龍》想像論與徐庾麗辭

夫想像爲貴，有識斯同。悟性是依，慧根斯賴。故文思之秘，彥和攸舉，鑽既往之響，搜未發之楹。凡風饕雪虐之辰，皆墨舞筆歌之會。是以仰天宇之超忽，俯景物之清佳，思曠以深，語幽而旨。若乃南浦動春波之感，西風引秋蒂之悲，登山懷名士之風流，臨水有智者之思慮。臨篇綴慮，才並風雲；搦翰和墨，思隨山海。並精思致，各妙推敲。論可粲花，必執正以馭奇；口將吐鳳，詎逐奇而失正？然而神與物遊，故稱神思矣。若夫徐庾奧遠，想象高絕，清聲流於漢北，妍唱發於江南。俗士所不能窺，後進不敢輕慕。況復烽傳青犢，劫墮紅羊，撫銅駝而泣下，驚白雁之飛來。殘山賸水，摹圖畫而益工；斷井頹垣，覓思慮而益奇。想像與奇正俱能，烘托與夸飾並運。是以神用象通，則抑揚天地；物以貌求，則鼓怒風雲。而徐庾之馳想像，孕奇思，善鍊意，雖復心存慷慨，世際迍邅，而有同於《文心》者，其故何也？蓋志在風騷，無待定檢之思；情役雅頌，實有恆姿之物。出發不同，互有詳略。至於思表纖旨，文外曲致，才士取則，後生循蹈，其揆一也。

第一節　劉勰《文心雕龍》之想像論

一、神思與想像

聯想與想像，肇自老莊，而未曾連結於藝術思維。漢儒注經，亦重在敷贊聖旨，無關注於想像之論。至魏晉玄學之盛，致力思辨，若夫「有無」「虛實」之辨，於想像力之發展有推波助瀾焉，又釋家神形般若之說，亦有助想像力之豐富。於是借想像以爲文之論乃興焉，〔註1〕如陸機〈文賦〉：「收視反聽，耽思旁訊，精鶩八極，心游萬仞。」即文學創作想像力之謂也。劉勰承此說而深闡，謂之「神思」，而作〈神思〉篇。黃侃《文心雕龍札記》云：「自此至〈總術〉及〈物色〉篇，析論爲文之術，〈時序〉及〈才略〉已下三篇，綜論循省前文之方。比于上篇，一則爲提挈綱維之言，一則爲辨章眾體之論。」〔註2〕故知《文心雕龍》之論爲文之術，所謂「創作論」者，爲提挈綱維之言，於其書中至爲重要，而〈神思〉一篇，又爲創作論之首，亦爲歷來文論批評家所翹首注目之也。其言曰：

> 文之思也，其神遠矣。故寂然凝慮，思接千載，悄焉動容，視通萬里；吟詠之間，吐納珠玉之聲；眉睫之前，卷舒風雲之色：其思理之致乎？

劉勰以爲文章之構思，神妙而深遠，其馳心則不受時空之拘限，即想像者也。蓋神思之論，於當時文壇，已爲共識。其早於劉勰者，如孫綽〈遊天台山賦〉：「余所以馳神運思，晝詠宵興，俛仰之間，若已再升者也。方解纓絡，永託茲嶺。不任吟想之至，聊奮藻以散懷。」〔註3〕蕭子顯《南齊書・文學傳論》：「屬文之道，事出神思，感召無象，變化不窮。俱五聲之音響，而出言異句；等萬物之情狀，而下筆殊形。」〔註4〕宗炳〈畫山水序〉：「峰岫嶢嶷，雲林森眇。聖賢暎於絕代，萬趣融其神思。余復何爲哉，暢神而已。神之所暢，孰有先焉。」〔註5〕觀其所述，所拈神思一詞，而未曾詮解。鄙意以爲，神思之爲藝術思維，則有想像在焉，謂藝術構思與想像者也。然而「想像」者，古文亦有述之，如《楚辭・遠遊》：「思舊故以想像兮。」〔註6〕曹植〈洛神賦〉：「遺情想像，顧望懷愁。」〔註7〕則神思與想像，亦有若干分別矣，神思必有想像，而想像未必指神思，徐復觀以爲：挾帶感情之想像，爲文學之想像。〔註8〕其說蓋可從矣。

〔註1〕參張文勛：《文心雕龍研究史》(昆明：雲南大學出版社，2001年6月)，頁27。
〔註2〕黃侃：《文心雕龍札記》(北京：中華書局，2006年5月)，頁114。
〔註3〕〔梁〕蕭統編，〔唐〕李善注：《文選》(臺北：五南書局，1991年10月)，冊上，頁270。
〔註4〕〔梁〕蕭子顯：《南齊書》，冊2，頁907。
〔註5〕俞劍華：《中國畫論類編》(臺北：華正書局，1984年10月)，頁583。
〔註6〕〔宋〕洪興祖：《楚辭補注》，頁172。
〔註7〕〔明〕張溥：《漢魏六朝百三名家集》，冊2，《陳思王集》，頁17。
〔註8〕徐復觀：《中國文學論集》(北京：九州出版社，2014年4月)，頁410。

觀夫劉勰〈神思〉之論，其言曰：

故思理爲妙，神與物游，神居胸臆，而志氣統其關鍵；物沿耳目，而辭令管其樞機。樞機方通，則物無隱貌；關鍵將塞，則神有遯心。是以陶鈞文思，貴在虛靜，疏瀹五藏，澡雪精神；積學以儲寶，酌理以富才，研閱以窮照，馴致以繹辭；然後使玄解之宰，尋聲律而定墨；獨照之匠，闚意象而運斤：此蓋馭文之首術，謀篇之大端。

論夫神思何以致之？即神思之構成條件爲何？簡言之，謂如何構思也。蓋神思之構成條件：其一爲與「神與物遊」之關係。此「物」者何解？歷代文論家多有涉焉，其要有三：或謂自然之物，即外境、外物、自然；或謂人爲之物，即意象、主觀所見之物象、事物形象；或謂物指事、理。〔註9〕故知「神與物遊」者，謂想像之活動，始終須有某具體之感性物象，而爲依託也。蓋神思之表現，爲「文之思也，其神遠矣」，文思神遠，不受時空之拘束，而任意馳騁，謂之神遊，而此神遊，又必「神與物遊」，故神遊所依附者，物也。此物本爲客觀自然之物，當文人之思依附之，則有其情意情志存焉，而作爲意象。又創作爲文之際，其思理欲妙，其神如何而遊？亦爲一重要之關鍵。《文心雕龍・物色》亦謂：「詩人感物，聯類不窮。」蓋心有感於物，故依附於物，而創造想像，而此物者，或謂自然客觀之物，或謂主觀意象之物，或謂事理，蓋隨爲文運思之過程而指涉者也。故此想像不得空泛無物，憑空臆想，即神思之遊雖能思接千載、視通萬里，亦必須「神與物遊」，則神思方有其藝術規範也。

神思構成條件之二，謂如何陶鈞文思？即其與虛靜之關係。前言「神與物遊」者，乃神思構成之外在要素，此論「虛靜」，乃神思構成之內在要素。虛靜之說，《荀子・解蔽》曰：「虛壹而靜。」老莊則尤多其說，黃侃《文心雕龍札記》曰：「此與〈養氣〉篇參看。《莊子》之言曰：『惟道集虛。』《老子》之言曰：『三十幅共一轂，當其無，有車之用。』爾則宰有者無，制實者虛，物之常理也。文章之事，形態蕃變，條理紛紜，如令心無天游，適令萬狀相攘。故爲文之術，首在治心，遲速縱殊，而心未嘗不靜，大小或異，而氣未嘗不虛。執璇機以運大象，處戶牖而得天倪，惟虛與靜之故也。」〔註10〕

〔註9〕 參萬奇、李金秋主編：《《文心雕龍》探疑》（北京：中華書局，2013年2月），頁147。又本論文第五章「《文心雕龍》意象論與徐庾麗辭」亦有論述。

〔註10〕 黃侃：《文心雕龍札記》（北京：中華書局，2006年5月），頁115。

蔣振華以爲：上清派道教存思、玄想、想像之藝術創造過程，實即六朝文論家所謂之「精鶩八極，心游萬仞」、「寂然凝慮，思接千載，悄焉動容，視通萬里」、「神與物游」。〔註 11〕然則欲構成神思，必先「神與物遊」，欲「神與物遊」，必在「虛靜」之狀。故知虛靜所以治心，劉勰聯繫神思、虛靜、養氣三者之關係，以爲唯使心境達於虛壹而靜，保持空靈，方能集中精神，捕捉靈感，致意構思，而能發揮「神與物遊」也。

神思構成條件之三，謂「積學以儲寶，酌理以富才，研閱以窮照，馴致以懌辭」者也。若以「神與物遊」、「虛靜」乃爲文構思之際，外在內在之要素，此則謂作家平時準備之工夫，與臨時興感之要領也〔註 12〕。黃侃《文心雕龍札記》：「此下四語，其事皆立于神思之先，故曰馭文之首術，謀篇之大端。言于此未嘗致功，即徒思無益。」〔註 13〕蓋欲得神思之功，端賴平素之修養，一則積學以儲寶，平時必多讀書，累積學問，與夫文章之題材內容。二則酌理以富才，即斟酌前人思想情理，提升分辨、判斷能力。三則研閱以窮照，閱歷觀照之豐，生活體驗之富，乃能窮其幽深。四則馴致以懌辭，臨文時應順應心靈情志之自然，抽繹組織文辭，故此指爲文創作之表達技巧也。

詹鍈以爲：神思一指創作中聚精會神之構思，神者興來神到之意，感興也，靈感也；一指天馬行空之運思，想象也，形象思維也。〔註 14〕綜上論述，知神思之稱，融合構思、想像、靈感、意象、語言諸要素而論也。

二、神思與奇思

神思與想像之關係，前言論之矣，而神思與宋代文學批評之奇思，亦可一併分析之，《文心雕龍・神思》云：

意翻空而易奇，言徵實而難巧。

詹鍈釋此句曰：末句黃庭堅〈與王觀復書〉引「言」作「文」，「巧」作「工」，見《豫章黃先生文集》卷十九。又見王應麟《困學紀聞》卷十七「評文」類引。原文曰：「南陽劉勰嘗論文章之難云：『意翻空而易奇，文徵實而難工。』此語亦是沈謝輩爲儒林宗主時好作奇語，故後生立論如此。」何焯注《困學

〔註 11〕蔣振華：《唐宋道教文學思想史》（湖南：嶽麓書社，2009 年 10 月），頁 118。
〔註 12〕參李曰剛：《文心雕龍斠詮》，下編，頁 1136。
〔註 13〕黃侃：《文心雕龍札記》，頁 115。
〔註 14〕詹鍈：《文心雕龍義證》，冊中，頁 975。

紀聞》云：「彥和乃謂手爲心使之難，山谷錯會也。」閻若璩注：「按何屺瞻謂山谷引用劉語亦失其本旨。……此乃謂爲文者言不能足其志。」何義門批云：「此二語人皆誤用，彥和自謂詞意難於相副也。」清萬希魂《困學記聞五箋集證》：「按此乃是手不從心之謂，非好作奇語也。〔註 15〕蓋劉勰此句本指思言意之密合無際，而後人多以奇語釋之，雖然，文之解讀，隨變釋會，則謂奇巧爲神思想像之產物，說可從歟？

明葉紹泰《增定漢魏六朝別解》於《文心雕龍・神思》後總評曰：「文無神思，雖才富辭繁，僅同書肆。古來名手，能於虛際行文，政其思力高妙也。」〔註 16〕所云「僅同書肆」，即「言徵實」之謂，而「難巧」也；所云「虛際行文」，即「意翻空」之謂，而「易奇」也。至於變拙辭爲巧義，易庸事爲新意，亦善於神思者也；故奇巧者，即爲神思表現之極致也。然劉勰論「奇」之處繁夥，以創作論，神思既表現爲奇巧，則似與「奇思」有相通者；以風格論，有新奇者，如〈體性〉云：「新奇者，擯古競今，危側趣詭者也。」是也；以體勢論，有奇正者，〈定勢〉云：「奇正雖反，必兼解以俱通。」是也。今專就神思與奇思之關係論之。

蓋奇思一詞，肇自《楚辭・九辯》：「閔奇思之不通兮。」〔註 17〕之後則未見，劉勰《文心雕龍》亦無此說。唐詩話偶有觸及，如孟棨《本事詩》：「宋考功以事累貶黜，後放還，至江南。遊靈隱寺，夜月極明，長廊吟行，且爲詩曰：『鷲嶺鬱巖嶢，龍宮隱寂寥。』第二聯搜奇思，終不如意。」〔註 18〕載宋之問遊靈隱寺作詩之事，有「搜奇思」之詞。宋代以來，則奇思一詞，多見於文話詩話，已爲古代文論之重要範疇也。

陳玉強論奇思之審美特徵有二，一則體現爲運思與想像之創新，次則體現爲運思與想像之自由。〔註 19〕奇思之既爲運思與想像之創新，則其運思不同於眾，而出之以奇巧。奇思之爲運思與想像之自由，則與〈神思〉「寂然凝慮，

〔註 15〕 詹鍈：《文心雕龍義證》，冊中，頁 985。

〔註 16〕〔明〕葉紹泰：《增定漢魏六朝別解》（〔明〕崇禎十五年采隱山居刻本，西元 1642 年），卷 43，頁 17 下。

〔註 17〕〔宋〕洪興祖：《楚辭補注》，頁 188。

〔註 18〕〔唐〕孟棨等著：《本事詩　本事詞》，《中國文學參考資料小叢書》（上海：古典文學出版社，1957 年 9 月），頁 19。

〔註 19〕 陳玉強：《古代文論「奇」範疇研究》（北京：人民出版社，2015 年 12 月），頁 202～208。

思接千載，悄焉動容，視通萬里」一脈相承，體現文思之自由性，故以爲奇思爲神思所衍生之範疇，乃「文之思」之尤爲獨特者，更加有自由性焉。奇思將以出人意表，而又必本之性情，未得超越讀者之情理範圍。〔註20〕蓋奇思一詞，溯自唐代，成熟於宋，爲神思與奇融合而衍生之文論，謂爲文有奇特之運思與想像也。奇思既出人意表，則通於神思之奇巧；奇思既本之性情，則通於神思之「神與物遊」，蓋神依附於物，物中有情也。若此，則後世文論之「奇思」者，即神思之衍生，而神思與奇思之構思相通，唯有奇與焉。故奇思之獲得，亦與神思同，必借物而構思也，故知古人欲得奇思之方，概括爲「觸景發奇思」。神思爲「神與物遊」之結果，而奇思之得亦不離於「物」，且有賴於「江山之助」。山水有以使人心胸坦蕩，視野開闊，易於激發文學奇思，所謂「北風助奇思」，「覽勝多奇思」，「神嶽佐奇思」，「河山鬱律皆奇思」，「從此溪山發奇思」，「看花發奇思」云云，皆是也。外在自然之景，其聲色嗅味，皆有以感觸審美之主體，待其觸動情感，則有以引發審美主體與審美客體之交融，而激發奇思。如陸遊〈八月九日晚賦〉「月入門扉影正方」句，張謙宜評曰：「奇思只在眼前，人卻拾不起。如何是拾得，只要細心體物。」〔註21〕奇思在眼前，常人乃不得拾起，其故即在於未能細心體味涵詠景物也。「神與物遊」之能否產出成功之作，取決於「神」之有效性於文學運思想像中也。作家必須致力於才學、閱歷、情趣之培養，此即劉勰《文心雕龍・神思》所主張之「積學以儲寶，酌理以富才，研閱以窮照，馴致以懌辭。」〔註22〕其言蓋係確論，而知神思則與後世文論之奇思相通，而表現「觸景發奇思」也。

三、神思與鍊意

神思既與奇思相通，以奇巧爲妙，則如何鍊此神思？如何鍊此奇思？易言之，如何鍊意？則是神思論所衍生的論題也。

蓋《文心雕龍》之論奇，有貶有褒，其貶者，愛奇之風也，〈明詩〉曰：

> 宋初文詠，體有因革，莊老告退，而山水方滋，儷采百字之偶，爭價一句之奇，情必極貌以寫物，辭必窮力而追新：此近世之所競也。

〔註20〕 陳玉強：《古代文論「奇」範疇研究》（北京：人民出版社，2015年12月），頁204。

〔註21〕〔清〕張謙宜：《絸齋詩談》，收入山東文獻集成編纂委員會：《山東文獻集成・第四輯》（濟南：山東大學出版社，2011年9月），冊34，頁385。

〔註22〕 參陳玉強：《古代文論「奇」範疇研究》，頁205～206。

〈定勢〉曰：

> 自近代辭人，率好詭巧，原其爲體，訛勢所變，厭黷舊式，故穿鑿取新，察其訛意，似難而實無他術也，反正而已。故文反正爲乏，辭反正爲奇。效奇之法，必顛倒文句，上字而抑下，中辭而出外，回互不常，則新色耳。

〈序志〉曰：

> 而去聖久遠，文體解散，辭人愛奇，言貴浮詭，飾羽尚畫，文繡鞶帨，離本彌甚，將遂訛濫。〔註23〕

故知愛奇之風，劉宋以來之所競尚者，劉勰則斥之爲訛濫，且謂從質而訛，乃因競今疏古所致，如〈史傳〉曰：

> 然俗皆愛奇，莫顧實理。傳聞而欲偉其事，錄遠而欲詳其跡，於是棄同即異，穿鑿傍說，舊史所無，我書則博。此訛濫之本源，而述遠之巨蠹也。

〈通變〉曰：

> 搉而論之，則黃唐淳而質，虞夏質而辨，商周麗而雅，楚漢侈而豔，魏晉淺而綺，宋初訛而新。從質及訛，彌近彌澹，何則？競今疎古，風末氣衰也。

皆是也。以此觀之，劉勰所非之效奇者，主要就「一句之奇」與「顚倒文句」而言也，〈練字〉曰：「今一字詭異，則群句震驚；三人弗識，則將成字妖矣。」亦以字句取奇也。

故知鍊字雖爲文之講究，而徒以字句效奇，入於詭異，則非高明之法，亦非神思之表現也。然則劉勰所褒之奇者何？意奇也。劉勰以後之文學批評，亦強調發揮此說也，如李漁《窺詞管見》：「文字莫不貴新，而詞爲尤甚。不新可以不作，意新爲上，語新次之，字句之新又次之。」〔註24〕沈德潛《說詩晬語》：「古人不廢鍊字法，然以意勝而不以字勝，故能平字見奇，常字見險，陳字見新，朴字見色。近人挾以鬥勝者，難字而已。」〔註25〕陳僅《竹林答問》：「鍊句、鍊字皆以鍊意爲主，句、字須從意中出也。」〔註26〕則字

〔註23〕 楊明照：《增訂文心雕龍校注》，冊上，頁610。

〔註24〕 〔清〕李漁：《窺詞管見》，收入《李漁全集》（杭州：浙江古籍出版社，1992年10月），卷2，頁509。

〔註25〕 丁福保輯：《清詩話》（上海：上海古籍出版社，1978年9月），頁509。

〔註26〕 郭紹虞編選，富壽蓀校點：《清詩話續編》（上海：上海古籍出版社，1983年12月），冊4，頁2242。

句之奇，未如意奇，意奇者，奇思也，神思也。蓋鍊意之不善者，劉勰已由多角度論之矣，如〈養氣〉曰：

> 且夫思有利鈍，時有通塞，沐則心覆，且或反常，神之方昏，再三愈黷。是以吐納文藝，務在節宣，清和其心，調暢其氣，煩而即捨，勿使壅滯。

〈鎔裁〉曰：

> 凡思緒初發，辭采苦雜，心非權衡，勢必輕重。……巧猶難繁，況在乎拙。

〈附會〉曰：

> 何謂附會？謂總文理，統首尾，定與奪，合涯際，彌綸一篇，使雜而不越者也。……夫文變無方，意見浮雜，約則義孤，博則辭叛，率故多尤，需爲事賊。

若夫文思有利鈍通塞之別，鍊意時須注意氣之調節疏通，若命筆之先，思緒雜亂，則文辭亦亂而無章。觀其「巧猶難繁」之說，「雜而不越」之論，皆示鍊意之時，若理鬱辭溺，則有苦貧傷亂之患也，故〈神思〉曰：

> 是以臨篇綴慮，必有二患：理鬱者苦貧，辭溺者傷亂。然則博見爲饋貧之糧，貫一爲拯亂之藥。博而能一，亦助乎心力矣。

苦貧患在學之不足，傷亂患在貪多，皆爲文之先，有傷神思之病，故鍊意之方，在「博而能一」，黃季剛曰：「四字最要。不博，則苦其空疏；不一，則憂其凌雜。」〔註 27〕蓋神思之表現爲文辭，必有所減損，所書者與所思者，其中有落差焉，於是有思與言、意與言之距離，蓋因「意翻空而易奇」、「言徵實而難巧」、「意授於思，言授於意」，今論夫爲文之時，其思、意、言之轉換過程，即由神思而想像，而「神與物遊」，而轉爲意蘊，此思緒之一端也；又將所思之意蘊，或揀擇，或集中，或概括，於是有思與意之距離也；又構思之落實爲文辭，有鎔裁、定勢、章句、練字等等之考量，於是思而必有損耗焉，又有意與言之距離也。故劉勰以爲神思之鍊意，應「博而能一」，能博見又能貫一，使思理與措辭勿雜，條理一致，如此方爲善鍊意者。

〔註 27〕 黃侃：《文心雕龍札記》，頁 116。

四、奇正之方法

然則如何鍊意，以達於意奇哉？蓋奇正是也，劉勰〈知音〉篇有「六觀」之說，而謂：「四觀奇正。」奇正者何？李曰剛釋之曰：「奇正謂姿態奇正。……用正者，雖辭直義暢，層次分明，然易流於刻板淺露；用奇者，雖波譎雲詭，引人入勝，然題旨輒欠明顯。故惟有酌奇而不失其正，斯得其要。」〔註 28〕故知奇正者，謂如何處理新奇與雅正之關係也。劉勰《文心雕龍》頗多奇正關係之論述，如〈辨騷〉：

> 若能憑軾以倚雅頌，懸轡以馭楚篇，酌奇而不失其貞，翫華而不墜其實，則顧盼可以驅辭力，欬唾可以窮文致。

「酌奇而不失其貞」，則是奇與貞正並重，〈史傳〉曰：

> 爾其實錄無隱之旨，博雅弘辯之才，愛奇反經之尤，條例踳落之失，叔皮論之詳矣。

〈體性〉曰：

> 故雅與奇反，奧與顯殊，繁與約舛，壯與輕乖，文辭根葉，苑囿其中矣。

「愛奇反經之尤」，則愛奇與反經相對，若一味愛奇，則離經愈甚，故謂「雅與奇反」也。〈定勢〉則曰：

> 奇正雖反，必兼解以俱通。

又曰：

> 然密會者以意新得巧，苟異者以失體成怪。舊練之才，則執正以馭奇；新學之銳，則逐奇而失正；勢流不反，則文體遂弊。

故知如何「執正以馭奇」，不致「逐奇而失正」，乃奇正之關鍵。故知奇思必得奇正，乃爲妙也。唯奇正之具體方法如何？神思之來，何以把握奇正？童慶炳嘗釋之，以爲：劉勰之理論貢獻，在於將兵家「奇正」之觀念，轉爲文學理論之觀念。劉勰將「奇正」之戰術變化，運用於文學創作之研究。〈辨騷〉篇所言「酌奇而不失其貞（正），翫華而不失其實」，即在第一層意義上運用奇正之觀念，以爲《楚辭》創作之成功，在於純正之思想感情，與奇特之夸張、想像（包括神話之運用）相互結合，即其敘述純正之思想感情，非平板而凡庸，乃在於奇特之夸張、幻化之神話世界，而有藝術之

〔註 28〕 李曰剛：《文心雕龍斠詮》，下編，頁 2214。

流動，奇之與正、華之與實，兩者相互制約，又相互為用。質言之，劉勰以為《離騷》之成功，即在於巧妙運用此藝術之控制。奇正，華實乍似兩對概念，實則「華與實」乃在補充加強「奇」與「正」。「正」、「實」相同，乃指內容而言，要求思想感情之雅正，合乎經義；「奇」、「華」同義，主要是指語言表現與技巧運用，要求語言活潑多姿，運用奇詭之幻想、夸張，使藝術形式氣象萬千。〔註 29〕童氏以為劉勰所推崇之奇，唯《離騷》耳，故其分析〈辨騷〉之文，釐定「奇正華實」之說，而將救奇之弊，定調為宗經、徵聖也。其說確乎可從，蓋欲矯正文體訛濫之弊，即學習聖人之經典，故《文心雕龍・通變》謂：

故練青濯絳，必歸藍蒨；矯訛翻淺，還宗經誥。

然則神思想像雖超越時空，且復多元，劉業超概括神思之思維類型，有類比性思考、夸飾性思考、換元性思考、串異性思考、反向性思考、輻射性思考等〔註 30〕，而神思亦在儒家思想之範疇也。其論影響後世甚深，如明朱荃宰《文通》載鄧定宇之言：「文章家有正有奇。題應上下做，虛實做，輕重做，對做，患做，斷做。認理典則，此便是正。若做得有把捉，有挑剔，有點綴，有起伏照應，有體認發揮，舒精發蘊，此便是奇。今人以淺薄疏庸為正，卻喚做水平箭，豆腐湯；以險怪迂誕為奇，卻喚做打空拳，說鬼話。不知文章家正不如此。」〔註 31〕皆所以示神思想像亦有規範，其立意不失經典醇正，故曰「積學以儲寶，酌理以富才」也。

第二節　徐庾麗辭之想像

凡欲屬文，必先構思，構思之時，養心秉術，無務苦慮，騁其想像，將平素腦中積儲之感官印象易為影像，然後或聯想，或創造，又使此數種影像結合焉，此文學之想像也，故有聯想之想像，有創造之想像，本節乃據此而分析徐庾麗辭之想像。

〔註 29〕童慶炳：《《文心雕龍》三十說》（北京：北京師範大學出版社，2016 年 1 月），頁 117～118。

〔註 30〕參劉業超：《文心雕龍通論》（北京：人民出版社，2012 年 12 月），中編，頁 887。

〔註 31〕〔明〕朱荃宰：《文通》，收入王水照編：《歷代文話》，冊 3，頁 2816。

一、聯想之想像

作者憑其想像，將一事物之情象，與另一事物之情象，據其某一相通相似之處而聯結焉，以成一新情象，此種表現力，即聯想之想像。確而論之，殆有四種：一曰類似聯想，二曰接近聯想，三曰正面聯想，四曰反面聯想。

（一）類似聯想

類似聯想者，或種類之相近，或性質之相近，而聯想焉，蓋一爲具體，一表抽象之意也。

1、種類相近

種類相近者，或同爲飛禽，或同爲動物，或植物，或建築，皆能發揮聯想之想像。如鷩鸞、飛燕同爲飛禽，青犢、白馬同爲動物，植物之芍藥、蒲萄，建築之都亭、別館，徐庾麗辭中此類蓋繁，故略舉此數種。

（1）飛禽

鷩鸞冶袖，時飄韓掾之香；飛燕長裾，宜結陳王之珮。（徐陵〈玉臺新詠集序〉）

則有日烏流災，風禽騁暴。（徐陵〈與齊尚書僕射楊遵彥書〉）

比鴻雁來賓，雀入猶新。（徐陵〈謝賚蛤啓〉）

況乃黃鶴戒露，非有意於輪軒；爰居避風，本無情於鐘鼓。（庾信〈小園賦〉）

光同朱鳳，色類丹烏。（庾信〈齊王進赤雀表〉）

鷩鸞、飛燕，同爲飛禽，以種類相近，故聯想而爲正對。至於日烏對風禽，鴻雁與雀，黃鶴對爰居，朱鳳對丹烏，皆飛禽之屬，故聯想而接踵也。

（2）動物

1. 綠林青犢之群，黑山白馬之眾。（徐陵〈與王僧辯書〉）
2. 同冰魚之不絕，似蟄蟲之猶蘇。（徐陵〈與王僧辯書〉）
3. 乘白馬而不前，策青騾而轉礙。（庾信〈哀江南賦并序〉）
4. 昆陽之戰象走林，常山之陣蛇奔穴。（庾信〈哀江南賦并序〉）
5. 沉白馬而誓眾，負黃龍而渡江。（庾信〈哀江南賦并序〉）
6. 蓬萊謝恩之雀，白玉四環；漢水報德之蛇，明珠一寸。（庾信〈謝明皇帝賜絲布等啓〉）

例一述青犢而及白馬，例二既比於冰魚，復比於蟄蟲，例三或乘白馬，或策青騾，例四之戰象、陣蛇，例五之白馬、黃龍，例六之雀、蛇，皆爲動物，聯想而及也。

（3）植物

清文滿篋，非惟芍藥之花；新製連篇，寧止蒲萄之樹。（徐陵〈玉臺新詠集序〉）

芝房感德，咸出銅池；蓂莢伺辰，無勞銀箭。（徐陵〈勸進梁元帝表〉）

昔桃花之峽，長避秦嬴；芝草之山，遙然滄海。（徐陵〈在北齊與宗室書〉）

蓋聞卷葹不死，誰必有心；甘蕉自長，故知無節。（庾信〈擬連珠〉）

嵇叔夜之山庭，尚多楊柳；王子猷之舊徑，惟餘竹林。（庾信〈思舊銘并序〉）

徐庾麗辭中，有以植物爲對者，所謂同類對是也，如前句芍藥，後句蒲萄；前句芝房，後句蓂莢；前述及桃花，後則聯想及芝草；前謂卷葹，後謂甘蕉；前言楊柳，後句聯類而及竹林，皆種類相近，故聯想而語及也。

（4）建築

鼓聲聞一柱之臺，烽火照三休之殿。（徐陵〈與王僧辯書〉）

故市新城，飛甍華屋。（徐陵〈與王僧辯書〉）

三日哭於都亭，三年囚於別館。（庾信〈哀江南賦并序〉）

當今鹿臺已散，離宮已遣。（庾信〈賀平鄴都表〉）

徐庾麗辭頗擅於描繪物象，觀其一柱之臺，三休之殿，造語自然，聯想而及。又如故市新城，飛甍華屋，皆建築之屬。至於都亭、別館、鹿臺、離宮，亦皆因其種類相近，由此物而聯及彼物也。

2、性質相似

性質者，謂秉性氣質而言也，易言之，即事物之特性、本質也。略舉兇猛、神獸、凡庸諸類，以示其性質相似。

（1）兇猛

橫狹於楚水之蛟，飛鏃於吳亭之虎。（庾信〈三月三日華林園馬射賦并序〉）

蛟虎皆獸之兇猛者，以性質相似而聯想。

（2）神獸

坐帳無鶴，支牀有龜。（庾信〈小園賦〉）

龜言此地之寒，鶴訝今年之雪。（庾信〈小園賦〉）

鶴、龜皆神仙之動物，以性質相近而聯想。

（3）凡庸

海淺蓬萊，魚鱉與蛟龍共盡。（庾信〈思舊銘并序〉）

魚鱉爲水中庸品，以性質相近而聯想。

（二）接近聯想

蓋有二種事物，因時間、空間、關係之相近而聯繫者，謂之接近聯想。蓋由一事物而思及與之相接近之事物，或在空間，或在時間，故有地與物相聯，人與地相接，時與物相提等情形。

1、地與物相聯

1. 南都石黛，最發雙蛾；北地燕支，偏開兩靨。（徐陵〈玉臺新詠集序〉）
2. 纖腰無力，怯南陽之擣衣；生長深宮，笑扶風之織錦。（徐陵〈玉臺新詠集序〉）
3. 東莞舊宅，人識桑榆；南頓荒田，家分禾黍。（徐陵〈與王僧辯書〉）
4. 心則歷陵枯木，髮則睢陽亂絲。（庾信〈小園賦〉）
5. 臨風亭而唳鶴，對月峽而吟猿。（庾信〈枯樹賦〉）
6. 東門則鞭石成橋，南極則鑄銅爲柱。（庾信〈哀江南賦并序〉）
7. 是以東海輸禽，乍改黔質，西山度羽，或變蒼精。（庾信〈齊王進蒼烏表〉）
8. 白腹見珍，度遼東之水；赤欄爲重，對襄陽之城。（庾信〈謝趙王賚豬啓〉）
9. 美酒酌焉，猶思建業之水；鳴琴在操，終思華亭之鶴。（庾信〈思舊銘并序〉）

例一「南都石黛」，謂南都女子用以畫眉之顏料也，「北地燕支」，謂北地燕國生產之胭脂粉也，二句皆地與物相聯，以其同爲女子妝扮之物，故相提並論，是爲接近聯想。例二「東莞舊宅」、「南頓荒田」，皆聯及地物，以詠聖治也。例三「歷陵枯木」、「睢陽亂絲」皆示其心灰如枯木之意。例四風亭之鶴唳，月峽之猿吟，皆表其哀思。例五敘梁地東至於海，南至於交阯，皆表國界疆域之意，聯想而及。例六「東海輸禽」、「西山度羽」，一指精衛，一指三青鳥，亦以性質相近而聯想。例七「遼東之水」、「襄陽之城」，其典事皆與豬相關者，故聯想而及。例八「建業之水」、「華亭之鶴」，皆表思鄉之情。故知以上諸例，皆地物相提，所謂接近聯想也。

2、人與地相接

1. 周王璧臺之上，漢帝金屋之中。（徐陵〈玉臺新詠集序〉）
2. 豳王徙雍，朞月爲都；姚帝遷河，周年成邑。（徐陵〈與齊尚書僕射楊遵彥書〉）
3. 問管寧於遼左，追王朗於浙東。（徐陵〈與王僧辯書〉）
4. 鍾儀君子，入就南冠之囚；季孫行人，留守西河之館。（庾信〈哀江南賦并序〉）
5. 張遼臨於赤壁，王濬下於巴丘。（庾信〈哀江南賦并序〉）

例一之周王、漢帝，同爲天子，性相近也，璧臺、金屋，皆天子所造之地也，故由接近而聯想，人與地相接。例二「豳王徙雍」、「姚帝遷河」，亦人地相接，其意相似。例三「問管寧於遼左，追王朗於浙東」，皆招賢之意。例四「鍾儀君子，入就南冠之囚；季孫行人，留守西河之館」，鍾儀、季孫皆留滯不還之人，以性質接近而聯想及之。例五「張遼臨於赤壁，王濬下於巴丘」，蓋張遼有合肥之戰，王濬有伐吳之戰，故庾信以張遼喻王僧辯，王濬喻胡僧祐，謂王胡二人伐侯景之事也。凡此諸例，人與地相接，爲接近聯想。

3、時與物相提

春露秋霜，允恭粢盛。（徐陵〈冊陳王九錫文〉）

春鶊始囀，必具籠筐；秋蟀載吟，竟鳴機杼。（徐陵〈司空徐州刺史侯安都德政碑〉）

秋蓬四轉，春鴻互響。（徐陵〈齊國宋司徒寺碑〉）

即日金門細管，未動春灰；石壁輕雷，尚藏冬蟄。（庾信〈謝滕王集序啓〉）

青綺春門，溝渠交映；綠槐秋市，舟檝相通。（庾信〈終南山義谷銘并序〉）

觀此數例，若春露、秋霜之屬，春鶊、秋蟀之類，皆由四時景物聯想而來；露霜其性相近，故並言之；鶊蟀爲動物之屬，其性亦近，與四時之字相聯而成詞。他如秋蓬、春鴻、春灰、冬蟄、春門、秋市，亦接近聯想，而時與物相提也。

（三）正面聯想

由某一事物而思及與之有一定聯繫相關之另一事物，謂之正面聯想，大抵人、物、情、理，皆可觸發正面之聯想，質而言之，有人與人、物與物、情與情、理與理之聯想也。

1、人與人

1. 琵琶新曲，無待石崇；箜篌雜引，非關曹植。（徐陵〈玉臺新詠集序〉）
2. 豈如鄧學《春秋》，儒者之功難習；竇專黃老，金丹之術不成。（徐陵〈玉臺新詠集序〉）
3. 不期枚乘老叟，忽降特恩；馮唐暮年，見申明主。（徐陵〈讓五兵尚書表〉）
4. 昔李廣遺恨，不値漢初；甯戚自悲，不逢堯禪。（徐陵〈讓右僕射初表〉）
5. 棧道木閣，田單之奉霸齊；綰璽將兵，周勃之扶強漢。（徐陵〈與王僧辯書〉）
6. 雖復晏嬰近市，不求朝夕之利；潘岳面城，且適閑居之樂。（庾信〈小園賦〉）
7. 程據上表，空論雉頭；王恭入雪，虛稱鶴氅。（庾信〈謝趙王賚白羅袍袴啓〉）
8. 項羽之晨起帳中，李陵之徘徊歧路，韓王孫之質趙，楚公子之留秦，無假窮秋，於時悲矣。（庾信〈思舊銘并序〉）

例一敘石崇有〈王明君辭〉，序曰：「昔公主嫁烏孫，令琵琶馬上作樂，以慰其道路之思。其送明君，亦必爾也。其造新曲，多哀怨之聲。」由此事而聯想及曹植〈箜篌引〉之作，屬正面聯想。例二由鄧皇后學《春秋》事，聯想及竇太后學黃老術。例三由枚乘年老應武帝之徵，聯想及馮唐年老得武帝求賢良之舉。例四李廣、甯戚，以其皆有不遇時之歎，故聯想而並提。例五田單、周勃以功臣勇將而並及。例六晏嬰、潘岳以近市面城之情相同而共提。例七敘程據上雉頭裘一領，詔於殿前焚之之事，與王恭被鶴氅裘涉雪而行之事，以兩人同與奇異服飾相關，故聯想並提。例八項羽、李陵、韓公子、楚太子皆留滯異地，故連類而聯想及之。

2、物與物

1. 霜戈雪戟，無非武庫之兵；龍甲犀渠，皆是雲臺之仗。（徐陵〈為貞陽侯重與王太尉書〉）

2. 至如不死之草，猶稱南裔；長生之樹，尚挺西崑。（徐陵〈天台山館徐則法師碑〉）

3. 芝蘭蕭艾之秋，形殊而共瘁；羽毛鱗介之怨，聲異而俱哀。（庾信〈思舊銘并序〉）

例一之霜戈、雪戟，攻擊之兵器，藏於武庫，龍甲、犀渠，防守之兵器，陳於陵雲臺，二者同向之義，故為物與物之正面聯想。例二之不死之草，長生之樹，亦正面而思，相連為文。例三之芝蘭、蕭艾，哀瘁之植物，羽毛、鱗介，哀瘁之動物，故為正面聯想也。

3、情與情

東門黃犬，固以長悲；南陽白衣，何可復得。（徐陵〈為貞陽侯重與王太尉書〉）

草無忘憂之意，花無長樂之心。鳥何事而逐酒？魚何情而聽琴？（庾信〈小園賦〉）

龍門之桐，其枝已折；卷施之草，其心實傷。（庾信〈傷心賦并序〉）

以上諸例，以物象擬人，皆表悲哀之情，固由自然之情正面聯想及之也。

4、理與理

但山梁飲啄，非有意於籠樊；江海飛浮，本無情於鍾鼓。（徐陵〈與齊尚書僕射楊遵彥書〉）

嘗謂擇官而仕，非曰孝家；擇事而趨，非云忠國。（徐陵〈與齊尚書僕射楊遵彥書〉）

是以大廈既焚，不可灑之以淚；長河一決，不可障之以手。（庾信〈擬連珠〉）

觀此數句，以理同而聯接，亦正面聯想之例也。

（四）反面聯想

聯想之想像，須心思靈敏，能將意思深入顯出，達於筆端。至於何意在前，何意在後，皆須講究。以題之內外各意，或類似、或接近、或正面、或反面，分別勻稱，層層鋪寫，如何翻騰，如何琢句，此作文之用心也。然若一路正面敘寫，則文字跌宕波瀾不大，欲其精采翻騰，則須適時運用反面聯想，如劉勰所謂「理殊趣合」、「反對為優」之理也，徐庾麗辭頗得此妙。

1. 豈盧龍之徑，於彼新開；銅駝之街，於我長閉？何彼途甚易，非勞於五丁；我路為難，如登於九折？（徐陵〈與齊尚書僕射楊遵彥書〉）
2. 雖復孤骸不返，方為漢北之塵；營魄知歸，終結江南之草。（徐陵〈與王僧辯書〉）
3. 班超生而望返，溫序死而思歸。（庾信〈哀江南賦并序〉）
4. 李陵之雙鳧永去，蘇武之一雁空飛。（庾信〈哀江南賦并序〉）
5. 當學海神，逐潮風而來往；勿如織女，待塡河而相見。（庾信〈為梁上黃侯世子與婦書〉）
6. 是以屈倪參乘，諸侯解方城之圍；干木為臣，天下無西河之戰。（庾信〈擬連珠〉）

例一為徐陵言明縱使道路遙遠，歸國之心不易，觀其「新開」、「長閉」之詞，「甚易」、「為難」之語，則反面聯想之運用也。例二例三之「孤骸不返」、「營魄知歸」，與夫「生而望反」、「死而思歸」，其義相反相成。例四之「雙鳧永去」，空空如也，固甚孤單，「一雁空飛」，益顯其一雁之孤單也。例五形容上黃侯世子夫婦南北隔絕，前句典出《神異經》，謂海神馳馬海上，如飛如風，或時上岸，暮則還河，形容來往之速，後句用《淮南子》織女每年待烏鵲塡河成橋而渡見牛郎之事，形容來往之遲，一速一遲，此反面聯想者也。例六上句謂得屈完能與諸侯結盟以固戰，下句謂有段干木為臣則他國不敢侵，然遭遇相反，一固戰一使人不敢戰，以二人皆賢臣故也，此則反面聯想之神思也。

二、創造之想像

文家過往種種之經驗，皆有其事物情象，染翰操觚之際，將此經驗中所得之種種事物情象，加以選擇陶鎔組織，而成一嶄新之事物情象，此即創造之想像。徐庾麗辭創造之想像，則在意奇與字奇，其用意或極盡烘托，使人目炫心馳，或典事活用，使庸事而孕巧義，至於疊字連綿字之用，文辭之刻意重出，則反見其字奇也。

（一）意奇

1、烘托

烘托固爲駢文家馳鶩奇思之法，孫德謙《六朝麗指》云：「聞之畫家有烘託法，於六朝駢文中則往往遇之。梁元帝〈謝東宮賜白牙縷管筆啓〉：『昔伯喈致贈，纔屬友人；葛龔所酬，止聞通識。豈若遠降鴻慈，曲斛庸陋。』蓋其引伯喈兩人事，以見今之所賜出於東宮，上四語即是烘託法也。劉孝儀〈謝晉安王賜宜城酒啓〉云：「歲暮不聊，在陰即慘，惟斯二理，總萃一時。少府鬬猴，莫能致笑；大夫落雉，不足解顏。忽値觧瀉椒芳，壺開玉液。」『忽値』以上，所有『歲暮』云云，是竭力烘託，以彰賜酒之惠也。」〔註 32〕蓋以相互烘托，賓主陪襯，則其文之意象鮮明焉，徐庾麗辭中往往有正面烘托與反面烘托，以表現其奇思者。

（1）正面烘托

以性質相似之事物，襯托本體，以賓襯主，謂之正面烘托，其法以好襯好，以壞襯壞，以喜襯喜，以悲襯悲。

> 昔墨子諸生，褰裳求楚；魯連隱士，高論卻秦。況乎謬蒙知己，寧無感激！（徐陵〈讓散騎常侍表〉）

謂墨子聞楚欲攻宋，自魯趨而十日十夜，足重繭而不休息，裂衣裳裹足，至於郢，見楚王而求其止伐。魯仲連遊趙，會秦圍趙，聞魏將欲令趙尊秦爲帝，乃見新垣衍而高論，秦將聞之，爲卻軍五十里。徐陵以此二事，正面烘托，以表知己感激之情。

> 自甘泉通火，細柳屯兵，旁帶戎臣，頗同疆埸。言瞻漢草，乃曰中州。遙望胡桑，已成邊郡。誠復居藩體國，應思馬駿之功；論地維親，宜慕曹彰之勇。（徐陵〈爲始興王讓琅邪二群太守表〉）

〔註 32〕 孫德謙：《六朝麗指》，收入王水照編：《歷代文話》，冊 9，頁 8428。

「甘泉通火」，喻侯景之亂，明屠隆評點《徐孝穆集》卷二，於「自甘泉通火」以下，至「已成邊郡」，謂此八句「哀辭愴語，如聆漸離之筑。」〔註33〕後句指始興王陳伯茂猶比馬駿之功、曹彰之勇，故前文即極力烘托也。

歲月如流，人生何幾！晨看旅雁，心赴江淮；昏望牽牛，情馳揚越。朝千悲而掩泣，夕萬緒而迴腸。（徐陵〈與齊尚書僕射楊遵彥書〉）

徐陵拘留北齊，欲還不得，故致書僕射楊遵彥，「晨看」「昏望」數句，蓋以哀景而烘托其哀情，於是「朝千悲而掩泣，夕萬緒而迴腸」，未爲夸飾也。

公養孤之恩，愛甚鄧攸；少子之懷，情深張禹。豈非憂勞社稷，用忍肌膚，天下含靈，誰無悲愧。（徐陵〈又爲貞陽侯答王太尉書〉）

此篇爲貞陽侯蕭淵明答王僧辯書，蓋石勒過泗水，鄧攸斫壞車，以牛馬負妻子而逃，又遇賊，掠其牛馬，步走，擔其兒及其弟子綏，度不能兩全，乃棄其子，保其弟之子。又張禹得皇帝之幸顧，其小子未有官，上臨候禹，禹數視其小子，上即封其小子爲黃門郎。徐陵蓋以此二事，以言王僧辯之功，蓋烘托後句「憂勞社稷，用忍肌膚，天下含靈，誰無悲愧」之情也。

自還麾南極，伐逆東都，宣力驅馳，亟淹寒暑。六延梁社，十翦強寇，黃帝與蚩尤七十戰，魏祖在軍中三十年，方厥劬勞，未爲勤苦。（徐陵〈爲陳武帝與周宰相書〉）

周宰相即宇文護（513～572），「自還麾南極」以下，至「黃帝與蚩尤七十戰，魏祖在軍中三十年」，極寫爭戰之辛勤，然方之宇文護，則又不及，故知前文乃烘托映襯之筆也。

況乎糞土夔龍，糟糠名器，己行所不欲，非應及人。忽承來音，良以多感。何則？穎陽巢父，不曾令薦許由；商洛園公，未聞求徵綺季。（徐陵〈答周處士書〉）

隱士周弘讓來書請徐陵薦隱士方圓出仕，周弘讓其人始仕不得志，隱於句容之茅山，頻徵不出，晚仕侯景，其人先隱後仕，方圓蓋其類者。徐陵答書拒之，由「糞土夔龍，糟糠名器」敘寫，以烘托穎陽巢父、商洛園公之眞隱士，暗指其人之假隱，其用意奇絕。

雖賈逵之頌神雀，竇攸之對鼮鼠，漢臣射覆之言，魏士投壺之賦，方其寵錫，獨有光前。（徐陵〈謝敕賚燭盤賞答齊國移文啓〉）

〔註33〕〔陳〕徐陵撰，許逸民校箋：《徐陵集校箋》，冊1，頁329。

前四句神雀、鼮鼠、射覆、投壺等事，其人皆以此類事，得帝王之賜，徐陵以此四事烘托，其意有餘不盡，故屠隆評此數句曰：「語言絛暢，興盡即止。」〔註34〕

八體六文，足驚毫翰；四始六義，實動性靈。落落詞高，飄飄意遠，文異水而湧泉，筆非秋而垂露。（庾信〈謝趙王示新詩啓〉）

《周書》謂趙王宇文招學庾信體，辭多輕豔，庾信盛讚其詩，「足驚毫翰」、「實動性靈」，正面烘托，於是後句「文異水而湧泉，筆非秋而垂露」，比喻更加生動也。

陳留下粟，有愧深恩；櫟陽雨金，翻慚曲施。靈臺久客，從此數炊；黍谷長寒，於今更暖。從雲夢之田，不逾此樂；得豐城之劍，未均斯喜。（庾信〈謝趙王賚絲布等啓〉）

一二聯典出《論衡》：「建武中，陳留雨穀。」《史記》：「秦獻公十八年，雨金櫟陽。」庾信用此二事，以表其感激無狀之情。《三輔決錄》：「洛陽無故人，鄉里無田宅，寄此靈臺中，或十日不炊。」劉向《別錄》：「鄒衍在燕，有谷，寒不生五穀。」此二典本指十日不炊、寒不生五穀，庾信反用之，謂「靈臺久客，從此數炊；黍谷長寒，於今更暖」，此皆正面烘托之法，而得出末句「不逾此樂」、「未均斯喜」之情也。

是知青牛道士，更延將盡之命；白鹿眞人，能生已枯之骨。雖復拔山超海，負德未勝；垂露懸針，書恩不盡。（庾信〈謝明皇帝賜絲布等啓〉）

庾信言賜絲布之恩德，如青牛道士、白鹿眞人能癒病死者與延年壽命之事，又其恩德之重，雖巨鼇不能負，皆正面烘托也。

花開四照，惟見其榮；鼇戴三山，深知其重。昔沈羲將盡，逢司命而還生；士燮行埋，値仙人而更活。今日慈矜，斯之謂矣！（庾信〈謝趙王賚犀帶等啓〉）

此亦極力正面烘托，以寫趙王慈矜之恩。

某陋巷簞瓢，櫛風沐雨，剝榆皮於秋塞，掘蟄燕於寒山，仰賚國租，遂開塵甑，非丹竈而流珠，異荊臺而炊玉。（庾信〈謝趙王賚米啓〉）

「某陋巷簞瓢」數句，言己貧苦之情，忽逢賚米，喜出望外，下接「非丹竈而流珠，異荊臺而炊玉」，謂所賚米之珍貴，此亦烘托之妙。

〔註34〕〔陳〕徐陵撰，許逸民校箋：《徐陵集校箋》，冊3，頁1036。

（2）反面烘托

反面烘托者，以性質相反相對之客體事物，襯托本體之謂也，其法以賓襯主，以好襯壞，以壞襯好，以喜襯悲，以悲襯喜，皆是也。

> 方當開茲縹帙，散此條繩，永對玩於書幃，長迴圈於纖手。豈如鄧學《春秋》，儒者之功難習；竇專黃老，金丹之術不成。固勝西蜀豪家，託情窮於〈魯殿〉；東儲甲觀，流詠止於〈洞簫〉。（徐陵〈玉臺新詠集序〉）

前四句謂《玉臺新詠》所錄之詩清新近人，後接和熹鄧后皇（或謂明德馬皇后）學《春秋》與竇太后好黃老之事，而以「儒者之功難習」、「金丹之術不成」，以為反襯，又謂《玉臺新詠》勝於〈魯靈光殿賦〉與王褒〈洞簫賦〉，蓋皆反面烘托，以示《玉臺》之易學易讀也。

> 於是衛、霍、甘、陳，蚪髭瞋目，心馳隴路，志飲河源，乘勝長驅，未知所限。豈如桓溫不武，棄彼關中；殷浩無能，長茲羌賊。（徐陵〈移齊文〉）

衛青、霍去病、甘延壽、陳湯四人，皆漢時名將，末句「豈如」以下，以「桓溫不武，棄彼關中；殷浩無能，長茲羌賊」，反面烘托，用彰陳廢帝平定華皎之亂之勇，猶如上述四名將也。

> 若夫伊尹庖廚賤宰，霍光階闥小臣，諸葛亮無應變之才，管夷吾非王者之相，論其世業，較彼勤勞，書契已來，但有明德。（徐陵〈為貞陽侯重與王太尉書〉）

此徐陵為貞陽侯蕭淵明答王僧辯書，時齊師已近逼江左，急需王僧辯來擁蕭淵明登基，若夫伊尹、霍光、諸葛亮、管仲等，皆輔弼賢才，世有令名，徐陵乃反言之，謂其人為庖廚賤宰，階闥小臣，無應變之才，非王者之相，蓋欲以反面烘托，以見王僧辯之良才也。

> 又承有方生，亦在天目，理當仰稟明師，總斯秘要。豈如張陵弟子，自墜高巖；孫泰門人，競投滄海。何其樂乎！（徐陵〈答周處士書〉）

方生即隱士方圓，蓋處士周弘讓來書請徐陵薦方圓出仕，陵料其於徵聘之時，必固辭不出，以增虛譽，故其言「理當仰稟明師，總斯秘要」者，欲其安於隱居也，「豈如」以下，即反面烘托，以示出仕之醜陋。

> 去冬凝閉，今春嚴勁，雪似瓊田，凌如鹽浦。張超之壁，未足鄣風；袁安之門，無人開雪。覆鳥毛而不暖，燃獸炭而逾寒。遠降聖慈，曲垂矜賑。（庾信〈謝趙王賚絲布啓〉）

起首數句極寫其寒，「覆鳥毛而不暖，燃獸炭而逾寒」一句，更爲反襯，以接「遠降聖慈，曲垂矜賑」，故前文皆所以反面烘托，以示趙王所賚絲布之暖也。

> 未有懸機巧緤，變躡奇文，鳳不去而恒飛，花雖寒而不落。披千金之暫暖，棄百結之長寒，永無黃葛之嗟，方見青綾之重。對天山之積雪，尚得開襟；冒廣樂之長風，猶當揮汗。白龜報主，終自無期；黃雀謝恩，竟知何日？（庾信〈謝趙王賚白羅袍袴啓〉）

此亦以數句連寫趙王所賚白羅袍袴之珍與暖，「對天山之積雪，尚得開襟；冒廣樂之長風，猶當揮汗」一句猶妙，蓋天山積雪之寒，廣樂長風之酷，反見其熱而開襟揮汗，此則反面烘托，以襯下句感激之情。

2、夸飾

夸飾亦文家逞奇之法，孫德謙則以「形容」謂之，其《六朝麗指》云：「汪容甫先生《述學》有《釋三九》篇，其中篇云：『若其辭則又有二焉：曰曲，曰形容。』『所謂形容者，蓋以辭不過其意，則不鬯，故以形容出之。』可知其深於文矣。《文心雕龍．夸飾篇》：『言高則峻極於天，言小則河不容舠。』嘗引《詩》以明夸飾之義。吾謂夸飾者，即是形容也。」〔註35〕蓋夸飾運用之善，則能「因夸以成狀，沿飾而得奇」（〈夸飾〉），若庾信〈謝趙王賚絲布等啓〉：「靈臺久客，從此數炊；黍谷長寒，於今更暖。」又如〈謝趙王賚絲布啓〉：「妾遇新縑，自然心伏；妻聞裂帛，方當含笑。」皆夸飾之運用，形容盡致矣。

（1）時間之夸飾

> 比夫煮石紛紜，終年不爛；燒丹辛苦，至老方成。（徐陵〈答周處士書〉）
>
> 夫海水揚塵，幾千年而可見；天衣拂石，幾萬歲而應平。（徐陵〈天台山館徐則法師碑〉）
>
> 下風傾首，以日爲年。（庾信〈謝趙王示新詩啓〉）

若此數例，極言時間之長，乃時間之放大夸飾。

（2）物象之夸飾

> 1. 雖復八風並唱，未足頌其英聲；六樂俱陳，無以歌其神武。（庾信〈賀平鄴都表〉）

〔註35〕孫德謙：《六朝麗指》，收入王水照編：《歷代文話》，冊9，頁8428～8429。

2. 雖復拔山超海，負德未勝。(庾信〈謝明皇帝賜絲布等啓〉)
3. 知恩之重，鼇背負於靈山。(庾信〈謝趙王賚馬并繖啓〉)
4. 藏之山巖，可使雲霧鬱起；濟之江浦，必當蛟龍繞船。(庾信〈謝趙王示新詩啓〉)
5. 垂露懸針，書恩不盡。(庾信〈謝明皇帝賜絲布等啓〉)
6. 在命之輕，鴻毛浮於弱水。(庾信〈謝趙王賚馬并繖啓〉)
7. 是以井陘之兵，如鴻毛之遇火；長平之卒，若秋草之中霜。(庾信〈擬連珠〉)

以上前五例爲物象放大之夸飾，極言其壯盛；例六例七爲縮小之夸飾，極言其弱。

(3) 人情之夸飾

1. 夫一人掩泣，猶愴滿堂；百姓爲心，彌切宸扆。(徐陵〈檄周文〉)
2. 天帝賜年，無踰此樂；仙童贈藥，未均斯喜。(庾信〈謝明皇帝賜絲布等啓〉)
3. 迴兹翠蓋，事重劉基之恩；降此青驪，榮深李忠之賜。(庾信〈謝趙王賚馬并繖啓〉)
4. 三秋不沐，實荷今恩，十年一冠，彌欣此賚。(庾信〈謝滕王賚巾啓〉)

前三例爲人情放大之夸飾，例四爲人情兼數量之夸飾。

(4) 數量之夸飾

1. 蚩尤三冢，寧謂嚴誅；王莽千剸，非云明罰。(徐陵〈勸進梁元帝表〉)
2. 棄甲則兩岸同奔，橫屍則千里相枕。(徐陵〈移齊文〉)
3. 朝千悲而下泣，夕萬緒而迴腸。(徐陵〈與齊尚書僕射楊遵彥書〉)
4. 樓船萬軸，還擊昆明；胡馬千群，皆輸長樂。(徐陵〈與王僧辯書〉)
5. 溟池九萬里，無踰此澤之深；華山五千仞，終愧斯恩之重。(庾信〈謝滕王集序啓〉)

6. 嘉石肺石，無以測量；舌端筆端，惟知繁擁。（庾信〈答趙王啓〉）
7. 二十八宿，止餘吳越一星；千二百國，裁漏鱗洲小水。（庾信〈賀平鄴都表〉）
8. 六州勇士，雖其百萬；十姓豪傑，徒勞千億。（徐陵〈爲陳武帝作相時與北齊廣陵城主書〉）

前五例爲數量放大之夸飾，極言其多；例六例七爲縮小之夸飾，極言其少；例八上句「百萬」言其少，下句「千億」言其多，而結出以少勝多之意，乃善於夸飾者。

（5）物象兼速度夸飾

匠石迴顧，朽材變於雕梁；孫陽一言，奔踶成於駿馬。（庾信〈謝滕王集序啓〉）

都尉青旗，即時春色；將軍大樹，已復花開。（庾信〈答趙王啓〉）

遂令新市數錢，忽疑販綵；平陵月夜，驚聞擣衣。（庾信〈謝趙王賚絲布啓〉）

柳谷未開，翻逢紫燕；陵源猶遠，忽見桃花。（庾信〈謝滕王賚馬啓〉）

以上數例，皆物象兼速度放大之夸飾，極言其速。

若此夸飾之法，或以極態極妍，突顯聲貌，或以聳動情感，加深印象，用之得當，不入浮詭，而愈見其妙。

（二）字奇

愛奇固文家之常，漢賦則多見僻字，以炫其奇；魏晉樂府，兼民歌之特色，於是用字漸趨平易近人，清新相接。至永明沈約，亦有「易識字」之主張。又駢體於劉宋之際，潛氣內轉，渾然一體，句法樸澀，頗有古風。齊梁以來，沈約有三易之說，欲矯奇詭之勢；徐庾文字則又漸清新，漸平易，而史稱徐庾文多新意，乃以練字之奇巧取勝，不以僻字逞奇，如同一字刻意重出者：

從苦入樂，未知樂中之樂；從樂入苦，方知苦中之苦。（徐陵〈諫仁山深法師罷道書〉）

若夫一枝之上，巢父得安巢之所；一壺之中，壺公有容身之地。（庾信〈小園賦〉）

政須東南一尉，立於比景之南；西北一候，置於交河之北。（庾信〈賀平鄴都表〉）

又如用疊字者：

鬱鬱三象，茫茫九州。（徐陵〈司空徐州刺史侯安都德政碑〉）

升堂濟濟，無勞四輩之類；高廩峨峨，恒有千食之備。（徐陵〈長干寺眾食碑〉）

雖三會濟濟，華林之道未孚；千尺巖巖，穰佉之化猶遠。（徐陵〈東陽雙林寺傅大士碑〉）

白溝浼浼，春流已清；紫陌依依，長楊稍合。（徐陵〈報尹義尚書〉）

方今越裳藐藐，馴雉北飛；肅慎茫茫，風牛南偃。（徐陵〈與齊尚書僕射楊遵彥書〉）

若此之類，極力形容，刻劃巧合，而無傷雅致，不入纖小家數，反見其流麗，其因在善以虛字傳神，且於理有可驗，故虛實兼到，不曾虛用濫形矣。

第三節 以《文心雕龍》想像論分析徐庾麗辭

如前所述，劉勰想像論由想像、奇思、鍊意所構成。想像之特殊，在其能超越時空之心理功能，即〈神思〉所謂：「寂然凝慮，思接千載；悄焉動容，視通萬里；吟詠之間，吐納珠玉之聲；眉睫之前，卷舒風雲之色。」蓋一般思維僅反映於現實，而想像則據已存有之表象，延伸於非經驗之領域，無時間空間之拘束也，其本質爲完全徹底之自由思考，故想像可以無所不至，灝博之而天地，杳渺之而鬼神，窈窕之而山川，皆賴神思而至，以此分析徐庾麗辭之想像，則其聯想之想像殆是，蓋聯想之想像，將一事物之情象，與另一事物之情象，據其某一相通相似處而聯結焉，即如〈神思〉所謂：「登山則情滿於山，觀海則意溢於海。」

奇思則於想像力之中，更深一層，加之以靈感，靈感乃作者於創造性思維活動中，因偶然機遇，而豁然開朗，既爲運思與想像之自由，又體現爲運思與想像之創新，蓋〈神思〉曰：「拙辭或孕於巧義，庸事或萌於新意。」豈不以巧義新意爲尚哉！而此奇思靈感，貴在虛靜，保持思維之靈活性，即〈神思〉：「至精而後闡其妙，至變而後通其數。」又須賴平素之博見學深，否則握筆無以及時捕捉靈感矣，故〈神思〉曰：「方其搦翰，氣倍辭前，暨乎篇成，半折心始。何則？意翻空而易奇，言徵實而難巧也。」

鍊意謂陶鈞此奇思之方法也，或意奇，或字奇，而欲救理鬱辭溺，苦貧傷亂之患，則平素須博而能一，於染翰之際，賴其直覺，蓋直覺之思維方式，乃對於一客觀事物之內在本質，及其生命意蘊，而直接感悟者。與一段先感性認識，後經反復分析選擇組合，乃至邏輯推理之理性認識有別。直覺與思維之瞬間統一，自然流露，此奇思之最高境界，故〈神思〉贊曰：「神用象通，情變所孕。」蓋直覺乃自然反應也。然非萬物皆能直接顯示其本質，須鍊特定之奇字，乃能表現某極具特徵之物也，故〈物色〉曰：「故灼灼狀桃花之鮮，依依盡楊柳之貌，杲杲爲出日之容，瀌瀌擬雨雪之狀，喈喈逐黃鳥之聲，喓喓學草蟲之韻。皎日嘒星，一言窮理；參差沃若，兩字連形：並以少總多，情貌無遺矣。」其所以能以少總多，將某事物，具體表現，而情貌無遺，蓋因運用疊字、雙聲、疊韻等連綿字之特殊奇字，故能把握極具特徵之物也。

今即據《文心雕龍》想像論所括之想像、奇思、鍊意、奇正等要素，分析徐庾麗辭有無於一篇之中，同時具備此數種要素。

> 巖巖天柱，大矣周山之峰；桓桓地軸，壯哉崑崙之阜。三光懸而不墜，九土鎮以無疆，承乾合德之君，則天體元之後。所以並咨四鎮，咸建五臣，業配蒼祇，功成宇縣。至於流名雅頌，著美風詩，年代悠然，寂寥無紀。其能繼茲歌詠者，司空侯使君乎？
>
> 自文昭武穆，祚土開家，濮水盛其衣簪，滎波分其緒秩。仁義之道，夷門美於大梁；儒雅之風，司徒重於強漢。自通人許劭，託命於江湖；高士袁忠，寄身於交越。俱違建安之難，獨處衡山之陽。祖天資秀傑，世載雄豪，卓富擬於公侯，班佃必於旌鼓。父光祿大夫，邑里開通德之門，州鄉無抗禮之客。
>
> 自茫茫禹跡，赫赫宗周，家滅驪戎，國亡夷羿。我高祖武皇帝，迎河圖於浪泊，括地象於炎洲，南興涿鹿之師，北問共工之罪。天生宰輔，堯年致白虎之祥；神賜英賢，殷帝感蒼龍之傑。公亦觀時佇聖，嘯吒風雲，跪開黃石之書，高詠玄池之野。沉吟〈梁甫〉，自比管仲之才；惆悵苹郊，久負伊生之歎。自羯虜侵華，群蠻縱軼，衡皋桂部之地，四戰五達之郊，郡境賢豪，將謀禦難。長者僉論，推公主盟，義土雄民，星羅霧集。公既膺五聘，方啓六韜，率是驍徒，仍開嶺嶠。

> 自大討瀟湘，同茲樊、鄺，下軍違命，上策不宣，敗我王師，受拘勁盜。大陳格於文祖，咸秩具神，率土依風，群靈稟朔。公亦忠爲令德，天纂之謀，吳帳斯開，衛門無擁。雖復季孫還魯，隨武濟河，國慶民歡，相儔匪若。即授使持節、開府儀同三司、丹陽尹。昔光武不尤於馮異，穆公深禮於孟明，終報王官之師，遂舉咸陽之地。斯乃聖主之宏略，而名臣之遠圖者焉。
>
> 皇帝以陶唐啓國，致玉版於河宗；顓頊承家，佐金天於江水。經綸草昧，定鼎之業居多；締構權輿，斷鼇之功相半。固以英聲馳於海外，信義感於寰中，主器攸歸，當璧斯在。公於是抗表長信，清宮未央，從億兆以同心，引公卿而定策，馳輕軒於軨轄，奉待駕於中都。七廟之基，於焉永固；萬邦之本，由此克寧。乃授司空公、南徐州刺史。
>
> 於是鎮之以清靜，安之以惠和，望杏敦耕，瞻蒲勸穡。室歌千耦，家喜萬鍾，陌上成陰，桑中可詠。春鶬始囀，必具籠筐；秋蟀載吟，竟鳴機杼。或嘯拜靈祀，躬瞻舞雩，去駕擁於風塵，還旌阻於飄沐。京坻歲積，非勞楚堰之泉；倉廩年豐，無用秦渠之水。雖復東過小縣，夏雨逐其輕輪；南渡滄江，秋濤弭其張蓋，固不得同年而語矣。
>
> 若夫聽採民訟，昏曉必通；召引軒欞，躬親辨決。立受符於前案，無留諂於後曹，接務高城之中，非異甘棠之下。欣欣美俗，濟濟都塵，以賈琮、郭賀之風，行建武、永平之化。於是州民、散騎常侍王瑒等，拜表宮闕，請揚茲美化，樹彼高碑。民欲天從，允彰絲誥。
>
> （徐陵〈司空徐州刺史侯安都德政碑）

侯安都東討留異，於陳文帝天嘉三年（562）夏得勝而回，徐陵書此德政碑，以頌美安都功績。碑文分七段，首段言帝王之興，必有賢臣，年代久遠，不盡可考。大意謂自有天地、三光、九州以來，帝王之治理，即賴四鎭、五臣供咨詢輔治，其功業配天地，然年代久遠，得而流傳者少，而侯安都蓋有以繼茲歌詠者。二段言其先世。大意謂其祖先之繁衍，家風稟仁義，有儒雅，又行隱士不仕之風。祖富有，父爲光祿大夫，以德服人，人皆敬之。三段言其引兵從陳武帝立功。大意謂梁朝自武帝死侯景之亂，陳武帝霸先自嶺南南海一帶發跡，起兵討侯景，侯安都比管仲之才，有伊尹之歎，武帝乃聘侯安都來助，安都引兵從武帝，克平侯景，力戰有功。四段敘其征王琳（526～573），兵敗被擒，得逃歸。大意謂其後侯安都討伐王僧辯舊部王琳，兵敗被拘，然以其忠心不二，天祐之助之，智謀得遂而逃歸，國人皆歡慶，以其功大於過，陳武帝仍深禮之。五段言其立文帝之功。大意謂自陳霸先建國，立陳朝，名聲遠播，以仁義服人，然太子未立，侯安都乃上表促成此事，立陳文帝，使國民永保安寧。六段言其治南徐州政績。大意謂其後授南徐州刺史，政事和穆，四時調和，農穡豐獲，家家聲歌，其治績盛矣。七段言其勤於民事，請立德政碑。大意謂其有訴訟皆必親決，斷獄得情，治政勤勞，移風易俗，地方清明，州民、散騎常侍王瑒等，上表請立碑，揚其美德。以上述其段落大意。

若論其想像之發揮，則「巖巖天柱」、「桓桓地軸」、「茫茫禹跡」、「赫赫宗周」、「欣欣美俗」、「濟濟都塵」，即用重言之疊字，以使字奇，富音韻之美，亦《文心雕龍‧物色》所舉疊字能使「情貌無遺」之運用也。首句「至於流名雅頌，著美風詩，年代悠然，寂寥無紀。其能繼兹歌詠者，司空侯使君乎」，以歷代賢臣皆未必播譽於後，而侯安都乃能繼之，為後世所歌頌，其夸飾之意亦明矣。「自大討瀟湘，同兹樊、鄖，下軍違命，上策不宣，敗我王師，受拘勁盜」，此段敘其征王琳而兵敗被拘，蔣士銓評曰：「按，安都武夫，未必有善政，此文殆曲筆耳，頌德政而及其被獲，後人決無此事矣。」〔註 36〕蓋侯安都所以能得脫逃，乃賄守者而得還也，徐陵為之曲筆，亦想像力之不受拘束，乃能由側筆帶過，其言「昔光武不尤於馮異，穆公深禮於孟明」，則以古人為例，正面烘托也。其後寫其立文帝之功，而謂「七廟之基，於焉永固；萬邦之本，由此克寧」，數量兼時間之夸飾。至於敘治南徐州政績一段，明屠隆評「望杏敦耕」以下十句：「論農務，則循聲而得貌；言節候，則披文而見時。」〔註 37〕蓋由其正面聯想，或敘農耕，或敘陌桑，或敘春鶊秋蟀，皆由正面之描寫，以見其喜悅清明之治，末句「雖復東過小縣，夏雨逐其輕輪；南渡滄江，秋濤弭其張蓋，固不得同年而語矣」，亦正面之烘托也。

> 淵明頓首頓首。席威卿等還，枉此月十四日告，披覽未周，良深慨息。昔長平建策，猶聞蝕昴之徵；疏勒效忠，時致飛泉之感，豈在余涼德，書不盡言，遂使吾賢，猶迷所執？斯故銜哀掩淚，仍復披陳者也。

〔註 36〕〔明〕王志堅編，〔清〕蔣士銓評：《評選四六法海》，頁 450。
〔註 37〕〔陳〕徐陵撰，許逸民校箋：《徐陵集校箋》，冊 3，頁 1152。

孤以庸薄，寧有霸圖，侯服於周，常懼盈滿。豈望身居黃屋，手御青綸，揖讓而對三靈，端委而朝百辟。詢諸囷牧，莫不皆知；援誓神明，故自無爽。但大齊仁信之道，關於至誠；睦鄰之懷，由於孝德。遂蒙殊獎，歸嗣本朝，拜首陳辭，敦誘彌廣。既而仇雠未殄，方憑大國之威；宗祏阽危，尤仰親仁之德。黽勉恩寄，虢觀惟深，而敕諭分明，信誓殊重，乃雲邦家有乂，社稷無虞。凡廣陵、曆陽，皆許見還；白水、黃河，屢奉然諾。至於夏蕃衝要，控遏上流，且命強兵，爲我臨據，若其自有精甲，能捍醜徒，並用還梁，皆如前旨。以孤頻經忝竊，屢守淮肥，門生故吏，遍於江右。凡諸部曲，並使招攜，投赴戎行，前後雲集。霜戈雪戟，無非武庫之兵；龍甲犀渠，皆是雲臺之仗。文物以紀之，聲名以發之，斯實不世之隆恩，寧曰循常之恒禮。

明公固天所授，弘濟本朝，曲阜同功，營丘等烈。若夫伊尹庖廚賤宰，霍光階闥小臣，諸葛亮無應變之才，管夷吾非王者之相，論其世業，較彼勳勞，書契已來，但有明德。且程嬰之義，自古爲難；荀息之忠，良以喜慰。但先朝秉玉鏡之符，御金輪之寶。菩薩之化，行於十方；仁壽之功，沾於萬國。凶人侯景，遂殄邦家，何況於今，亦有吳會。江東如掌，差匪虛言；淮陽在面，方此非局。不稼不穡，多歷歲時；大東小東，全無機杼。關中醜虜，寧非冒頓之鋒；齊國強兵，便是軒轅之陣。西南當扼喉之勢，東北承撫背之機，首尾交侵，華夷俱騁。而沖人數歲，復子方賒，德未感於黎蒸，威不加於將帥。斯等怏怏，非少主臣，安肯碌碌，因人成事。

公之才具，雖復明允，勢何如於天監，時何若於大同？棄與國之隆恩，當滔天之猛寇，匡救之德，翻未有從；忠許之謀，誰其相曉？臥薪待火，方此弗危；繫草從風，儔之非切。若能思其上策，審此英圖，見引軨獵之車，還向長安之邸。一則二則，惟在大賢；外相內相，終當相屈。正當攜諸舊吏，率我賓遊，朝服簪纓，直拜園寢。梁人望國，俱登赤馬之舟；齊師臨江，仍轉蒼鷹之旆。分袖南浦，揚鞭北風，民不疲勞，軍無怨讟。

如其執事，尚秉前言，將恐戎麾，便濟江表。何則，西浮夏首，已據咽喉；東進彭波，次指心腹。廣陵、京口，烽煙相望。魯析聞邾，

> 方之尚遠；胡桑對薊，比此爲遙，水陸爭前，龍虎交至。則楊都蕩定，功自齊師，江左臣民，非關梁國。豈不追慚後主崇寄之恩，還負齊朝親鄰之意？東門黃犬，固以長悲；南陽白衣，何可復得。立茲幼弱，非曰大勳；滅我宗祊，何所逃亹！
>
> 今復遣前吉州刺史馬嵩仁至彼，更具往懷，想不遠而復，無貽祇悔也。若英謨有在，方興祀夏之功；明監如違，便等過殷之歎。存亡社稷，一在於公。臨紙崩號，不復多及。蕭淵明頓首頓首。（徐陵〈爲貞陽侯重與王太尉書〉）

西魏攻克江陵，梁元帝死，北齊欲立蕭淵明爲梁帝，使徐陵隨之南歸，陵與王僧辯往返數書，欲其勿扶梁元帝幼子蕭方智（543～558），而來共扶梁武帝兄子貞陽侯蕭淵明，此其中一篇也，李兆洛評：「往復數書，此最文質相宣，當于事理。」〔註 38〕文分六段，首段言致書原因。大意謂你王僧辯不信於我，豈我之德薄，使汝不信？故再致書。次段言蕭淵明爲帝之正當性。大意謂我蕭淵明德薄，常自謙恭，身居帝王之位，乃蒙齊國仁義，擁我回國繼位，並以江蘇版圖歸我，命強兵護我，使我陣仗之盛。三段言蕭方智不足擁。大意謂你王僧辯之才由天授，能濟本朝，伊尹、霍光、諸葛亮、管仲皆所不及，尤其忠義，難能可貴，然我梁朝秉清明仁德之道，侯景凶逆尚能滅我，況今之勢，尚有吳會地區陳霸先之威脅；梁朝國家荒蕪，當戰事一觸即發之勢，而蕭方智年幼，德未能感人，威無以服眾，你王僧辯如何在此人之下成事？四段言招來之意。大意謂你王僧辯之高才，而比之梁武帝時何如？棄我蕭淵明給予之大恩，而成敵對之猛寇，我欲予你匡救我之德，你反而未從，豈欲以此爲忠詐之謀，然有誰知曉？我大梁正需人才，賴你貢獻才能，爲我之賢相。五段言將扶蕭淵明則必速至。大意謂若你王僧辯願接受我，則速著戎甲而來江表，因齊師已逼進矣，若我登基之功，皆由齊師而得，我梁朝無有任何出力，則有負齊君素與我交好之情，亦負齊國親鄰之意。蕭方智幼弱，不足當之，滅我族者，終有報應。六段言存亡社稷皆在於你。大意謂今再遣使者前來致書，望你審於時勢來助，來則興，不來則亡，社稷存亡之關鍵，皆在於你。此其段落大意。

徐陵此書文質相宣，以其駢散合一，散文處不啻口出，而氣勢之逼人，說理之透徹，有駢文不逮者，然雖爲散文，猶當以駢文視之，以其文氣仍駢

〔註 38〕〔清〕李兆洛編，〔清〕譚獻評：《駢體文鈔》，頁 170。

文之氣，馬蹄仍調也。「但大齊仁信之道，關於至誠；睦鄰之懷，由於孝德」，蓋北齊立蕭淵明爲帝，是魁儡耳，徐陵備正面烘托，謂蕭淵明之就位，乃北齊至誠孝德之因，以正面突顯其正當性。「霜戈雪戟，無非武庫之兵；龍甲犀渠，皆是雲臺之仗」，此物象放大之夸飾，極言陣仗之盛。「曲阜同功，營丘等烈」，正面烘托，頌美王僧辯。下句轉爲反面烘托，「若夫伊尹庖廚賤宰，霍光階闥小臣，諸葛亮無應變之才，管夷吾非王者之相，論其世業，較彼勳勞，書契已來，但有明德」，以伊尹、霍光、諸葛亮、管仲等人，皆不足與王僧辯比肩，反面烘托與夸飾並用。「菩薩之化，行於十方；仁壽之功，沾於萬國」，數量兼人情之夸飾。又篇中佳句頗多，如「關中醜虜，寧非冒頓之鋒；齊國強兵，便是軒轅之陣」、「臥薪待火，方此弗危；繫草從風，儔之非切」，皆徐庾麗辭之典型，爲四六之楷模，或鋪張，或夸飾，或用聯想之想像，如「霜戈雪戟」、「龍甲犀渠」一句，即以種類相近而聯想；或用創造之想像，如「臥薪待火」一聯，即屬反面之烘托。至於「東門黃犬，固以長悲；南陽白衣，何可復得。立茲幼弱，非曰大勳；滅我宗祊，何所逃釁」數句，明屠隆評曰：「方智雖幼，承梁正統，淵明雖長，特公子雍之流耳，詞屬強辯，而華藻動人。」〔註 39〕詞屬強辯，蓋立場不同，不得不然耳，由此見徐陵文頗善於鍊意也。

> 伏覽制垂賜集序。紫微懸映，如傳闕里之書；青鳥遙飛，似送層城之壁。若夫甘泉宮裏，玉樹一叢；玄武闕前，明珠六寸，不得譬此光芒，方斯燭照。有節有度，即是能平八風；愈唱愈高，殆欲去天三尺。
>
> 殿下雄才蓋代，逸氣橫雲，濟北顏淵，關西孔子。譬其毫翰，則風雨爭飛；論其文采，則魚龍百變。蒲桃繞館，新開碣石之宮；修竹夾池，始作睢陽之苑。琉璃泛酒，鸚鵡承杯。鳳穴歌聲，鸞林舞曲。況復行雲逐雨，迴雪隨風。胡陽之尉，既成爲喜之因；春陵之侯，便是銷憂之地。
>
> 某本乏材用，無多述作。加以建鄴陽九，劣免儒硎；江陵百六，幾從土壠。至如殘編落簡，並入塵埃；赤軸青箱，多從灰燼。比年疴恙彌留，光陰視息，桑榆已迫，蒲柳方衰，不無秋氣之悲，實有途

〔註 39〕〔陳〕徐陵撰，許逸民校箋：《徐陵集校箋》，冊 2，頁 671。

窮之恨。是以精采瞀亂，頗同宋玉；言辭蹇吃，更甚揚雄。一吟一詠，其可知矣。好事者不求，知音者不用。非有班超之志，遂以棄筆；未見陸機之文，久同燒硯。至於凋零之後，殘缺所餘，又已雜用補袍，隨時覆醬。聖慈憐愍，遂垂存錄。始知揄揚過差，君子失辭；比擬從橫，小人迷惑。荊玉抵鵲，正恐輕用重寶；龍淵削玉，豈不徒勞神慮。匠石迴顧，朽材變於雕梁；孫陽一言，奔踶成於駿馬。故知假人延譽，重於連城；借人羽毛，榮於尺玉。溟池九萬里，無逾此澤之深；華山五千仞，終愧斯恩之重。

即日金門細管，未動春灰；石壁輕雷，尚藏冬蟄。伏願聖躬，與時納豫。南陽寶雉，幸足觀瞻；酈縣菊泉，差能延壽。伏遲至鄴可期，從梁有日。同杞子之盟會，必欲瞻仰風塵；共薛侯而來朝，謹當逢迎冠蓋。魚腸尺素，雁足數行，書此謝辭，終知不盡。謹啓。（庾信〈謝滕王集序啓〉）

庾信文集有滕王（宇文逌，556～581）賜序，信作啓謝之，文分四段，首段頌滕王序文之佳，「甘泉宮裏，玉樹一叢；玄武闕前，明珠六寸，不得譬此光芒，方斯燭照」，皆類似與正面之聯想，而作正面之烘托。「有節有度，即是能平八風；愈唱愈高，殆欲去天三尺」，刻畫形容，不黏不脫，而見夸飾之妙趣。次段頌滕王好學重學，述及出就藩國，起句比滕王爲顏淵、孔子，正面烘託。譬其文采爲「風雨爭飛」、「魚龍百變」，物象夸飾，益見想像之豐富。「蒲桃繞館，新開碣石之宮；修竹夾池，始作睢陽之苑。琉璃泛酒，鸚鵡承杯。鳳穴歌聲，鸞林舞曲」數句，善於聯想，物與物相聯，地與地相提，又「琉璃」、「鸚鵡」、「鳳穴」、「鸞林」雙聲之字迭用，音韻宛轉。三段自謙，言亂後文多散失，而謝其製序。「精采瞀亂，頗同宋玉；言辭蹇吃，更甚揚雄」，正面烘托。「非有班超之志，遂以棄筆；未見陸機之文，久同燒硯」，轉爲反面烘托。「荊玉抵鵲，正恐輕用重寶；龍淵削玉，豈不徒勞神慮」，善於夸飾，設想神奇。「匠石迴顧，朽材變於雕梁；孫陽一言，奔踶成於駿馬」，物象之夸飾。「假人延譽，重於連城；借人羽毛，榮於尺玉」，物象兼人情之夸飾。「溟池九萬里，無逾此澤之深；華山五千仞，終愧斯恩之重」，數量兼人情之夸飾。四段敘時地，並望入朝相見。蔣士銓評曰：「恣態橫生，丰神欲絕。」〔註40〕

〔註40〕〔明〕王志堅編，〔清〕蔣士銓評：《評選四六法海》，頁133。

譚獻評：「豐健欲飛，幽咽如訴。子山文固篇篇可誦。」〔註41〕蓋其善於想像，造語虛實相生，於是現實世界無以達成之境，於幻象中實現，令人讀之出神，故謂姿態橫生也。

> 某啓：蒙賚乾魚十番。醴水朝浮，光疑朱鼈；文鰩夜觸，翼似青鸞。況復洞庭鮮鮒，溫湖美鯽，波瀾成雨，鱗甲防寒。某本吳人，常想江湖之味；及其饑也，唯資藜藿之餘。慈賚渥恩，膏腴流竃，不勞獅子之亭，即勝雷池之長。翻驚河伯，獨不愛人；足笑任公，終年垂釣。謹啓。（庾信〈謝趙王賚乾魚啓〉）

此篇先寫物象，睹物興情，首段寫魚之鮮美，借醴水朱鼈而烘托其色澤，借文鰩青鸞而烘托其形態，然後立意更深一層，帶入「洞庭鮮鮒，溫湖美鯽」，以比喻所賚乾魚之美味，再指「波瀾成雨，鱗甲防寒」，作物象之夸飾，故知庾信謝啓常能側面烘托、夸飾、比喻，想像奇妙。次段由景入情，寫己感激之意，「慈賚渥恩，膏腴流竃，不勞獅子之亭，即勝雷池之長」，物象兼人情之夸飾。「翻驚河伯，獨不愛人；足笑任公，終年垂釣」，活用典故，反面烘托，使事無跡，立意出奇，言人所常言，讀之但覺靈氣盤旋。

> 昔仙人導引，尚刻三秋；神女將梳，猶期九日。未有龍飛劍匣，鶴別琴臺，莫不銜怨而心悲，聞猿而下淚。人非新市，何處尋家？別異邯鄲，那應知路？想鏡中看影，當不含啼；欄外將花，居然俱笑。分杯帳裏，卻扇床前，是故不思，何時能憶？當學海神，逐潮風而來往；勿如織女，待填河而相見。（庾信〈爲梁上黃侯世子與婦書〉）

庾信之書信今見此一篇，爲代言體之情書，代言體既欲寫他人之意，則須替人設想，尤賴想像之發揮。前八句謂仙女杜蘭香許嫁，臨去前尚約三秋再會之期，神女智瓊求去之後，猶定九日來會，龍劍分隔，鶴別琴臺，皆有以銜淚而傷心。別離之情，茹恨吞悲，「仙人」之與「神女」，「龍飛」之與「鶴別」，皆類似之聯想，而用作反面之烘托。「人非新市，何處尋家？別異邯鄲，那應知路」，反用典故，亦反面烘托，言不能相見之苦。「想鏡中看影，當不含啼；欄外將花，居然俱笑」，言彷彿相見之時，則是善作創意之想像，設想夫人鏡中照影而不哭啼，欄外賞花怡然而笑，所以然者，在思念愈殷，悲傷愈甚，乃愈強作歡笑，是反面烘托之法也。「當學海神，逐潮風而來往；勿如織女，

〔註41〕〔清〕李兆洛編，〔清〕譚獻評：《駢體文鈔》，頁318。

待塡河而相見」，反面聯想，形容黃世子夫掃南北隔絕，欲如海神馳馬海上，如飛如風，立能相見，勿如織女，每年猶待鵲橋，乃能見牛郎。王文濡評曰：「丰神飄逸，意態輕盈，淡語傳神，言外見意，詞藻不多，而深情無盡。蓋其秀在骨，而不可以皮相者。」〔註42〕孫德謙評曰：「此種文何等活潑，直入畫境。夫文能妙達畫理，豈猶垂垂欲死耶？」〔註43〕蓋逞其自由之聯想能力，運用夸飾、幻化等思維手段，而達成想像之發揮。

以上分析徐庾麗辭之想像，皆符合劉勰之神思論，而庾信之想像力，又過於徐陵。劉勰〈神思〉贊曰：「神用象通。」「萌芽比興。」欲進一步分析文學想像，必須再從意象入手，故想像論之延伸，則意象論也，後一章再細論之。

〔註42〕王文濡：《南北朝文評註讀本》（臺北：廣文書局，1981年12月），冊2，頁17。

〔註43〕孫德謙：《六朝麗指》，收入王水照編：《歷代文話》，冊9，頁8496。

第五章　《文心雕龍》意象論與徐庾麗辭

若乃言不盡意，則聖人之意隱；假象盡辭，則辭人之志彰。故有情景交融，以宣上下之象；虛實相生，以究萬物之宜。是故一流作者，莫不崇重斯術，所以標舉清深，敷陳麗密。然而有裁篇易弱，賸句難強；久用精思，未契意象。於是劉勰繼武，咀嚼文義，尋聲律而定墨，闚意象而運斤。若其喻聲、方貌之術，擬心、譬事之端，後論賞爲絕妙，今觀奚所獻疑，其於文論之功大矣哉！況乃述比興之大義，無非蘊藉；昭隱秀之微言，皆能含蓄。於是染翰之子，易於則效；研精之士，因之啓發。斯金聲之所擲地，有識之所饜心者也。然而以詩歌之體，耀意象之秀，雖詩體之當有，豈麗辭之不逮？遂使言泉之富，未播於烟毫；腹笥之華，莫徵於篇什者乎！則有徐庾麗辭，連類不窮，寫性靈之懷抱，窮意象之杳冥。窈然以深，汩然而遠，聲理有爛，情貌無遺，極造境之妙，擅體物之工。雖復山河零落，魚鳥淒涼，物象既富，取徑於蒼茫；譬喻更多，寓懷於跌宕。擅鎔裁於字裏，準尺度於毫端，極比興之殊致，究隱秀之大凡。故知力積於實，乃有負聲之飛；氣運於虛，遂成伏采之發矣。

第一節　劉勰《文心雕龍》之意象論

一、心物交融：「意象」之提出

近年關於中國古典文學之研究，不乏鑽研於意象者，蓋以爲中國古典詩詞，一言以蔽之，即意象經營之藝術也。原夫意象之說，最早見於《周易‧

繫辭上》:「書不盡言，言不盡意，然則聖人之意其不可見乎？子曰：聖人立象以盡意，設卦以盡情僞，繫詞焉以盡其言。」〔註1〕觀其意、象分說，未及連詞，然所謂「立象以盡意」，雖指卦爻之象，已萌寓意於象，象中有意者焉。

至於意象連詞，見之王充《論衡・亂龍》:「天子射熊，諸侯射麋，卿大夫射虎豹，士射鹿豕，示服猛也。名布爲侯，示射無道諸侯也。夫畫布爲熊麋之象，名布爲侯，禮貴意象，示義取名也。」〔註2〕其言「禮貴意象，示義取名」，謂禮注重具有深刻含意之形象，欲顯示寓意而取名，而意象一詞，代指布上之畫也，與後世之文學意象猶殊。

王弼承莊子「得意忘言」之說，而謂「得意忘象」,《周易略例・明象篇》曰:「夫象者，出意者也；言者，明象者也。盡意莫若象，盡象莫若言。言生於象，故尋言可以觀象；象生於意，故可尋象以觀意。意以象盡，象以言著。故言者所以明象，得象而忘言；象者所以存意，得意而忘象。」〔註3〕蓋以言能盡象，而象能盡意，則「言」與「意」之間，有「象」存焉。雖象能出意，言能明象，然言不能替象，象亦不能替意。是意者，超出言、象之外者也。其說闡述意、象、言之關係，於文學意象論之形成有進展矣。

晉代摯虞則導文學意象之先河，《文章流別論》曰:「文章者，所以宣上下之象，明人倫之敘，窮理盡性，以究萬物之宜者也。」〔註4〕然則欲明人倫、窮理盡性、究萬物之宜，必先要能宣象，則此象者，已與文學之意涵合而言之。其言又曰:「賦者，敷陳之稱，古詩之流也。古之作詩者，發乎情，止乎禮義。情之發，因辭以形之；禮義之旨，須事以明之：故有賦焉，所以假象盡辭，敷陳其志。」〔註5〕若乃「假象盡辭，敷陳其志」者，其所涉之象、辭、志，與言、意、象之關係無與異也，此象非如《周易》卦爻之象，特就文學之象而言之，賴作者造於文辭，而作者之志則寓於其中。

前人追溯文論美學「意象」之論，皆言及劉勰，以其承前人之說，引「意象」以論文之故，《文心雕龍・神思》曰：

〔註1〕〔魏〕王弼、〔晉〕韓康伯注，〔唐〕孔穎達正義:《周易正義》,《十三經注疏本》(臺北：藝文印書館，1977年8月)，頁157～158。

〔註2〕黃暉:《論衡校釋》，冊3，頁704。

〔註3〕〔魏〕王弼:《周易略例》，收入嚴靈峰:《無求備齋易經集成》(臺北：成文出版社，1976年)，冊149，頁21～22。

〔註4〕〔清〕嚴可均輯:《全上古三代秦漢三國六朝文》，冊2,《全晉文》，卷77，頁1905。

〔註5〕同上註。

故思理爲妙，神與物游。神居胸臆，而志氣統其關鍵；物沿耳目，而辭令管其樞機。樞機方通，則物無隱貌；關鍵將塞，則神有遯心。是以陶鈞文思，貴在虛靜，疏瀹五藏，澡雪精神；積學以儲寶，酌理以富才，研閱以窮照，馴致以繹辭；然後使玄解之宰，尋聲律而定墨；獨照之匠，闚意象而運斤：此蓋馭文之首術，謀篇之大端。

詹鍈釋「意象」曰：「謂意想中之形象。」〔註6〕又泛引諸子，如《老子》：「惚兮恍兮，其中有象。」王弼《周易略例・明象》之言（引文與上文同），以見意象指所知覺之事物，所印於腦中之影象。〔註7〕故知由易象發展至意象，此六朝文論之特色，亦劉勰《文心》之精髓也。既曰「神與物遊」，然物者何也？〈物色〉謂：

是以詩人感物，聯類不窮，流連萬象之際，沉吟視聽之區。寫氣圖貌，既隨物以宛轉；屬采附聲，亦與心而徘徊。

紀昀眉批：「隨物宛轉，與心徘徊八字，極盡流連之趣。會此方無死句。」〔註8〕然則二句互文觀之，皆直指心物交融之現象。心既有感於萬象之物，受外物之觸動，故觀察物象，然後寫氣圖貌，寫外物之氣貌，終則屬采附聲，將胸中之物出之以成文之聲采。故物者，謂現實中之萬物萬象也，若自然現象、自然景物、社會現象者，皆隸屬之。是知物即象，象即物，〈詮賦〉謂「情以物興」、「物以情觀」，〈物色〉謂「情以物遷」云云，與「神與物遊」意相仿也，皆論構思與想像之過程，即心物如何交融之論也，黃侃釋曰：「此言內心與外境相接也。」〔註9〕故知內心者即神、意也，外境即物、象也；意象者，即神思之結果。意象爲神思之產物，神思藉意象而發揮，意象之勝者，皆伴有神思靈感者也。故知〈神思〉篇之設，即引導出意象之論也。李曰剛《文心雕龍斠詮》引張嚴《文心雕龍文術論詮》曰：「意象，謂意識形象也。意識屬我，形象屬物。一主觀，一客觀，兩者猝然而遇，默然相契，意象乃成。如同爲客觀之物，詩人因月圓如盤白如銀，而聯想及銀盤，此銀盤即所謂意象也。」〔註10〕此意象與物象不同，即詩人最初所見之瞬間爲外物、爲物象，然旋即轉爲眼中之物、意中之物，猶上文所言「物以情觀」，明其物係由情感

〔註6〕詹鍈：《文心雕龍義證》，冊中，頁983。

〔註7〕同上註。

〔註8〕黃霖：《文心雕龍彙評》（上海：上海古籍出版社，2005年6月），頁150。

〔註9〕黃侃：《文心雕龍札記》（北京：中華書局，2006年5月），頁114。

〔註10〕李曰剛：《文心雕龍斠詮》，下編，頁1138。

觀照之物，與最初之物已不可同時而語。故意象者，可釋之爲意中之象也，〈神思〉云：「神用象通，情變所孕，物以貌求，心以理應。」示由情意而生出意象，賴意象以溝通情理也。〈明詩〉謂「感物吟志」者，既感於物象，旋即與志而合，化爲意中之象，吟而爲詩矣。又〈詮賦〉謂「體物寫志」，皆所以示以物表志，以象表意者也。

至於內心與外境如何相接？即主觀之意與客觀之象如何猝然而遇，以至神與物交通，物與神融會？亦即物、情、辭三者如何統一〔註 11〕？游志誠以爲，詩騷之物色手法，乃以情爲主，由情而至心，心情志慮四環節相扣，而分別與物發生反應。物色之標準，則「情貌無遺」者也；作家心情如何與物色之貌配合，而能情景交融，則「隨物婉轉」「與心徘徊」者也。然自近代劉宋以來，隨物易爲體物，心之情易爲心之志，於是物色不在情貌之配合，而在藉物色而引起作家之志矣。〔註 12〕如其說，則無論寫情寫志，皆需物色之法，欲問物情辭如何統一？蓋寄情志於物象，即以比興創造意象，此劉勰之主張也。

二、擬容取心：「意象」之創造

意象產生之過程，既如上述，其演進之程式，張少康以爲，即「物象→易象→意象」〔註 13〕也。若易象者，用比喻象徵，雖尚無文學意象之涉，而於比興之法，有相通者，此章學誠《文史通義・易教下》所以謂：「易象通於詩之比興。」〔註 14〕也。由易象至意象，既爲六朝文論演進之途，則比興居中，蓋與意象有密切之關係焉。原夫比興之論，肇乎鄭眾，其言曰：「比者，比方於物也。興者，託事於物。」〔註 15〕則見比興與物之聯繫矣。晉摯虞《文章流別論》曰：「比者，喻類之言也。興者，有感之辭也。」〔註 16〕「喻類之

〔註 11〕 張利群認爲：「意象的內涵、外延及結構、層次都是極其豐富的，這主要表現在『心物』、『形神』、『言意』的三維立體構成上。」見張利群：《文心雕龍體制論》（廣西：廣西師範大學出版社，2010 年 11 月），頁 159。

〔註 12〕 參游志誠：《文心雕龍與劉子系統研究》，頁 180。

〔註 13〕 張少康：《中國古代文學創作論》（北京：北京大學出版社，1983 年），頁 54。

〔註 14〕 〔清〕章學誠著，葉瑛校注：《文史通義校注》（北京：中華書局，2005 年 11 月），冊上，頁 20。

〔註 15〕 〔漢〕鄭玄注，〔唐〕賈公彥疏：《周禮注疏・大師》，《十三經注疏》（臺北：藝文印書館，1997 年 8 月），頁 356。

〔註 16〕 〔清〕嚴可均輯：《全上古三代秦漢三國六朝文》，冊 2，《全晉文》，卷 77，頁 1905。

言」者爲比，近乎鄭眾「比方於物」之論，至於「有感之辭」爲興，與鄭眾「託事於物」之說已遠。劉勰〈比興〉曰：「故比者，附也；興者，起也。附理者切類以指事，起情者依微以擬議。起情故興體以立，附理故比例以生，比則畜憤以斥言，興則環譬以記諷。」其言「起情故以興體以立」，殆由摯虞之論而來乎？

故知劉彥和比興之論，乃總結前人而衍生者也。比爲比喻，興謂起興，欲明一事理，而以相似之例爲類比，其比喻者，須與所欲明之事理有密切之關連，所謂「切類以指事」也。事雖支微，而有動於中，依以構思，所謂「起情者依微以擬議」也。故知比興必借外物以成之，欲明比興與事物之何種聯繫，其關鍵者物也。

劉勰繼而闡述比之用法，〈比興〉曰：

> 且何謂爲比？蓋寫物以附意，颺言以切事者也。故金錫以喻明德，珪璋以譬秀民，螟蛉以類教誨，蜩螗以寫號呼，澣衣以擬心憂，卷席以方志固：凡斯切象，皆比義也。至如「麻衣如雪」，「兩驂如舞」，若斯之類，皆比類者也。

比義者，以事義相比也，比類者，以物類相比也。劉勰既標「比義」，復舉「比類」，進而析爲四類，〈比興〉曰：「或喻於聲，或方於貌，或擬於心，或譬於事。」若其喻聲、方貌，則比類是也，擬心、譬事，則比義是也。於是彥和再證之漢賦：

> 宋玉〈高唐〉云：「纖條悲鳴，聲似竽籟。」此比聲之類也；枚乘〈菟園〉云：「焱焱紛紛，若塵埃之間白雲。」此比貌之類也；賈生〈鵩鳥〉云：「禍之與福，何異糾纆。」此以物比理者也；王褒〈洞簫〉云：「優柔溫潤，如慈父之畜子也。」此以心比聲者也；馬融〈長笛〉云：「繁縟絡繹，范蔡之說也。」此以辯比響者也；張衡〈南都〉云：「起鄭舞，蠒曳緒。」此以物比容者也。

由喻聲、方貌、擬心、譬事，交相爲用，遂衍爲比聲、比貌、以物比理、以聲比心、以響比辯、以容比物六類矣。

若乃興之用法，劉勰曰：

> 觀夫興之託諭，婉而成章，稱名也小，取類也大。關雎有別，故后妃方德；尸鳩貞一，故夫人象義。義取其貞，無疑于夷禽；德貴其別，不嫌於鷙鳥：明而未融，故發注而後見也。

蓋興者起興人之情志也，情志既隱微，必借外物而興發，若「關雎」、「尸鳩」之具物物象，而隱含「貞一」、「有別」之概念，即象徵之手法也。劉永濟云：「比者，著者先有此情，亟思傾洩，或嫌於逕直，乃索物比方言之。興者，作者雖先有此情，但蘊而未發，偶觸於事物，與本情相符，因而興起本情。前者屬有意，後者出無心。有意者比附分明故顯，無心者無端流露故隱。」〔註17〕則比興之意，至此明矣！

劉勰既以爲《詩經》包韞六義，《楚辭》亦「依《詩》製《騷》，諷兼比興」，〈辨騷〉亦云：「虬龍以喻君子，雲蜺以譬讒邪，比興之義也。」而〈情采〉又謂：「昔詩人什篇，爲情而造文；辭人賦頌，爲文而造情。……後之作者……眞宰弗存。」故知辭人不逮《詩經》者，專用比法，所謂「爲文造情」也，而《詩經》立「爲情造文」之典範，要在「興」之運用也。

而劉勰比興說，一言以蔽之，即贊曰「擬容取心」也。容者物象之謂，心者用心之稱，擬容取心，謂比擬形容，描寫物象，以示作者思想情感與用心也。苟能把握事物之象貌，借其物象，巧悉事理，則能觸物圓覽矣，如此，方能由物象醞釀意象，窺意象而運斤也。故擬容取心者，即比興與物如何統一之所指也，蓋詩人構思之初，興情以聯想，而有物象與情志，既成比興之要素，亦是意象之組成。由此，知比興之法，即創造意象之法也。

三、隱秀：「意象」之特徵

劉勰〈比興〉曰：「比顯而興隱。」又曰：「起情者依微以擬議。」蓋物所興之情，融於物象，未得明說，故興之如何發思，與夫如何心物交融，較之「比」則隱晦焉，其特徵則多暗喻象徵，文字含蓄，讀之有餘不盡之情，故知興之特徵，「隱」有之也。考劉勰論隱之篇，則在〈隱秀〉，然則劉勰意象之說，其有隱秀之特徵乎！觀夫《文心雕龍‧隱秀》曰：

> 夫心術之動遠矣，文情之變深矣，源奧而派生，根盛而穎峻，是以文之英蕤，有隱有秀。隱也者，文外之重旨者也；秀也者，篇中之獨拔者也。隱以複意爲工，秀以卓絕爲巧。斯乃舊章之懿績，才情之嘉會也。

〔註17〕〔梁〕劉勰著，劉永濟校釋：《文心雕龍校釋》（北京：中華書局，1962年10月），頁142。

蓋作者之心靈思路，既深且遠，鋪摛文章之中，情理深刻，故有秀有隱。隱者，於文辭字面意之外，有更深之旨焉，故曰「重旨」、「複意」，陸機〈文賦〉所謂「文外曲致」者也。宋張戒《歲寒堂詩話》引《文心雕龍‧隱秀》佚文，云：「情在詞外曰隱，狀溢目前曰秀。」〔註18〕情在詞外，即意象之意；狀溢目前，即意象之象，故知隱秀論者，意象之美學也。於言詞之外，猶有豐富之情意，具多意性與含蓄性，是隱之特徵，贊曰「深文隱蔚，餘味曲包」是也。黃侃亦云：「言含餘意，則謂之隱。……隱者，語具於此，而義存乎彼。……然則隱以複意爲工，而纖旨存乎文外。」〔註19〕蓋文情若一語道盡，則讀者共鳴亦與之而盡，文盡而有餘情，則讀者猶能運其聯想，使其閱文之情延續焉，而蕩氣迴腸，故〈隱秀〉云：

> 夫隱之爲體，義生文外，祕響旁通，伏采潛發，譬爻象之變互體，川瀆之韞珠玉也。故互體變爻，而化成四象；珠玉潛水，而瀾表方圓。始正而末奇，內明而外潤，使翫之者無窮，味之者不厭矣。

以此知隱秀乃爲文之美學也。至若〈物色〉謂：「詭勢瑰聲，模山範水，字必魚貫。」此有象無意者也。〈時序〉謂：「詩必柱下之旨歸，賦乃漆園之義疏。」此有意無象者也。然則作者於餘味曲包，如何而得？蓋於意象之中，有實象與虛象，即語言形象與象外之象，交疊運用也。

至於秀者，篇中之獨拔者也，以卓絕爲巧，此彥和〈隱秀〉已明言者。然自「瀾表方圓」以下，至「朔風動秋草」「朔」字，乃明人之僞撰，此紀昀考證之得也。〔註20〕而詹鍈論《文心雕龍‧隱秀》篇補文之眞僞，嘗有詳考焉，以爲自錢功甫發現宋刊本《文心雕龍》及〈隱秀〉篇缺文抄補及補刻經過，可證補入四百餘字，非明人之僞，詹氏且謂〈隱秀〉之補文，於萬曆年間，經無數鑑定校訂，其中有眾學者焉，有眾藏書家焉，與夫畢生校斟《文心雕龍》之專家焉，其補文之字，且有避宋諱之缺筆，顯係據宋本之傳抄翻刻。〔註21〕然則隱秀之秀，其獨拔卓絕，陸機〈文賦〉所謂：「立片言而居要，乃一篇之警策。」者乎？觀夫〈隱秀〉謂：「句間鮮秀。」是秀由句出也。惟須辨明者，此秀者，謂警句耶？謂警策耶？張少康嘗辨析之：謂警句者，指

〔註18〕〔宋〕張戒：《歲寒堂詩話》（臺北：臺灣商務印書館，景印文淵閣《四庫全書》本，1986年3月），頁1479～37。

〔註19〕黃侃：《文心雕龍札記》（北京：中華書局，2006年5月），頁238。

〔註20〕同上註，頁237。

〔註21〕詹鍈：《文心雕龍的風格學》（臺北：木鐸出版社，1984年11月），頁77～93。

修辭技巧也，黃叔琳、許文雨、范文瀾主之；謂警策者，指作品中最突出、形象最鮮明、最生動之部分，劉熙載、黃侃、錢鍾書主之。〔註 22〕於是有折衷之論，謂秀者，警句與警策是也。游志誠則又有隱秀四要素之說，謂：警句、玄意、多義性、猜測意者也。〔註 23〕吳福相融會眾說，以爲：意象鮮明生動，爲文章中特別有情味者，則爲秀，秀乃屬外在、凸顯、呈現於意象之表象中，故「秀」者非僅爲文中之警句，亦非唯卓絕、迫出之詞而已，乃爲狀溢目前，意象生動，貫注情感之言也。〔註 24〕又以爲：「隱」爲「意」，「秀」爲「象」，隱秀者，意象之特徵也；更精確而言之，乃審美意象之特徵也。〔註 25〕此論或係確言也〔註 26〕，故〈隱秀〉曰：

> 將欲徵隱，聊可指篇：古詩之離別，樂府之長城，詞怨旨深，而復兼乎比興。陳思之〈黃雀〉，公幹之〈青松〉，格剛才勁，而並長於諷諭。

若其兼乎比興、長於諷諭，皆有意象者也。〈隱秀〉又曰：

> 如欲辨秀，亦惟摘句：「常恐秋節至，涼飆奪炎熱」，意淒而詞婉，此匹婦之無聊也；「臨河濯長纓，念子悵悠悠」，志高而言壯，此丈夫之不遂也；「東西安所之，徘徊以旁皇」，心孤而情懼，此閨房之悲極也；「朔風動秋草，邊馬有歸心」，氣寒而事傷，此羈旅之怨曲也。

若此數句，亦無不有意象焉，舉「朔風」一句言之，觀其借氣候之涼，事物之變，以傳內心之傷，思鄉之情，而以風動草、馬思歸，隱藏人之思歸，婉轉深切，意象生動。故知意象之與隱秀，乃爲文之先後而言，其先也意象，即作者意想之形象，其後也隱秀，則文辭意象表現之特徵也。

至於隱秀之要領，蓋以自然爲妙，〈隱秀〉曰：

> 故自然會妙，譬卉木之耀英華；潤色取美，譬繒帛之染朱綠。朱綠

〔註 22〕張少康：《劉勰及其《文心雕龍》研究》（北京：北京大學出版社，2010 年 9 月），頁 205～207。

〔註 23〕游志誠：《文心雕龍與劉子系統研究》，頁 164。

〔註 24〕吳福相：〈劉勰審美意象論探究〉，《實踐博雅學報》第十三期（臺北：實踐大學博雅學部，2010 年 1 月），頁 91。

〔註 25〕同上註。

〔註 26〕如郭鵬亦主張：「「隱秀」篇實際上是在講文學作品的意象及其表現問題。」見郭鵬：《《文心雕龍》的文學理論和歷史淵源》（濟南：齊魯書社，2004 年 7 月），頁 168。

染繒，深而繁鮮；英華耀樹，淺而煒燁。隱篇所以照文苑，秀句所以侈翰林，蓋以此也。

隱秀之自然者，如花木之耀眼，不假人工也。又須潤飾增美，如繪帛之染色也。總之，潤色以取美，必自然而會妙。張少康引王國維《人間詞話》論隔與不隔，以爲顏延之「鏤金錯彩」爲隔，謝靈運「芙蓉出水」清新自然，便不隔；東坡詩如行雲流水，自然生輝，故不隔；黃山谷詩堆砌典故，掉書袋，故隔。張少康並以爲此「不隔」之境界，與劉勰隱秀之旨一致也，皆以自然爲原則。〔註 27〕

四、詩人與辭人：「意象」之範圍

唐王昌齡承意象之說，進而持意境之主張，其《詩格》曰：「詩有三境。一曰物境。二曰情境。三曰意境。物境一。欲爲山水詩，則張泉石雲峰之境，極麗絕秀者，神之於心。處身於境，視境於心，瑩然掌中，然後用思，了然境象，故得形似。情境二。娛樂愁怨，皆張於意而處於身，然後馳思，深得其情。意境三。亦張之於意，而思之於心，則得其眞矣。」〔註 28〕是知物境者，描摹物象之形似，而造意象；情境者，憑娛樂愁怨之情感心理而造意象；意境者，由當下之心意而尋得符合其實之意象。三境之分，既明物、情、意三者皆能成象，亦明所成之意象即有詩境。然則意象者，詩歌所獨標乎？

劉永濟釋比顯興隱之因，云：「舍人此篇，題稱〈比興〉，而文多明比法。蓋興出無端，難以法定，一也；賦家之文，鮮用興體，二也。用意不同，其歸一也。復次，賦家之文，多用比體，亦出自然。考興之爲義，雖精於比；而其爲用，則狹於比。其故有二：一者興之託物，但節取與情相發之一義以發端，不易敷爲全篇。〈國風〉之詠〈關雎〉，〈九歌〉之賦秋蘭，是也。比則依情託義，可以曲折相附。詩之〈螽斯〉，賦之〈鵩鳥〉，是也。二者，興者物來感情，出於無心，遑論後人難以意逆，即作者當時，亦或流露於不自覺。而賦體本以敷布爲用。敷布云者，蓋有經營結構之功，與無心而發者異趣。是以唐詩宋詞，託興尚多；而漢魏辭賦，興義轉亡，體實限之也。」〔註 29〕

〔註 27〕 參張少康：《劉勰及其《文心雕龍》研究》，頁 215。

〔註 28〕 張伯偉：《全唐五代詩格匯考》（南京：江蘇古籍出版社，2002 年 4 月），頁 172。

〔註 29〕 〔梁〕劉勰著，劉永濟校釋：《文心雕龍校釋》，頁 143。

其闡述精到，亦明比興以詩詞爲主，若賦體則興義亡矣。

近人詹鍈以爲：劉勰之隱秀論，乃自漢、魏、晉、宋之詩歌創作實例中，總結而得者，其它非藝術性之文章，未必皆要求具有隱秀此種風格。如〈議對〉篇敘及議對規格，則曰：「文以辨潔爲能，不以繁縟爲巧，事以明覈爲美，不以深隱爲奇，此綱領之大要也。」〔註 30〕以爲隱秀者，專指詩歌而言也。

孫蓉蓉指出：劉勰《文心雕龍》雖亦視「比興」爲詩之表現手法，然其強調運用「比興」之手法，使詩具有「順美匡惡」之內容，從而發揮諷諭美刺之作用。〔註 31〕則知孫氏亦確指比興係詩歌所有者。

易聞曉以爲：何以唯詩有意境，而非存在於文章之中，而意境自始即成詩學之範疇？蓋中國詩之體制，若四言、五言、七言體，受其字數、句數，與夫篇章之限，篇幅簡短者，語必有所闕略，而予讀者之意會聯想留有空間也，於是乃成一獨特之寫作方法及獨有之審美特質。古來論詩之有意境者，亦多在短制，而長篇不稱，甚且謂絕句體制最爲精短，以爲「絕句最貴含蓄」。易氏以爲詩之意境，唯在情景錯舉，意境之論，亦唯詩耳。〔註 32〕意境既由意象之說進展而來，謂唯詩有意境，以其字數句數受限，篇幅短，於是語有闕略，言有盡而意無窮，然則駢文句式駢儷，亦受限於句數，豈駢文亦有意象者乎？

觀夫《文心》意象之說，即包〈物色〉一篇，然觀六朝之時，若《文選》之賦，有「物色類」，李善注：「四時所觀之物色而爲之賦。」而無「物色詩」，游志誠則謂《文選》雖無〈物色〉詩，而其手法則見之各類詩矣〔註 33〕。然則物色意象者，賦乎詩乎？

劉勰〈物色〉之篇，謂「詩人感物，連類不窮」，乃引《詩經》爲證，次及《楚辭》〈離騷〉，復又語及漢賦，而以相如爲例，其言曰「詩人麗則而約言，辭人麗淫而繁句」，則物色意象者，詩人、辭人所專者乎？而詩人、辭人，其異何哉？觀《文心》全書，其「詩人」、「辭人」同出者：

〔註 30〕 詹鍈：《文心雕龍的風格學》，頁 103。

〔註 31〕 孫蓉蓉：《劉勰與《文心雕龍》考論》（北京：中華書局，2008 年 11 月），頁 183。

〔註 32〕 參易聞曉：《詩賦研究的語用本位》（北京：中國堂會科學出版社，2015 年 7 月），〈意境創造的詩法功用〉，頁 67。

〔註 33〕 游志誠：「《文選》雖然沒有〈物色〉詩，但〈物色〉手法分見於各類詩中。」見游志誠：《文心雕龍與劉子系統研究》，頁 177。

固已軒翥詩人之後，奮飛辭家之前。(〈辨騷〉)

昔詩人什篇，爲情而造文；辭人賦頌，爲文而造情。(〈情采〉)

所謂詩人麗則而約言，辭人麗淫而繁句也。(〈物色〉)

若夫詩人、辭人，並列分釋，爲詩者謂之詩人，爲賦者謂之辭人，則似詩人、辭人其義不同也。其有言及「詩人」者：

然則賦也者，受命於詩人，而拓宇於《楚辭》也。(〈詮賦〉)

誄述祖宗，蓋詩人之則也。(〈誄碑〉)

昔三良殉秦，百夫莫贖，事均夭枉，《黃鳥》賦哀，抑亦詩人之哀辭乎？(〈哀弔〉)

刺者，達也。詩人諷刺，周禮三刺，事敍相達，若針之通結矣。(〈書記〉)

又詩人綜韻，率多清切，《楚辭》辭楚，故訛韻實繁。(〈聲律〉)

尋詩人擬喻，雖斷章取義，然章句在篇，如繭之抽緒，原始要終，體必鱗次。……斯固情趣之指歸，文筆之同致也。(〈章句〉)

又詩人以「兮」字入於句限，《楚辭》用之，字出句外。(〈章句〉)

至於詩人偶章，大夫聯辭，奇偶適變，不勞經營。(〈麗辭〉)

故比者，附也；興者，起也。附理者切類以指事，起情者依微以擬議。起情故興體以立，附理故比例以生。比則畜憤以斥言，興則環譬以托諷。蓋隨時之義不一，故詩人之志有二也。(〈比興〉)

詩人比興，觸物圓覽。(〈比興〉)

觀夫屈宋屬篇，號依詩人，雖引古事，而莫取舊辭。(〈事類〉)

是以詩人感物，聯類不窮。(〈物色〉)

仲舒專儒，子長純史，而麗縟成文，亦詩人之告哀焉。(〈才略〉)

與夫言及「辭人」者：

是以後來辭人，採摭英華。(〈正緯〉)

而辭人遺翰，莫見五言，所以李陵、班婕妤見疑於後代也。(〈明詩〉)

自近代辭人，率好詭巧，原其爲體，訛勢所變，厭黷舊式，故穿鑿取新，察其訛意，似難而實無他術也，反正而已。(〈定勢〉)

炎漢雖盛，而辭人夸毗，詩刺道喪，故興義銷亡。(〈比興〉)

近代辭人，率多猜忌，至乃比語求蚩，反音取瑕，雖不屑于古，而有擇于今焉。(〈指瑕〉)

施及孝惠，迄於文景，經術頗興，而辭人勿用，賈誼抑而鄒枚沉，亦可知已。(〈時序〉)

古來辭人，異代接武，莫不參伍以相變，因革以為功，物色盡而情有餘者，曉會通也。(〈物色〉)

工辭之人，必欲臻美。(〈隱秀〉)

而去聖久遠，文體解散，辭人愛奇，言貴浮詭，飾羽尚畫，文繡鞶帨，離本彌甚，將遂訛濫。(〈序志〉)

若其〈詮賦〉曰：「賦也者，受命於詩人，而拓宇於《楚辭》也。」〈章句〉曰：「又詩人以『兮』字入於句限，《楚辭》用之，字出句外。」則溯其源流，辭人蓋由詩人演變而來，所謂「古詩之流」者。況〈比興〉曰：「辭人夸毗，詩刺道喪。」則是詩刺之道，喪於辭人，蓋其文心皆同，雕龍有異耳。」〈明詩〉謂：「而辭人遺翰，莫見五言，所以李陵、班婕妤見疑於後代也。」原夫其文，本述漢初以來四言之詩，而論及五言者，文中突接「辭人遺翰」云云，則辭人、詩人又有同義者。故意象之用，在於詩人、辭人之詩賦也。然〈章句〉又曰：「尋詩人擬喻，雖斷章取義，然章句在篇，如繭之抽緒，原始要終，體必鱗次。……斯固情趣之指歸，文筆之同致也。」其所謂詩人擬喻者，即詩人之所比擬譬喻與夫章句安排者也，此則情思意趣之指要歸嚮，亦韻文散筆之共同極致〔註 34〕。苟詩人擬喻，在文筆而同致，則是文、筆之法，有同焉者。復又，〈隱秀〉多就詩歌而言，然所謂「工辭之人」云云，又與辭人相涉也。然則詩賦之意象，若可移之駢文也。

何焯《義門讀書記》論李商隱〈鏡檻〉詩云：「陳無已（陳師道）謂昌黎以文為詩，妄也。吾獨謂義山（李商隱）是以文為詩者。觀其使事，全得徐孝穆、庾子山門法。」〔註 35〕使事用典，本為駢文構成之要素，前人以為散文可蹈空，駢文必徵典，然而李商隱既以文為詩，使事之法又自徐陵、庾信

〔註 34〕 參李曰剛：《文心雕龍斠詮》，下編，頁 1518。

〔註 35〕〔清〕何焯著，崔高維點校：《義門讀書記》（北京：中華書局，1987 年 6 月），頁 1260。

而來，則徐庾之麗辭，與詩亦有相通者乎？易言之，若詩與駢文，有可相通者，則意象之運用，亦非唯詩之獨有也。

孫德謙《六朝麗指》亦曰：

> 詩有六義，一曰比，一曰興。後世詩賦家，切類指事，環譬託諷，則恆有之。吾讀六朝駢文，觀其遣詞用意，深得風詩比興之旨。劉孝儀〈謝東宮賜城傍橘啓〉:「寧似魏瓜，借清迫而得冷；豈如蜀食，待飴蜜而成甜？」庾愼之〈謝東宮賜宅啓〉:「交垂五柳，若元亮之居；夾植雙槐，似安仁之縣。」又〈謝賚梨啓〉:「事同靈棗，有願還年；恐似仙桃，無因留核。」即由此三篇言之，六朝文字猶有詩人比興之遺焉。凡事有古無今有，稽之載籍，而無從採伐者，惟用比興之體，乃可以因應無窮。昔莊子有寓言篇，名家如惠施，當時稱其善於譬況，此亦作文之法也。〔註36〕

孫氏所舉三篇，皆係駢文之啓體，觀之而知六朝文字有詩人比興之法。至於「用比興之體，乃可以因應無窮」云云，亦明比興意象者，文家所共有之法也。

第二節 徐庾麗辭之意象

一、物象之豐富

物象爲構成意象之基本元素，以詩而言，物象之選擇，多常見而陳熟者，如山川湖泊、風花雪月、鳥獸蟲魚之類，蓋已演變爲詩歌物象之經典者也。而駢文亦有物象，鄒弢《駢文速成捷徑》曰：「風雲、月露、亭台、林木、泉石、煙霞、花鳥、山水、舟船、楊柳、桑麻、金玉、夕陽、聲色、春秋、冰雪、詩酒等字，爲駢文中所習用。」〔註37〕蓋駢文盛於六朝，其時巧構形似之言，蔚然成風，故駢文之作，例有寫景之句，而情意融於其中。如傅亮〈爲宋公至洛陽謁五陵表〉:「山川無改，城闕爲墟，宮廟隳頓，鍾簴空列。觀宇之餘，鞠爲禾黍，廛里蕭條，雞犬罕音。」〔註38〕江淹〈爲蕭公三讓揚州表〉:「朱軒躍馬，光出電入；貂冠紫綬，寵藹霞照。闔宗奉國，猶非報殉。方將

〔註36〕孫德謙：《六朝麗指》，收入王水照編：《歷代文話》，冊9，頁8427。

〔註37〕〔清〕余丙照：《增註賦學入門（附《駢文速成捷徑》）》（臺北：廣文書局，1979年5月），頁144。

〔註38〕〔清〕李兆洛編，〔清〕譚獻評：《駢體文鈔》，頁103。

身侍鑾蓋，雪齊魯之侵地；手執羈勒，鶩燕趙之遠郊。」〔註 39〕觀此二例，知表體爲公文之體，猶有寫景寫物，以書其情者，蓋所謂因物興感者也。齊梁以來，此寫作之觀念尤甚，如鍾嶸《詩品．序》：「若乃春風春鳥，秋月秋蟬，夏雲暑雨，冬月祁寒，斯四候之感諸詩者也。嘉會寄詩以親，離群託詩以怨。至於楚臣去境，漢妾辭宮；或骨橫朔野，或魂逐飛蓬；或負戈外戍，或殺氣雄邊；塞客衣單，孀閨淚盡。」〔註 40〕沈約〈梁武帝集序〉：「至於春風秋月，送別望歸，皇王高宴，心期促賞，莫不超逝睿興，浚發神衷。及登庸歷試，辭翰繁蔚，箋記風動，表議雲飛。」〔註 41〕陶弘景〈答謝中書書〉：「山川之美，古來共談。高峯入雲，清流見底。兩岸石壁，五色交輝。青林翠竹，四時俱備。曉霧將歇，猿鳥亂鳴；夕日欲頽，沉鱗競躍。實是欲界之仙都，自康樂以來，未復有能與其奇者。」〔註 42〕蕭統〈答湘東王求文集及詩苑英華書〉：「或日因春陽，其物韶麗，樹花發，鶯鳴和，春泉生，暄風至。……或夏條可結，倦於邑而屬詞；冬雪千里，睹紛霏而興詠。」〔註 43〕蕭綱〈答張纘謝示集書〉：「至如春庭樂景，轉蕙承風；秋雨且晴，檐梧初下。浮雲生野，明月入樓，時命親賓，乍動嚴駕，車渠屢酌，鸚鵡驟傾。伊昔三邊，久留四戰，胡霧連天，征旗拂日，時聞塢笛，遙聽塞笳。」〔註 44〕若斯之類，其物象多爲春風、春鳥、春泉、秋月、秋蟬、霰雪、鶯鳴、芳草等自然意象，故知鄒弢所言駢文習用之字，爲駢文寫作之常見物象也。

昔者李諤〈上隋文帝革文華書〉謂：「江左齊、梁，其弊彌甚，貴賤賢愚，唯務吟詠。遂復遺理存異，尋虛逐微，競一韻之奇，爭一字之巧。連篇累牘，不出月露之形，積案盈箱，唯是風雲之狀。世俗以此相高，朝廷據茲擢士。」〔註 45〕斥駢文寫景物象之浮濫，然而後世如李白，亦有此等之作，清李調元《賦話》：「梁沈約〈郊居賦〉云：『來風南軒之下，負雪北堂之垂。』簡文帝〈晚春賦〉云：『水篩空而照底，風入樹而香枝。』鍊字新雋，是永明以後風氣，去魏晉已遠。唐王勃〈春思賦〉云：『葉抱露而爭密，花牽風而亂下。』

〔註 39〕〔清〕李兆洛編，〔清〕譚獻評：《駢體文鈔》，頁 140。
〔註 40〕王叔岷：《鍾嶸詩品箋證稿》，頁 76～77。
〔註 41〕〔明〕張溥：《漢魏六朝百三名家集》，冊 4，《沈隱侯集》，頁 502。
〔註 42〕〔清〕李兆洛編，〔清〕譚獻評：《駢體文鈔》，頁 309。
〔註 43〕〔明〕張溥：《漢魏六朝百三名家集》，冊 4，《梁昭明集》，頁 132。
〔註 44〕同上註，冊 4，《梁簡文帝集》，頁 210。
〔註 45〕〔唐〕魏徵：《隋書》，〈李諤傳〉，頁 1544。

李白〈劍閣賦〉云：『雲愁秦而暝色，鴻別鸛兮秋聲。』皆李謌所謂風雲月露，爭一字之巧者，後來尖穎一派，從此脫胎。」〔註 46〕李白〈古風〉嘗言「自從建安來，綺麗不足珍」〔註 47〕，而亦有此等作品，是知物色之作非文病，病在無有眞情也。

庾信〈謝趙王示新詩啓〉曰：「八體六文，足驚毫翰；四始六義，實動性靈。落落詞高，飄飄意遠。」飄飄意遠者，即庾信文之特色也，以其運用比興、物象之法，而得意在言外，言此而意彼之藝術效果，如其〈枯樹賦〉，寫樹之由盛而衰，喻己之由少年而遲暮之悲，又如〈小園賦〉，筆寫小園之閑適幽靜，內蘊鄉關之思，途窮之恨。詩文之意遠者，已爲中國詩論之重要標準，至於徐庾，號爲宗匠，其麗辭集六朝之大成，導四傑之先路〔註 48〕，然則其物象之選用，固有足以樹立典範者。

（一）植物意象

1、枯樹

心則歷陵枯木。（庾信〈小園賦〉）

譬之交讓，實半死而言生；如彼梧桐，雖殘生而猶死。（庾信〈擬連珠〉二十七）

若賞其聲，吳亭有已枯之竹。（庾信〈擬連珠〉三十四）

蓋聞卷葹不死，誰必有心；甘蕉自長，故知無節。（庾信〈擬連珠〉三十八）

墳前之樹，染淚者先枯。（庾信〈周太子太保步陸逞神道碑〉）

攀柏樹枯。（庾信〈周柱國大將軍長孫儉神道碑〉）

2、藤葛

未能采葛，還成食薇。（庾信〈枯樹賦〉）

藤緘轊櫝，枡掩虞棺。（庾信〈傷心賦并序〉）

〔註 46〕〔清〕李調元：《賦話》（臺北：廣文書局，1971 年 1 月），頁 11。

〔註 47〕〔唐〕李白著，〔清〕王琦注：《李太白全集》（北京：中華書局，2008 年 3 月），冊 1，〈古風五十九首〉其一，頁 7。

〔註 48〕〔清〕紀昀總纂：《四庫全書總目提要・庾開府集箋註》：「其駢偶之文，則集六朝之大成，而導四傑之先路。自古迄今，屹然爲四六宗匠。」（臺北：臺灣商務印書館，影印文淵閣《四庫全書》本，1986 年 3 月），頁 1。

3、蓮

舒丹蓮而制流火。(徐陵〈太極殿銘〉)

芬若披蓮。(徐陵〈齊國宋司徒寺碑〉)

養蓮花而不萎。(庾信〈竹杖賦〉)

空思出水之蓮,無復回風之雪。(庾信〈擬連珠〉其十八)

4、菊

正恐南陽菊水,竟不延齡。(徐陵〈與齊尚書僕射楊遵彥書〉)

金精養於秋菊。(庾信〈小園賦〉)

飲丹有井,澆泉無菊。(庾信〈周柱國大將軍紇干弘神道碑〉)

西鄂芝枯,南陽菊盡。(庾信〈周大將軍聞嘉公柳遐墓誌銘〉)

九日登高,作銘秋菊。(庾信〈周譙國公夫人步陸孤氏墓誌銘〉)

長久於節,不無秋菊之銘。(庾信〈周趙國公夫人紇豆陵氏墓誌銘〉)

春蘭秋菊,唯始唯終。(庾信〈後魏驃騎將軍荊州刺史賀拔夫人元氏墓誌銘〉)

5、桃

桃果三名,栗園千樹。(徐陵〈在北齊與宗室書〉)

昔桃花之峽,長避秦嬴。(徐陵〈在北齊與宗室書〉)

榆柳兩三行,梨桃百餘樹。(庾信〈小園賦〉)

寡人有銅環靈壽,銀角桃枝。(庾信〈竹杖賦〉)

豈獨城臨細柳之上,塞落桃林之下。(庾信〈枯樹賦〉)

蒲桃繞館,新開碣石之宮。(庾信〈謝滕王集序啓〉)

陵源猶遠,忽見桃花。(庾信〈謝滕王賚馬啓〉)

仲春則榆莢同流,三月則桃花共下。(庾信〈溫湯碑〉)

6、桂

文豔質寡,何似〈上林〉,華而不實,將同桂樹。(徐陵〈答李顒之書〉)

嗚呼桂樹,遂爲豆火所焚。(徐陵〈諫仁山深法師罷道書〉)

小山則叢桂留人。(庾信〈枯樹賦〉)

況復棲烏挾子，同知桂樹之恩。（庾信〈謝趙王賚絲布啓〉）

桂月危懸，風泉虛韻。（庾信〈終南山義谷銘〉）

月落珠傷，春枯桂折。（庾信〈周安昌公夫人鄭氏墓誌銘〉）

7、松

惟桑與梓，翻若天涯，杖柏栽松，悠然長絕。（徐陵〈與王僧辯書〉）

山澤晻靄，松竹參差。（徐陵〈與李那書〉）

松雨思於郊原。（徐陵〈陳文皇帝哀冊文〉）

雀臺絃管，空望西陵之松。（庾信〈擬連珠〉十二）

潁川賓客，遙悲松路。（庾信〈思舊銘并序〉）

（二）動物意象

1、鯨

戎羯咸奔，鯨鯢俱翦。（徐陵〈與王僧辯書〉）

戮巨海之奔鯨，殲中原之封豕。（徐陵〈報尹義尚書〉）

大小皆擒，鯨鯢盡戮。（徐陵〈爲陳武帝作相時與嶺南酋豪書〉）

斮鯨鯢於濛汜。（徐陵〈冊陳王九錫文〉）

大則有鯨有鯢。（庾信〈哀江南賦〉）

斬長鯨之鱗。（庾信〈擬連珠〉其一）

2、鶴

既見守於神龍，將爲疑於變鶴。（徐陵〈東陽雙林寺傅大士碑〉）

千齡壽鶴，或舞松枝。（徐陵〈天臺山館徐則法師碑〉）

爾乃青烏拍墓，白鶴標墳。（徐陵〈司空章昭達墓誌〉）

況乃黃鶴戒露，非有意於輪軒。（庾信〈小園賦〉）

坐帳無鶴，支床有龜。（庾信〈小園賦〉）

龜言此地之寒，鶴訝今年之雪。（庾信〈小園賦〉）

臨風亭而唳鶴，對月峽而吟猿。（庾信〈枯樹賦〉）

鶴聲孤絕，猿吟腸斷。（庾信〈傷心賦并序〉）

華亭鶴唳，豈河橋之可聞？（庾信〈哀江南賦并序〉）

聞鶴唳而虛驚。(庾信〈哀江南賦并序〉)

玄鶴徘徊，獨擅銜珠之舞。(庾信〈齊王進蒼烏表〉)

未飛玄鶴，先聞金石之聲。(庾信〈進象經賦表〉)

張袖而舞，玄鶴欲來。(庾信〈謝明皇帝賜絲布等啓〉)

鳴琴在操，終思華亭之鶴。(庾信〈思舊銘并序〉)

3、雁

歲月如流，人生何幾，晨看旅雁，心赴江淮。(徐陵〈與齊尚書僕射楊遵彥書〉)

莫不以好龍無別，木雁可嗤。(徐陵〈與李那書〉)

歸雁銜蘆，多經寒食。(徐陵〈報尹義尚書〉)

不雪雁門之踦，先念鴻陸之遠。(庾信〈小園賦〉)

赤雁與斑麟俱下。(庾信〈賀新樂表〉)

婉轉綠沈，猿驚雁落。(庾信〈謝趙王示新詩啓〉)

白雁抱收，定無家可寄。(庾信〈擬連珠〉其四十四)

養由百發，落雁吟猿。(庾信〈周上柱國齊王憲神道碑〉)

4、雉

方今越裳藐藐，馴雉北飛。(徐陵〈與齊尚書僕射楊遵彥書〉)

入貢素雉，非止隆周之日。(徐陵〈禪位陳王詔〉)

蟬有翳兮不驚，雉無羅兮何懼。(庾信〈小園賦〉)

殿狎江鷗，宮鳴野雉。(庾信〈哀江南賦并序〉)

臣聞飛南陽之雉，尚闡霸圖。(庾信〈齊王進蒼烏表〉)

臣聞南陽雉飛，尚論秦霸。(庾信〈齊王進赤雀表〉)

豈直雙龍再賜，九雉重飛而已哉。(庾信〈賀傳位於皇太子表〉)

南陽寶雉，幸足觀瞻。(庾信〈謝滕王集序啓〉)

秦王飛雉，猶向南陽之城。(庾信〈周柱國大將軍長孫儉神道碑〉)

5、狐

莫不隨狐兔而窟穴，與風塵而殄悴。(庾信〈哀江南賦并序〉)

是以狐兔所處，由來建始之宮。（庾信〈擬連珠〉其十）

井陘塞道，飛狐路斷。（庾信〈周車騎大將軍贈小司空宇文顯和墓誌銘〉）

（三）自然意象

1、月

關山則風月悽愴。（庾信〈小園賦〉）

山河離異，不妨風月關人。（庾信〈擬連珠〉其二十六）

麟亡星落，月死珠傷。（庾信〈思舊銘并序〉）

2、風雨

又聞本朝王公，居人士女，風行雨散，東播西沉。（徐陵〈與齊尚書僕射楊遵彥書〉）

鼓之以雷霆，潤之以風雨。（徐陵〈禪位陳王璽書〉）

泣風雨於〈梁山〉，惟枯魚之銜索。（庾信〈哀江南賦并序〉）

譬其毫翰，則風雨爭飛。（庾信〈謝滕王集序啓〉）

是以射聲營之風雨，時有冤魂。（庾信〈擬連珠〉其十六）

3、秋

異秋天而可悲。（庾信〈小園賦〉）

蘇武有秋風之別。（庾信〈小園賦〉）

淒其零露，颯焉秋草。（庾信〈傷心賦并序〉）

長平之卒，若秋草之中霜。（庾信〈擬連珠〉其八）

蓋聞秋之爲氣，惆悵自憐。（庾信〈擬連珠〉其二十八）

芝蘭蕭艾之秋，形殊而共瘁。（庾信〈思舊銘并序〉）

（四）地方意象

1、玉關

玉關寄書，章臺留釧。（庾信〈竹杖賦〉）

對玉關而羈旅，坐長河而暮年。（庾信〈傷心賦并序〉）

2、玉門

戊己校尉，西關玉門。（徐陵〈孝義寺碑〉）

龍庭賞出塞之功，玉門勞旋師之寵。（庾信〈周使持節大將軍廣化郡開國公丘乃敦崇傳〉）

羈文王於玉門。（庾信〈周上柱國齊王憲神道碑〉）

玉門亭障，無勞圖畫。（庾信〈周大將軍崔説神道碑〉）

衛青受詔，未入玉門之關。（庾信〈周柱國大將軍紇干弘神道碑〉）

（五）器物意象

1、酒

鳥何事而逐酒。（庾信〈小園賦〉）

魯酒無忘憂之用。（庾信〈哀江南賦并序〉）

是以樓中對酒，而綠珠前去。（庾信〈擬連珠〉其十八）

美酒酌焉，猶思建業之水。（庾信〈思舊銘并序〉）

2、琴

魚何情而聽琴。（庾信〈小園賦〉）

高臺已傾，稷下有聞琴之泣。（庾信〈思舊銘并序〉）

鳴琴在操，終思華亭之鶴。（庾信〈思舊銘并序〉）

3、鏡

纂玉鏡而猶屯。（徐陵〈與齊尚書僕射楊遵彥書〉）

漢委珠囊，秦亡寶鏡。（徐陵〈與王僧辯書〉）

但先朝秉玉鏡之符，御金輪之寶。（徐陵〈爲貞陽侯重與王太尉書〉）

我大梁開金繩之寶牒，紐玉鏡之珍符。（徐陵〈爲貞陽侯與陳司空書〉）

厭山精而照鏡。（庾信〈小園賦〉）

仁壽之鏡徒懸，茂陵之書空聚。（庾信〈哀江南賦并序〉）

蓋聞明鏡蒸食，未爲得所。（庾信〈擬連珠〉其三十五）

（六）狀態意象

1、枯

芝在室而先枯。（庾信〈傷心賦并序〉）

危魂倘駐，枯骨如存。（庾信〈代人乞致仕表〉）

薺麥將枯，山靈爲之出雨。(庾信〈謝明皇帝賜絲布等啓〉)

白鹿眞人，能生已枯之骨。(庾信〈謝明皇帝賜絲布等啓〉)

抽劍則泉飛枯井。(庾信〈周使持節大將軍廣化郡開國公丘乃敦崇傳〉)

零落春枯，不足煩於霜露。(庾信〈思舊銘并序〉)

春枯桂折。(庾信〈周安昌公夫人鄭氏墓誌銘〉)

2、悲

況吾等營魄已謝，餘息空留，悲默爲生，何能支久。(徐陵〈與齊尚書僕射楊遵彥書〉)

朝千悲而下泣，夕萬緒以回腸。(徐陵〈與齊尚書僕射楊遵彥書〉)

遂使東平拱樹，長懷向漢之悲。(徐陵〈與齊尚書僕射楊遵彥書〉)

東門黃犬，固以長悲。(徐陵〈爲貞陽侯重與王太尉書〉)

異秋天而可悲。(庾信〈小園賦〉)

荊軻有寒水之悲。(庾信〈小園賦〉)

是以憂幹扶疏，悲條鬱結。(庾信〈竹杖賦〉)

千悲萬恨，何可勝言？(庾信〈傷心賦并序〉)

不無危苦之詞，唯以悲哀爲主。(庾信〈哀江南賦并序〉)

不無秋氣之悲，實有途窮之恨。(庾信〈謝滕王集序啓〉)

徐庾麗辭之物象繁多，不能遍引，以上略舉其常見者。蓋其文多能極力渲染鋪張，物象繽紛，共同交織爲一獨特之意境，使讀者觀之，彷彿置身於畫境，而得其獨特美感之薰陶，而其美感之滋味，有餘不盡。自古徐庾並稱，然就物象而觀之，則庾勝於徐，蓋庾作以賦啓爲多，徐文以書論稱富，賦啓宜於比興，書論貴在明決，故徐不逮於庾。庾信之成就，在其選擇之物象，必有典故出處，或正用反用，或倒用活用，於是諸多物象，經其靈活善變，寓以個人深刻之情，乃時有新意。徐寶余以爲：庾信善以北方景物入詩，其手法則以枯寒之筆寫沉鬱之情，以饒力之筆寫其筋勁之狀，其表現則爲喜用駭猿、驚雁、寒樹等意象，予人悽惶、寒冷、枯死之感，而表達特定之情感。〔註49〕吉定則以爲：庾信以秋興情，其文反復見秋，形成一典型之意象，有枯樹意

〔註49〕 徐寶余：《庾信研究》，頁153。

象、秋鳥意象、秋日雲蓬花草意象、秋日小園意象之類。〔註 50〕故知其物象已漸脫歷來文士所用物象之共性，而轉向過渡為庾信個人化之意象也。

二、意象之手法

（一）徐庾麗辭與詩詞之賦比興差異

賦、比、興者，淵源《詩經》，為詩歌固有之藝術手法，中國古典文學中，亦所常見，然於此三種手法之運用，則詩之與詞，乃各有側重，即駢文之比興手法，亦與詩詞稍別。比者如修辭學之正比，興亦多有比意，然有正比，有反比，如晏幾道〈臨江仙〉：「落花人獨立，微雨燕雙飛。」〔註 51〕落花喻人遲暮之感，為正比，燕雙飛之與人獨立，則為反比，故此句為興句也。陳啓源《毛詩稽古編》云：「比興皆比喻，但興隱而比顯，興婉而比直，興廣而比狹。」〔註 52〕詩則賦比興兼用，以其短章，故有數句單鍊一意象者，徐庾麗辭亦有比興，以其長篇，於物象則多交融合一，而不專鍊一意象。

以詩而言，陳子昂以為「齊梁間詩，彩麗競繁，而興寄都絕」〔註 53〕，其所謂興寄者，比興與寄托者也。如王之渙〈涼州詞〉：「羌笛何須怨楊柳，春風不度玉門關。」〔註 54〕以春風喻君恩。又如杜甫〈奉和賈至舍人早朝大明宮〉：「旌旗日暖龍蛇動，宮殿風微燕雀高。」〔註 55〕以旌旗喻號令，日暖喻明時，龍蛇喻君臣，宮殿喻朝廷，風微喻政教，燕雀喻小人。又如朱可久〈近試上張水部〉：「洞房昨夜停紅燭，待曉堂前拜舅姑。妝罷低聲問夫婿，畫眉深淺入時無。」〔註 56〕張水部者，張籍也，朱氏近試之前，而上此詩，以新娘自喻，新郎喻張籍，舅姑喻科舉主考官，畫眉喻己之詩文，凡此皆詩之有興者。若夫王勃「海內存知己，天涯若比鄰」〔註 57〕，岑參「一川碎石大如斗」〔註 58〕，則純為比體，未有寄托也。

〔註 50〕 吉定：《庾信研究》（上海：上海古籍出版社），2008 年 7 月，頁 106～122。
〔註 51〕 王雙啓：《晏幾道詞新釋輯評》（北京：中國書店，2007 年 1 月），頁 13。
〔註 52〕〔清〕陳啓源：《毛詩稽古編》，（山東：山東友誼書社，1991 年 10 月），頁 849。
〔註 53〕〔唐〕陳子昂撰，楊家駱主編：《新校陳子昂集》，卷 1，〈與東方左史虬修竹篇序〉，頁 15。
〔註 54〕〔清〕清聖祖御製：《全唐詩》，冊 4，頁 2849。
〔註 55〕〔唐〕杜甫著，〔清〕仇兆鰲注：《杜詩詳注》，冊 1，頁 427～428。
〔註 56〕〔清〕清聖祖御製：《全唐詩》，冊 8，頁 5892。
〔註 57〕 同上註，〈杜少府之任蜀州〉，冊 2，頁 676。
〔註 58〕 同上註，〈走馬川行奉送出師西征〉，冊 3，頁 2053。

至於駢文，或有長篇之鉅製，或有短篇之小品，體製不同，則作法有別。然其分章之法，大抵不出「起、承、中、過、結」數段，此說見於王承之《駢體文作法》，以爲起者破題，承者解題，中者或述德，或入事，過者或自敘，或在述德之前，結者述意。〔註 59〕以啓體而言，有謝啓：一破題，二自敘，三頌德，四述意；有通啓：一破題，二頌德，三入事，四述意；有賀啓：一破題，二入事，三頌德或再入事，四述意。其餘隨題變換，或不用解題，或不用自敘，或不自敘而敘他人，皆相題爲之。然則於意象之鍛鍊，亦以體製之別，而有輕重焉，如書論則意象之鍛鍊少，啓則稍多，賦尤多，其手法則爲交融合一，不專鍊一意象。庾信〈哀江南賦〉:「小人則將及水火，君子則方成猿鶴。」上句言逆寇侯景將至，殘賊小民，若殷民之在水火中。下句運用鶴意象者，蓋出《抱朴子》:「周穆王南征，一軍盡化，君子爲猿鶴，小人爲沙蟲。」而其喻義，既以喻恬淡清高之生活情趣，又以象徵生離死別之人事變故，故爲糅合意象之手法。以〈哀江南賦〉觀之，其情感則悲哀，若其故國之哀、鄉關之哀、悼亡之哀，各主題皆同時而述，故其麗辭意象之鍛鍊，欲述心中之悲，先寫寓目之景，於是故國意象、鄉關意象、悼亡意象，皆予以糅合。

（二）連用譬況

徐庾麗辭意象之鍛鍊，有連用譬況之情形，蓋由其不專鍊一意象之故也。然此種手法，於其文集中，猶曇花之一現，未大量之運用，揆其原因，麗辭之比興，未如詩歌比興手法之自然無跡，其手法之用，多伴以「如」「若」「譬」「似」之字，苟用之太過，則反爲死句，流爲俗調，故偶爾爲之，以其新奇之故，反見佳妙，如徐陵〈與李那書〉:

> 循環省覽，用忘饑渴。握之不置，恒如趙璧；玩之不足，同於玉枕。京師長者，好事才人，爭造蓬門，請觀高製。軒車滿路，如看太學之碑；街巷相塡，無異華陰之市。

徐陵盛贊李昶詩文，比之如趙璧、玉枕、太學之碑、華陰之市。趙璧者，趙專文王所得楚和氏璧，秦昭王願以十五城易之，足見其重。玉枕者，《拾遺記》載:「漢誅梁冀，得一玉虎頭枕，云單池國所獻。檢其頷下，有篆書字，云是帝辛之枕，嘗與妲己同枕之，是殷時遺寶也。」太學之碑者，蔡邕奏求正定

〔註 59〕 王承之:《駢體文作法》(臺北：廣文書局，1980 年 12 月)，頁 104。

六經文字，靈帝許之，邕乃自書丹於碑，使工鐫刻立於太學門外，於是後儒晚學，咸取正焉，及碑始立，其觀視及摹寫者，車乘日千餘輛，塡塞街陌。華陰之市者，張楷字公超，通《嚴氏春秋》、《古文尚書》，門徒常百人，隱居弘農山中，學者隨之，所居成市，後華陰山南遂有公超市。此段四比，既比於趙璧、玉枕，明示李昶詩文之不凡，足爲把玩，暗詠李昶詩文如珍奇玉璧，蓋古來多以珍奇美玉爲無價之寶，又暗合《禮記‧聘義》「君子比德如玉」之意也。復比於太學之碑、華陰之市，則明示李昶詩文受人之見重，聲譽籍甚，暗詠李昶詩文之具經典性，足爲後世法，蓋北朝重儒學，盛於南朝，以此詠之，貼切適當。

又如庾信〈秦州天水郡麥積崖佛龕銘并序〉：

> 麥積崖者，乃隴底之名山，河西之靈嶽。高峰尋雲，深谷無量。方之鷲島，跡遁三禪；譬彼鶴鳴，虛飛六甲。鳥道乍窮，羊腸或斷。雲如鵬翼，忽已垂天；樹若桂華，翻能拂日。是以飛錫遙來，度杯遠至，疏山鑿洞，鬱爲淨土。拜燈王於石室，乃假馭風；禮花首於山龕，方資控鶴。
>
> 大都督李允信者，籍於宿植，深悟法門，乃於壁之南崖，梯雲鑿道，奉爲亡父造七佛龕。似刻浮檀，如攻水玉。從容滿月，照曜青蓮。影現須彌，香聞忉利。如斯塵野，還開說法之堂；猶彼香山，更對安居之佛。

北周武帝保定、天和年間，秦州大都督李允信爲其亡父造七佛塔，庾信爲其作銘并序，序首先述麥積崖之地點高勢，次句譬況，窮形刻畫，「方之鷲島，跡遁三禪；譬彼鶴鳴，虛飛六甲」，蓋比之佛坐禪之靈鷲山，張道陵與弟子入蜀所住鵠鳴山也，二山皆仙佛所居之地，以之比況，既言麥積崖猶如仙佛之山，又合乎題佛龕銘者也。以下數句皆有連用譬況之處，觀其手法，或用「方之」、「譬彼」，或用「如」、「若」、「似」、「同」，皆用意明顯，唯徐庾之相較，徐則譬況之中，偏於賦之鋪陳，庾則譬況之中，時見隸事之精。

（三）物象重出，意象不同

庾信麗辭，比之徐陵，有更特出者，即其一文之中，物象重出也。物象既重出，其有人物意象者，則是典故重出也，昔人於此有不置可否者，有批評者。不置可否者，如譚獻評〈周大將軍司馬裔碑〉：「銘詞不獨意復，并仍用碑文中史事，他家所無。」〔註 60〕以爲庾信銘詞重出序文典事。又清鮑桂星評〈三月三日華林園馬射賦并序〉:「序與賦虛實不相避，是子山拙處。」〔註 61〕以其賦之序文不相避爲失，蓋筆法重復，虛實不相避，常人作文之失，而庾信大手筆，不應如此，故謂是其拙處。錢大昕有折衷之論，曰:「古人文字不以重復爲嫌。庾信〈哀江南賦〉，杜元凱兩見、陸士衡一見、陸機兩見、班超兩見、白馬三見、西河兩見、驪山兩見、七葉兩見、暮齒兩見、秦庭、金陵、南陽、釣臺、七澤、全節、諸侯、荒谷皆兩見。『未深思於五難』、『本無情於急難』，一段之中，重押難字。『過漂渚而寄食，托蘆中而度水。』上句用韓信事，下句用伍子胥事。顧亭林謂『漂當作溧，溧渚即瀨渚，亦用子胥事。』予謂子山由金陵赴楚，溧水非經過之地，不應連用子胥事。且漂母進食，具有典故；寄食二字，亦見於〈淮陰侯傳〉，無庸破漂爲溧也。」〔註 62〕然則庾信物象典故之重出，果其文病耶？宋謝伋曰:「王岐公（珪）在中書最久。生日，例有禮物之賜，集中謝表，其用事多同，而語不蹈襲。唐李衛公作〈文箴〉，譬諸日月，雖終古常見，而光景常新。」〔註 63〕謝伋之意，以爲用事多同，而語不蹈襲，反爲可贊之處，以其典故重出，手法不同也。持之以觀庾信麗辭，多有此妙，以隸事言之，則同爲一典故，此處正用，彼處乃反用，於是重出之典故，反襯得其妙。以意象言之，則同用一物象，此處某物象，彼亦某物象，然象外之意不同，故襯得其妙也。如此，則物象重出，不爲文病，蓋意象則自不同也，此例庾信文中多見，如〈小園賦〉:

> 若夫一枝之上，巢父得安巢之所；一壺之中，壺公有容身之地。況乎管寧藜牀，雖穿而可坐；嵇康鍛竈，既暖而堪眠。豈必連闥洞房，南陽樊重之第；綠墀青瑣，西漢王根之宅。余有數畝弊廬，寂寞人外，聊以擬伏臘，聊以避風霜。雖復晏嬰近市，不求朝夕之利；潘岳面城，且適閑居之樂。況乃黃鶴戒露，非有意於輪軒；爰居避風，本無情於鐘鼓。陸機則兄弟同居，韓康則舅甥不別。蝸角蚊睫，又足相容者也。

〔註 60〕〔清〕李兆洛編，〔清〕譚獻評:《駢體文鈔》，頁 249。

〔註 61〕〔清〕鮑桂星:《賦則》，收入王冠輯:《賦話廣聚》(北京:北京圖書館出版社，2006 年 12 月)，冊 6，頁 240。

〔註 62〕〔清〕清大昕撰，陳文和主編:《嘉定錢大昕全集》(南京:江蘇古籍出版社，1997 年 12 月)，冊 7，《十駕齋養新錄》，卷 16，頁 454。

〔註 63〕〔宋〕謝伋:《四六談麈》，收入王水照編:《歷代文話》，冊 1，頁 35。

爾乃窟室徘徊，聊同鑿坏。桐間露落，柳下風來。琴號珠柱，書名〈玉杯〉。有棠梨而無館，足酸棗而非臺。猶得敧側八九丈，縱橫數十步，榆柳兩三行，梨桃百餘樹。拔蒙密兮見窗，行敧斜兮得路。蟬有翳兮不驚，雉無羅兮何懼。草樹混淆，枝格相交。山為簣覆，地有堂坳。藏狸並窟，乳鵲重巢。連珠細菌，長柄寒匏。可以療飢饑，可以棲遲。敧區兮狹室，穿漏兮茅茨。檐直倚而妨帽，户平行而礙眉。坐帳無鶴，支牀有龜。鳥多閒暇，花隨四時。心則歷陵枯木，髮則睢陽亂絲。非夏日而可畏，異秋天而可悲。

一寸二寸之魚，三竿兩竿之竹。雲氣蔭於叢蓍，金精養於秋菊。棗酸梨酢，桃榹李薁。落葉半牀，狂花滿屋。名為野人之家，是謂愚公之谷。試偃息於茂林，乃久羡於抽簪。雖無門而長閉，實無水而恆沉。三春負鋤相識，五月披裘見尋。問葛洪之藥性，訪京房之卜林。草無忘憂之意，花無長樂之心。鳥何事而逐酒？魚何情而聽琴？

加以寒暑異令，乖違德性。崔駰以不樂損年，吳質以長愁養病。鎮宅神以薶石，厭山精而照鏡。屢動莊舄之吟，幾行魏顆之命。薄晚閑閨，老幼相攜，蓬頭王霸之子，椎髻梁鴻之妻。燋麥兩甕，寒菜一畦。風騷騷而樹急，天慘慘而雲低。聚空倉而雀噪，驚懶婦而蟬嘶。

昔草濫於吹噓，藉〈文言〉之慶餘。門有通德，家承賜書。或陪玄武之觀，時參鳳凰之虛。觀受釐於宣室，賦長楊於直廬。遂乃山崩川竭，冰碎瓦裂，大盜潛移，長離永滅。摧直轡於三危，碎平途於九折。荊軻有寒水之悲，蘇武有秋風之別。關山則風月悽愴，隴水則肝腸斷絕。龜言此地之寒，鶴訝今年之雪。百靈兮倏忽，光華兮已晚。不雪雁門之踦，先念鴻陸之遠。非淮海兮可變，非金丹兮能轉。不暴骨於龍門，終低頭於馬坂。諒天造兮昧昧，嗟生民兮渾渾！

觀其「鶴」、「龜」、「柳」、「鳥」、「花」諸般物象之重出，而各有其意，絕不相重。如鶴之象則三現，「黃鶴戒露，非有意於輪軒」，典出《左傳．閔公二年》：「衛懿公好鶴，鶴有乘軒者。」庾信意指鶴鳴僅為警露，非有意乘華美之車；「坐帳無鶴」，典出《神仙傳》卷九：「介象者，字元則，會稽人也。……象言某月日病，先主使左右以梨一奩賜象，象食之，須臾便死。先主殯埋之。

以日中死，其日餔時已至建鄴，以所賜梨付苑內種之。吏後以表聞先主，發視其棺中，唯一奏版符耳，先主思象，使以所住屋爲廟，時時躬往祭之。常有白鵠來集座上，良久乃去。」庾信謂坐帳無鶴，言已無仙術可歸建鄴，又示帳子之簡樸也；「鶴訝今年之雪」，典出劉敬叔《異苑》：「晉太康二年冬，大寒。南州人見二白鶴語於橋下，曰：『今茲寒不減堯崩年也。』於是飛去。」庾信引其意，明寫魏人戕帝，令人不寒而慄，又暗寓元帝死，若堯崩矣，故鶴象三出，皆與神仙相關，然其意各有別。

又如龜之象二現，「支牀有龜」，典出《史記・龜策列傳》：「南方老人用龜支牀足，行二十餘歲，老人死，移牀，龜尚生不死。龜能行氣導引。」庾信引此，比喻己久住長安，牀笫簡陋，亦寫其身處困境，內心寂寞。「龜言此地之寒」，《水經注》引車頻《秦書》曰：「聰堅建元十二年，高陸縣民穿井得龜，大二尺六寸，背文負八卦古字。堅以石爲池養之，十六年而死。取其骨以問吉凶，名爲客龜。大卜佐高夢龜言：『我將歸江南，不遇，死於秦。』高於夢中自解曰：『龜三萬六千歲而終。終，必亡國之徵也。』爲謝玄破於淮、肥，自縊新城浮圖中，秦祚因即淪矣。」子山引起，明寫故國淪喪，又暗示己思歸江南，不欲客死他鄉。此二者雖同爲龜象，事涉占夢，然一者意在批評客居之困境，一者意在哀悼故國之亡，無處容身，象外之意亦略有區分矣。

又如柳之象亦有二處，「柳下風來」，《世說新語・賞譽篇》：「王恭始與王建武甚有情，後遇袁悅之間，遂致疑隙。然每至興會，故有相思。時恭嘗行散至京口射堂，于時清露晨流，新桐初引，恭目之曰：『王大故自濯濯。』」謂柳下清風徐來，其意高曠，或有隱逸之情焉。「榆柳兩三行」，榆柳皮色白，此句與前句「柳下風來」文近，而特意重出，蓋前者重在柳下之風，後者重在榆柳之特寫，前者間有閑適之情，後者全句爲「猶得敧側八九丈，縱橫數十步，榆柳兩三行，梨桃百餘樹」，「猶得」一詞，似不得已、無奈何之意也。

又如鳥、花之象，亦一閑適，一悲憤之心，如「鳥多閑暇，花隨四時」，閑適之情也；「狂花滿屋」、「花無長樂之心」、「鳥何事而逐酒」，悲憤之意也。故同一物象之重出，而意象不同，反見其妙也。

又如庾信〈賀新樂表〉：

> 伏惟皇帝以下武嗣興，中陽繼業，運日月之明，動淵泉之慮。律曆著微，無煩於太史；陰陽晷度，躬定於天官。故得參考八音，研精六代，封晉魏爲二王，序殷周爲三恪。雖復朱干玉戚，尚識典刑，

素韍纁裳，猶因雄據。未若《山雲》特起，八卦成形；鳳凰于飛，九州觀德。改金奏於八列，合天元於六舞。聲含擊石，更入登歌；調起初鍾，還參玉管。足以感天地而通神明，康帝德而光玄象。昔者齋居玄扈，爲曲在於《雲門》；師度盟津，習舞歸於山立。遂乃包括三名，克諧一代。作者之謂聖，天之所啓乎？豈惟路鼓靈鼗，空桑孤竹，廣矣大矣，輪焉奐焉。是知零陵孝廉，空傳玉管；始平太守，虛稱銅尺。

此段文字，玉管之象二現，「調起初鍾，還參玉管」，典出《尚書大傳》：「西王母來獻白玉琯。」「是知零陵孝廉，空傳玉管」，典出《漢書音義》：「漢章帝時，零陵文學奚景於泠道舜祠下得白玉琯。」前段刻畫新樂之奏，以西王母來獻之白玉琯相襯，乃相得益彰，後段言此廣大輪奐之新樂，零陵孝廉所得之白玉琯，已比之無色。故雖前後同用玉管之物象，然一正襯，一反襯，其意象不同也。

第三節　以《文心雕龍》意象論分析徐庾麗辭

劉勰意象論散見〈神思〉、〈比興〉、〈隱秀〉諸篇，若夫比興、隱秀，固詩歌多有之，然駢文以體例特殊，亦時有之。比興既可細分爲比、興，比不必含興，興則含比，而其中所含之情、事、物，亦可據以細分矣，〈比興〉曰：「比者，附也；興者，起也。附理者切類以指事，起情者依微以擬議。」蓋以比爲譬喻，理之屬，以興爲寄託，情之屬，比不必有情，興必有情也。

隱秀者，則是意象之特徵，隱爲意，所謂「文外之重旨」；秀爲象，所謂「篇中之獨拔」，故隱秀即文中之警句與警策者也。其美學特色在於深藏不露，耐人咀嚼，即文有多義性，有蘊藉美也。游志誠以爲《文心雕龍》隱秀篇不論殘文或補文，所舉之例皆只限於詩，自有其一定之理路要求〔註 64〕，以隱秀亦僅限於論詩。而劉師培《漢魏六朝專家文研究》則明確指出隱秀用於文，觀其於「論文章有生死之別」曰：「試就蔡伯喈、陸士衡、任彥昇諸家研究之，皆可見其文章生動之致。凡文章有勁氣，能貫串，有警策而文采傑出（即《文心雕龍・隱秀篇》之所謂『秀』。）者乃能生動。」〔註 65〕於「文章變與文體

〔註 64〕　見游志誠：《文心雕龍與劉子系統研究》，頁 169。

〔註 65〕　劉師培：《中國中古文學史講義》，附《漢魏六朝專家文研究》，頁 120。

遷訛」曰：「至於文章之神理，尤爲難能可貴，即謝康樂所謂『道以神理超』也。如潘安仁、任彥昇之文皆有神理，但或從情文相生而出，或從極淡之處而出，或從隱秀之處而出。」〔註66〕於「論文章宜調稱」曰：「試觀魏晉之文，每篇皆有言外之意。如孫綽、袁宏之碑銘何嘗僅在字句間盡文章之能事？於字裡行間以外固別饒意趣。」〔註67〕故知隱秀用之於文亦可。

今以劉勰意象論分析徐庾麗辭，觀夫徐庾運用譬況之手法，固劉勰〈物色〉所謂「詩人感物，聯類不窮」者也。至於庾信物象之選擇，意象之開發與糅合，結合聲律於意象之能事，亦劉勰〈神思〉所謂「使玄解之宰，尋聲律而定墨；獨照之匠，窺意象而運斤」者也。又如庾信〈周大將軍聞嘉公柳遐墓誌銘〉，一篇之中，有「乍撫鳴琴，不以河陽爲陋」、「諸葛亮有彈琴之宅」、「鳴琴在膝，或對故人」，蓋重出琴之物象，而意象各有不同，此尤庾信麗辭之過人者。茲再舉徐庾麗辭若干篇，加以分析焉，觀其是否合乎劉勰比興、隱秀之旨趣。

> 夫淩雲概日，由余之所未窺；千門萬户，張衡之所曾賦。周王璧臺之上，漢帝金屋之中，玉樹以珊瑚作枝，珠簾以玳瑁爲押。其中有麗人焉。
>
> 其人也，五陵豪族，充選掖庭；四姓良家，馳名永巷。亦有潁川、新市，河間、觀津，本號嬌娥，曾名巧笑。楚王宮裏，無不推其細腰；衛國佳人，俱言訝其纖手。閱詩敦禮，豈東鄰之自媒；婉約風流，異西施之被教。弟兄協律，生小學歌；少長河陽，由來能舞。琵琶新曲，無待石崇；箜篌雜引，非關曹植。傳鼓瑟於楊家，得吹簫於秦女。至若寵聞長樂，陳后知而不平；畫出天仙，閼氏覽而遙妒。至如東鄰巧笑，來待寢於更衣；西子微顰，得横陳於甲帳。陪遊馺娑，騁纖腰於結風；長樂鴛鴦，奏新聲於度曲。妝鳴蟬之薄鬢，照墮馬之垂鬟。反插金鈿，横抽寶樹。南都石黛，最發雙蛾；北地燕支，偏開兩靨。亦有嶺上仙童，分丸魏帝；腰中寶鳳，授歷軒轅。金星將婺女爭華，麝月與常娥競爽。驚鸞冶袖，時飄韓掾之香；飛燕長裾，宜結陳王之佩。雖非圖畫，入甘泉而不分；言異神仙，戲陽臺而無別。眞可謂傾國傾城，無對無雙者也。

〔註66〕劉師培：《中國中古文學史講義》，附《漢魏六朝專家文研究》，頁131。
〔註67〕同上註，頁142。

> 加以天時開朗，逸思雕華，妙解文章，尤工詩賦。琉璃硯匣，終日隨身；翡翠筆床，無時離手。清文滿篋，非惟芍藥之花；新製連篇，寧止蒲萄之樹。九日登高，時有緣情之作；萬年公主，非無累德之辭。其佳麗也如彼，其才情也如此。
>
> 既而椒宮宛轉，柘觀陰岑，絳鶴晨嚴，銅蠡晝靜。三星未夕，不事懷衾；五日猶賒，誰能理曲。優游少託，寂寞多閑，厭長樂之疏鐘，勞中宮之緩箭。纖腰無力，怯南陽之擣衣；生長深宮，笑扶風之織錦。雖復投壺玉女，爲歡盡於百嬌；爭博齊姬，心賞窮於六箸。無怡神於暇景，惟屬意於新詩。庶得代彼皋蘇，蠲茲愁疾。但往世名篇，當今巧制，分諸麟閣，散在鴻都。不藉篇章，無由披覽。於是燃脂冥寫，弄筆晨書。選錄艷歌，凡爲十卷。曾無參於雅頌，亦靡濫於風人。涇渭之間，若斯而已。
>
> 於是麗以金箱，裝之寶軸。三臺妙跡，龍伸蠖屈之書；五色華箋，河北膠東之紙。高樓紅粉，仍定魚魯之文；辟惡生香，聊防羽陵之蠹。靈飛六甲，高檀玉函；鴻烈仙方，長推丹枕。至如青牛帳裏，餘曲既終；朱鳥窗前，新妝已竟。方當開茲縹帙，散此條繩，永對玩於書幃，長迴圈於纖手。豈如鄧學《春秋》，儒者之功難習；竇專黃老，金丹之術不成。固勝西蜀豪家，託情窮於〈魯殿〉；東儲甲觀，流詠止於〈洞簫〉。孌彼諸姬，聊同棄日；猗歟彤管，無或譏焉。（徐陵〈玉臺新詠集序〉）

玉臺本爲漢臺觀名，此處指宮廷，即東宮也。梁簡文帝爲太子，好作豔詩，境內化之，浸以成俗，謂之宮體，後乃令徐陵編《玉臺新詠》，欲以推廣其體。文分五段，首段先由玉臺說起，次段敘其人之佳麗，三段敘其人之才情，四段言撰錄豔詩，五段言撰錄既成，裝製誦習，此其大要也。以文體觀之，此爲詩集序之作，然未循傳統書序之規範，由玉臺而引出佳麗，此佳麗素有家風，顧盼則婀娜多姿，才學則閱詩敦禮，擅音律，豔後宮，其落筆皆用賦體鋪排之手法，所描繪之物象，由佳麗而開展，輕倩極矣，穠豔極矣，帝王與佳麗之人物意象，盛大出場，帝王則周王、漢帝、楚王、魏帝、軒轅，佳麗則嬌娥、巧笑、細腰、纖手、陳后、閼氏、東鄰、西施、婺女、常娥，而感官之意象紛呈，使人目不暇接，心遊目想，刻畫麗人之美貌，栩栩如生，實香奩體之先導。清許槤評曰：「黛痕欲滴，脂暈微烘，如汰膩妝而出靚面。」

〔註 68〕此即徐陵之善於化靜態爲動態之動作意象也。又如「閱詩敦禮，豈東鄰之自媒；婉約風流，異西施之被教」、「至如東鄰巧笑，來待寢於更衣；西子微顰，得横陳於甲帳」，重出東鄰、西施之人物意象，而用意各有不同。「驚鸞冶袖，時飄韓掾之香；飛燕長裾，宜結陳王之佩」，寫麗人之舞姿，亦有飄逸之動態美。然於佳麗之象外，其香奩之意，則點到爲止，未曾入淫靡之區，蓋其鋪陳麗人之意象，隨即引入詩情才學，而眾佳麗皆能「妙解文章，尤工詩賦」，所謂「好色而不淫」，其在是乎？既而由佳麗之擅詩，引入宮中之無聊，「椒宮宛轉，柘觀陰岑，絳鶴晨嚴，銅蠡晝靜」，寫宮館之寂寞，靜態之意象，與前段動態之意象，相互對比，更烘托麗人獨處之情，則後段撰錄豔詩，亦有由來矣。

徐陵雖撰錄豔詩，然其言「曾無參於雅頌，亦靡濫於風人」，則見以豔詩配佳麗，正適得其所，亦與淫詩有別，此說法頗能自佔地步，曲折含蓄，得隱秀之妙。高步瀛評：「穠麗極矣，而骨格自峻。」〔註 69〕蓋其設色穠麗，然不入於淫靡纖仄，尚能以理服人也。觀此通篇，緣情體物，情景相生，時有逸氣潛流，雖佳句紛披，足供摘句嗟賞，然未必見比興之意，以其爲賦體鋪排手法，僅爲表現象意象，歷史典故之再現也，象中所含之意者，詩情逸興耳。

> 昔班彪草移，阮瑀裁書，馳譽當年，遂無加賞。非常大賚，始自今恩。雖賈逵之頌神雀，竇攸之對鼮鼠，漢臣射覆之言，魏士投壺之賦，方其寵錫，獨有光前。官燭斯燃，更慚良吏；宵光可學，乃會耆年。臣職居南史，身典東觀，謹述私榮，傳之方策。（徐陵〈謝敕賚燭盤賞答齊國移文啓〉）

答齊國移文即徐陵之〈移齊文〉，該移文敘平定華皎叛亂，北劉以檄來賀捷，陳國亦以移答之。首段言我得賚賜之事。以班彪、阮瑀敘起，謂其文筆有功，然已馳譽，反無加賞，今我徐陵作〈移齊文〉，乃能得北齊大賚之恩。次段言此賚之大恩。歷數四事：1、賈逵作〈神雀頌〉；2、竇攸「名鼮鼠」之應對；3、漢臣東方朔射覆之中；4、魏士邯鄲淳作〈投壺賦〉，以此四人所得之賞賜，皆不及我。三段言我如前人巴袛之儉樸，不燃官燭，且老而好學，如執燭之明，意在言其珍惜寶貴此賚賜之燭盤也。四段自述其官職與作啓因由。明屠

〔註 68〕〔清〕許槤評選，黎經誥注：《六朝文絜箋注》，頁 145。

〔註 69〕高步瀛：《南北朝文舉要》（北京：中華書局，2005 年 1 月），冊下，頁 626。

隆評「雖賈逵之頌神雀」以下四句曰：「語言條暢，興盡即止。」〔註70〕蓋此數句亦皆賦體鋪排之法，一貫直下，意象紛披，故「語言條暢」，鋪陳手法必適可而止，否則反成堆砌之弊，且同一句法不得重出過多，以免句法使老，故「興盡即止」。全文先寫景物，由景入情，情景之措置工整有序，得謝啓之規矩，然未有隱秀之意。

> 某啓：垂賚白羅袍褲一具。程據上表，空論雉頭；王恭入雪，虛稱鶴氅。未有懸機巧緤，變躡奇文，鳳不去而恒飛，花雖寒而不落。披千金之暫暖，棄百結之長寒，永無黃葛之嗟，方見青綾之重。對天山之積雪，尚得開襟；冒廣樂之長風，猶當揮汗。白龜報主，終自無期；黃雀謝恩，竟知何日？（庾信〈謝趙王賚白羅袍袴啓〉）

庾信入北周，趙王招與之友好，時有賚賜之物。此篇趙王贈其白羅袍褲，觀其短篇之中，布局精巧，造語新鮮，屬對精致。「鳳不去而恒飛，花雖寒而不落」，寫白羅袍之花鳳圖案，鳳若飛騰之狀，花則開放之姿，因織造成形，乃永呈飛動、盛開之美。雖然羅袍之近人，而鳳似飛乃不飛，寒冬著袍，花應落而不落。由此見庾信想像力之靈巧也，蓋自然之美，瞬間即逝，人工之美，永恆長駐，易動態爲靜態，而靜態又栩栩如生，視覺意象鮮明矣。「對天山之積雪，尚得開襟；冒廣樂之長風，猶當揮汗」，蓋天山積雪之寒，廣樂長風之酷，反見其熱而開襟揮汗，用反面之烘托，使冷熱顛倒，感官意象錯置，而呈新奇之態。「白龜報主，終自無期；黃雀謝恩，竟知何日」，反用典故以謝恩，造語似有言外之意，蓋「無期」、「何日」，語意悲涼，而此二典出於劉義慶《幽明錄》與吳均《續齊諧記》，武昌市之白龜，終放江中，既得至岸，迴顧而去；華陰山之黃雀，積年乃去；豈庾信以白龜、黃雀自況，冀趙王此等權力者，助其南歸乎？以此觀之，庾信文固得比興隱秀之旨矣。

> 高唐礙石，洛浦無舟。何處相望，山邊一樓。峰因五婦，石是三侯。險踰地肺，危陵天柱。禁苑斜通，春人常聚。樹裏聞歌，枝中見舞。恰對妝臺，諸窗晝開。斜看已識，直喚便迴。豈同織女，非秋不來？（庾信〈望美人山銘〉）

此篇雖宮體之風，然善於譬況，王文濡評曰：「語語寫山，亦語語寫美人，雙管齊下，正喻兼賅，而曲有峰青，語奪山綠，恍見煙鬟雲髻，迎人欲來，蘿

〔註70〕〔陳〕徐陵撰，許逸民校箋：《徐陵集校箋》，冊3，頁1036。

帶荔衣，因風而舞。」〔註 71〕「語語寫山，亦語語寫美人」，是其有比興之意也。末句「豈織女，非秋不來」，語意撇開正面，不露機鋒，轉從側面道出，又不說盡，使情餘言外，賴讀者自行尋繹，此含蓄之筆法，頗得隱秀之妙。

> 歲在攝提，星居監德。梁故觀寧侯蕭永卒。嗚呼哀哉！人之戚也，既非金石所移；士之悲也，寧有春秋之異？高臺已傾，稷下有聞琴之泣；壯士一去，燕南有擊築之悲。項羽之晨起帳中，李陵之徘徊歧路，韓王孫之質趙，楚公子之留秦，無假窮秋，於時悲矣。
>
> 況復魚飛武庫，預有棄甲之徵；鳥伏翟泉，先見橫流之兆。星紀吳亡，庚辰楚滅。紀侯大去，鄅子無歸。原隰載馳，轘轅長別。甲裳失矣，餘皇棄焉。河傾酸棗，杞梓與樗櫟俱流；海淺蓬萊，魚鱉與蛟龍共盡。焚香複道，詎斂遊魂？載酒屬車，寧消愁氣？芝蘭蕭艾之秋，形殊而共瘁；羽毛鱗介之怨，聲異而俱哀。所謂天乎？乃曰蒼蒼之氣；所謂地乎？其實搏搏之土。怨之徒也，何能感焉！雕殘殺翮，無所假於風飆；零落春枯，不足煩於霜露。
>
> 幕府昔開，賢俊翹首，爲羈終歲，門人謝焉。至於東首告辭，西陵長往。山陽車馬，望別郊門；潁川賓客，遙悲松路。嵇叔夜之山庭，尚多楊柳；王子猷之舊徑，唯餘竹林。王孫葬地，方爲長樂之宮；烈士埋魂，即是將軍之墓。昔嘗歡宴，風月留連，追憶平生，宛然心目。及乎垂翅秦川，關河羈旅，降乎悲谷之景，實有憂生之情。美酒酌焉，猶思建業之水；鳴琴在操，終思華亭之鶴。重爲此別，嗚呼哀哉！
>
> 麟亡星落，月死珠傷，瓶罄罍恥，芝焚蕙歎。所冀鐘沉德水，聲出風雲；劍沒豐城，氣存牛斗。潸然思舊，乃作銘云。（庾信〈思舊銘序〉）

侯景之亂，庾信與梁觀寧侯蕭永等西上江陵，及元帝敗後，又與之同時羈旅，蕭永之卒，庾信作〈思舊銘〉以悼之。文分四段，首段言故舊凋喪之感，大意謂蕭永既逝，感傷至極，人之有感，非金石之無情，且士之悲傷，無時間之分別，以此爲總起，其下分述六事，皆有足悲者：1、孟嘗聞琴之泣；2、荊軻擊筑之悲；3、項羽晨起帳中之歌；4、李陵徘徊歧路之詩；5、韓王孫質

〔註 71〕 王文濡：《南北朝文評註讀本》，冊 2，頁 33。

趙；6、楚公子留秦。歸納六事，醞釀其飽滿之悲情，然後作一小結：無待秋天肅殺之氣，隨時皆有悲情矣。次段寫亡國喪家之感。分寫十事：戰爭、國亡、無家可歸、流離奔馳、財物散棄、河海深淺眾類並遭其難、道路燒香無以安慰亡魂、酒食無以消愁、動植物皆勞瘁共哀、天地昏暗而無知。歷數此十事，以見其奔亡流離，然後以其人已成「怨之徒」作一小結，己之凋謝已無勞外力矣。三段感懷今昔。歷數九事：人之飄泊，門客四散、故人之亡、懷念之情、物是人非、墳墓之淒清、回憶舊好、同時羈旅之悲、思故鄉之情、思再生之情。以此九事追敘蕭永生平大略，而有今昔對比之悲，然後以「重為此別，嗚乎哀哉」作一小結，蓋蕭永與信同遭亂離，同羈北土，乃先之而逝，於是觸緒興哀，百端交集，一腔怨憤，奪筆而出。四段述作銘之意。分寫死亡之感傷，與未來之期望。

觀其造意，其鋪陳則先寫國殤之悲，次寫百姓之悲，再寫我失故人之悲；其悲傷意象，由大時空落筆，漸縮漸小，終聚焦於故人亡逝之悲，其意境乃沉鬱激昂。高步瀛評曰：「憑空而來，感喟蒼茫，百端交集。」〔註72〕其「憑空而來」，蓋謂其寫故人之逝，而落筆乃由國殤敘起，筆調自不同凡響。觀其首段之章法，分述六人事，而結以悲，此種分述而結之筆，即歸納法之應用，前文舉徐陵〈謝敕賚燭盤賞答齊國移文啓〉亦有之，然徐陵僅止於賦體鋪陳之法，庾信則尤有言外之意，何以故？觀其所舉六事，孟嘗聞琴之泣，寫尊貴者亦有死，蓋喻梁帝之死也；荊軻擊筑之悲，蓋以荊軻刺秦失敗，喻復仇無望也；項羽晨起帳中之歌，寫時不我予之悲，喻天不助我之意也；李陵徘徊歧路之詩，寫陵降匈奴之悲，喻我羈留北周也；韓王孫質趙，寫秦趙同姓而相殘之悲，蓋喻北魏侯景以降臣而竟叛變也；楚公子留秦，寫太子不得歸之悲。凡此種種，皆表現性之意象，而得比興隱秀之妙。結句言「所冀鐘沉德水，聲出風雲；劍沒豐城，氣存牛斗」，冀望出一明主而得寶劍，即明主得賢臣，收復版圖之意也，然則明主復國，於己或將得歸之意乎？此亦隱秀之法。

綜上所述，徐庾麗辭並能意象紛披，然徐陵未必皆有比興隱秀之意，庾信則善用之，而篇體光華，讀之有餘不盡。古人以徐庾並稱，然又以庾信勝出，徐陵才有不逮，其因豈在此乎？

〔註72〕 高步瀛：《南北朝文舉要》，冊下，頁726。

第六章　《文心雕龍》風格論與徐庾麗辭

風格者，蓋篇體風貌之別，才性格調之殊也。若乃體制各異，文用不同，辨體搏節，格式殊軌。但以筆力之急緩，辭情之哀樂，比興用而意象紛，審美起而流派眾。設情位體，關乎風格；運思用意，定乎高下。或正而雅，或妙而高，或深而精，或奇而新，評騭不同，皆關風格。夫文學自覺，肇於六朝；八體四科，備乎《典論》。陸機〈文賦〉，敘眾體之性；摯虞《流別》，存風格之評。凡製作之士，祖述多門，才性異畛，文體各別。查其用途，體制有定。或高壯廣厚，或麗則清越，後世文繁，體性愈廣。若乃典雅、遠奧之文，精約、顯附之篇，繁縟、壯麗之體，新奇、輕靡之裁，《雕龍》所論，亦云詳矣。至於齊梁雕辭，咸慕麗風；徐庾創體，偏能綺豔。然而大盜移國，金陵瓦解，流離播越，文風異矣。是以早侍梁宮，同時同體；晚遘多艱，殊情殊風。若其理貴實用，以書表而見長；情至生文，以詩賦而專擅。咸能扶翹布華，練青濯絳。詔策之作，賈董遺風；辭賦之篇，屈宋餘響。於是較《文心》之「定勢」，斟空海之「論體」，始知徐庾之清麗爲鄰，溫柔有教，借六藝以發皇，同《文心》之數理，殆能習古人之傳，啓後賢之秀者也。

第一節　劉勰《文心雕龍》之風格論

一、風格之形成

文體學之萌芽，溯自先秦，其前提者，即眾體之分類也。蓋文體之分類，古人早有自覺，如《尚書》據散文之用途與特點，而有典、謨、訓辭、誥言、誓辭、詔命之分。《周禮・大祝》有「六辭」之說：「作六辭以通上下親疏遠近。一曰祠，二曰命，三曰誥，四曰會，五曰禱，六曰誄。」〔註1〕又如《禮記・祭統》論「銘」體：「夫鼎有銘，銘者自名也。自名以稱揚其先祖之美，而明著之後世者也。爲先祖者，莫不有美焉，莫不有惡焉，銘之義，稱美而不稱惡，此孝子孝孫之心也。唯賢者能之。銘者，論譔其先祖之有德善，功烈勳勞慶賞聲名列於天下，而酌之祭器；自成其名焉，以祀其先祖者也。顯揚先祖，所以崇孝也。身比焉，順也。明示後世，教也。夫銘者，壹稱而上下皆得焉耳矣。是故君子之觀於銘也，既美其所稱，又美其所爲。」〔註2〕於銘之稱名、用途、體制，說之極詳，凡此皆見古人於文體學之重視。細論之，若相同相近之文體，即具某種相對之獨特風貌，此乃文學體裁本有之規定性，古人稱之爲體、或體制、或大體、或勢，今人則總稱之爲文體風格〔註3〕也。體制論爲古代文學批評之重要範疇，既論文體風格，則涉及文體之題材內容、表現手法、結構形式之論述也。

風格者，蓋作者內在性格之迥異，現於作品，而使讀者感受之特色也。曹丕《典論・論文》：「文以氣爲主，氣之清濁有體，不可力強而致。譬諸音樂，曲度雖均，節奏同檢，至於引氣不齊，巧拙有素，雖在父兄，不能以移子弟。」〔註4〕「氣」者，謂人之情感個性，而有清濁剛柔之分；「引氣」者，原指吹奏者之用氣，此則謂沿人之個性，而成風格也。陸機〈文賦〉曰：「體有萬殊，物無一量。紛紜揮霍，形難爲狀。辭程才以效伎，意司契而爲匠。在有無而僶勉，當淺深而不讓。雖離方而遯員，期窮形而盡相。故夫夸目者尚奢，愜心者貴當。言窮者無隘，論達者唯曠。」〔註5〕「體有萬殊，物無一量」，文體風格之異也；「尚奢、貴當、無隘、唯曠」，沿個性而成之風格也。故知作品風格與作者個性密切相關也。

劉勰《文心雕龍》之文體論二十篇，承曹丕四科、陸機十體，及於摯虞、李充等論，所謂集大成之作也。然其用「體」之字，或指文體，或指風格，蓋古代文學批評家常合用之，觀之劉勰之書，有〈體性〉篇，非文體也，謂

〔註1〕〔漢〕鄭玄注，〔唐〕賈公彥疏：《周禮注疏》，頁384。

〔註2〕〔漢〕鄭玄注，〔唐〕孔穎達正義：《禮記正義》，《十三經注疏》，頁838。

〔註3〕參見本章第二節之「徐庾麗辭風格之成因・文體風格」。

〔註4〕〔明〕張溥：《漢魏六朝百三名家集》（南京：江蘇古籍出版社，2001年11月），冊1，《魏明帝集》，頁737。

〔註5〕同上註，冊2，《陸平原集》，頁630。

作品之風格也，蓋曹丕既曰：「雖在父兄，不能以移子弟。」（《典論・論文》）以氣爲天生個性之表現，施之於文學，則成體，體與氣同爲內在個性之表現，體由性決定，此種體氣之決定因素，在於作家之人格、學識、修養、個性也，今之文學批評，定其名曰風格也。而劉勰其書亦有「風格」之詞，如〈議對〉：「然仲瑗博古，而銓貫有序；長虞識治，而屬辭枝繁；及陸機斷議，亦有鋒穎，而諛辭弗剪，頗累文骨：亦各有美，風格存焉。」〈夸飾〉：「詩書雅言，風格訓世。」前者指作品各有作者個人特色，稍近今之風格意涵，後者則與今之風格不同。今欲明劉勰之風格論，仍由〈體性〉論之也，其開端曰：

夫情動而言形，理發而文見，蓋沿隱以至顯，因內而符外者也。

劉勰以爲，文學之創作，乃先有情感受外在因素之觸動，而欲將其形之於文字之活動也，故文學之內在，爲人之情志與情理，其外在則文辭風貌。言爲心聲，書爲心畫，二者必內外相符。故知文學之風貌，與作家之性情，密切相關，文學貴在表現作家之個性，而成獨特之風格也。然風格如何產生？劉勰〈體性〉繼而曰：

然才有庸儁，氣有剛柔，學有淺深，習有雅鄭，並情性所鑠，陶染所凝，是以筆區雲譎，文苑波詭者矣。故辭理庸儁，莫能翻其才；風趣剛柔，寧或改其氣；事義淺深，未聞乖其學；體式雅鄭，鮮有反其習：各師成心，其異如面。

劉勰以爲文壇之所以有「筆區雲譎，文苑波詭」之現象，乃因諸家作品風格之異使然，其所以作家作品風格各異，又與作家才性有關，即由於才、性、學、習之因素而異也。才者，作家之才力，有庸儁之分；氣者，作家之氣質個性，有剛柔之別；此先天之因素，個人稟賦之不同也。學者，作家之學識也，有淺深之異；習者，作家之習染也，有雅鄭之差；此後天之因素，蓋先天稟賦之優劣，亦經後天之學習，而逐漸定型焉。縱先天稟賦之聰慧，亦可能因學習之不適，而不得發揮，先天稟賦雖拙，經學習之加強，亦能改變，而得佳作。劉勰於風格之形成，論及先天後天之因素，比之曹丕《典論・論文》：「文以氣爲主。」曹丕以單一之氣而決定文學風格，劉勰之說則更見周延矣。

二、數窮八體：文學風格之分類

文學風格即與作家之個性相關，而人性各異，則諸家風格亦異，劉勰〈體性〉於個別差異之中，歸納其類型，而分文學風格爲八類，其言曰：

若總其歸途，則數窮八體：一曰典雅，二曰遠奧，三曰精約，四曰顯附，五曰繁縟，六曰壯麗，七曰新奇，八曰輕靡。典雅者，鎔式經誥，方軌儒門者也。遠奧者，複采曲文，經理玄宗者也。精約者，覈字省句，剖析毫釐者也。顯附者，辭直義暢，切理厭心者也。繁縟者，博喻醲采，煒燁枝派者也。壯麗者，高論宏裁，卓爍異采者也。新奇者，擯古競今，危側趣詭者也。輕靡者，浮文弱植，縹緲附俗者也。故雅與奇反，奧與顯殊，繁與約舛，壯與輕乖，文辭根葉，苑囿其中矣。

此說甚具開創之價值，蓋劉勰以前，曹丕、陸機之論，雖及不同體裁於風格之異，而無深入分析多樣具體之風格。劉勰則進而歸納，而成八種基本文學風格：

1、典雅

劉勰主張「鎔式經誥、方軌儒門」，即宗經之主張，而有典雅之風格。觀其言，則典雅必稟經製式，且符合儒家思想者，〈定勢〉亦曰：「是以模經爲式者，自入典雅之懿。」黃侃釋典雅曰：「義歸正直，辭取雅馴，皆入此類。若班固〈幽通賦〉、劉歆〈讓太常博士〉之流是也。」〔註6〕蓋雅字有正之義，施之文學，則有情感溫柔敦厚，文辭精緻脫俗之意，而劉勰言雅，又有〈宗經〉：「文能宗經，體有六義：一則情深而不詭，二則風清而不雜，三則事信而不誕，四則義貞而不回，五則體約而不蕪，六則文麗而不淫。」之意，故王承斌以爲，劉勰論文重雅，或就文義而言，如「麗詞雅義，符采相勝」、「頌惟典雅，辭必清鑠」、「商周麗而雅」、「聖文之雅麗」等；或就文辭而言，如「雅與奇反」；或兼辭義而言；總之，典雅與六義有密切之關係，不合六義則非典雅。〔註7〕如劉勰〈明詩〉謂：「張衡〈怨篇〉，清典可味。……平子得其雅。」〈詮賦〉：「孟堅〈兩都〉，明絢以雅贍；張衡〈二京〉，迅發以宏富。」知劉勰以爲班、張皆典雅之屬也。又如〈諸子〉：「研夫孟荀所述，理懿而辭雅。」〈詔策〉：「武帝崇儒，選言弘奧，策封三王，文同訓典，勸戒淵雅。…潘勗九錫，典雅逸群。」〈風骨〉：「潘勗錫魏，思摹經典，群才韜筆。」皆典雅風格之作也。

〔註 6〕 黃侃：《文心雕龍札記》，頁 119。
〔註 7〕 王承斌：《文心雕龍散論》，頁 1～26。

2、遠奧

劉勰謂遠奧風格之特徵爲「複采曲文，經理玄宗」，即采藻繁複，文義深曲，而內容理論則屬玄學。蓋魏晉以來，玄學日盛，談玄之文，必深遠隱奧，而其內容，則《易》、《老》、《莊》，然而《易》又儒經之屬，〈宗經〉曰：「夫《易》惟談天，入神致用。故〈繫〉稱旨遠辭文，言中事隱。韋編三絕，固哲人之驪淵也。」然則談玄必入遠奧之風，遠奧不必皆談玄之類，故黃侃釋之曰：「理致淵深，辭采微妙，皆入此類。若賈誼〈鵩賦〉，李康〈運命論〉之流是也。」〔註 8〕故遠奧風格，其旨遠，其辭玄，其言曲而中，其事肆而隱，唐宋以後，主張含蓄、委宛、飄逸、曠達之風格，即遠奧之流也。《文心雕龍・體性》曰：「子雲沉寂，故志隱而味深。……嗣宗俶儻，故響逸而調遠。」〈詮賦〉：「子雲〈甘泉〉，構深偉之風。」〈練字〉：「揚馬之作，趣旨幽深。」〈才略〉：「子雲屬意，辭義最深。觀其涯度幽遠，搜選詭麗，而竭才鑽思，故能理贍而辭堅矣。」又如〈明詩〉：「阮旨遙深。」皆指揚雄、阮籍爲遠奧風格之代表。

3、精約

劉勰以爲精約風格爲「覈字省句，剖析毫釐」，即字句簡練，分析精密，簡練故造句省略，精密故條分縷析。黃侃釋之曰：「斷義務明，練辭務簡，皆入此類。若陸機之〈文賦〉，范曄《後漢書》諸論之流是也。」〔註 9〕唐宋以後，有洗鍊一格，蓋即精約之意也。劉勰〈宗經〉曰：「《春秋》辨理，一字見義。」即精約之風格也。〈體性〉曰：「賈生俊發，故文潔而體清。……仲宣躁銳，故穎出而才果。」〈程器〉：「仲宣輕脆以躁競。」〈哀弔〉：「班彪、蔡邕，並敏於致言，然影附賈氏，難爲並驅耳。」〈論說〉：「傅嘏、王粲，校練名理。」〈才略〉：「仲宣溢才，捷而能密。」以賈誼、王粲爲精約風格之代表也。

4、顯附

顯附之風格，劉勰指其「辭直義暢，切理厭心」，易言之，言辭懇直，陳義充暢，切合事理，厭足人心，辭義既直白條暢，則少婉約之情致。黃侃釋之曰：「語貴丁寧，義求周浹，皆入此類。若諸葛亮〈出師表〉，曹冏〈六代

〔註 8〕 黃侃：《文心雕龍札記》，頁 119。
〔註 9〕 同上註。

論〉之類是也。」〔註 10〕此亦劉勰〈章表〉:「孔明之辭後主,志盡文暢。」之意。〈體性〉曰:「子政簡易,故趣昭而事博。……安仁輕敏,故鋒發而韻流。」〈才略〉:「劉向之奏議,旨切而調緩。……潘岳敏給,辭自和暢,鍾美於西征,賈餘於哀誄,非自外也。」〈祝盟〉:「潘岳之祭庾婦,祭奠之恭哀也。」〈誄碑〉:「潘岳構思,專師孝山,巧於序悲,易入新切。」此皆顯附風格之例證,而知劉勰以劉向、潘岳爲此風格之代表也。

5、繁縟

劉勰曰:「繁縟者,博喻釀采,煒燁枝派者也。」文辭則引喻廣博,鋪張描寫,內容則繁藻縟飾,光耀奪目。黃侃釋之曰:「辭采紛披,意義稠複,皆入此類。若枚乘〈七發〉,劉峻〈辨命論〉之流是也。」〔註 11〕劉勰曰「繁與約舛」,即繁縟與精約之風格適相反者,故〈定勢〉亦曰:「斷辭辨約者,率乖繁縟。」二者之別,大抵繁縟者辭富,精約者言簡,陸機〈文賦〉所謂:「要辭達而理舉,故無取乎冗長。」此繁縟風格之成因也。劉勰〈體性〉曰:「長卿傲誕,故理侈而辭溢。……士衡矜重,故情繁而辭隱。」又如〈詮賦〉:「相如〈上林〉,繁類以成豔。」〈哀弔〉:「陸機之弔魏武,序巧而文繁。」〈議對〉:「及陸機斷議,亦有鋒穎,而腴辭弗剪,頗累文骨。」〈鎔裁〉:「至如士衡才優,而綴辭尤繁。及雲之論機,亟恨其多。」〈才略〉:「相如好書,師範屈宋,洞入夸豔,致名辭宗。……陸機才欲窺深,辭務索廣,故思能入巧,而不制繁。」皆以司馬相如、陸機之文章風格爲繁縟也。

6、壯麗

劉勰以爲「壯麗者,高論宏裁,卓爍異采」也,即議論高超,而體裁宏偉,黃侃釋之曰:「陳義俊偉,措辭雄瓌,皆入此類。揚雄〈河東賦〉,班固〈典引〉之流是也。」〔註 12〕此類文辭,欲發議論,揭主旨,故壯言慷慨,氣勢豪邁,唐宋以後所謂勁健、豪放是也。劉勰〈體性〉曰:「公幹氣褊,言壯而情駭。……叔夜儁俠,故興高而采烈。」又〈才略〉曰:「劉楨情高以會采。」〈明詩〉曰:「王、徐、應、劉,慷慨以任氣,磊落以使才。」〈書記〉曰:「嵇康〈絕交〉,實志高而文偉矣。」皆指劉楨、嵇康之風格爲壯麗也。

〔註 10〕 黃侃:《文心雕龍札記》,頁 119。
〔註 11〕 同上註,頁 119。
〔註 12〕 同上註,頁 119。

7、新奇

劉勰以爲新奇之風格，乃「擯古競今，危側趣詭」，即厭舊喜新，追求詭奇之創作路徑也。黃侃釋之曰：「詞必研新，意必矜刱，皆入此類。潘岳〈射雉賦〉，顏延之〈曲水詩序〉之流是也。」〔註 13〕劉勰〈定勢〉曰：「自近代辭人，率好詭巧，原其爲體，訛勢所變，厭黷舊式，故穿鑿取新，察其訛意，似難而實無他術也，反正而已。故文反正爲乏，辭反正爲奇。效奇之法，必顚倒文句，上字而抑下，中辭而出外，回互不常，則新色耳。」此新奇風格之手法也。《南齊書・文學傳論》曰：「在乎文章，彌患凡舊，若無新變，不能代雄。」〔註 14〕蓋南朝以來，文士愛奇之風甚盛，而劉勰《文心雕龍》中用奇字之處甚多，其意有二，一褒一貶，褒「奇正」，貶「新奇」。新奇者，即宋齊以來愛奇之風也，如〈史傳〉曰：「然俗皆愛奇，莫顧實理。傳聞而欲偉其事，錄遠而欲詳其跡。於是棄同即異，穿鑿傍說，舊史所無，我書則傳。此訛濫之本源，而述遠之巨蠹也。」〈通變〉曰：「推而論之，則黃唐淳而質，虞夏質而辨，商周麗而雅，楚漢侈而艷，魏晉淺而綺，宋初訛而新。從質及訛，彌近彌澹，何則？競今疎古，風味氣衰也。」「競今疎古」，即「擯古競今」之意，然則劉勰於新奇之風格，特不推崇，〈體性〉篇未舉代表之作家，而於他篇，已多貶之，且以「訛詭」斥之也，〈體性〉既曰「雅與奇反」，則新奇之風格，必不具典雅，且爲文勝質之現象，〈情采〉所謂「華實過乎淫侈」也，如〈封禪〉曰：「〈典引〉所敘，雅有懿采，歷鑑前作，能執厥中，其致義會文，斐然餘巧，故稱『〈封禪〉靡而不典，〈劇秦〉典而不實』，豈非追觀易爲明，循勢易爲力歟！」劉勰認同班固〈典引〉之說，以爲司馬相如〈封禪文〉靡而不典，爲新奇之風格。而〈定勢〉亦曰：「新學之銳，逐奇而失正。」蓋奇正難得，而新奇多訛，故《文心》設〈通變〉一篇，論如何救治，而能酌奇而不失正、該舊而知新。

8、輕靡

輕靡之風格，爲浮文弱植，縹緲附俗，即文辭浮華，題材荏弱，屬靡靡之音者。黃侃釋之曰：「辭須蒨秀，意取柔靡，皆入此類。江淹〈恨賦〉，孔稚圭〈北山移文〉之流是也。」〔註 15〕劉勰〈體性〉未舉作家爲證，蓋有貶

〔註 13〕 黃侃：《文心雕龍札記》，頁 119。
〔註 14〕 〔梁〕蕭子顯：《南齊書》，冊 2，頁 908。
〔註 15〕 同上註，頁 120。

意焉，而於《文心》他篇論之頗多，如〈明詩〉:「晉世群才，稍入輕綺。張潘左陸，比肩詩衢，采縟於正始，力柔於建安。或析文以爲妙，或流靡以自妍，此其大略也。」〈時序〉:「茂先搖筆而散珠，太沖動墨而橫錦，岳湛曜聯璧之華，機雲標二俊之采。應傅三張之徒，孫摯成公之屬，並結藻清英，流韻綺靡。」〈才略〉:「殷仲文之〈秋興〉，謝叔源之〈閑情〉，並解散辭體，縹緲浮音，雖滔滔風流，而大澆文意。」凡此皆見有微詞，批評此風格爲文過其情也，故〈情采〉曰:「而後之作者，采濫忽眞，遠棄風雅，近師辭賦，故體情之製日疏，逐文之篇愈盛。」而救治之法，蓋即〈情采〉所言「使文不滅質，博不溺心，正采耀乎朱藍，間色屏於紅紫」也。

以上八種基本風格，或就思想內容言之，或就表現手法言之，而於新奇、輕靡，多見貶意，觀其兩兩相對，成八體與四對，或受《易經》八卦思想之影響乎？《周易・繫辭上》:「是故易有太極，是生兩儀。兩儀生四象，四象生八卦。」〔註 16〕此即八卦生萬物，萬物生生不息之意，故劉勰雖立風格爲八體，而實則參伍變化，兼通並有，蓋一作家之風格，亦不只一種；一篇作品，亦不限於一風格，劉勰《文心》凡論及一作家作品風格之形容，亦未有硬性歸入八體之一也，故〈體性〉曰:「若夫八體屢遷，功以學成。」劉永濟釋之曰:「雖約爲八體，而變乃無窮，但雅者必不奇，奧者必不顯，繁者必不約，壯者必不輕。除極相反者外，類多錯綜。即一人之作，或典而不麗，或奧而且壯，或繁而兼麗，或密而能雅，其異已多。又或一篇之內，或意朗而文麗，或辭雅而氣壯，或思密而篇遒，或情靡而體清。體性參午，變乃逾眾。」〔註 17〕

三、風骨、隱秀是否風格？

《文心雕龍》〈體性〉八體之說，即文章風格之論，今人殆無疑義，而《文心》之論風格，是否僅此八體，則又有異說焉。今有以爲〈體性〉八體之外，尚有「風骨」、「隱秀」，亦風格之屬，舉重要學者之言，如：詹鍈即以爲「風格論」貫穿《文心雕龍》一書，並將風骨論、定勢論、隱秀論等皆稱之風格論，而以風骨與隱秀，爲對立之兩種風格，一偏於剛，一偏於柔。〔註 18〕

〔註 16〕〔魏〕王弼、〔晉〕韓康伯注，〔唐〕孔穎達正義：《周易正義》，《十三經注疏本》，頁 156～157。

〔註 17〕劉永濟：《文心雕龍校釋》，頁 104～105。

〔註 18〕詹鍈：《文心雕龍的風格學》（臺北：木鐸出版社，1984 年 11 月），頁 94。

又如吳聖昔以爲：劉勰文學風格論之另一重要內容，乃其建立風格之分類學，其理論則有「八體」論，又於八體之上，概括提出風骨、隱秀此兩類具有特殊美質之風格。〔註19〕以上二家皆明指風骨、隱秀爲風格。

詹福瑞進而謂風骨即典雅，其大旨曰：劉勰有言：「典雅者，熔式經誥，方軌儒門者也。」〈定勢〉亦謂：「模經爲式者，自入典雅之懿。」亦即典雅之風格，皆由內容而形式，取法經書者，而此種表述方式，僅及典雅風格之途徑，而未曾論及風格特點。然則，取法經書則有典雅之風格，而取法經書，即宗經之謂，〈宗經〉篇更有「文能宗經，體有六義」之說，其六義者，若「風清而不雜」，即〈風骨〉「意氣駿爽，則文風清焉」之意；「體約而不蕪」，即〈風骨〉「析辭必精」、「辭尚體要」之意。總合以上，知取法經書之作品，其風格特徵爲情深義正、辭精風清，即一種清明、朗健之陽剛風格也，此亦〈風格〉「風清骨峻」之意，故典雅風格，即風骨也。典雅與新奇相反，故愈新奇者，愈無風骨。〔註20〕

劉師培曰：「剛者以風格勁氣爲上，柔以隱秀爲勝。凡偏於剛而無勁氣風格，偏於柔而不能隱秀者皆死也。」〔註21〕其言以隱秀爲風格。

以上諸說，大抵以八體風格之外，又有風骨爲陽剛風格，欲求「析辭必精」、「述情必顯」，其力向外擴張，如骨立鷹飛；隱秀爲柔性風格，要求「餘味曲包」、「情在詞外」，其有警策傑出之句，含蘊不發之情是也。

然而欲辨風骨、隱秀是否風格？猶須先自《文心雕龍》〈體性〉辨析之，方與劉勰之風格論相符也。今觀〈體性〉一篇，舉賈誼、司馬相如、揚雄、劉向、班固、張衡、王粲、劉楨、阮籍、嵇康、潘岳、陸機等十二人，以示作者之個性決定作品之風格，其言曰：

> 是以賈生俊發，故文潔而體清；長卿傲誕，故理侈而辭溢；子政簡易，故趣昭而事博；子雲沉寂，故志隱而味深；孟堅雅懿，故裁密而思靡；平子淹通，故慮周而藻密；仲宣躁競，故穎出而才果；公幹氣褊，故言壯而情駭；嗣宗俶儻，故響逸而調遠；叔夜儁俠，故興高而采烈；安仁輕敏，故鋒發而韻流；士衡矜重，故情繁而辭隱。

〔註19〕 吳聖昔：《劉勰文學思想建構與精髓》（臺北：貫雅文化，1992年10月），頁217。

〔註20〕 詹福瑞：《中古文學理論範疇》（北京：中華書局，2005年7月），頁161～168。

〔註21〕 劉師培：《中國中古文學史講義》（上海：上海古籍出版社，2006年4月），附《漢魏六朝專家文研究・論文章有生死之別》，頁121。

觸類以推，表裏必符。

賈誼年少才高，意氣俊發，故「文潔而體清」。司馬相如性格狂傲夸誕，故作品理致夸張而辭藻泛濫。劉向性格簡樸平易，故其文意趣昭明而敘事博贍。揚雄性格沉默寂靜，故作品內容深隱而韻味深長。班固為人雅正懿美，故其文體裁細密而文思靡麗。張衡為人淹博通達，故其文謀慮周到而詞藻緻密。王粲性情急躁敏銳，故其文鋒芒外露而才思果斷。劉楨為人氣量褊仄，故其言辭雄壯而情緒駭異。阮籍性格倜儻不羈，故其聲響超逸而格調高遠。嵇康尚奇任俠，故其文志趣高邁而文采壯烈。潘岳為人輕浮而機敏，故其作品辭鋒顯露，意韻風流。陸機為人矜持莊重，故為文情節繁縟而辭義隱晦。觀之上例，知劉勰以個性與風格為一致者，個性則性格、氣質、興趣、能力之因素也。作者之個性，必影響文辭之風格，故劉勰總結曰：「觸類以推，表裏必符。」蓋其論風格，必與才氣學習合言之也。

至於風骨之定義，前章已釋之，「風」之內涵，既欲情感眞摯，又欲義歸無邪，無邪者何？雅正也。「骨」之內涵，為「思摹經典」、「典雅逸群」、「憑經」，亦雅正之義也。風骨者，文辭情志所流露，具感染力之雅正思想。若乃隱秀之定義，前章亦已釋之，隱者，於文辭表意之外，有更深之旨焉，即重旨、複意者也；秀者，警句與警策是也；「隱」為「意」，「秀」為「象」，隱秀者，意象之特徵也，或更精確言，乃審美意象之特徵也。

綜上所述，風格為作者之個性所發者，風骨與隱秀則又與風格有別，風骨以力取勝，為陽剛美；隱秀以味見長，為柔性美，鄙意同此說。若謂風骨為偏剛之風格，隱秀為偏柔之風格，然則用隱秀之法，而取陽剛之意象者，又何解乎？故欲論夫風格，仍以八體為基本矣。

四、摹體以定習

蓋風格之涵蓋廣矣，有文章之風格，有文體之風格，有作家之風格。文章之風格，前論八體屬之矣，文體之風格，則〈定勢〉論之矣：

> 夫情致異區，文變殊術，莫不因情立體，即體成勢也。勢者，乘利而為制也。如機發矢直，澗曲湍回，自然之趣也。圓者規體，其勢也自轉；方者矩形，其勢也自安：文章體勢，如斯而已。

此則劉勰討論文章體裁與風格之關係者也，范文瀾曰：「此篇與〈體性〉篇參閱，始悟定勢之旨。……文各有體，即體成勢，章表奏議，不得雜以嘲弄；符冊檄移，不得空談風月，即所謂勢也。」〔註 22〕定勢者，即依不同之內容與情志，選定文體，據文體之要求，而形成風格者也，此作品自然之體勢，亦爲文自然之勢也。劉勰〈定勢〉亦論及各式文體之風格要求：

> 章表奏議，則準的乎典雅；賦頌歌詩，則羽儀乎清麗；符檄書移，則楷式於明斷；史論序注，則師範於覈要；箴銘碑誄，則體制於弘深；連珠七辭，則從事於巧豔：此循體而成勢，隨變而立功者也。

以上所論六類二十二種不同文體之風格，已涉及《文心雕龍》文體論中〈明詩〉、〈樂府〉、〈詮賦〉、〈頌讚〉、〈銘箴〉、〈誄碑〉、〈雜文〉、〈史傳〉、〈論說〉、〈檄移〉、〈章表〉、〈奏啓〉、〈議對〉、〈書記〉等篇，故知各體風格，皆有其異，劉勰進而曰：「雖復契會相參，節文互雜，譬五色之錦，各以本采爲地矣。」（〈定勢〉）以爲各文體可互融而成也，雖然，各文體之間，亦須符合其基本風格之要求，隋唐時代表性之文學理論《文鏡秘府論》，其南卷所載「論體」，亦有類似之說：

> 凡製作之士，祖述多門，人心不同，文體各異。較而言之：有博雅焉，有清典焉，有綺艷焉，有宏壯焉，有要約焉，有切至焉。……至如稱博雅，則頌、論爲其標；語清典，則銘、贊居其極；陳綺艷，則詩、賦表其華；敘宏壯，則詔、檄振其響；論要約，則表、啓擅其能；言切至，則箴、誄得其實。

其書距劉勰之時尚近，其論大抵與劉勰之說相似，其言又曰：

> 博雅之失也緩，清典之失也輕，綺豔之失也淫，宏壯之失也誕，要約之失也闌，切至之失也直。……故詞人之作也，先看文之大體，隨而用心。遵其所宜，防其所失。

觀其敘各體之特徵，指風格之流弊，揭示「文之大體」、「遵其所宜，防其所失」，豈空海僧之獨見者哉？蓋劉勰已論及文章之風格，由作家之個性而決定，故有才性與學習配合之論，欲以杜風格之流弊也。〈體性〉曰：

> 夫才有天資，學愼始習，斲梓染絲，功在初化，器成采定，難可翻移。故童子雕琢，必先雅製，沿根討葉，思轉自圓。八體雖殊，會通合數，得其環中，則輻輳相成。故宜摹體以定習，因性以練才，

〔註 22〕范文瀾：《文心雕龍注》（北京：人民文學出版社，1962 年 12 月），冊下，頁 532。

文之司南，用此道也。

劉勰謂「摹體以定習」，於初學爲文者爲至要，蓋前文已謂，有文章、文體、作家之風格焉，而人自孩提，即有模仿之本能，且文章一途，又有「迭相祖述」、「擬者間出」之習，故學愼始習也。劉勰主張風格雖紛紜多端，而宜自雅製而入門，如其言曰：「章表奏議，則準的乎典雅。」此說又散見於各篇，如〈章表〉曰：「章式炳貴，志在典謨。」又：「表體多包，情僞屢遷，必雅義以扇其風，清文以馳其麗。」〈奏啓〉曰：「備夫奏之爲筆，固以明允篤誠爲本，辨析疏通爲首。」又曰：「必使理有典刑，辭有風軌，總法家之式，秉儒家之文。」〈議對〉曰：「議貴節制，經典之體也。」又曰：「其大體所資，必樞紐經典，採故實於前代，觀通變於當今，理不謬搖其枝，字不妄舒其藻。」凡此皆「準的乎典雅」之義，由雅製而通變，以定個人之習尚，因本性以練文才，此爲學文之指南。不然，若初學有徧，改移斯難矣。

故劉勰之風格論，仍以典雅爲尚。

第二節　徐庾麗辭之風格

一、徐庾麗辭風格之樹立

魏晉六朝以來，詩文風格多端，時人則以「體」稱之，或以時代命之，而有古體、今體之別；或以作品命之，而有騷體；或以地名命之，而有柏梁體、宮體，「體」之樹立，示當時作家，於作品體製規範之認知，已臻多元而完善，且不斷於新變發展，務以奇麗爭勝前人也。而風格之類別，有以人名命之者，皆表一時之俊，具個人獨特個性與才學之表現也，如：

1、仲宣之體

《詩品．魏文帝詩》：「其源出於李陵，頗有仲宣之體。」〔註 23〕

2、劉公幹體

劉楨字公幹，宋鮑照有〈學劉公幹體詩〉五首，梁劉孝綽有〈侍宴同劉公幹應令詩〉。

〔註 23〕 王叔岷：《鍾嶸詩品箋證稿》，頁 214。

3、景陽之體

張協字景陽，《詩品・宋臨川太守謝靈運詩》：「其源出於陳思，雜有景陽之體，故尚巧似，而逸蕩過之。」〔註24〕

4、陶彭澤體

陶彭澤即陶淵明，宋鮑照有〈學陶彭澤體詩〉一首，梁江淹有〈雜體詩・陶徵君潛田居〉。

5、謝靈運體

《南齊書・武陵昭王曅傳》：「武陵昭王曅字宣照，太祖第五子也。母羅氏，從太祖在淮陰，以罪誅，曅年四歲，思慕不異成人，故曅見愛。初除冠軍將軍，轉征虜將軍。曅剛穎儁出，工弈棊，與諸王共作短句，詩學謝靈運體，以呈上，報曰：『見汝二十字，諸兒作中最爲優者。但康樂放蕩，作體不辨有首尾，安仁、士衡深可宗尚，顏延之抑其次也。』」〔註25〕

6、謝惠連體

梁蕭綱有〈戲作謝惠連體十三韻詩〉。

7、吳均體

《梁書・吳均傳》：「均文體清拔有古氣，好事者或斆之，謂爲『吳均體』。」〔註26〕

8、徐庾體

《周書・庾信傳》：「信幼而俊邁，聰敏絕倫。博覽羣書，尤善春秋左氏傳。身長八尺，腰帶十圍，容止頹然，有過人者。起家湘東國常侍，轉安南府參軍。時肩吾爲梁太子中庶子，掌管記。東海徐摛爲左衞率。摛子陵及信，竝爲抄撰學士。父子在東宮，出入禁闥，恩禮莫與比隆。既有盛才，文竝綺豔，故世號爲徐庾體焉。當時後進，競相模範。每有一文，京都莫不傳誦。累遷尚書度支郎中、通直正員郎。出爲郢州別駕。尋兼通直散騎常侍，聘于東魏。文章辭令，盛爲鄴下所稱。」〔註27〕

〔註24〕王叔岷：《鍾嶸詩品箋證稿》，頁196。

〔註25〕〔梁〕蕭子顯：《南齊書》，冊2，頁624～625。

〔註26〕〔唐〕姚思廉：《梁書》，冊3，卷49，頁698。

〔註27〕〔唐〕令狐德棻：《周書》（北京：中華書局，1974年2月），冊3，卷41，頁733。

9、庾信體

《周書・趙僭王招傳》:「趙僭王招，字豆盧突。幼聰穎，博涉群書，好屬文。學庾信體，詞多輕豔。」〔註28〕

縱觀魏晉六朝文學之風格，以人名命體者，既略如上述，而其風格之特色，則王粲之「發愀愴之詞」〔註29〕，劉楨之「仗氣愛奇，動多振絕」〔註30〕，張協之「辭采葱蒨，音韻鏗鏘」〔註31〕，陶淵明之「篤意眞古，辭興婉愜」〔註32〕，謝靈運之「吐言天拔，出於自然」〔註33〕，謝惠連之「工爲綺麗歌謠」〔註34〕，吳均之「清拔有古氣」，而愈來愈麗之勢，顯而易見，故徐庾一出，文並綺豔矣。然則徐庾麗辭之綺豔風格，蓋其形式之謂也，而文體有文體之風格，其與作家個性才氣，相融之後，所展現之文學風格，又何若哉？以下試與同時其他作家作品比較之，則略可知矣。

二、徐庾麗辭風格與同時其他作家之比較

（一）簡文梁元麗辭之風格

《梁書・徐摛傳》云:「摛幼而好學，及長，遍覽經史。屬文好爲新變，不拘舊體。……摛文體既別，春坊盡學之，『宮體』之號，自斯而起。高祖聞之怒，召摛加讓，及見，應對明敏，辭義可觀，高祖意釋。」〔註35〕此說之意義有四：一者宮體由徐陵父徐摛所創；二者「新變」一詞乃與「舊體」相對，「文體既別」者，新變之文體，別於舊體也；三者春坊盡學之，則是太子東宮皆習此文風，並因以流行；四者高祖梁武帝蕭衍初聞之怒，則蕭衍尚沿舊體之習也。然則徐庾麗辭介乎新舊交替之時，故察乎簡文梁元麗辭之風格，比較乎徐庾，則徐庾麗辭風格之勝處明矣。

〔註28〕〔唐〕令狐德棻：《周書》（北京：中華書局，1974年2月），冊3，卷41，頁202。

〔註29〕王叔岷：《鍾嶸詩品箋證稿》，〈魏侍中王粲詩〉，頁160。

〔註30〕同上註，〈魏文學劉楨詩〉，頁156。

〔註31〕同上註，〈晉黃門郎張協詩〉，頁185。

〔註32〕同上註，〈宋徵士陶潛詩〉，頁260。

〔註33〕〔梁〕蕭綱：〈與湘東王書〉，見〔明〕張溥輯：《漢魏六朝百三名家集》（南京：江蘇古籍出版社，2002年3月），冊4，《梁簡文帝集》，頁207。

〔註34〕王叔岷：《鍾嶸詩品箋證稿》，〈宋法曹參軍謝惠連詩〉，頁277。

〔註35〕〔唐〕姚思廉：《梁書》，冊2，卷30，頁446～447。

今據嚴可均《全上古三代秦漢三國六朝文》，蕭氏父子（蕭衍、蕭統、蕭綱、蕭繹）現存賦有 41 篇，以蕭綱 23、蕭繹 8 篇最多，其賦作之內容，以宮體、詠物、述懷等類爲主。觀夫蕭綱、蕭繹之宮體賦，今存 11 篇，或寫女子閨情，或借物擬人，如蕭綱之〈舞賦〉、〈采蓮賦〉，蕭繹之〈采蓮賦〉、〈蕩婦秋思賦〉，則寫女子閨情者，皆體物瀏亮，刻畫入微。如蕭繹〈蕩婦秋思賦〉，清許槤評曰：「寫出幽憤意，卻是可憐。」〔註 36〕至於借物擬人者，如蕭綱〈箏賦〉、〈梅花賦〉、〈眼明囊賦〉，及蕭綱蕭繹同題之〈對燭賦〉、〈鴛鴦賦〉者，皆借物以緣情，語語寫物，又語語寫人。至於詠物賦，蕭綱有〈海賦〉，寫海之雄渾壯闊，風格別於宮體。又有述懷賦，如蕭綱〈晚春賦〉、〈秋興賦〉、臨秋賦〉、〈序愁賦〉、蕭繹〈秋風搖落賦〉，蓋其感時傷懷之作。觀乎麗體之作，書序則多論文與言情者，蕭綱〈答張纘謝示集書〉，既表其文學觀，又能寫景抒情。又其〈與湘東王書〉、〈誡當陽公大心書〉皆表文學觀者，至於其他書信，頗能言情，如蕭綱〈答新渝侯和詩書〉，許槤評曰：「貌無停趣，態有遺妍，眉色粉痕，至今尚留紙上。」〔註 37〕又其〈與蕭臨川書〉，譚獻評曰：「薄錦零璣，把玩而已。」〔註 38〕故知緣情綺靡，是其所長也。又其碑銘之作，亦有佳構，如蕭綱〈招真館碑〉，譚獻評其「無語不工，然尚以氣運」〔註 39〕，以其對偶工巧，且尚有體氣，即有風格之謂也。蕭繹之〈荊州放生亭碑〉，譚獻以爲其文有殘闕，然猶是「碎金斷錦」〔註 40〕，若其〈東宮後堂仙室山銘〉，則宮體本色，譚獻語其「工而入纖」〔註 41〕矣。

以上略述簡文、梁元之麗辭，若其風格之表現，略有二端：

1、輕豔放蕩

齊梁以來之文論，既於情志之外，確立緣情之說，而「情」相對於「志」，則更爲獨立而受重矣，蕭綱〈與湘東王書〉，肯定文學吟詠情性之功用，其言曰：「比見京師文體，懦鈍殊常，競學浮疏，爭爲闡緩，玄冬修夜，思所不得，既殊比興，正背風騷。若夫六典三禮，所施則有地，吉凶嘉賓，用之則有所，

〔註 36〕〔清〕許槤評選，黎經誥注：《六朝文絜箋注》，頁 12。
〔註 37〕同上註，頁 104。
〔註 38〕〔清〕李兆洛編，〔清〕譚獻評：《駢體文鈔》（臺灣：中華書局，《四部備要》本，1965 年），頁 308。
〔註 39〕同上註，頁 236。
〔註 40〕同上註，頁 237。
〔註 41〕同上註，頁 228。

未聞吟詠情性，反擬內則之篇，操筆寫志，更摹酒誥之作，遲遲春日，翻學歸藏，湛湛江水，遂同大傳。」〔註 42〕主張為文不可懦鈍，經典有經典所施之地，移之文學，則必懦鈍浮疏，故為文必遵比興風騷之旨，以吟詠情性為主。依此觀點，故其教子書〈誡當陽公大心書〉曰：「立身之道，與文章異，立身先須謹重，文章且須放蕩。」〔註 43〕蓋欲拋開言志之束縛，致力於吟詠情性，非放蕩不可，故放蕩者，發揮其至情，以遣性娛情者也。蕭繹更強調於文，其《金樓子》云：「吟詠風謠，流連哀思者，謂之文。……至如文者，惟須綺縠紛披，宮徵靡曼，脣吻遒會，情靈搖蕩。」〔註 44〕蕭繹進而將所吟詠之情，歸之於流連哀思之情矣。如其〈忠臣傳諫諍篇序〉，譚獻評曰：「悲悼感憤寄慨，在耳目之前。」〔註 45〕大抵其麗辭之作，雖出於緣情，然目的在於吟詠、搖蕩，以娛情遣懷也。

2、清綺柔婉

齊梁頗重文質之論，文質並重之說，時有之矣，然實際創作之中，乃愈趨於麗，陸機云：「詩緣情而綺靡。」（〈文賦〉）然則愈重於緣情者，必愈加綺靡矣，蓋因情由物象所感發，則抒情之時，必借物以寫情，而著力於體物之描寫，故其風格則愈加綺靡。簡文、梁元之宮體賦，皆屬此類，入於纖靡，其他則務求藻飾，以達綺縠紛披，宮徵靡曼，與脣吻遒會也。如蕭綱〈招眞館碑〉，譚獻評：「長笛短簫一何清綺。簡文自是文章之秀，四六之體，至梁而成，昭明尚有樸致，元帝、簡文益巧構矣。」〔註 46〕其文之色澤綺麗，工於練句，虛字轉多，比之劉宋之潛氣內轉，體氣古樸，尤平淺可誦；其所追求者，即由精研之聲律，纖柔之意象，交織為情韻柔婉之美感也，二蕭麗辭風格蓋如此。

（二）徐庾麗辭風格類型

徐陵一生之麗辭創作，多與其仕宦經歷相符，其賦僅存〈鴛鴦賦〉一篇，為早期宮體賦；其書信體如〈與齊尚書僕射楊遵彥書〉、〈在北齊與宗室書〉、

〔註 42〕〔梁〕蕭綱：〈與湘東王書〉，見〔明〕張溥輯：《漢魏六朝百三名家集》，冊 4，《梁簡文帝集》，頁 207。

〔註 43〕同上註。

〔註 44〕〔梁〕蕭繹：《金樓子》，見羅愛萍主編：《百子全書》，冊 23，卷 4，〈立言〉，頁 6029～6030。

〔註 45〕〔清〕李兆洛編，〔清〕譚獻評：《駢體文鈔》，頁 203。

〔註 46〕同上註，頁 235。

〈與王僧辯書〉、爲貞陽侯蕭淵明致王僧辯數書等，則由於羈北，又值侯景之亂，多能剖析利害，反復盡致，文質相宜，爲其集中最富感情者。序則有〈玉臺新詠集序〉，藻采紛披，爲四六之上駟，唐宋四六之典範。碑銘有德政碑、寺廟碑、與墓誌銘，歌頌人物之功績，與寺廟之莊嚴，皆大器之作。其他公文性文章，如表、詔、策等，如〈勸進梁元帝表〉、〈讓散騎常侍表〉、〈讓五兵尚表〉，皆明白曉暢。又其後期制作，如〈進封陳司空爲長城公詔〉、〈封陳公九錫詔〉、〈禪位陳王詔〉、〈冊陳王九錫文〉、〈禪位陳王策〉等，皆經國文章，廟堂氣象，下啓燕許之手筆。

庾信麗辭亦四六之宗師，賦作則早期皆宮體，後期如〈小園賦〉、〈竹杖賦〉、〈枯樹賦〉、〈傷心賦〉、〈哀江南賦〉等則寓鄉關之思，篇篇有哀，富抒情性。表啓則婉而成章，四六之作法，大備於是，後代諸駢文選本多錄之。其〈擬連珠〉四十四首，辭麗而言約，借其體以喻梁朝之興廢，旨近〈哀江南賦〉，構思甚有意。其他如碑、銘、書、贊，雖不乏應酬之文，然如〈周上柱國齊王憲神道碑〉、〈周大將軍懷德公吳明徹墓誌銘〉，亦能寄身世之悲，情文相生，又如〈思舊銘〉悼友人蕭永，發愀愴之詞，擅雕蟲之功，用事極妙。

故知徐庾身世之動蕩，諸事歷練，麗辭風格，超邁前人多矣，比簡文、梁元之綺麗，猶有過之，而文質相宜，情靈搖蕩之深刻，又非其所及者。質而論之，徐陵麗辭之風格，或氣體淵雅，或跌宕激越，或清麗妍華，或委婉蘊藉；庾信麗辭之風格，曰沉雄悲壯，曰秀逸雋絕，曰遒宕多姿，曰清新高華。略述其旨如下：

一、徐陵麗辭風格類型

1、氣體淵雅

徐陵詔策之文，皆代國君立言，如〈冊陳王九錫文〉：

> 大哉乾元，資日月以貞觀；至哉坤元，憑山川以載物。故惟天爲大，陟配者欽明；惟王建國，翼輔者齊聖。是以文、武之佐，磻谿蘊其玉璜；堯、舜之臣，滎河鏤其金版。況乎體得一之鴻姿，寧陽九之危厄。拯橫流於碣石，撲燎火於崑岑，驅馭於韋彭，跨礫於齊、晉，神功行而靡用，聖道運而無名者乎？今將授公典策，其敬聽朕命。

此首段之文，句句用典，所用故實之出處，蓋有《周易》、《詩經》、《周禮》、《尚書中候》、《老子》、《漢書》、《尚書》之類，以經部最多，故得經書雅正之旨，故蔣士銓評曰：「如此大篇，妙在氣體淵雅，語義勻稱。既無逗湊粗厲

之患，復絕駑駿驥服之嫌。遒勁式讓子山，而雍容克讓，氣象可與接踵。後雖四傑，不能繼之，何況餘子。」〔註47〕

2、跌宕激越

徐陵北齊求還諸書，皆見單複並運，文質相宜，聲情激昂，情緒高亢，是善作跌宕之風格者。如〈與齊尚書僕射楊遵彥書〉，蔣士銓評曰：「沉雄之氣，略遜子山，而頓宕風流，後來無比。……尙顯易者媿其麗則，矜藻豔者謝其明析。須觀其俗處能雅，質處能華。入宋人手不知幾許頭巾氣矣。」〔註48〕又如〈與王僧辯書〉，此徐陵在齊，聞侯景已平，致書僧辯，盼援引歸國也，蔣士銓評曰：「跌宕固是徐公本色。」〔註49〕

3、清麗妍華

清綺為宮體文人為文之共同特色，徐陵文亦有清麗妍華之作，以其文句清新，美而不豔，華而不靡，如〈答李那書〉，譚獻評曰：「從容抒寫，神骨甚清。」〔註50〕王文濡則評曰：「文至徐庾，流風斯下。此文獨持風骨，不尙詞華，標句清新，發言哀斷。又復一氣舒卷，意態縱橫。蓋情摯而文自眞，氣勁而筆斯達。雖未足追晉宋之遺音，亦集中之矯矯者。」〔註51〕蓋華豔爲徐陵麗辭本色〔註52〕，今觀其文皆然，而此時徐陵已入陳朝，爲國家大手筆，爲文自具氣象，無待刻意求豔，信手拈來皆清麗妍華。

4、委婉蘊藉

蓋《左氏》行人往來之辭，君臣相告之語，辭不迫切，意味獨至，有委婉之風也。若乃微情妙旨，恒在言外，似零露團團，含意未吐，所以蘊藉可觀也。徐陵有〈與周處士書〉，此周弘讓與徐陵薦方圓，徐陵所答書，蓋周弘讓其人，始仕不得志，隱於句容之茅山，頻徵不出，晚仕侯景，其先隱後仕，非眞隱者，其薦方圓出仕，蓋欲孝穆薦方圓於朝，於徵聘之時，方圓則不應，

〔註47〕〔明〕王志堅編，〔清〕蔣士銓評：《評選四六法海》，頁13。

〔註48〕同上註，頁230。

〔註49〕同上註，頁234。

〔註50〕〔清〕李兆洛編，〔清〕譚獻評：《駢體文鈔》，頁311。

〔註51〕王文濡：《南北朝文評註讀本》，冊2，頁9。

〔註52〕按，徐庾麗辭之豔，表現於內容者，爲宮體賦；表現於形式，最顯著者，即「三對迭用」之法，謂數字對、彩色對、方位對交迭運用，見於通篇，使文字藻耀高翔，繽紛奪目。見拙著：《徐庾麗辭之形式與風格》（臺北：花木蘭出版社，2012年3月），頁76～82。徐陵後期制作，多廟堂文字，此三對迭用已漸少，復歸於清麗，不以藻飾爲尚，而文自妍華。

純爲增處士之虛名耳。《陳書・徐陵傳》謂陵「爲一代文宗，亦不以此矜物，未嘗詆訶作者。其於後進之徒，接引無倦。」〔註 53〕乃於薦方圓一事，答書拒之，其文有句：「優游俯仰，極素女之經文；升降盈虛，盡軒皇之圖藝。」指周弘讓爲習房中之術者。清姚範《援鶉堂筆記》云：「然則弘讓蓋習容、彭之術者。又弘讓薦方圓於徐，而徐答云：『理當仰稟明師，總斯祕要』，疑亦習此術者，而忝名隱逸，蓋隱愧之詞也。」觀下接『豈如張陵弟子，自墜高巖』云云，則方與弘讓同習容、彭之術，卓然無可疑。蓋通篇皆含譏隱諷也。」〔註 54〕此文通篇調笑，而委婉蘊藉。

二、庾信麗辭風格類型

1、沉雄悲壯

沉雄者，沉鬱雄渾也，庾信入北，發鄉關之哀情，寓沉雄於悲壯，是以情文相生，超出流俗，其〈趙國公集序〉云：「昔者屈原、宋玉，始於哀怨之深；蘇武、李陵，生於別離之世。自魏建安之末、晉太康以來，雕蟲篆刻，其體三變。人人自謂握靈蛇之珠，抱荊山之玉矣。公斟酌《雅》《頌》，諧和律呂，若使言乖節目，則曲臺不顧；聲止操縵，則成均無取。遂得棟樑文囿，冠冕詞林，《大雅》扶輪，小山承蓋。」其言既溯自先秦兩漢，以爲屈宋蘇李之文學成就，在於「哀怨之深」、「別離之世」，建安之末，太康之世，文愈雕篆，則愈背哀怨之旨，唯趙國公能繼《詩經》雅頌之精神。然則庾信所主張之文學觀，亦屬哀怨之深者，如其〈思舊銘〉一文，悼梁觀寧侯蕭永也，錢鍾書以爲「〈哀江南賦〉之具體而微也」〔註 55〕，觀其用古事以傷今事，援古情以激今情，而沉雄悲壯。至於敘亡國喪家之感，聲聲俱哀；懷昔痛今之意，語語共瘁。雖悼觀寧之作，實敘鄉關之思。

2、秀逸雋絕

表啓文蓋庾信文集之神品，篇幅如後世之小品，如〈謝趙王賚絲布啓〉，蔣士銓評曰：「眞是雋絕。」〔註 56〕又如〈謝趙王賚米啓〉，王文濡評曰：「自來詠物之體，貴在不即不離，詩文雖異，其理則一。此文語語推開，亦語語貼切，而身世之悲，感謝之情，鎔鑄於尺幅之中。秀色可餐，餘味無盡。捧

〔註 53〕〔唐〕姚思廉：《陳書》，冊 2，頁 335。
〔註 54〕〔清〕姚範：《援鶉堂筆記》（臺北：廣文書局，1971 年 8 月），冊 4，頁 1736。
〔註 55〕錢鍾書：《管錐篇》，冊 4，頁 1526。
〔註 56〕〔明〕王志堅編，〔清〕蔣士銓評：《評選四六法海》，頁 135。

腹而讀，可以療飢。」〔註 57〕蓋其意象之紛披，隸事之神妙，技巧之多端，皆遠非時人所能至者。

3、遒宕多姿

古人之評點，多見以遒論文者，孫德謙《六朝麗指》云：「此一『遒』字，六朝人評詩文皆取裁於此。遒之爲言健也，勁也，文而不能遒鍊，必失之弱。」〔註 58〕文能遒勁，則具劉勰所謂之風骨，蓋遒得陽剛之美，宕得陰柔之致，陰陽並濟，所以多姿，如庾信〈賀平鄴都表〉，蔣士銓評曰：「未極研鍊，自具遒宕之氣。」〔註 59〕未極研鍊者，即不加設色，與多用散文對也。不用色彩之對，故文章不見綺豔，多用散文對，不啻自其口出。雖然，而具遒宕之氣，以其行文多用拓筆，如其文曰：「昔周王鮪水之師，尚勞再駕；軒轅上谷之戰，猶須九伐。未有一朝指麾，獨決神慮，平定宇內，光宅天下。」自具跌宕之勢。又如〈賀新樂表〉，蔣士銓評曰：「節奏跌宕。」〔註 60〕又曰：「筆筆轉故不滯，筆筆開故不直。」〔註 61〕蔣氏以爲庾信文跌宕之勝處，即在音韻鏗鏘，又善於轉筆開筆，故多姿也。

4、清新高華

杜甫詩云：「清新庾開府。」（〈春日憶李白〉）指庾信詩文之清新。清呂留良云：「先輩論文必高華。高華如庾、鮑、老杜，稱其清新、俊逸，故知所爭在氣骨，不在詞句也。」〔註 62〕劉師培則云：「生氣又謂之精彩，言有生氣有辭彩也，有生氣有風格謂之警策，有風格有生氣兼有辭彩始能謂之高華。爲文而不能具是三者，不得語於上乘也。」〔註 63〕蓋意高則格高，如〈爲梁上黃侯世子與婦書〉，隸事多而訝妙，銜怨足而哀音，王文濡評曰：「丰神飄逸，意態輕盈，淡語傳神，言外見意。詞藻不多，而深情無盡。蓋其秀在骨，而不可以皮相者。」〔註 64〕故知清新高華，庾信其庶幾乎！

〔註 57〕 王文濡：《南北朝文評註讀本》，冊 2，頁 16。

〔註 58〕 孫德謙：《六朝麗指》，收入王水照編：《歷代文話》，冊 9，頁 8433。

〔註 59〕 〔明〕王志堅編，〔清〕蔣士銓評：《評選四六法海》，頁 50。

〔註 60〕 同上註，頁 52。

〔註 61〕 同上註，頁 53。

〔註 62〕 〔清〕呂留良：《呂晚邨先生論文彙鈔》，收入王水照編：《歷代文話》，冊 4，頁 3349。

〔註 63〕 劉師培：《漢魏六朝專家文研究》，見《中國中古文學史講義（附《漢魏六朝專家文研究》）》，〈七、論文章有生死之別〉，頁 121。

〔註 64〕 王文濡：《南北朝文評註讀本》，冊 2，頁 17。

三、徐庾麗辭風格之優劣

徐庾麗辭之風格，既如上述矣，然細而論之，風格之指稱亦廣矣，有文體之風格，有時代之風格，有作家之風格，而徐庾麗辭於其間之優劣，可再略而言焉，以見其駢文宗師之所由來。

（一）作家風格

徐庾既濡染家學，並爲東宮侍讀，以綺豔之文知名，以清新之氣流譽，固引領文壇，眾人所效者也。乃至侯景寇亂，金陵瓦解，孝穆滯齊，彌深激越之辭；子山仕周，時有悲哀之賦。然而江左、河朔，文風不同；仕梁、仕周，文用亦異。《隋書‧文學傳序》云：「江左宮商發越，貴於清綺；河朔詞義貞剛，重乎氣質。氣質則理勝其詞，清綺則文過其意。理深者便於時用，文華者宜於詠歌。」張仁青《駢文學》云：「北人長於說理，南人善於言情，已爲古今文家所公認。」〔註 65〕然則徐陵籍南，書記見長，是南人有北人之風；庾信入北，抒情爲勝，是北人有南人之格，蓋二人自有新變之意識，故當其經歷流離，身處異地，此新變之意識，使其能適時融合風土，改易風格，遂兼擅南北之勝，而超出流俗也。然二人相較，又有優劣之分，蔣士銓云：「徐孝穆逸而不遒，庾子山遒逸兼之。」〔註 66〕錢基博則云：「庾信麗而能閎，碑誌有名。徐陵遒而能婉，書記爲美。」〔註 67〕又云：「徐庾文體，亦極藻艷調暢，然皆有遒逸之致。」〔註 68〕蓋徐庾皆能遒逸，然庾信終身羈北，徐陵終能歸南，故徐文遒少而逸多，蔣氏謂其「逸而不遒」，蓋由總體言之也。

（二）時代風格

江淹〈雜體詩序〉曰：「夫楚謠漢風，既非一骨；魏製晉造，固亦二體。」〔註 69〕劉勰《文心雕龍‧時序》曰：「故知歌謠文理，與世推移，風動於上，而波震於下者。」故知一時代之文學，有一時代之風貌。齊梁自永明、宮體以來，爲文日愈綺豔，辭人追新逐奇，遂入輕靡之驅，如徐陵〈玉臺新詠集序〉，聲色極妍，態冶思柔，香濃骨豔，固然宮體之本色，而蔣士銓曰：「《佛

〔註 65〕 張仁青：《駢文學》，冊下，頁 598。

〔註 66〕 〔明〕王志堅編，〔清〕蔣士銓評：《評選四六法海》，頁 12。

〔註 67〕 錢基博：《中國文學史》（臺北：海國書局，1971 年 5 月），頁 236。

〔註 68〕 同上註，頁 238。

〔註 69〕 〔南朝〕江淹撰，〔明〕胡之驥注：《江文通集匯注》（北京：中華書局，1984 年 4 月），頁 136。

祖統紀》載陵嘗聽智者講經，因立五願：一臨終正念，二不墜三塗，三人中托生，四童眞出家，五不墜流俗之僧。唐貞觀中生縉雲朱家，年十六，將納婦，路逢梵僧謂曰：『少年何意欲違昔誓？』因示其宿因，少年聞已，不復還家，即往天台國清寺，投章安法師，咨受心要，證法華三昧。按孝穆於生死自在乃爾，作此一序，不慮犯綺語戒耶？因而推求之，如宋之韓魏公、范文正、張忠定、司馬溫公、王荊公，皆鐵心石腸人，而皆有豔詞，乃知彭澤閒情，不足為瑕也。」〔註 70〕蔣氏之意，蓋爲徐陵護短，然徐陵麗辭之輕倩者，亦僅此一篇，譚獻評其：「無字不工。四六之上駟，峭蒨麗密。」〔註 71〕則其示後人四六之津逮，居功亦偉矣。

徐庾麗辭之新變，在其造語流暢，八音迭湊，對偶多奇，其有開輕靡之路者，如庾信〈秦州天郡麥積崖佛龕銘并序〉，譚獻評曰：「綺密。」〔註 72〕此則梁朝駢文之時代風格也，而蔣士銓乃評曰：「前此無其秀，後此無其古。」〔註 73〕則庾信文雖當新舊之間，而無後世之纖靡。又如庾信〈終南山義谷銘并序〉，蔣士銓曰：「鍊而能雅，華而不靡。」〔註 74〕此其爲文有尺度，所以爲四六宗匠也。

（三）文體風格

若夫相同之文體，有其必定之規範與風貌，乃文學體裁本身之規定性，此文體風格也；而其定義與範疇，又多指涉焉，前文釋「數窮八體」，亦見其或就思想內容言之，或就表現手法言之。〈鎔裁〉云：「立本有體，意或偏長。」又：「規範本體謂之鎔。」〈通變〉云：「規略文統，宜宏大體。先博覽以精閱，總綱紀而攝契，然後拓衢路，置關鍵。」所謂「體」者，括情志、事義、辭采、宮商而言也。故知文體風格之涵蓋廣矣。若乃溯其起源，肇自曹丕《典論・論文》，曰：「夫文本同而末異，蓋奏議宜雅，書論宜理，銘誄尚實，詩賦欲麗。此四科不同，故能之者偏也。唯通才能備其體。」〔註 75〕其說尚簡，然其所謂「本同」者，謂一切創作之共同特徵與要求也，「末異」者，謂各不同文體之特殊性也。陸機〈文賦〉仿其說，進而曰：「詩緣情而綺靡，賦體物

〔註 70〕〔明〕王志堅編，〔清〕蔣士銓評：《評選四六法海》，頁 341。

〔註 71〕〔清〕李兆洛編，〔清〕譚獻評：《駢體文鈔》，頁 205。

〔註 72〕同上註，頁 228。

〔註 73〕〔明〕王志堅編，〔清〕蔣士銓評：《評選四六法海》，頁 535。

〔註 74〕同上註，頁 536。

〔註 75〕〔明〕張溥輯：《漢魏六朝百三名家集》，冊 1，《魏文帝集》，頁 737。

而瀏亮。碑披文以相質，誄纏綿而淒愴。銘博約而溫潤，箴頓挫而清壯。頌優游以彬蔚，論精微而朗暢。奏平徹以閑雅，說煒曄而譎誑。」分文體爲十類，比曹丕爲詳。其後摯虞有〈文章流別論〉，李充有〈翰林論〉，今多失傳，唯〈文章流別論〉尚有殘存，而集其大成者，劉勰之《文心雕龍》也。古人論文體風格，多以「體製」、「體勢」、「大體」言之，劉勰《文心雕龍．附會》曰：「夫才童學文，宜正體製：必以情志爲神明，事義爲骨髓，辭采爲肌膚，宮商爲聲氣。」空海《文鏡秘府論．論體》則曰：「詞人之作也，先看文之大體。」〔註 76〕於此可見一文體有一文體之風格。

然則一文體既有一文體之風格，視文之佳惡，看其大體可也，苟拘拘然謹守文體之常規，則又何以跨邁前人哉？清劉大櫆（1698～1779）盛贊昌黎文之能，在於善變，《論文偶記》曰：「文貴變。《易》曰：『虎變文炳，豹變文蔚。』又曰：『物相雜，故曰文。』故文者，變之謂也。一集之中篇篇變，一篇之中段段變，一段之中句句變，神變、氣變、境變、音節變、字句變，惟昌黎能之。」〔註 77〕蓋昌黎之勝處，在於善融駢文之法於古文中，又能不拘文體之規範，而善於變格，遂能成古文之宗師也。以此論之，徐陵尚謹守文體風格之規範，庾信則尤能不拘舊體，時有新意也。如徐陵〈謝敕賜祀三皇五帝餘饌啓〉：「竊以甘泉之殿，舊禮羲農，軒；長樂之宮，本圖堯舜。自東京晚世，曠代無聞；西漢盛儀，復睹今日。金壺流十旬之氣，玉案備千品之羞。昔絳羅爲薦，既延王母；紫蓋爲壇，允招太一。同斯美號，理致眾星。臣以餘年，豫聞清祀，如陪瑤席，遂飲瓊漿。」謝啓在上書陳謝，言感激之情，觀之徐陵啓誠然，用典亦頗符實情，合乎《文心雕龍．奏啓》：「必斂飭入規，促其音節，辯要輕清，文而不移。」之謂也。然於文體風格之變化，則遜於庾信，如庾信之〈思舊銘〉，李兆洛曰：「此亦哀誄之文，非施于碑誌者，故附諸此。」〔註 78〕蓋銘文屬碑誌之體，然此篇所寫則在悼友人蕭永，爲哀誄體，故李兆洛附之於《駢體文鈔》卷二十六之誄祭類，此子山善變文體風格者一也；其次如〈擬連珠〉四十四首，昔有連珠之體，其作法蓋假喻以達其旨，欲使歷歷如貫珠，易觀而可悅；陸機引舊義以廣之，有〈演連珠〉

〔註 76〕盧盛江校考：《文鏡祕府論彙校彙考》，（北京：中華書局，2006 年 4 月），冊 3，頁 1464。
〔註 77〕〔清〕劉大櫆：《論文偶記》，收入王水照編：《歷代文話》，冊 4，頁 4113。
〔註 78〕〔清〕李兆洛編，〔清〕譚獻評：《駢體文鈔》，頁 272。

五十首，皆論說之體，庾信復擬其體，以喻梁朝之興廢，辭旨悽切，旨近〈哀江南賦〉，是又其善變文體風格者二也；又如其〈周大將軍懷德公吳明徹墓誌銘〉，於墓誌銘中作抒情之體，寓身世之感焉，故能感人入骨，譚獻評曰：「同病相憐，故言哀入痛，誌文絕唱也。」〔註 79〕

又曹丕之以「氣」論文，謂「文以氣爲主」，猶指文章之氣勢，謂「氣之清濁有體」，則指作家之氣也，其涵意乃指作家之氣質、個性、情感，表現於作品之聲調、氣勢、風格〔註 80〕，故知表現於內在爲才氣，表現於外在爲辭氣，而統稱爲風格，又指作家之風格也。

而古人文論中常以「氣體」二字評之，蓋合文體風格與作家風格而言也，如徐陵〈冊陳公九錫文〉，蔣士銓評曰：「如此大篇，妙在氣體淵雅，語義勻稱。」〔註 81〕譚獻評曰：「遂爲臺閣文字濫觴，尙有生氣，後人不能。」〔註 82〕後人每以徐庾爲詞賦罪人、亡國之體，然觀此文，則能氣體淵雅，是亦端正後人之視聽也夫！

第三節　以《文心雕龍》風格論分析徐庾麗辭

劉勰之風格論與徐庾麗辭之風格，已如上述，然《文心雕龍》之後，迄至隋唐，其間未有架構完整之文論，可相匹敵焉，唐貞元二十年（804），遣唐使日僧空海（774～835）之來中國，乃作《文鏡秘府論》，距《文心》幾三百年矣，其南卷「論體」，亦屬風格論，而徐庾麗辭作於二者之間。然則《文鏡秘府論》之風格論，當有其師法焉，是否承襲《文心》之說？抑歸納文壇作品而來？若《文鏡》承襲《文心》，則《文心》之影響大矣，徐庾麗辭又如何受《文心》之影響？若《文鏡》風格論爲歸納文壇作品而來，則其時徐庾流風所及，初唐亦不衰竭，而《文鏡》之風格論，徐庾麗辭涵括其中矣。故欲以劉勰風格論分析徐庾麗辭，尙可先比較《文心雕龍》、《文鏡秘府論》風格論之差異，再比較徐庾麗辭風格之表現，則更能明析於二書之理論，徐庾風格尤偏向於何者。

劉勰《文心雕龍・體性》既舉八體之說，然於實際作家之批評，又不

〔註 79〕〔清〕李兆洛編，〔清〕譚獻評：《駢體文鈔》，頁 259。
〔註 80〕參詹福瑞：《中古文學理論範疇》，頁 143。
〔註 81〕〔明〕王志堅編，〔清〕蔣士銓評：《評選四六法海》，頁 13。
〔註 82〕〔清〕李兆洛編，〔清〕譚獻評：《駢體文鈔》，頁 71。

局限於此八體，觀〈體性〉曰：「是以賈生俊發，故文潔而體清；長卿傲誕，故理侈而辭溢；子雲沉寂，故志隱而味深；子政簡易，故趣昭而事博；孟堅雅懿，故裁密而思靡；平子淹通，故慮周而藻密；仲宣躁銳，故穎出而才果；公幹氣褊，故言壯而情駭；嗣宗俶儻，故響逸而調遠；叔夜儁俠，故興高而采烈；安仁輕敏，故鋒發而韻流；士衡矜重，故情繁而辭隱。」此言作家個性與風格之關係，若其「文潔而體清」、「理侈而辭溢」云云，則又與此篇前段之「數窮八體」說，有相出入，是知文學風格，猶可細分，有作品之風格，有文體之風格，有時代之風格，有作家之風格，未可以一說涵蓋所有也。

劉勰《文心雕龍．定勢》曰：「章表奏議，則準的乎典雅；賦頌歌詩，則羽儀乎清麗；符檄書移，則楷式於明斷；史論序注，則師範於覈要；箴銘碑誄，則體制於弘深；連珠七辭，則從事於巧豔。」此說將歸納文體，予以風格要求，則屬文體之風格者。至於日僧遍照金剛之《文鏡秘府論》，其南卷「論體」亦屬風格論，曰：「有博雅焉，有清典焉，有綺豔焉，有宏壯焉，有要約焉，有切至焉。夫模範經誥，褒述功業，淵乎不測，洋哉有閑，博雅之裁也；敷演情志，宣照德音，植義必明，結言唯正，清典之致也；體其淑姿，因其壯觀，文章交映，光彩傍發，綺豔之則也；魁張奇偉，闡耀威靈，縱氣淩人，揚聲駭物，宏壯之道也；指事述心，斷辭趣理，微而能顯，少而斯洽，要約之旨也；舒陳哀憤，獻納約戒，言唯折中，情必曲盡，切至之功也。至如稱博雅，則頌、論爲其標；語清典，則銘贊居其極；陳綺豔，則詩賦表其華；敘宏壯，則詔檄振其響；論要約，則表啓擅其能；言切至，則箴誄得其實。凡斯六事，文章之通義焉。」二說相較，則劉勰所述及之文體爲章、表、奏、議、賦、頌、歌、詩、符、檄、書、移、史、論、序、注、箴、銘、碑、誄、連珠、七辭二十二類，遍照金剛述及之文體則頌、論、銘、贊、詩、賦、詔、檄、表、啓、箴、誄十二類；劉勰將文體風格歸納爲典雅、清麗、明斷、覈要、弘深、巧豔六體，空海亦將文體風格歸納爲博雅、清典、綺豔、宏壯、要約、切至六體。茲以表列如下：

文體	《文心雕龍・定勢》與文體論		《文鏡秘府論》
章	典雅		
表		〈章表〉:「表體多包，情僞屢遷，必雅義以巨其風，清文以馳其麗。」	要約
奏		〈奏啓〉:「夫奏之爲筆，固以明允篤誠爲本，辨析疏通爲首。」	要約
議			
賦	清麗	〈詮賦〉:「情以物興，故義必明雅；物以情觀，故詞必巧麗；麗詞雅義，符采相勝。」	綺豔
頌		〈頌讚〉:「頌惟典雅，辭必清鑠。」	博雅
歌			
詩		〈明詩〉:「四言體正，以雅潤爲本；五言流調，則清麗居宗。」	綺豔
符	明斷		
檄		〈檄移〉:「檄者，皦也。宣露於外，皦然明白也。……必事昭而理辨，氣盛而辭斷，此其要也。」	宏壯
書			
移			
史	覈要		
論		〈論說〉:「原夫論之爲體，所以辨正然否，……故其義貴圓通，辭忌枝碎。」	博雅
序			
注			
箴	弘深	〈銘箴〉:「箴全禦過，故文資確切；銘兼褒贊，故體貴弘潤。其取事也必核以辨，其摛文也必簡而深。」	切至
銘			清典
碑			
誄		〈誄碑〉:「碑實銘器，銘實碑文。」	切至
連珠	巧豔		
七辭			

據上表可再分析如下：

一、「章」「表」典雅

劉勰以爲章表奏議之體，須以典雅爲準則，此則數窮八體說之典雅也。〈章表〉曰：「必雅義以巨其風，清文以馳其麗。」〈奏啓〉曰：「固以明允篤誠爲本，辨析疏通爲首。」苟能遵之，皆能典雅，〈定勢〉亦曰：「模經爲式者，自入典雅之懿。」《文鏡》則以表啓風格爲要約，其自注曰：「表以陳事，啓以述心，皆施之尊重，須加肅敬，故言在於要，而理歸於約。」尊重肅敬，固典雅所呈現之特質也，故《文鏡》要約與《文心》典雅意近。茲再以徐庾表啓觀之，如徐陵之〈勸進梁元帝表〉，據許逸民題解，此表作於大寶三年（552）六月，時徐陵在鄴得見梁使柳暉等，聞侯景已平，乃撰表勸進〔註 83〕。表爲下臣上書君王之作，此表又爲徐陵勸蕭繹即位，故文中列述其德，夸飾其功績，文曰：

> 自《無妄》爲象，鍾禍上京，梟獍虔劉，宗社蕩墜。銅頭鐵額，興暴皇年；封豨修蛇，行災中國。靈心所宅，下武其興，望紫極而行號，瞻丹陵而殞慟。家冤將報，天賜黃鳥之旗；國害宜誅，神奉玄狐之籙。剋李軼於河津，征陶謙於海岱。滕公擁樹，雄氣方嚴；張繡交兵，風神彌勇。忠誠貫於日月，孝義感於冰霜。如雷如霆，非貔非虎，前驅效命，元惡斯殲。既掛膽於西州，方然臍於東市。蚩尤三塚，寧謂嚴誅；王莽千劗，非云明罰。青羌赤狄，同畀狼豺；胡服夷言，咸爲京觀。邦畿濟濟，還見隆平；宗祀愔愔，方承多福。

觀其敘述離亂，贊揚帝德，而蕭繹拯危濟困，解民倒懸之形象，深入人心，平亂之功，無與倫比。果然「施之尊重，須加肅敬」之作也，再觀其隸事，據許逸民校箋，此段幾每句有典，大抵皆出於《易》、《書》、《詩》、《左傳》、《史記》、《後漢書》、《三國志》、《墨子》、《淮南子》、《文選》，此皆經典之作，六朝人尤重視者，又義歸正直，辭取雅馴，符合劉勰「鎔式經誥，方軌儒門」、「模經爲式」之意。他如〈讓散騎常侍表〉、〈讓五兵尚書表〉，篇幅簡短，敘事清晰，亦劉勰「必雅義以巨其風，清文以馳其麗」之表現。

謝啓盛行於齊梁，每啓兩紙，每紙八行，行七字，舊稱「八行書」，內容大抵分兩節，前則頌揚所賜之物，後則自謙而感激。徐陵啓文於集中數量稍寡，然如〈謝兒報坐事付治中啓〉：

〔註 83〕〔陳〕徐陵撰，許逸民校箋：《徐陵集校箋》，冊 1，頁 264。

夫拾金樵路，高士所羞；整冠李下，君子斯慎。兒報不能謹絜，敢觸嚴網。右趾鐵繫，事允法科；左校論輸，實由恩宥。老臣過庭之訓，多謝古賢；折笄之杖，有愧前達。

又如〈謝敕賚燭盤賞答齊國移文啓〉

昔班彪草移，阮瑀裁書，馳譽當年，遂無加賞。非常大賚，始自今恩。雖賈逵之頌神雀，竇攸之對鼮鼠，漢臣射覆之言，魏士投壺之賦，方其寵錫，獨有光前。官燭斯然，更慚良吏；宵光可學，乃會耆年。臣職居南史，身典東觀，謹述私榮，傳之方策。

此皆清辭雅義之作，屠隆評上文「出之自然」〔註 84〕，評下文「語言條暢，興盡則止」〔註 85〕，若夫語言自然條暢，興盡則止，合於六義，固然典雅。

至於庾信表啓文，比之徐陵，又簡短甚多，上節述庾信麗辭之風格，有「遒宕多姿」之風格，如〈賀新樂表〉：

伏惟皇帝以下武嗣興，中陽繼業，運日月之明，動淵泉之慮。律曆著微，無煩於太史；陰陽晷度，躬定於天官。故得參考八音，研精六代，封晉魏爲二王，序殷周爲三恪。雖復朱干玉戚，尚識典刑，素韍纁裳，猶因雄據。未若《山雲》特入卦成形，鳳凰于飛，九州觀德。改金奏於八列，合天元於六舞。聲含擊石，更入登歌；調起初鍾，還參玉管。足以感天地而通神明，康帝德而光玄象。昔者齋居玄扈，爲曲在於《雲門》；師度盟津，習舞歸於山立。遂乃包括三名，克諧一代。作者之謂聖，天之所啓乎？豈惟路鼓靈鼗，空桑孤竹，廣矣大矣，輪焉奐焉。是知零陵孝廉，空傳玉管；始平太守，虛稱銅尺。

北周造〈山雲儛〉，以備六代之樂，樂成，帝集百官以觀之，庾信乃上此表，觀其歌頌盛樂，贊美帝德，皆雅正之意，而又時有轉折虛字「足以」、「昔者」、「遂乃」、「豈惟」、「是知」之用，故蔣士銓評曰：「筆筆轉故不滯，筆筆開故不直。」〔註 86〕蓋其音韻鏗鏘，善於轉筆，故跌宕多姿，此則又比徐陵更見奇巧，然皆以典雅爲本，觀之末句，與〈爲晉陽公進玉律秤尺斗升表〉「是知零陵廟前，徒尋舜管；始平城下，空論周尺」同調，蓋理懿辭雅，不嫌蹈襲也。

〔註 84〕〔陳〕徐陵撰，許逸民校箋：《徐陵集校箋》，冊 3，頁 1028。
〔註 85〕同上註，頁 1036。
〔註 86〕〔明〕王志堅編，〔清〕蔣士銓評：《評選四六法海》，頁 53。

庾信啓文則更爲集中之神品，有「秀逸雋絕」之風格，如〈謝滕王賚巾啓〉：

奉教垂賜鹿子巾一枚。解角新胎，戴藤初朵。盤龍之刀既剪，長命之縷仍縫。翠羽懸推，芙蓉高讓，遊斯隱士，足笑鼓皮。入彼春林，方誇筍籜。某蓬鬢鬆颯，衰容耆朽，三秋不沐，實荷今恩；十年一冠，彌欣此賚。

滕王賚庾信鹿子巾，信答啓如此，觀其入題之巧，自述之懇切，善於設想，意象紛披，比之其他作者，猶見新奇。又如其〈謝滕王賚馬啓〉：

奉教垂賚烏騮馬一匹。柳谷未開，翻逢紫燕；陵源猶遠，忽見桃花。流電爭光，浮雲連影。張敞畫眉之暇，直走章臺；王濟飲酒之歡，長驅金埒。

蔣士銓於《評選四六法海》中，自甲至癸，分四六之等級爲十，而歸此篇爲甲等，且評曰：「用事巧而不纖，下筆柔而不弱，允爲神品。」〔註87〕今見庾信啓文，立意高端，造語醇古，符合劉勰雅義清文之典雅風格。上節析論劉勰八體風格，嘗以爲新奇多詭，輕靡多弱，故劉勰批判新奇、輕靡之風，以爲欲救其弊，必須「酌奇而不失正」，即欲以典雅之風，救新奇、輕靡之失也，故劉勰主張宗經，《文心》中多見其於學習經典、模經爲式，反覆強調者。以此觀之，庾信啓文能推陳出新，時見其巧，然又巧而不纖，柔而不弱，恰爲以典雅風格爲基礎，而加以新變。觀其熟於前史事迹，并當代掌故，所謂典也、法也；觀其有精理，有名言，有微情，有妙旨，所謂雅也，此即劉勰風格論之實際表現也。

二、「賦」「頌」清麗

劉勰〈定勢〉曰：「賦頌歌詩，則羽儀乎清麗。」以爲賦頌歌詩，以清麗風格爲尚，而清麗謂何？觀之〈明詩〉曰：「若夫四言正體，則雅潤爲本；五言流調，則清麗居宗，華實異用，惟才所安。」其意則以四言正體之雅潤爲實，五言流調之清麗爲華矣，故知清麗與八體之壯麗，同屬於麗，特尚未至於綺麗耳。

劉勰〈詮賦〉曰：「情以物興，故義必明雅；物以情觀，故詞必巧麗；麗詞雅義，符采相勝，如組織之品朱紫，畫繪之著玄黃。文雖新而有質，色雖

〔註87〕〔明〕王志堅編，〔清〕蔣士銓評：《評選四六法海》，頁139。

糅而有本，此立賦之大體也。然逐末之儔，蔑棄其本，雖讀千賦，愈惑體要；遂使繁華損枝，膏腴害骨，無貴風軌，莫益勸戒。」《文鏡》則以爲綺豔風格之代表爲賦體，並自注曰：「詩兼聲色，賦敘物象，故言資綺靡，而文極華豔。」顯然劉勰立論在於言漢後以迄六朝辭人之作，每況愈下，采濫忽眞，繁華損枝，膏腴害骨，無有風骨以感染人也，《文鏡》則反而以綺靡華豔之綺豔風格爲尚，則《文鏡》此觀點，蓋已受初唐四傑以來唐四六之影響，爲文崇尚雄博綺豔矣。

徐陵賦則現存一〈鴛鴦賦〉，錢鍾書《管錐編》曰：「按《全梁文》卷一五元帝〈鴛鴦賦〉亦云：『雄飛入玄兔，雌去往朱鳶，豈如鴛鴦相逐，俱棲俱宿？……金雞玉鵲不成群，紫鶴紅雉一生分，願學鴛鴦鳥，連翩恒逐君。』徐賦結處以卓文君之孀居呼應山雞、孤鸞之顧影無偶，較梁元之直言『願學』，更爲婉約。」〔註 88〕故知徐陵賦妙在立意蘊藉婉約，觀其夾雜五七言之詩句，爲詩賦合流之宮體詠物賦也。

以劉勰賦尚清麗之主張，較之徐陵〈鴛鴦賦〉，則文之新矣，色之糅矣，詞之巧麗有之矣，而未必風骨高騫，喻勸戒之意。

至於庾信在梁諸賦，如〈春賦〉、〈七夕賦〉、〈燈賦〉、〈對燭賦〉、〈鏡賦〉、〈鴛鴦賦〉等，亦與徐陵〈鴛鴦賦〉同風，然其羈北之賦，若〈哀江南賦〉、〈枯樹賦〉、〈傷心賦〉、〈竹杖賦〉等，篇篇有哀，發鄉關之哀情，寓沉雄於悲壯，情文相生，超出流俗，有「沉雄悲壯」之風格，尤其〈哀江南賦〉，記梁朝之興亡治亂與己世之飄颻播遷，清倪璠譽其爲「賦史」〔註 89〕，可謂有風骨有勸戒，又有藻采，非唯清麗耳。

頌體之作，庾信集不見，徐陵集現存〈皇太子臨辟雍頌〉一篇，全文曰：

> 臣聞天大王大，詳於《道德》之言；天文人文，顯於爻象之說。是以大君革命，黔首所以庇焉；聖人創物，文籍所以生焉。咸由此道，制爲民極。莫不對越上靈，裁成庶；濟世育德，昭被昆蟲。皇帝世膺下武，體資上德，握天鏡而授河圖，執玉衡而運乾象。皇太子耀彼重離，光茲七鬯，儀天以行三善，儷極以照四方。惟忠惟孝，自家刑國；乃武乃文，化成天下。侍中、國子祭酒新安王，宗室羽儀，衣冠准的，惟善爲樂，造次必儒。粵以十一年三月二十一日，受詔

〔註 88〕錢鍾書：《管錐編》，冊 4，頁 1470。

〔註 89〕〔北周〕庾信撰，〔清〕倪璠注，許逸民校點：《庾子山集注》，冊上，頁 98。

弘宣，發《論語》題「攝齊升堂」，摳衣即席，對揚天人，開闢大訓。清言既吐，精義入神，副德爰動，音辭鋒起。問難泉湧，辯紛綸之異，定倫理之疑。玉振鏘鏘，雲浮雨布。介王奉繫聖蹤，馳辯秀出，信令張禹慚其師法，何晏忸其訓詁。穆穆焉，洋洋焉，此實虞朝之盛德，生民之壯觀者也。臣抑又聞之，魯頌聿興，史克宣其懿；晉雍大啓，王廙逞其詞，所以述休平之風，揚君上之德。輕以下才，敢爲頌曰：皇運勃啓，膺圖受命。紫蓋東臨，黃旗南映。積仁累德，重明疊聖。四海無浪，三階已平。儲駕戾止，和鸞有聲。弘風講肄，崇儒肅成。丹書貴道，黃金賤籯。洙泗興業，闕里增榮。

鄙意以徐庾麗辭之敷藻華麗，有一特色，即「三對迭用」，謂數字、彩色、方位三對交迭運用也〔註 90〕，觀之徐陵此頌，則通篇僅見句法新巧，未有刻意之藻飾也。陳宣帝太建十一年春（579），皇太子幸太學，詔新安王於辟雍發《論語》題，因作此篇之頌。劉勰〈頌讚〉曰：「頌者，容也，所以美盛德而述形容也。」又曰：「頌惟典雅，辭必清鑠。敷寫似賦，而不入華侈之區；敬愼如銘，而異乎規戒之域。揄揚以發藻，汪洋以樹義。唯纖巧曲致，與情而變。」《文鏡》則以爲頌體博雅，自注曰：「頌明功業，論陳名理，體貴於弘，故事宜博，理歸於正，故言必雅之也。」二說旨義相近，而證之徐陵頌亦然，其未有刻意藻飾之緣故，即辭在清鑠，不入華侈之意也。

三、「檄」「書」明斷

檄爲軍書，用在告諭，劉勰以爲符檄書移，以明斷爲楷式，〈檄移〉曰：「檄者，皦也。宣露於外，皦然明白也。……凡檄之大體，或述此休明，或敘彼苛虐，指天時，審人事，算彊弱，角權勢，標著龜于前驗，懸鞶鑒于已然，雖本國信，實參兵詐。譎詭以馳旨，煒曄以騰說，凡此眾條，莫或違之者也。故其植義颺辭，務在剛健；插羽以示迅，不可使辭緩；露板以宣眾，不可使義隱；必事昭而理辨，氣盛而辭斷，此其要也。」《文鏡》則以檄之風格應循宏壯，自注曰：「詔陳王命，檄敘軍容，宏則可以及遠，壯則可以威物。」立論與《文心》同，蓋後世之釋檄體，亦不出劉勰之說。徐陵現存檄移有〈檄周文〉、〈爲護軍長史王質移文〉、〈移齊文〉三篇，如〈檄周文〉曰：

〔註 90〕 見拙作：《徐庾麗辭之形式與風格》，頁 76～82。

主上恭膺寶曆，嗣奉瑤圖，既稟聖人之材，兼富神武之略。乂安兆庶，共靖戎華，同戢干戈，永銷鋒鏑。況復追惟在楚，無忘玉帛之言；軫念過曹，猶感盤餐之惠。年馳玉節之使，歲降銀車之恩，庶彼懷音，微悟知感。而反其藏匿，招我叛臣，翊從瀟湘，空竭關隴。荊梁左右，漢沔東西。籲地呼天，望停哀救。夫一人掩泣，猶愴滿堂；百姓爲心，彌切宸扆。大都督吳明徹，台司上將，德茂勳高，威著荊湘，化聞庸蜀。叱吒而平宿豫，吹噓而定壽陽，席捲江淮，無淹弦望。

此篇檄文之作，乃在陳宣帝太建九年（577）冬十月，周人滅齊，將事徐、兗，陳宣帝欲爭之，詔南兗州刺史、司空吳明徹（513～578）率師北伐。觀其造語氣勢，務在剛健，合乎劉勰所說，然檄移之體，漢魏以來，多見宏壯之篇，如陳琳〈爲袁紹檄豫州〉、〈檄吳將校部曲〉等作，皆文長而氣盛，而徐陵此檄，反見全文之言簡意賅，雖然明斷，而規模略小，其作此篇，年已七十一，豈老來學佛，盛氣已減乎？明屠隆評點曰：「既報三施，不宜樹怨，措辭立意，使敵人心服。」〔註 91〕蓋欲報之以德，未能盡吐厲詞，以折兵威也。屠隆曰使敵人心服，然史載吳明徹此伐實敗仗，《南史‧吳明徹傳》：「及至清口，水力微，舟艦並不得度，眾軍皆潰。明徹窮蹙，乃就執。周封懷德郡公，位大將軍。以憂遘疾，卒於長安。」〔註 92〕

劉勰〈檄移〉曰：「移者，易也，移風易俗，令往而民隨者也。相如之〈難蜀老〉，文曉而喻博，有移檄之骨焉。及劉歆之〈移太常〉，辭剛而義辨，文移之首也。陸機之〈移百官〉，言約而事顯，武移之要者也。」觀其所舉司馬相如、劉歆、陸機三家之例，而曰「文曉」、「義辨」、「事顯」，則亦明斷之意。觀之徐陵〈移齊文〉，陳廢帝光大元年（567）五月華皎叛亂，至九月北齊方平定，乃以檄來賀捷，陳亦以移答之，約作於陳廢帝光大二年（568）二、三月間，全文曰：

獲去月二十日移，承猲寇平殄，同懷慶悅，眷言鄰穆，深副情佇。夫天綱之大，固無微而不擒；神武之師，本無征而不克。至如戎王傾其部落，逆豎道其鄉關，非厥英圖，殆難堪戮。況復洞庭遐曠，丘食殷阜，西窮版屋，北罄毬廬，聲冠苻、姚，勢兼聰、勒。庸蜀

〔註 91〕〔陳〕徐陵撰，許逸民校箋：《徐陵集校箋》，冊 1，頁 380。
〔註 92〕〔唐〕李延壽：《南史》，卷 66，頁 1623。

> 寶馬，彌山不窮；巴漢樓船，陵波無際。我之元戎上將，協力同心，承稟朝謨，致行明罰。爲風爲火，殪彼蒙衝；如霆如雷，擊其舟艦。羌兵楚賊，赴水沉沙，棄甲則兩岸同奔，橫屍則千里相枕。江川盡滿，譬睢水之無流；原隰窮胡，等陰山之長哭。於是黑山叛邑，諸城洞開；白虜連群，投戈請命，長沙鵩鳥，靡復爲妖；湘川石燕，自然還舞。克翦無算，縲擒不貲，欲計軍俘，終難巧曆。所獲龍駒驥子，百隊千群，更開苜蓿之園，方廣騊駼之廄。於是衛、霍、甘、陳，虯髭瞋目，心馳隴路，志飲河源，乘勝長驅，未知所限。豈如桓溫不武，棄彼關中；殷浩無能，長茲羌賊。方且西逾酒郡，抵我境而置邊亭；東略鹽池，爲齊朝而反侵地。此政亦翦妖氛，未窮巢窟；便聞慶捷，愧佩良深。

此篇字句之敷藻，意象之運用，皆眩人耳目，比之上篇〈檄周文〉有過之而無不及，直是徐陵集中一等作品，而氣勢之剛健，義理之嚴明，衡之劉勰之說，全然符合。蔣士銓《評選四六法海》列爲甲選，評曰：「風神態度，迥出尋常，至唐則雕琢有餘，氣質大減。」〔註 93〕

庾信集中未有檄文，移文則有〈移齊河陽執事文〉、〈又移齊河陽執事文〉、〈移膚留使文〉，李兆洛《駢體文鈔》錄檄移十一篇，庾信文僅錄〈又移齊河陽執事文〉一篇：

> 周天和四年十一月十日，陝州總管長史梁昕移齊河陽執事：自拭玉繼書，通關去傳，實謂上方銷劍，山陽息馬，過茲樂客，或慢重扃。屬彼司疆，陰行善盜，君一臣二，上穆下乖。國家以邊鄙心搖，須固備守。大司馬齊國公，天子介弟，中軍元帥，駕馭孫吳，驅馳貔虎，舉因農隙，義異城郎，師巡我境，曾非反鄄。縮載之畢，前旗已迴，彼國兵馬不防，殿後餘塵遂之相接。建旌疊上，未及五申，安鄴城防，先驚七伏。當時鋒刃，或膏原野。所獲彼將夏州刺史梁老首領，今以相還，尸鄉不遠，無令久客。馬驢甲兵，具條相勒，封人宜依領納。宿無鬪志，不獲交綏，致此埃塵，誰階其咎？故移。

譚獻評曰：「詞舉事顯。」〔註 94〕亦與劉勰理論相合，然詞華設色則又不及徐陵〈移齊文〉矣。

〔註 93〕〔明〕王志堅編，〔清〕蔣士銓評：《評選四六法海》，頁 280。
〔註 94〕〔清〕李兆洛編，〔清〕譚獻評：《駢體文鈔》，頁 149。

書體為徐陵集中，篇數最多者，庾信集反未見，瞿兌之於《駢文概論．書札文與徐陵》深贊之，以為徐氏在齊朝，數為貞陽侯蕭淵明致書王僧辨，皆剖陳利害，反復盡致。此種說事理之書札，幾乎古今無第二手。惟唐朝李商隱，學之而能成家。〔註 95〕瞿氏評價極高，其書體之分析已散見本論文各章。劉勰《文心雕龍．書記》曰：「詳總書體，本在盡言，言所以散鬱陶，託風采，故宜條暢以任氣，優柔以懌懷；文明從容，亦心聲之獻酬也。」觀之徐陵亦是。

四、「箴」「銘」「碑」「誄」弘深

劉勰〈定勢〉謂箴銘碑誄之體，以弘深為風格規範，弘深者何謂？蓋箴銘意在勸戒，故立意須弘大深遠，〈銘箴〉曰：「箴全禦過，故文資確切；銘兼褒贊，故體貴弘潤。其取事也必核以辨，其摛文也必簡而深。」〈誄碑〉曰：「碑實銘器，銘實碑文。」《文鏡》則以為銘體實具清典，注曰：「銘題器物，贊述功德，皆限以四言，分有定準，言不沉遁，故聲必清；體不詭雜，故辭必典也。」又以為箴誄要在切至，自注曰：「箴陳戒約，誄述衰情，故義資感動，言重切至也。」其說承劉勰之論明矣。

徐庾集中並無箴體，至於徐陵之銘存五篇，〈後堂望美人山銘〉比山為美人，作於梁代，猶是宮體之風，雖同劉勰銘兼褒贊之說，而未必具深意。又有〈麈尾銘〉，麈尾即拂塵，銘於其上，全文曰：

> 爰有妙物，窮茲巧制。員上天形，平下地勢。
> 靡靡綠垂，綿綿縷細。入貢宜吳，出先陪楚。
> 壁懸石拜，帳中玉舉。既落天花，亦通神語。
> 用動舍默，出處隨時。揚斯雅論，釋此繁疑。
> 拂靜塵暑，引飾妙詞。誰云質賤，左右宜之。

銘兼褒贊，此篇有之，屠隆評點《徐孝穆集》曰：「象物神手。」〔註 96〕觀其刻畫入微，自外觀、使用者、功用次第敘之，所使典故囊括儒釋道，頗見佳妙。至於〈太極殿銘〉則銘皇宮正殿，朝會之地，銘有序，序則精采倍之。〈報德寺刹下銘〉、〈四無畏寺刹下銘〉並佛塔銘，蓋其時禮佛盛行，故多建寺，銘文皆莊重典雅。

〔註 95〕 瞿兑之：《駢文概論》（海南：海南出版社，1994 年 9 月），頁 52。
〔註 96〕〔陳〕徐陵撰，許逸民校箋：《徐陵集校箋》，冊 1，頁 173。

庾信銘文，作於梁宮體時者，如〈行雨山銘〉：

山名行雨，地異陽臺。佳人無數，神女羞來。
翠幔朝開，新妝旦起。樹入床頭，花來鏡裏。
草綠衫同，花紅面似。開年寒盡，正月遊春。
俱除錦帔，併脫紅綸。天絲劇藕，蝶粉生塵。
橫藤礙路，弱柳低人。誰言落浦，一箇河神？

其間造語新奇，如「草綠衫同，花紅面似」，實爲「衫同綠草，面似紅花」，以其語序顚倒，詞性轉變，故有奇詭之致。譚獻評：「彌纖仄矣。」〔註97〕蓋文中未見高情，僅見其纖麗，此宮體之整體風格，故未能如劉勰弘深之論也。又如〈秦州天郡麥積崖佛龕銘〉，有序，蔣士銓評：「前此無其秀，後此無其古。」〔註98〕蓋精采者在其序文。又如〈終南山義谷銘〉，此篇有序，蔣士銓評曰：「鍊而能雅，華而不靡。」〔註99〕亦就序文言之。又其〈思舊銘〉一文，既非褒贊，亦非銘器物，乃梁觀寧侯蕭永之卒，庾信悼之而作。子山與蕭永、王褒二人同時羈旅，是篇皆其鄉關之思，緣情綺靡，體物瀏亮，不拘舊體，而有風骨，此爲庾信善於新變之徵也。

碑文之體，有記功者，有記宮室寺廟者，有墓碑者，徐陵碑文今存九篇，其記功者有〈丹陽上庸路碑〉、〈廣州刺史歐陽頠德政碑〉、〈司空徐州攬史侯安都德政碑〉、〈晉陵太守王勱德政碑〉四篇；記佛寺者有〈齊國宋司徒寺碑〉、〈孝義寺碑〉二篇；記佛寺人物者有〈長干寺眾食碑〉、〈東陽雙林寺傅大士碑〉、〈天台山館徐則法師碑〉三篇。觀其內容，大抵頌人物之功績，與佛寺之莊嚴，文風樸實，謹守規矩，如〈司空徐州刺史侯安都德政碑〉：

巖巖天柱，大矣周山之峰；桓桓地軸，壯哉崑崙之阜。三光懸而不墜，九土鎮以無疆，承乾合德之君，則天體元之後。所以並咨四鎮，咸建五臣，業配蒼祇，功成宇縣。至於流名雅頌，著美風詩，年代悠然，寂寥無紀。其能繼茲歌詠者，司空侯使君乎？自文昭武穆，祚土開家，濮水盛其衣簪，滎波分其緒秩。仁義之道，夷門美於大梁；儒雅之風，司徒重於強漢。自通人許劭，託命於江湖；高士袁忠，寄身於交越。俱違建安之難，獨處衡山之陽。祖天資秀傑，世

〔註97〕〔清〕李兆洛編，〔清〕譚獻評：《駢體文鈔》，頁229。
〔註98〕〔明〕王志堅編，〔清〕蔣士銓評：《評選四六法海》，頁535。
〔註99〕同上註，頁536。

> 載雄豪，卓富擬於公侯，班佃必於旌鼓。父光祿大夫，邑里開通德之門，州鄉無抗禮之客。自茫茫禹跡，赫赫宗周，家滅驪戎，國亡夷羿。我高祖武皇帝，迎河圖於浪泊，括地象於炎洲，南興涿鹿之師，北問共工之罪。天生宰輔，堯年致白虎之祥；神賜英賢，殷帝感蒼龍之傑。公亦觀時佇聖，嘯吒風雲，跪開黃石之書，高詠玄池之野。沉吟〈梁甫〉，自比管仲之才；惆悵莘郊，久負伊生之歎。自羯虜侵華，群蠻縱軼，衡皋桂部之地，四戰五達之郊，郡境賢豪，將謀禦難。長者僉論，推公主盟，義土雄民，星羅霧集。公既膺五聘，方啓六韜，率是驍徒，仍開嶺嶠。

僅錄其部分文字，足見法度，譚獻評曰：「袍帶氣漸重，而後來燕許，方以此名家。」〔註100〕又評曰：「碑誌之文，以徐爲正，庾爲變。孝穆骨勝，子山情勝。」〔註101〕以徐陵碑爲正體，庾信碑誌爲變體，蓋碑誌正體在敘碑主之行誼功績，易流爲諛墓之作，變體則寓一己身世之感，易爲抒情之作，如庾信〈周大將軍懷德公吳明徹墓誌銘〉：

> 既而金精氣壯，師出有名；石鼓聲高，兵交可遠。故得舳艫所臨，蓋於淮、泗；旌旗所襲，奄有龜、蒙。魏將已奔，猶書馬陵之樹；齊師其遁，空望平陰之烏。俄而南仲出車，方叔蒞止，暢轂文茵，鉤膺鞗革，遂以天道在北，南風不競。昔者裨將失律，衛將軍於是待罪；中軍爭濟，荀桓子於焉受戮。心之憂矣，胡以事君？宣政元年，居於東都之亭，有詔釋其鸞鑣，蠲其釁社。始弘就館之禮，即受登壇之策，拜持節大將軍、懷德郡開國公，邑二千户。歸平津之館，時聞櫪馬之嘶；舍廣城之傳，裁見諸侯之客。廉頗眷戀，寧聞更用之期；李廣盤桓，無復前驅之望。霸陵醉尉，侵辱可知；東陵故侯，生平已矣。大象二年七月二十八日，氣疾增暴，奄然賓館，春秋七十七。

前文述徐陵作〈檄周文〉，乃因陳宣帝太建九年（577）冬十月，周人滅齊，將事徐、兗，陳宣帝欲爭之，詔南兗州刺史、司空吳明徹率師北伐。吳明徹之戰，先盛後衰，後戰敗就執，而食周粟，不久病逝。墓銘本有歌頌之意，然庾信此作，於敗戰之將，何以言之？譚獻評曰：「有難言之隱，無不盡之辭，

〔註100〕〔清〕李兆洛編，〔清〕譚獻評：《駢體文鈔》，頁237。

〔註101〕同上註，頁238。

屈曲洞達，此之謂開府清新。」〔註 102〕故見其合於劉勰所論，碑誄體制於弘深矣。

以上分別比較《文心》、《文鏡》之文體風格論，與夫徐庾之文體風格，乃見徐庾麗辭之文體風格，皆合劉勰之論。然則劉勰《文心》影響所及，徐庾與焉，而《文鏡》又稍馳異衢矣。

〔註 102〕〔清〕李兆洛編，〔清〕譚獻評：《駢體文鈔》，頁 259。

第七章 《文心雕龍》通變論與徐庾麗辭

昔者作述相承，箕裘遞紹。況復文體有常，名理可懷；篇章既傳，典型足慕。在乎六朝，實有未弘。何者？凡事久則瀆，文舊則患，是以元嘉之體，革易前型，情必極貌以寫物，辭必窮力而追新，蓋所以寄通後載，追炳前功。自斯以後，屢有新變。然而從質及訛，彌近彌澹，拘攣補衲，蠹文已甚。是以質文之間，雖云代變；雅俗之際，猶見遠踈。故力之積也不厚，不能爲衝飈之飛；光之蓄也不深，不能爲傾淵之照。彥和所以發通變之說，矯訛濫之弊。通變論者，載通載變，或資於故實，酌於新聲；或斟酌質文，檃括雅俗。參伍相變，方爲芬芳之扇；因革爲功，即是符采之炳。昔雕篆之材，止餘逸藻；綺縠之喻，非謂風雅。然而徐庾以瑰奇特出之彥，沉博絕麗之才，別裁雋語，遞變新聲。鋪錦列繡，鬱起四六之風；選聲簡音，騁馳馬蹄之韻。又復典事累紙，妙施鑄鎔之方；虛詞盈篇，善使轉折之氣。當其山嶽闇然，江湖潛沸，風雲不感，羈旅無歸，而曲體其纏綿之性，隱喻其悽結之情。若其樹建安之骨，宏大雅之風，進之以深沉，益之以博奧。因心振采，不惑新奇之格；縱吻生瀾，有加繩染之功。以其能望今制奇，參古定法者歟！

第一節 劉勰《文心雕龍》之通變論

一、復古、新變與折衷——學界對通變論之看法

劉勰〈通變〉一篇，接續〈風骨〉，而〈風骨〉文末有云：「洞曉情變。」則〈通變〉固論夫如何洞曉情變者。唯〈通變〉之主旨云何？學界有不同之

觀點：

1、以為劉勰通變論意在復古

此說最早見之紀昀之評〈通變〉，其言曰：「齊梁間風氣綺靡，轉相神聖，文士所作，如出一手，故彥和以通變立論。然求新於俗尚之中，則小知師心，轉成纖仄，明之竟陵、公安，是其明徵。故挽其返而求其古。蓋當代之新聲，既無非濫調，則古人之舊式，轉屬新聲。復古而名以通變，蓋以此稱。」〔註1〕以爲齊梁之文風綺靡，率皆求新尚奇，故劉勰之名通變，而旨在復古。黃侃亦持此說：「此篇大指，示人勿爲循俗之文，宜反之於古。其要語曰：矯訛翻淺，還宗經誥，斯斟酌乎質文之間，而檃括乎雅俗之際，可與言通變矣。此則彥和之言通變，猶補偏救弊之云爾。」〔註2〕以爲〈通變〉旨在反之於古，以補偏救弊。范文瀾之說亦屬之，其言曰：「彥和此篇，既以通變爲旨，而章內乃歷舉古人轉相因襲之文，可知通變之道，惟在師古，所謂變者，變世俗之文，非變古昔之法也。」〔註3〕

2、以為劉勰通變論意在新變

持此說者，如劉永濟曰：「蓋此篇本旨，在明窮變通久之理。所謂變者，非一切舍舊，亦非一切從古之謂也，其中必有可變與不可變者焉；變其可變者，而後不可變者可通。……舍人〈通變〉之作，蓋欲通此窮途，變其末俗耳。然欲變末俗之弊，則當上法不弊之文，欲通文運之窮，則當明辨常變之理。」〔註4〕劉氏反紀、黃復古之說，主張〈通變〉之旨在常變。寇效信則以爲：劉勰於《文心雕龍》一書，襲用自《周易・繫辭》以來，後人習用之『通變』一詞，用以說明文學之發展變化。〔註5〕其說以《周易・繫辭》「通其變」之旨在革新變化，故以劉勰通變論乃在革新。

3、以為劉勰通變論意在復古與新變之折衷

以上二說之外，又有折衷說，或以爲劉勰通變論旨在繼承與革新之統一〔註6〕，

〔註1〕黃霖：《文心雕龍彙評》，頁102。

〔註2〕黃侃：《文心雕龍札記》，頁127。

〔註3〕范文瀾：《文心雕龍注》，冊下，頁522。

〔註4〕劉永濟：《文心雕龍校釋》，頁110～111。

〔註5〕寇效信：《文心雕龍美學範疇研究》（西安：陝西人民出版社，1997年2月），頁195。

〔註6〕祖保泉《文心雕龍選析》：「作家應根據自己的眞情實感和創作個性，融會貫通地吸取古今作品的長處，從而創造出適應時勢需要的嶄新的作品。」

或以爲旨在會通以革新〔註7〕。然又有以爲復古、新變二說雖有出入，終乃殊途同歸，如李曰剛言：「是則所謂變者，變世俗之文，以通於常理，而不變古有之法也。韓愈文起八代之衰，是善於變通古法而適於成者，其實古法未變，故曰『復古』，不僅指復古文之形式，亦兼『載道』之義也。是以彥和之言通變，在求一面繼承優良傳統，一面革新訛濫時弊，其所變者在應用技術，而不變者乃體制理則也。劉永濟校釋於此作進一步之剖析，其所持議，表面與紀黃似有出入，實則殊途同歸，竝行不悖。」〔註8〕

以上諸說皆各有其理，然劉勰通變論之變，與南朝新變文風之變，其差異又若何？以之比較徐庾麗辭之新變，其意義若何？皆本章論述所欲明之者。觀之《文心雕龍》一書，知通變論亦貫通全書之重要思想，蓋劉勰雖設〈通變〉以論之，然其書自〈明詩〉至〈書記〉等文體論中，亦由文體之起源敘起，所謂「原始以表末」〈序志〉，以明該體之通變。故今欲明劉勰通變論，宜由全書作整體之觀照也。

二、質文代變：通變之事實

今人釋劉勰之「通變」，雖有異說，然見之〈通變〉篇，彥和歷述九代之文風，而品評之，且強調其不斷變化之事實，其言曰：

> 是以九代詠歌，志合文則。黃歌〈斷竹〉，質之至也；唐歌〈載蜡〉，則廣於黃世；虞歌〈卿雲〉，則文於唐時；夏歌〈雕牆〉，縟於虞代；商周篇什，麗於夏年。至於序志述時，其揆一也。暨楚之騷文，矩式周人；漢之賦頌，影寫楚世；魏之篇製，顧慕漢風；晉之辭章，瞻望魏采。搉而論之，則黃唐淳而質，虞夏質而辨，商周麗而雅，楚漢侈而豔，魏晉淺而綺，宋初訛而新。從質及訛，彌近彌澹，何則？競今疎古，風末氣衰也。

彥和以爲自黃帝、唐、虞、夏、商、周、漢、魏、晉以來，此九代詠歌之情

〔註7〕林杉《文心雕龍創作論疏鑒》:「從〈通變〉篇之主旨和邏輯關係來看，『會通』、『適變』與『繼承』、『創新』是相互依存、相互爲用的。『會通』、『適變』之中包容著『繼承』、『創新』的意思；而『繼承』與『創新』則必以『會通』、『適變』爲基礎和前提。劉勰說：『參伍因革，通變之數也。』非常明顯地把『繼承』、『創新』與『會通』、『適變』的關係揭示了出來。」見林杉：《文心雕龍創作論疏鑒》（呼和浩特：內蒙古教育出版社，1998年3月），頁134。

〔註8〕李曰剛：《文心雕龍斠詮》，下編，頁1364。

志，皆合於文章法則，然文采則不斷變化，後代之文，必麗於前代，由質而文，愈變愈麗，此文變自然之數也。蓋劉勰洞曉文變之勢，〈時序〉曰：「時運交移，質文代變。」又曰：「蔚映十代，辭采九變。」然則其中猶須辨明者，爲劉勰主張之變爲何哉？今將「從質及訛」、「質文代變」之詞合觀之，則似乎質者文辭之質樸也，文者文辭之文飾也，故通變之變者文采也，然揆諸《文心》它篇，質者又似有情志之內涵，蓋情志亦屬可變者，如其言：

> 原夫頌惟典雅，辭必清鑠，……揄揚以發藻，汪洋以樹義，雖纖巧曲致，與情而變，其大體所底，如斯而已。(〈頌讚〉)
>
> 表體多包，情僞屢遷。(〈章表〉)
>
> 若夫鎔鑄經典之範，翔集子史之術，洞曉情變，曲昭文體，然後能孚甲新意，雕畫奇辭。昭體故意新而不亂，曉變故辭奇而不黷。(〈風骨〉)
>
> 夫情致異區，文變殊術，莫不因情立體，即體成勢。(〈定勢〉)
>
> 六言七言，雜出《詩》、《騷》；兩體之篇，成於西漢。情數運周，隨時代用矣。(〈章句〉)

以上諸說，或明指頌贊、章表之文體，其情志表現乃不斷變化者，或指作者須據情志之變化，而定其文辭、體勢。則質文代變之變，包涵情志、文辭，即內容與形式之變也。劉勰大抵肯定此兩方面之變，非反對變者也，故曰：「變則其久，通則不乏。」他如〈議對〉、〈神思〉、〈物色〉等篇，亦有主張通變之論：

> 採故實於前代，觀通變於古今。(〈議對〉)
>
> 至變而後通其數。(〈神思〉)
>
> 古來辭人，異代接武，莫不參伍以相變，因革以爲功，物色盡而情有餘者，曉會通也。(〈物色〉)

凡此數例，皆強調通變者也。故劉勰視文變爲正常之理，且肯定爲文須通變，其反對者，新變之弊，所謂「訛變」者。吳聖昔曰：「任何一種『新變』中，尚有『通變』或『訛變』之別。」〔註 9〕此說可從，蓋劉勰〈通變〉曰：「黃唐淳而質，虞夏質而辨，商周麗而雅，楚漢侈而豔，魏晉淺而綺，宋初訛而新。」然則「商周麗而雅」與「楚漢侈而豔」之間，即「從質及訛，彌近彌澹」之分水嶺乎？故〈通變〉又曰：「今才穎之士，刻意學文，多略漢篇，師

〔註 9〕 吳聖昔：《劉勰文學思想建構與精髓》，頁 80。

範宋集，雖古今備閱，然近附而遠疎矣。」故知自漢以後，文風愈訛，劉勰《文心》亦多訛變之論，如：

> 是以楚豔漢侈，流弊不還。（〈宗經〉）
>
> 長卿傲誕，故理侈而辭溢。（〈體性〉）
>
> 晉世群才，稍入輕綺，張潘左陸，比肩詩衢，采縟於正始，力柔於建安，或析文以為妙，或流靡以自妍。（〈明詩〉）
>
> 自近代辭人，率好詭巧，原其為體，訛勢所變。（〈定勢〉）
>
> 效奇之法，必顛倒文字，上字而抑下，中辭而外出，回互不常，則新色耳。（〈定勢〉）
>
> 懸領似如可辯，課文了不成義，斯實情訛之所變，文澆之致弊。而宋來才英，未之或改，舊染成俗，非一朝也。（〈指瑕〉）
>
> 辭人愛奇，言貴浮詭，飾羽尚畫，文繡鞶帨，離本彌甚，將遂訛濫。（〈序志〉）

故知彥和所不滿者，訛濫也，訛濫之因，競今疎古之故也，〈體性〉亦曰：「新奇者，擯古競今，危側趣詭。」欲正其弊，唯通變之途耳。

三、通變之方法

（一）資於故實，酌於新聲

劉勰通變之具體方法，其一曰「資於故實，酌於新聲」，〈通變〉曰：「凡詩賦書記，名理相因，此有常之體也；文辭氣力，通變則久，此無方之數也。名理有常，體必資於故實；通變無方，數必酌於新聲。」故知「資於故實」者，謂文之體制必藉資於古昔之成規也；「酌於新聲」者，謂文之技巧必酌取於時新之格調也。劉勰以為，詩賦書記不同之文體，各有其不同之特點，亦以此而區別者；此文體之特點，即文體之基本規範，乃為文者必須繼承者也。而同一類作品，乃有異時異人而作者，則各有其風貌氣質，各有其特異者，此亦文勢之所必變也。故劉勰於每一類文體之發展，皆自其通變之勢而論起也。其〈序志〉曰：「原始以表末，釋名以章義，選文以定篇，敷理以舉統。」釋名以章義、敷理以舉統，則示所以通者也；原始以表末、選文以定篇，則示所以變者也。如〈詮賦〉謂：「賦者，鋪也；鋪采摛文，體物寫志也。」故知「鋪采摛文，體物寫志」為賦體之本質特點，凡作賦者，必須因循之道也，此亦賦體所以別於其他文體者，於賦之創作中，此爲「名理相因」之「通」者。然賦體於歷代之發展，各有不同之風貌，即於名理相因之下，亦有變之過程，故劉勰論每一文體之變，皆著重於時代之特點與作家之特點也，如〈詮賦〉曰：「枚乘〈兔園〉，舉要以會新；相如〈上林〉，繁類以豔；賈誼〈鵩鳥〉，致辨於情理；子淵〈洞簫〉，窮變於聲貌；孟堅〈兩都〉，明絢以雅贍；張衡〈二京〉，迅發以宏富；子雲〈甘泉〉，構深偉之風；延壽〈靈光〉，含飛動之勢：凡此十家，並辭賦之英傑也。」知劉勰論賦之發展，並示十家之特色，其人皆於「鋪采摛文，體物寫志」之前提下，而各有發展與特異，此即「文辭氣力」之「變」者。故知通變之方，必有繼承者，有新變者，故其言曰：「規略文統，宜宏大體，先博覽以精閱，總綱紀而攝契。」即示通變之方，必由總體著眼，把握爲文不變之基本法則，與不變之規範，而知此不變之常規，必由博覽精閱古今之文而得也。范文瀾亦曰：「而通變之術，要在『資故實，酌新聲』兩語，缺一則疏矣。」〔註 10〕

（二）斟酌乎質文，檃括乎雅俗

劉勰「從質及訛，彌近彌澹」（〈通變〉）之論，似以爲文風之變，愈變愈不善矣，如其言「楚漢侈而豔」，語似貶之，然於〈辨騷〉又贊其「自鑄偉辭」，於漢賦亦多盛贊爲辭賦之英傑。又如其言「魏晉淺而綺」，然又推崇建安「慷慨以任氣，磊落以使才」。至如謂「宋初訛而新」，而乃於〈時序〉又贊劉宋時「爾其縉紳之林，霞蔚而飆起。王袁聯宗以龍章，顏謝重葉以鳳采，何范張沈之徒，亦不可勝數也」。故知「從質及訛」之說，特指其中不良之訛變者，而贊其能通變者。至於糾正訛變之方，則主宗經之說也，〈通變〉曰：「矯訛翻淺，還宗經誥。斯斟酌乎質文之間，而檃括乎雅俗之際，可與言通變矣。」然而宗經者，復古之謂乎？蓋劉勰以前，東漢亦有復古之文風也，如李曰剛《辭賦流變史》於漢賦發展之分期，以爲自西漢成帝訖東漢章帝（西元前 32 年～西元 88 年），爲漢賦之模擬期〔註 11〕，劉勰〈時序〉稱其時之風氣曰：「光武中興，深懷圖讖，頗略文華。」「及明章疊耀，崇愛儒術。」「斟酌經辭。」「漸靡儒風。」此時如班固〈詠史〉，可謂復古宗經之作也，而鍾嶸《詩品·序》稱其「質木無文」〔註 12〕，劉勰亦未曾言及之，故宗經者，非僅復古之

〔註 10〕 范文瀾：《文心雕龍注》，冊下，頁 522。

〔註 11〕 李曰剛：《辭賦流變史》（臺北：文津出版社，1994 年 1 月），頁 101～131。

〔註 12〕 呂德申：《鍾嶸《詩品》校釋》（北京：北京大學出版社，2000 年 7 月），頁 37。

謂也，所謂「還宗經誥」，其旨在「斟酌乎質文之間，而檃括乎雅俗之際」也，亦在〈宗經〉六義也。

劉勰於質文之間，所權衡之標準，稱之「體要」，如〈詮賦〉:「然逐末之儔，蔑棄其本，雖讀千賦，愈惑體要。」〈奏啓〉:「是以立範運衡，宜明體要。」既以體要爲質文協調之標準，則若質文之破壞，則「文體解散」、「將遂訛濫」矣。辛剛國述劉宋之文學，以爲：劉宋初之文學發展，於「質」方面，將東晉玄言詩對山水景物之描寫，進而發揚光大焉；於「文」方面，則直接繼承太康之輕綺，言情狀物，窮力追新，以致此時作品無不刻意雕琢，導致「聲色俱開」。劉宋時期「元嘉三大家」——謝靈運、顏延之、鮑照，皆有不同程度之體現此種新變追求。〔註 13〕又述建安至齊梁之文學變化，以爲：從建安時期至齊梁，其質者，無論抒情、狀物，皆呈向內轉之傾向；其景者，則由自然山水，而園林小景，而宮廷豔物，日趨收縮；其情者，則又爲哀（建安）→柔（西晉）→淡（東晉、劉宋）→隱（南齊）→豔（梁陳），日趨弱化。以質之弱化，相對導致文之強化也。〔註 14〕而文之強化，其表現在於辭藻、聲律、對偶、用典，所謂「雕藻淫豔」也，劉勰非反對之者，唯主張質文、雅俗之協調也。故其通變論者，宗經六義原則之新變也。

（三）參伍以相變，因革以為功

劉勰〈通變〉曰:「夫誇張聲貌，則漢初已極，自茲厥後，循環相因，雖軒翥出轍，而終入籠內。枚乘〈七發〉云:『通望兮東海，虹洞兮蒼天。』相如〈上林〉云:『視之無端，察之無涯，日出東沼，入乎西陂。』馬融〈廣成〉云:『天地虹洞，固無端涯，大明出東，入乎西陂』。揚雄〈校獵〉云:『出入日月，天與地沓』。張衡〈西京〉云:『日月於是乎出入，象扶桑於濛汜。』此並廣寓極狀，而五家如一。諸如此類，莫不相循，參伍因革，通變之數也。」其所謂「參伍因革」，即〈物色〉曰:「古來辭人，異代接武，莫不參伍以相變，因革以爲功，物色盡而情有餘者，曉會通也。」之意也。

劉勰以漢賦五家爲例，以明如何參伍因革，五家者，枚乘、司馬相如、馬融、揚雄、張衡五人也。蓋賦體之夸張聲貌，於漢初，已達最高之境地，其後作者，縱其變化，亦在因襲仿效之籠圈。雖然，各家亦有越出尋常軌轍

〔註 13〕 辛剛國:《六朝文采理論研究》(北京：中國社會科學出版社，2005 年 2 月)，頁 28。

〔註 14〕 同上註，頁 30。

之外者，如所舉漢賦五家，於描寫天地日月，皆同運夸飾，廣寓極狀，此為文手法五家如一，蓋所寫對象既同，所用手法不異，則不能不相循者，故曰「莫不相循」。而因襲之中，又有變革，即入手之處各有不同，詞句之結構各有其異，此所謂「參伍因革」、「文辭氣力，通變則久」者也。如「天地虹洞」因襲「虹洞兮蒼天」，「日月於是乎出入」因襲「出入日月」，而「天地虹洞」則易為「天與地沓」也。故李曰剛謂：「『通變』云者，通達窮塗，變化舊體，而使之推陳出新之謂也。」〔註 15〕此說頗符劉勰之志。然而劉勰舉此五家為例，學者有以為舉例不當者，如詹鍈指出：劉勰之「參伍因革，通變之數也」，即指通變之方術，乃有因襲、有革新，繼承與創造，交替運用，然其所舉「五家如一」之例，則未見其有創造之因素。〔註 16〕以此，學者或以為漢賦五家者，為負面之例，非正面通變之例也，然觀劉勰舉例之先，已謂「自茲厥後，循環相因，雖軒翥出轍，而終入籠內」，則知此現象為客觀存在，自然之道也，今觀之五家之例，雖有藝術手法之繼承，亦各有新穎之意境焉。

（四）憑情以會通，負氣以適變

為文之術，在通與變，而變者無方之數也，其最善者，蓋情志乎！故劉勰論通變之方，於「宜宏大體」之後，而接以「憑情以會通，負氣以適變」之說也。情謂情志也，作者之思想感情也，氣謂作家之氣質與才力個性也。古文之情志，蓋有言志、緣情二類，而自先秦至六朝，即言志而緣情之趨勢。情偏於感情，志偏於理性，劉勰於情志之作，皆多肯定：

1、言志：與政教相關

傳統「言志」之說，與政教相關，漢代獨尊儒術，尤為興盛，《詩》教之說，皆與政教相關者也。至於漢賦一體，亦須諷諫之用。其他文體，能繼此用者，則章表奏議者也，劉勰頗重視之，如〈論說〉曰：「及班彪〈王命〉，嚴尤〈三將〉，敷述昭情，善入史體。」班彪之〈王命論〉，旨在諷喻隗囂勿割地稱雄，而勸其歸於漢室。又如〈章表〉曰：「孔明之辭後主，志盡文暢，……陳思之表，獨冠群才。觀其體贍而律調，辭清而志顯，應物制巧，隨變生趣，執轡有餘，故能緩急應節矣。」〈奏啓〉曰：「若夫傅咸勁直，而按辭堅深；

〔註 15〕 李曰剛：《文心雕龍斠詮》，下編，頁 1362。
〔註 16〕 詹鍈：《文心雕龍義證》，冊中，頁 1100。

劉隗切正，而劾文闊略：各其志也。」若此表現傳統言志之作，皆劉勰所肯定者。

2、言志：非與政教相關

蓋言志之內涵，除政教諷諫之類，亦有據文體而定之情志，劉勰皆有正面肯定之也，如〈誄碑〉：「至於序述哀情，則觸類而長。」〈哀弔〉：「原夫哀辭大體，情主於痛傷，而辭窮乎愛惜。……奢體爲辭，則雖麗不哀；必使情往會悲，文來引泣，乃爲貴耳。」彥和既據文體之用途，以定其情爲述哀情，則此情不同於言志，亦不同於宗經之說也。

3、緣情：與個人志向、男女相思、哀情相關

言志之內涵，尙含抒發個人之志者，如《楚辭》較之《詩經》，則自述懷抱，抒發個人之志者也，雖其與諷諫政教之類亦相關焉，然畢竟別爲一種情志也，進而論之，諷諫政教之類，爲儒家入世之精神也，其他尙有出世之志，如道家玄言之類也，故言志之內涵，非唯與政教相關，亦有指個人志向者也。劉勰於此類之作，亦多贊之，如漢末古詩十九首，多遊子於外之不得志，而抒其哀怨，或欲建功以垂不朽，或表及時行樂之意，或表思念故鄉、親人之情，而劉勰〈明詩〉盛贊之，曰：「觀其結體散文，直而不野，婉轉附物，怊悵切情，實五言之冠冕也。」又雖以爲「魏晉淺而綺」，然於嵇康阮籍，又品評甚高，〈明詩〉曰：「唯嵇志清峻，阮旨遙深，故能標焉。」此其正面肯定者。

而「緣情說」既確立矣，文壇則漸多無關言志之作，純爲抒一己之情者，甚如男女相思、哀傷之情一類，亦見劉勰有肯定者，如〈哀弔〉曰：「及潘岳繼作，實踵其美。觀其慮善辭變，情洞悲苦，敘事如傳，結言摹詩，促節四言，鮮有緩句，故能義直而文婉，體舊而趣新，〈金鹿〉、〈澤蘭〉，莫之或繼也。」潘岳哀辭旨在悼亡，述心中之痛，而劉勰盛贊潘岳緣情之文，以爲後人莫能及。

由此見劉勰「憑情」之情，不限於何種，而在所抒之情必眞摯與深情動人也。至於通變論將作者之情與氣而聯繫焉，蓋曹丕「文以氣爲主」之邏輯延伸也。

（五）望今制奇，參古定法

〈序志〉言：「辭人愛奇，言貴浮詭。」愛奇之結果，多「逐奇而失正」

(〈定勢〉),而落入浮詭一途,故劉勰主張「始正而末奇」(〈隱秀〉)。其〈通變〉贊曰:「望今制奇,參古定法。」〈定勢〉亦曰:「奇正雖反,必兼解以俱通;剛柔雖殊,必隨時而適用。」則劉勰主張之奇,奇正也,欲奇正者,須參古定法,此亦通變之方也。

通與變之關係,於文章之呈現,即古與今之關係也,蓋歷史爲規律之體現與證明,現實爲歷史之延續與發展,二者相依,故歷史與現實之融合,必爲規律與創新融合之途徑也。「望今制奇,參古定法」者,即藉歷史與現實之相融,而實現文學常規與日新月異之現實而相融也。蓋文學爲文字藝術之結晶,猶如一商品,苟具口碑,則無須創新,即成百年之老店,若時時變動創新,則示商品不佳,中無信心者也。所謂繼舊開新,舊者蓋經之謂,乃恆常之理,不可變動也,而據既有不變之原則,以因應外界之變數,做合理之反應,謂之應變,此實爲有原則之應變制宜,不同於一味創新也。如〈辨騷〉曰:「酌奇而不失其貞。」〈風骨〉:「昭體故意新而不亂,曉變故辭奇而不黷。」〈正緯〉:「經正緯奇。」皆奇正之論也。唯奇正之範圍,即「望今制奇,參古定法」之範圍,劉勰論奇正,蓋含以下諸方面:

1、內容思想。如〈史傳〉:「愛奇反經之尤。」

2、辭采。如〈定勢〉:「自近代辭人,率好詭巧,原其爲體,訛勢所變,厭黷舊式,故穿鑿取新,察其訛意,似難而實無他術也,反正而已。故文反正爲乏,辭反正爲奇。效奇之法,必顛倒文句,上字而抑下,中辭而出外,回互不常,則新色耳。」

3、風格。如〈體性〉分風格爲八體,以典雅爲「鎔式經誥,方軌儒門」,以新奇爲「擯古競今,危側趣詭」。

故爲文通變之道,必據不變恆常之古法而應變,即先把握古人寫作之經驗法則也,唯依其法,不至於訛變,方能奇正。

四、劉勰通變與永明新變

劉勰之通變論,於〈通變〉篇之外,又散見全書之中,今細加抽繹,與南朝新變,合而觀之,則其旨趣之同異更明焉。若論南朝之新變,則劉宋之初,山水玄言之風興,此一變也;齊永明體之起,延至梁初,此二變也;梁中期後,宮體繼起,此三變也。王承斌以爲:劉勰通變與永明新變爲一致〔註 17〕，蓋劉勰所不滿者，劉宋訛濫之文風也，訛濫者，蓋自元嘉新變以來，若干作者，窮力追新，過於求奇之弊也。而沈約、謝朓所主之永明新變，則有以修正元嘉新變者，若其聲律之論，用字三易之說，皆與劉勰之持論相通，如《顏氏家訓》載：「沈隱侯曰：『文章當從三易：易見事，一也；易識字，二也；易讀誦，三也。』邢子才常曰：『沈侯文章，用事不使人覺，若胸憶語也。』深以此服之。祖孝徵亦嘗謂吾曰：『沈詩云：「崖傾護石髓。」此豈似用事邪？』」〔註 18〕「易見事」、「若胸臆語」，謂用典明白曉暢，不使人覺，此與劉勰《文心雕龍・事類》：「凡用舊合機，不啻自其口出。」又：「用人若己。」合也。其「易識字」之主張，與劉勰〈練字〉之「避詭異」、「省聯邊」、「權重出」、「調單複」，其意合也。至於沈約「易誦讀」之主張，即其聲律論所主之聲律和諧，又與《文心雕龍・聲律》之旨同。又劉勰〈章句〉、〈麗辭〉諸論，四五六七之言，則「情數運周，隨時代用」；奇偶適變之辭，則「體植必兩，辭動有配」，皆與永明新變之旨一致也。

前人論劉宋文風，謂其古拙生澀〔註 19〕，而永明體乃能汲取鮑照、謝靈運鍊字琢句之善，加之以吳歌西曲平易明快之風，遂如蕭子顯所言：「言尚易了，文憎過意，吐石含金，滋潤婉切。雜以風謠，輕脣利吻，不雅不俗，獨中胸懷。」〔註 20〕則永明新變之內涵，與劉勰通變方法「斟酌乎質文，檃括乎雅俗」不異也。又其時詩文，極意刻鏤，比古爲巧，是以沈德潛曰：「詩至於宋，體製漸變，聲色大開。」〔註 21〕然則其時詩文之雕琢，重情采，究聲律、尚排偶，豈不爲永明新變之先聲哉！易言之，永明新變，其有前緒，非憑空新變也。鍾嶸評沈約曰：「詳其文體，察其餘論，故知憲章鮑明遠也。」〔註 22〕則前人亦明指沈約之詩有所承矣。沈約於永明體貢獻之尤者，在其聲律論，而其聲律論，載於《宋書・謝靈運傳論》，則知其立足於前人之餘緒，而加以新變，又導唐詩格律化之先路，則其與劉勰通變之旨不二，其聲律論可謂劉勰通變方法之「望今制奇，參古定法」者。

〔註 17〕 見王承斌：《文心雕龍散論》，頁 88～92。

〔註 18〕 王利器：《顏氏家訓集解：增補本》，頁 272。

〔註 19〕 如曹道衡、沈玉成《南北朝文學史》引陳祚明《采菽堂詩選》評顏延之、鮑照之語，謂其古拙生澀。見曹道衡、沈玉成《南北朝文學史》，頁 35。

〔註 20〕 〔梁〕蕭子顯：《南齊書》，冊 2，頁 908～909。

〔註 21〕 〔清〕沈德潛：《古詩源》（北京：中華書局，1977 年 7 月），〈例言〉，頁 2。

〔註 22〕 王叔岷：《鍾嶸詩品箋證稿》，頁 310。

於詩文情志方面，沈約之說，與《文心》亦頗相符。沈約《宋書‧謝靈運傳論》曰：「周室既衰，風流彌著，屈平、宋玉，導清源於前；賈誼、相如，振芳塵於後，英辭潤金石，高義薄雲天。自茲以降，情志愈廣。王褒、劉向、楊、班、崔、蔡之徒，異軌同奔，遞相師祖。然清辭麗曲，時發乎篇，而蕪音累氣，固亦多矣。若夫平子豔發，文以情變，絕唱高蹤，久無嗣響。至於建安，曹氏基命，二祖陳王，咸蓄盛藻，甫乃以情緯文，以文被質。自漢至魏，四百餘年，辭人才子，文體三變。相如工爲形似之言，班固長於情理之說，子建、仲宣以氣質爲體，並摽能擅美，獨映當時。是以一世之士，各相慕習，原其飆流所始，莫不同祖《風》、變曹、王，縟旨星稠，繁文綺合。綴平臺之逸響，采南皮之高韻，遺風餘烈，事極江右。」〔註 23〕觀其情志並提，謂「文以情變」，而指曹氏之作爲「以情緯文，以文被質」，即據情志以纂組文辭，以文采以修飾情，此皆與劉勰「爲情而造文」之說相符。

然亦有以爲劉勰與沈約之文學觀，有相異者，如孫蓉蓉以爲：劉勰與沈約視宋齊文學之新變，有截然不同之評價焉，沈約則肯定讚揚之，劉勰則語稍貶義。再者，沈約偏重於文采藻飾，劉勰則主文質兼顧。又劉勰雖響應沈約聲律說，然其論則不盡同，沈倡八病之說，勰則不如沈說之嚴〔註 24〕。其實同中求異，本文學發展之正道，二人於宋齊文學之評價不盡同，然同有修正之說，於文質之持論不盡同，然沈約情文之作，又合劉勰之主張（如沈約〈別范安成〉詩：「生平少年日，分手易前期。及爾同衰暮，非復別離時。勿言一樽酒，明日難重持。夢中不識路，何以慰相思。」沈德潛評：「一片眞氣流出，句句轉，字字厚，去十九首不遠。」〔註 25〕）。至於聲律之論，當草創之初，未必盡同。然大抵觀之，劉勰之通變論，與永明新變亦較多一致，故《梁書‧劉勰傳》謂沈約觀《文心雕龍》一書，即「大重之，謂爲深得文理，常陳諸几案」，沈約既將其主張，付諸創作之實踐，劉勰則進化爲純理論，以此觀之，劉勰之通變，亦可謂其時代之新變也。

〔註 23〕〔梁〕沈約：《宋書》（北京：中華書局，1974 年 10 月），冊 3，頁 1778。
〔註 24〕孫蓉蓉：《劉勰與文心雕龍考論》，頁 60～64。
〔註 25〕〔清〕沈德潛：《古詩源》，卷 12，頁 297。

第二節　徐庾麗辭之新變

一、通變與新變

「通變」之論，肇自劉勰；「通變」之詞，發於文論。至於「新變」一詞，蓋起於史家所稱。原夫史家著述之目的，在「通古今之變」，如沈約《宋書・謝靈運傳論》、蕭子顯《南齊書・文學傳論》，於評價文學特點及風格之餘，皆能闡發一己之體會，於古今文學之變，瞭然在胸。沈約《宋書・謝靈運傳論》曰：「自漢至魏，四百餘年，辭人才子，文體三變。」故知其眼光獨到，早識文體之流變，又其言曰：「若夫敷衽論心，商榷前藻，工拙之數，如有可言。夫五色相宣，八音協暢，由乎玄黃律呂，各適物宜。欲使宮羽相變，低昂舛節，若前有浮聲，則後須切響。一簡之內，音韻盡殊；兩句之中，輕重悉異。妙達此旨，始可言文。」〔註 26〕此說即示以永明體之要求，而其後文學之發展，亦如所述。蕭子顯《南齊書・文學傳論》曰：「習玩為理，事久則瀆。在乎文章，彌患凡舊，若無新變，不能代雄。建安一體，《典論》短長互出；潘陸齊名，機岳之文永異。江左風味，盛道家之言，郭璞舉其靈變，許詢極其名理，仲文玄氣，猶不盡除；謝混情新，得名未盛。顏謝並起，乃各擅奇，休鮑後出，咸亦標世。朱藍共妍，不相祖述。」〔註 27〕則蕭子顯於文學新變之現象，有一鮮明之認知矣。姚察父子於梁陳二史，則以為文學之新變，乃文士追新、求變之結果，故曰：「齊永明中，文士王融、謝朓、沈約文章始用四聲，以為新變，至是轉拘聲韻，彌尚麗靡，復踰於往時。」〔註 28〕「(徐摛) 屬文好為新變，不拘舊體。……摛文體既別，春坊盡學之，宮體之號，自斯而起。」〔註 29〕「(徐陵) 其文頗變舊體，緝裁巧密，多有新意。每一文出手，好事者已傳寫成誦，遂被之華夷，家藏其本。」〔註 30〕泛覽史載，則知新變者，梁陳宮體之特色也，其時文人既「頗變舊體」，亦公然謂「惟屬意於新詩」(〈玉臺新詠集序〉)，然詳考其人之作，則見梁陳宮體詩人，其模

〔註 26〕〔梁〕沈約：《宋書》，冊 3，頁 1779。
〔註 27〕〔梁〕蕭子顯：《南齊書》，冊 2，頁 908。
〔註 28〕〔唐〕姚思廉：《梁書》，冊 3，〈庾肩吾傳〉，頁 690。
〔註 29〕〔唐〕姚思廉：《梁書》，冊 2，〈徐摛傳〉，頁 446～447。
〔註 30〕〔唐〕姚思廉：《陳書》(北京：中華書局，2002 年 10 月)，冊 2，〈徐陵傳〉，頁 335。

擬之作，數亦不少，甚者《玉臺新詠》一書，本爲宮體詩張本而編，然其收錄之擬作，亦不在寡。苟欲新變，何圖模擬者哉？

故知其所謂新者，以注重情思，與情志傳統有別，故謂新也，雖曰爲新，而其爲文之技，猶有沿習舊法，繼舊而開新者，如蕭綱有〈怨詩行〉之作，此題古來爲者頗多，《樂府解題》曰：「古詞云：『爲君既不易，爲臣良獨難。』言周公推心輔政，二叔流言，致有雷雨拔木之變。梁簡文『十五頗有餘』，自言姝豔，以讒見毀。又曰『持此傾城貌，翻爲不肖軀。』與古文意同而體異。」〔註 31〕然則與古文意同而體異者，即所謂「不拘舊體」、「頗變舊體」者也，觀蕭綱之擬作，猶存「怨」之感情，而變原作政治感慨，寄寓君臣際遇之情志，變以爲宮體也。其頗變舊體者，或變人物之形象，或變原詩之格調，故當時之文人，其重在變也。至於「新變」之新，乃後代史家文論家所說也。故劉勰通變之與徐庾新變，並列論述，較其同異可也。

二、徐庾麗辭與前期作家作品之比較

南朝之文學史，一字以蔽之，變也。榷而論之，大抵有三變，其先則元嘉文學之新變，繼以齊梁永明之新變，殿之爲蕭綱宮體新變。元嘉文學之新變，劉勰嘗試論之曰：「宋初文詠，體有因革。莊老告退，而山水方滋；儷采百字之偶，爭價一句之奇，情必極貌以寫物，辭必窮力而追新，此近世之所競也。」（《文心雕龍‧明詩》）故知此期之新變，其內容則由玄言而轉爲山水，藉山水詩而體物言情，其形式則窮形刻鏤，文貴形似，謝混、殷仲文始變其風，謝靈運、顏延之足爲代表。

山水詩之興，辭尚雕繪，文風浸成俗調，鍾嶸〈詩品序〉曰：「觀古今勝語，多非補假，皆由直尋。顏延、謝莊，尤爲繁密，於時化之。故大明、泰始中，文章殆同書抄。近任昉、王元長等，詞不貴奇，競須新事，爾來作者，浸以成俗。遂乃句無虛語，語無虛字，拘攣補衲，蠹文已甚。」〔註 32〕於是永明文學之新變，應運而起。永明新變之特徵，在求清麗，沈約、王融倡「四聲八病」之說，《南史‧庾肩吾傳》云：「齊永明中，王融、謝朓、沈約文章始用四聲，以爲新變，至是轉拘聲韻，彌爲麗靡，復踰往

〔註31〕〔宋〕郭茂倩：《樂府詩集》（北京：中華書局，1998 年 11 月），卷 41，頁 610。
〔註32〕 王叔岷：《鍾嶸詩品箋證稿》，頁 93～97。

時。」〔註 33〕故知四聲八病之聲律論，爲永明新變之成就，影響後世詩歌駢體之格律也。

其中有裴子野者，歷仕齊梁，勵精勤學，好屬文，多學古體，不尚麗靡之詞，史稱古體派，其文學觀，不啻《詩大序》之翻版，立足於經學政教者。於是有蕭綱宮體，與之對立，於史稱今體派，以徐摛、庾肩吾、徐陵、庾信等人爲集團，爲文好新變，多寫豔情，講究聲韻，文風輕靡。《梁書・徐摛傳》曰：「摛文體既別，春坊盡學之，『宮體』之號，自斯而起。」〔註 34〕《北史・庾信傳》則曰：「摛子陵及信，並爲抄撰學士。父子在東宮，出入禁闥，恩禮莫與比隆。既有盛才，文並綺豔，故世號爲徐庾體焉。當時後進，競相模範。每有一文，京都莫不傳誦。」〔註 35〕然則同一文派，而有宮體焉，有徐庾體焉；若宮體爲徐庾體，何必名稱兩體？若宮體不同徐庾體，則其差異若何？蓋宮體以稱東宮太子蕭綱，徐庾體以稱徐陵、庾信也，史載蓋欲突出徐庾文學之成就與新變也，且宮體主要指詩，徐庾體主要指駢文也〔註 36〕。至若徐庾麗辭之新變，要在形式方面，今欲辨析之，當與前期作家作品同觀，則其新變瞭然焉。

（一）對偶：徐庾以前，多四四；徐庾以後，多四六

南朝麗辭，括宋齊梁陳而言，宋齊之文，固然多駢，然時有散句貫串其間，駢散合流，其句法猶多四四，偶有四六句，然不以此爭長，齊梁以後，四六漸多，試舉數家證之：

> 臣裕言：近振旅河湄，揚旌西邁，將居舊京，威懷司、雍。河流遄疾，道阻且長。加以伊洛榛蕪，津途久廢，伐木通徑，淹引時月。始以今月十二日，次故洛水浮橋。山川無改，城闕爲墟。宮廟隳頓，鍾虡空列。觀宇之餘，鞠爲禾黍。廛里蕭條，雞犬罕音。感舊永懷，痛在心目。以其月十五日奉謁五陵。墳塋幽淪，百年荒翳。天衢開泰，情禮獲申。故老掩涕，三軍淒感。瞻拜之日，憤慨交集。行河南太守毛脩之等，既開翦荊棘，繕修毀垣，職司既備，蕃衛如舊。

〔註 33〕〔唐〕李延壽：《南史》，冊 4，卷 50，頁 1247。
〔註 34〕〔唐〕姚思廉：《梁書》，冊 2，卷 30，頁 447。
〔註 35〕〔唐〕李延壽：《北史》，冊 9，卷 83，頁 2793。
〔註 36〕徐庾體主要指駢文而言，此說參鍾濤：《六朝駢文形式及其文化意蘊》（北京：東方出版社，1997 年 6 月），頁 99～101。

伏惟聖懷，遠慕兼慰，不勝下情。謹遣傳詔殿中中郎臣某，奉表以聞。（宋・傅亮〈為宋公至洛陽謁五陵表〉）〔註 37〕

宋初傅亮文有令名，許槤評此篇：「不甚斲削，然曲折有勁氣。六朝章奏，季友不媿專門。」〔註 38〕所謂不甚斲削者，句法無甚偶對也，且通篇皆四四句式。又如：

頃學尚廢馳，後進頹業。衡門之內，清風輟響。良由戎車屢警，禮樂中息，浮夫近志，情與事染。豈可不敷崇墳籍，敦厲風尚！此境人士，子侄如林。明發搜訪，想聞令軌。然荊玉含寶，要俟開瑩；幽蘭懷馨，事資扇發。獨習寡悟，義著周典。今經師不遠，而赴業無聞。非唯志學者鮮，或是勸誘未至邪？想復宏之。（宋武帝〈與臧燾敕〉）〔註 39〕

此篇亦皆用四言句式，多用單句對，唯一隔句對「然荊玉含寶，要俟開瑩；幽蘭懷馨，事資扇發」，亦用四言。又如：

臣聞春庚秋蟀，集候相悲；露木風榮，臨年共悅。夫唯動植，且或有心；況在生靈，而能無感？臣自奉望宮闕，沐浴恩私，拔迹庸虛，參名盛列，纓劍紫複，趨步丹墀，歲時歸來，誇榮邑里。然無勳而官，昔賢曾議；不任而祿，有識必譏。臣所用慷慨憤懣，不遑自晏。誠以深恩鮮報，聖主難逢，蒲柳先秋，光陰不待。貪及明時，展悉愚效，以酬陛下不世之仁。若微誠獲信，短才見序，文武吏法，唯所施用。夫君道含弘，臣術無隱，翁歸乃居中自見，充國曰莫若老臣。竊景前修，敢蹈輕節，以冒不媒之鄙，式罄奉公之誠。抑又唐堯在上，不參二八，管夷吾恥之，臣亦恥之。願陛下裁覽。（齊・王融〈求自試表〉）〔註 40〕

南齊王融為竟陵八友之一，亦有盛名，觀其造句，雖以四言為基準，然而隔句對之用，已見頻繁，後來四六句式之發展，於此稍見曙光，故譚獻評曰：「遣辭體勢，不獨為徐庾前導，且已為王盧開山。」〔註 41〕至於與徐庾同時之梁簡文帝，其文亦多四言，如：

〔註 37〕〔清〕許槤評選，黎經誥注：《六朝文絜箋注》，頁 73～74。

〔註 38〕同上註，頁 74。

〔註 39〕〔清〕許槤評選，黎經誥注：《六朝文絜箋注》，頁 55～56。

〔註 40〕〔清〕李兆洛編，〔清〕譚獻評：《駢體文鈔》（臺灣：中華書局，《四部備要》本，1965 年），頁 137。

〔註 41〕同上註，頁 137。

垂示三首，風雲吐於行間，珠玉生於字裏，跨躡曹、左，含超潘、陸。雙鬢向光，風流已絕；九梁插花，步搖為古。高樓懷怨，結眉表色；長門下泣，破粉成痕。復有影裏細腰，令與真類；鏡中好面，還將畫等。此皆性情卓絕，新致英奇。故知吹簫入秦，方識來鳳之巧；鳴瑟向趙，始睹駐雲之曲。手持口誦，喜荷交并也。（梁・蕭綱〈答新渝侯和詩書〉）〔註42〕

麗辭發展至簡文，句法大抵以四言六言為基準，於四四、六六單句對外，多用四四隔句之對，偶爾穿插四六隔句對，以為最精采之警句。然而徐庾麗辭之四六句，則多而成熟也，如：

夫凌雲概日，由余之所未窺；千門萬户，張衡之所曾賦。周王璧臺之上，漢帝金屋之中，玉樹以珊瑚作枝，珠簾以玳瑁為押。其中有麗人焉。其人也，五陵豪族，充選掖庭；四姓良家，馳名永巷。亦有穎川、新市，河間、觀津，本號嬌娥，曾名巧笑。楚王宮裏，無不推其細腰；衛國佳人，俱言訝其纖手。閱詩敦禮，豈東鄰之自媒；婉約風流，異西施之被教。弟兄協律，生小學歌；少長河陽，由來能舞。琵琶新曲，無待石崇；箜篌雜引，非關曹植。傳鼓瑟於楊家，得吹簫於秦女。至若寵聞長樂，陳后知而不平；畫出天仙，閼氏覽而遙妒。至如東鄰巧笑，來侍寢於更衣；西子微顰，得橫陳於甲帳。陪游馺娑，騁纖腰於《結風》；長樂鴛鴦，奏新聲於度曲。妝鳴蟬之薄鬢，照墮馬之垂鬟。反插金鈿，橫抽寶樹。南都石黛，最發雙蛾；北地燕支，偏開兩靨。亦有嶺上仙童，分丸魏帝；腰中寶鳳，授歷軒轅。金星將婺女爭華，麝月與常娥競爽。驚鸞冶袖，時飄韓掾之香；飛燕長裾，宜結陳王之佩。雖非圖畫，入甘泉而不分；言異神仙，戲陽臺而無別。真可謂傾國傾城，無對無雙者也。（徐陵〈玉臺新詠集序〉）

伏惟皇帝陛下，握天樞，秉地軸，駕馭風雲，驅馳龍虎。沉雄內斷，不勞謀於力牧；天策勇決，無待問於容成。是以威風所振，烈火之遇鴻毛；旗鼓所臨，沖風之卷秋葉。竊聞伊、洛戎夷、幽、并僭偽。抱圖載籍，已歸丞相之府；銜玉縶綬，並詣中軍之營。百年逋誅，

〔註42〕〔清〕許槤評選，黎經誥注：《六朝文絜箋注》，頁104～105。

遂窮巢窟；三代敵怨，俄然掃蕩。昔周王舫水之師，尚勞再駕；軒轅上谷之戰，猶須九伐。未有一朝指麾，獨決神慮，平定宇內，光宅天下。二十八宿，止餘吳、越一星；千二百國，裁漏麟洲小水。若夫咸康之年，四方始定；建武之代，諸侯並朝，不得同年而語矣。雖復八風並唱，未足頌其英聲；六樂俱陳，無以歌其神武。坐鈞臺而誓眾，姒啓繼夏禹之功；入商郊而問罪，姬發成周文之志。無改之道，大孝也歟！（庾信〈賀平鄴都表〉）

觀夫四六隔句之對，徐庾實登其極，或以四四隔聯，或以六六爲儷，前句尚用四六，後句已變六四，其句法之多變與繁複，皆超邁前人，允作駢體之俊物，遂爲四六之宗匠，駢文發展爲四六文，由此而來也。

（二）藻飾：徐庾以前，藏詞為奇；徐庾以後，麗藻星鋪

徐庾以前之駢文，體物爲妙，刻畫求妍，多務力於語言之新奇，乃發展爲駢文特有之藏詞法，自劉宋以尤多。孫德謙《六朝麗指》曰：「《顏氏家訓・文章篇》：「《詩》云：『孔懷兄弟。』孔，甚也；懷，思也，言甚可思也。陸機〈與長沙顧母書〉述從祖弟士璜死，乃言：『痛心拔腦，有如孔懷。』心既痛矣，即爲甚思，何故言有如也？觀其此意，當謂親兄弟爲『孔懷』。《詩》云：『父母孔邇。』而呼二親爲『孔邇』，於義通乎？」此辨陸氏之文不應以兄弟爲『孔懷』，并援『孔邇』爲證，意謂『孔懷』可作兄弟，『孔邇』亦可名父母矣。駁斥極是。惟六朝文中，如此者頗多。以『友于』爲兄弟，陶詩：『再喜見友于』，且亦用之。推『友于』之例，士衡『孔懷』之說，指親兄弟言，夫豈不可？任彥昇〈爲范尚書讓吏部封侯第一表〉：『遠惟則哲，在帝猶難。』《書》：『知人則哲』，蓋以『則哲』爲『知人』矣。謝玄暉〈謝隨王賜左傳啓〉：『籯金遺其貽厥。』王仲寶〈褚淵碑文〉：『貽厥之寄。』《詩》：『貽厥孫謀。』是又以『貽厥』作『孫謀』解矣。彥昇〈又爲庾杲之與劉居士虯書〉：『實望賁然。』《詩》：『賁然來思。』蓋望其來也，而『賁然』二字，即作來字用之。蓋斷章取義，古人有焉，而課虛成實，則始於魏、晉，六朝人觸類引申之。」〔註 43〕孫氏指出，以「孔懷」、「友于」爲兄弟，以「則哲」爲「知人」，以「貽厥」爲「孫謀」，以「賁然」爲「來思」，皆所謂課虛成實之法，即所謂藏詞也，其要訣不過剪截二字，即將經語剪截爲新詞，而包涵替代截去之詞也。此法兩漢魏晉已有之，如：

〔註 43〕 孫德謙：《六朝麗指》，收入王水照編：《歷代文話》，冊 9，頁 8470～8471。

1. 今之否隔，友于同憂。（曹植〈求通親親表〉）
2. 伏惟君侯少長貴盛，體發旦之資，有聖善之教。（楊修〈答臨淄侯箋〉）
3. 願言之懷，良不可任。（曹丕〈與朝歌令吳質書〉）
4. 痛靈根之夙隕，怨具爾之多喪。（陸機〈歎逝賦〉）

例一以「友于」爲兄弟。例二以「聖善」爲母親，《詩・邶風・凱風》：「母氏聖善，我無令人。」例三以「願言」爲思念，《詩經・邶風・二子乘舟》：「願言思子。」例四以「具爾」爲兄弟，《詩經・大雅・行葦》：「戚戚兄弟，莫遠具爾。」劉宋齊梁以來，藏詞之法通行，如：

1. 張子房道亞黃中，照鄰殆庶。（傅亮〈爲宋公修張良廟教〉）
2. 固以參軌伊望，冠德如仁。（傅亮〈爲宋公修張良廟教〉）
3. 至子德參微管，勛濟蒼生，愛人懷樹，猶或勿翦。（劉裕〈降封晉世名臣後裔詔〉）
4. 明皇不豫，儲後幼沖，貽厥之寄，允屬時望。（王儉〈褚淵碑文〉）
5. 貽厥遠圖，末命是獎。（謝朓〈齊敬皇后哀策文〉）
6. 可嚴下州郡，務滋耕殖，相畝辟疇，廣開地利，深樹國本，克阜民天。（沈約〈勸農訪民所疾苦詔〉）
7. 若以今文爲是，則古文爲非；若昔賢可稱，則今體宜棄。俱爲盍各，則未之敢許。（蕭綱〈與湘東王書〉）

例一以「殆庶」爲顏淵，《易・繫辭下》：「子曰：『顏氏之子，其殆庶幾乎！』」例二以「如仁」爲管仲，《論語・憲問》：「子曰：桓公九合諸侯，不以兵車，管仲之力也。如其仁！如其仁！」例三以「微管」爲管仲，《論語・憲問》：「微管仲，吾其被髮左衽矣。」例四、例五以「貽厥」爲孫謀。例六以「民天」爲糧食，《漢書・酈食其傳》：「王者以民爲天，而民以食爲天。」例七以「盍各」爲各言其志，《論語・公冶長》：「子曰：盍各言爾志？」以上述南朝駢文藏詞之特色，其所以如此，皆緣於辭人愛奇之心也，其他練字練句之法尚多，劉勰《文心雕龍・定勢》所謂：「自近代辭人，率好詭巧，原其爲體，訛勢所變，厭黷舊式，故穿鑿取新，察其訛意，似難而實無他術也，反正而已。故文反正爲乏，辭反正爲奇。效奇之法，必顛倒文句，上字而抑下，中辭而出外，回互不常，則新色耳。」如庾信〈梁東宮行雨山銘〉曰：「草綠衫同，花紅面似。」其本意爲「衫同綠草，面似紅花」，經數層回互顚倒，而字句新穎矣。

麗辭至徐庾，除有上述之特點，其超出前人者，即如清人許槤評〈玉臺新詠序〉所謂：「駢語至徐庾，五色相宣，八音迭奏。」〔註44〕其言五色相宣者，即麗辭設色，對偶繽紛者也，李那〈答徐陵書〉亦贊美徐文「麗藻星鋪，雕文錦縟」，具體言之，即數字、彩色、方位三對迭用也，如：

> 三烏五鹿，時事無恒；東郭西門，遷訛非一。吾宗雖廣，未有駢枝，咸自騶王，同分才子。正以金衡委御，玉斗宵亡，胡賊憑陵，中原傾覆。我則供犧牲於東國，載主祏於南都。（徐陵〈在北齊與宗室書〉）

> 豈圖天未悔禍，喪亂薦臻，強虜無厭，乘此多難。虔劉我南國，蕩覆我西京，奉問驚號，肝膽崩潰。雖復金行版蕩，火政淪亡，綠林青犢之群，黑山白馬之卒。八王故事，曾未混淆；九州春秋，誰云禍亂。（徐陵〈爲貞陽侯與太尉王僧辯書〉）

> 伏惟皇帝以下武嗣興，中陽繼業，運日月之明，動淵泉之慮。律曆著微，無煩於太史；陰陽晷度，躬定於天官。故得參考八音，研精六代，封晉、魏爲二王，序殷、周爲三恪。雖復朱干玉戚，尚識典刑，素韍纁裳，猶因雄據。未若《山雲》特起，八卦成形；鳳凰于飛，九州觀德。改金奏於八列，合天元於六舞。（庾信〈賀新樂表〉）

> 東出藍田，則控灞乘滻；西連子午，則據涇浮渭。派別八溪，流分九谷。銅梁四柱，石關雙啓。青綺春門，溝渠交映；綠槐秋市，舟楫相通。蓄之則爲屯雲，泄之則爲行雨。青牛文梓，白鶴貞松，運以置宮，崇斯雲屋。（庾信〈終南山義谷銘并序〉）

麗辭至此，極妍盡態，跨越前修，陵轢眾製，此前所未見也，亦徐庾所以善新變者之成就也。

（三）隸事：徐庾以前，文好隸事；徐庾以後，運事甚巧

六朝以來之麗辭，好以用典爭勝，以示作者才學，所謂隸事數典者也，其特色則排比典故，繁富而密集，有若獺祭，試舉數例明之：

〔註44〕〔清〕許槤評選，黎經誥注：《六朝文絜箋注》，頁142。

夫璿玉致美，不爲池隍之寶；桂椒信芳，而非園林之實。豈其深而好遠哉？蓋云殊性而已。故無足而至者，物之藉也；隨踵而立者，人之薄也。若乃巢高之抗行，夷皓之峻節，故已父老堯禹，錙銖周漢，而緜世浸遠，光靈不屬，至使菁華隱沒，芳流歇絕，不其惜乎！雖今之作者，人自爲量，而首路同塵，輟塗殊軌者多矣。豈所以昭末景，汎餘波！（宋・顏延之〈陶徵士誄〉）

此篇顏延之爲陶淵明作誄，首句「璿玉」用《山海經・中山經》：「升山，黃酸之水出焉，其中多璇玉。」「桂椒」用《春秋運斗樞》：「椒桂連，名士起。」「無足而至」用《韓詩外傳》（卷六）：「晉平公游於河而樂，曰：『安得賢士與之樂此也？』船人蓋胥跪而對曰：『夫珠出於江海，玉出於崑山，無足而至者，由主君之好也。士有足而不至者，蓋主君無好士之意也。何患無士乎！』」「隨踵而立」用《戰國策・齊策》：「齊宣王曰：『百世一聖，若隨踵而生也。』」「巢高」者，李善注引皇甫謐《高士傳》：「巢父者，堯時隱人也。」《莊子・天地》：「堯治天下，白成子高立爲諸侯。堯授舜，舜授禹，伯成子高辭爲諸侯而耕。」「夷皓」者，《史記・伯夷列傳》：「伯夷、叔齊隱於首陽山，采薇而食之。」李善引《三輔三代舊事》：「四皓，秦時爲博士，辟於上洛熊耳山西。」「父老堯禹」用《後漢書・郅惲傳》：「郅惲謂鄭敬曰：『子從我爲伊、呂乎？將爲巢、許乎？而父老堯、禹乎？』」「錙銖周漢」用《禮記・儒行》：「儒有上不臣天子，下不事諸侯，……雖分國，如錙銖，不臣不仕，其規爲有如此者。」「緜世浸遠，光靈不屬」用《東觀漢記》：「上東平王蒼書曰：『歲月騖過，山陵浸遠。今魯國孔氏尚有仲尼車、輿、冠、履，明德盛者光靈遠也。』」「作者」用《論語・憲問》：「作者七人矣。」「首路同塵」用《老子》：「和其光，同其塵。」「輟塗殊軌」用陸機〈狹邪行〉：「將遂殊塗軌，要子同歸津。」

朓聞潢汙之水，願朝宗而每竭；駑蹇之乘，希沃若而中疲。何則？皋壤搖落，對之惆悵；歧路西東，或以歍唈。況乃服義徒擁，歸志莫從，邈若墜雨，翩似秋蔕。（齊・謝朓〈拜中軍記室辭隨王牋〉）

此篇首尾句句用典，情思宛妙，引文爲文章首段，如「潢汙之水」，用《左傳・隱公三年》：「潢汙行潦之水。」「朝宗」用《尚書・禹貢》：「江漢朝宗於海。」「駑蹇之乘」，用班彪〈王命論〉：「駑蹇之乘，不騁千里之塗。」「希沃若而中疲」，用《詩經・小雅・皇皇者華》：「我馬維駱，六轡沃若。」「皋壤搖落」，用《莊子・知北遊》:「山林與!皋壤與!使我欣欣然而樂與!樂未畢也，哀又繼之。」與《楚辭・九辯》:「草木搖落而變衰。」「歧路西東」用《淮南子・說林訓》:「楊子見歧路而哭之，爲其可以南，可以北。」「或以歔唈」，用《淮南子・覽冥訓》:「昔雍門子以哭見於孟嘗君，已而陳辭通意，撫心發聲。孟嘗君爲之增欷歔唈，流涕狼戾不可止。」「服義徒擁」，用《楚辭・招魂》:「朕幼清以廉潔兮，身服義而未沫。」「歸志莫從」，用《孟子・公孫丑下》:「夫出晝而王不予追也，予然後浩然有歸志。」與曹植〈應詔詩〉:「朝覲莫從。」「邈若墜雨」，用潘岳〈楊氏七哀詩〉:「邈然雨絕天。」「翩似秋蔕」，用郭璞〈遊仙詩〉:「命如秋葉蔕。」

> 夫以耿介拔俗之標，蕭灑出塵之想，度白雪以芳絜，干青雲而直上，吾方知之矣。若其亭亭物表，皎皎霞外，芥千金而不眄，屣萬乘其如脫，聞鳳吹於洛浦，值薪歌於延瀨，固亦有焉。豈其終始參差，蒼黃翻覆，淚翟子之悲，慟朱公之哭，乍跡迴以心染，或先貞而後黷，何其謬哉!(齊・孔稚圭〈北山移文〉)

許槤評曰:「此六朝中極雕繪之作，鍊格鍊詞，語語精闢。」〔註45〕《文選》錄之。「耿介」句用《楚辭・九辯》:「獨耿介而不隨兮。」李善注引孫盛《晉陽秋》:「呂安志量開廣，有拔俗之氣。」《莊子・大宗師》:「芒然彷徨乎塵垢之外。」「干青雲」句用《史記・范雎蔡澤列傳》:「賈不意吾君能自致青雲之上。」「芥千金」句用《史記・魯仲連鄒陽列傳》:「平原君以千金爲魯連壽。魯連笑曰:『所貴於天下之士者，爲人排患釋難解紛亂而無取也。即有取者，是商賈之事也，而連不忍爲也。』遂辭平原君而去。」「屣萬乘」句用《孟子・盡心上》:「舜視棄天下，猶棄敝屣也。」「聞鳳吹」句用《列仙傳》:「王子喬者，周靈王太子晉也。好吹笙，作鳳凰鳴，游伊洛之間。」「値薪歌」句，呂向注:「蘇門先生遊於延瀨，見一人採薪，謂之曰:『子以終此乎?』採薪人曰:『吾聞聖人無懷，以道德爲心，何怪乎而爲哀也?』遂爲歌二章而去。」「蒼黃」用《墨子・所染》:「(墨子)苇染絲者而歎曰:『染於蒼則蒼，染於黃則黃，所入者變，其色亦變。』「淚翟子之悲」用《淮南子・說林訓》:「墨子見練絲而泣之，爲其可以黃，可以黑。」「慟朱公之哭」用《淮南子・說林訓》:「楊子(楊朱)見歧路而哭之，爲其可以南，可以北。」

〔註45〕〔清〕許槤評選，黎經誥注:《六朝文絜箋注》，頁137。

以上所舉三篇，概括宋齊以來隸事之風，觀其用典繁夥，或語典，或事典，語典則截取成詞，事典則檃括人事，在南朝麗辭爲習常，無勞煩舉也。至其手法，有明用、暗用、正用、反用、活用、借用等〔註 46〕，以上三例觀之，多爲正用者。

若乃數典隸事，一味堆砌典故，徒增文章之滯澀，即劉勰〈鎔裁〉所謂「一意兩出，義之駢枝」者，故永明沈約有三易之說，所謂易見事、易識字、易讀誦也。故麗辭至徐庾，用典不唯繁富，尚在運用之貼切巧妙，時見新意，如：

遂使東平拱樹，長懷向漢之悲；西洛孤墳，恒表思鄉之夢。（徐陵〈與齊尚書僕射楊遵彥書〉）

前句東平指漢宗室東平思王劉宇，《皇覽》：「東平思王冢在在無鹽，人傳言王在國思歸京師，後葬，其冢上松柏皆西靡也。」後因以「東平之樹」表人死後猶不泯眷戀故國之情。後句典出《後漢書‧獨行列傳》，溫序太原祈人也，官護羌校尉，序行部至襄武時，爲荀宇所拘，因不願背漢，遂伏劍而死。光武憐之，賜葬洛陽城傍，序長子壽爲鄒平侯相，夢序告之曰：「久客思鄉里。」壽即棄官，上書乞骸骨歸葬，乃反舊塋。二典皆表思念故國之深情，徐陵以之形容拘北齊之心，甚爲貼切。

丹烏銜穟，既集西周；黃雀隨車，還飛東市。漬而爲種，不無霜雪之情；取以論兵，即有山川之勢。（庾信〈謝趙王賚米啓〉）

首句用《尚書中候》：「有火自天，止於王屋，流爲赤烏，以穀俱來。」顏師古《漢書注》謂武王伐紂，師渡孟津之時也。次句用《神仙傳》：「成武丁聞群雀鳴而笑曰：『市東車翻覆米。』群雀相呼往食。遣視之，信然。」第三句用《氾勝之書》：「取雪汁漬原蠶屎五六日，和穀種之，能禦旱，故謂雪爲五穀精也。」第四句用《後漢書》：「馬援於帝前聚米爲山谷，指畫形勢，開示眾軍所從道徑往來，分析曲折，昭然可曉。」四句用典之意，雙管齊下，明寫趙王宇文招贈米之情，若赤烏銜穀之來西周，如仙人成武丁指示黃雀往東市而食車覆米，又此米如雪汁可貴適能禦旱濟急，所賜米似馬援聚米爲山谷，使己困躓盡除。又兼頌德謝恩，暗喻宇文招之德，如武王之能伐紂，如仙人之能指引，如賜五穀精之貴重，如馬援之能開示眾軍之道徑。王文濡評曰：「此

〔註 46〕 參張仁青：《駢文學》（臺北：文史哲出版社，2003 年 9 月），冊上，頁 153～161。

文語語推開，亦語語貼切。」〔註 47〕，蓋四句用典皆扣合穀米，故貼切。明蔣一葵《堯山堂偶雋》卷一評此句曰：「直思到人不意處。」〔註48〕庾信用典巧思既到人不意之處，其善於新變，時出新意可見矣。

以上略舉徐庾麗辭用典之巧妙者，以示其成就皆超越前人。蓋隸事至於徐庾，皆能以意運詞，鎔化故事，以爲我用，故能眾美輻輳，情理兼勝。

（四）聲律：宋齊則潛氣內轉，徐庾則精調馬蹄

清朱一新（1846～1894）嘗以「潛氣內轉」以釋六朝駢文，其言曰：「駢文體格已卑，故其理與塡詞相通。潛氣內轉，上抗下墜，其中自有音節，多讀六朝文則知之。」〔註 49〕孫德謙進而釋之曰：「及閱《無邪堂答問》，有論六朝駢文，其言曰：『上抗下墜，潛氣內轉。』於是六朝眞訣，益能領悟矣。蓋余初讀六朝文，往往見其上下文氣似不相接，而又若作轉，不解其故，得此說乃恍然也。試取劉柳之〈薦周續之表〉爲證：『雖汾陽之舉，輟駕於時艱；明揚之旨，潛感於窮谷矣。』上用『雖』字，而於『明揚』句上并無『而』字爲轉筆，一若此四語中，下二語仍接上二語而言，不知其氣已轉也。所謂『上抗下墜，潛氣內轉』者，即是如此。」〔註 50〕故知「上抗下墜，潛氣內轉」者，即在兩句交接之處，雖無虛字以爲轉折連接，然其文氣已內在轉折焉，一如詞中之長調，雖無虛字，而文意已自有轉折。劉宋以來，徐庾以前，駢文多用潛氣內轉之法，如劉孝儀〈從弟喪上東宮啓〉：

> 亡從弟遵，百行無點，千里立志。同氣三荊之友，假寢十起之慈，皆體之於自然，行之如俛拾。自碣宮陪宴，釣臺從幸，攀附鱗翼，三十餘載。茫昧與善，一旦長辭。劒匿光芒，璧碎符采。躬搖神筆，親動妙思。雖每想南皮，書憶阮瑀；行經北館，歌悼子侯。不足輩此深仁，齊茲舊愛。〔註 51〕

孫德謙釋此篇之潛氣內轉曰：「『茫昧與善，一旦長辭』，以接『攀附鱗翼，三十餘載』，後此二句，或將『一旦長辭』移置於前，雖無虛字，意自顯然。今

〔註 47〕 王文濡選註：《南北朝文評註讀本》（臺北：廣文書局，1981 年 12 月），冊 2，頁 16。

〔註 48〕 〔明〕蔣一葵：《堯山堂偶雋》，收入《叢書集成續編》（臺北：新文豐出版社，1988 年），冊 200，頁 105。

〔註 49〕 〔清〕朱一新：《無邪堂答問》（北京：中華書局，2002 年 6 月），頁 91～92。

〔註 50〕 孫德謙：《六朝麗指》，收入王水照編：《歷代文話》，冊 9，頁 8432。

〔註 51〕 〔清〕李兆洛編，〔清〕譚獻評：《駢體文鈔》，頁 309。

言『茫昧與善』者，蓋用『天道無親，常與善人』語，以善人應爲天道所與，『茫昧』者謂天道茫昧也。『茫昧與善』即是言天道茫昧，不與善人，並不用虛字，即以此作轉耳。」〔註 52〕蓋「攀附鱗翼，三十餘載」謂劉遵之依附湘東王蕭綱也，若接「一旦長辭」，則知文意已轉，謂劉遵之死，乃今突接「茫昧與善」，乍讀之不知其何謂也，此不用虛字，而文氣已暗轉，是所謂潛氣內轉也。

潛氣內轉之特色，在文氣似轉非轉，朗誦之間，有古質意，文氣渾融一體，句句之間相銜。其後虛字大開，轉折套語通行，則漸於俗調矣。又永明沈約，盛論聲病，雖音旨大暢，而馬蹄未調〔註 53〕，徐庾則變四聲爲平仄相對，即後世所謂馬蹄韻也，如徐陵〈勸進梁元帝表〉：

臣聞封唐有聖，還承帝嚳之家；
平　仄　　平　仄　平
居代維賢，終纂高皇之祚。
仄　平　　仄　平　仄
無爲稱於革舄，
平　　仄
至治表於垂衣，
仄　　平
而撥亂反正，
仄　仄
非間前古。
平　仄
至如金行重作，源出東莞；
平　仄　　仄　仄
炎運猶昌，枝分南頓。
仄　平　　平　仄

〔註 52〕孫德謙：《六朝麗指》，收入王水照編：《歷代文話》，冊 9，頁 8459～8460。

〔註 53〕據郭紹虞《永明聲病說》，永明體與律體之異，其一在於永明體僅講究一句二句之聲律，未達通篇，且未專注於黏。見盧盛江：《文鏡秘府論彙校彙考》（北京：中華書局，2006 年 4 月），冊 1，頁 244。

豈得掩顯姓於軒轅，非才子於顓頊？
仄　　平　　仄　　仄

莫不因時多難，
平　仄

俱繼神宗者也。
仄　平

伏惟皇帝陛下，

出震等於勳、華，
仄　　　平

明讓同於旦、奭。
仄　　　仄

握圖執鉞，將在御天；
平　仄　　仄　平

玉勝珠衡，先彰元后。
仄　平　　平　仄

神祇所命，非惟太室之祥；
平　仄　　平　仄　平

圖諜斯歸，何止堯門之瑞。
仄　平　　仄　平　仄

若夫大孝聖人之心，
仄　平　平

中庸君子之德
平　仄　仄

固以作訓生民，
仄　平

貽風多士。
平　仄

一日二日，研覽萬機；
仄　仄　　仄　平

允文允武，包羅群藝。
平　仄　　平　仄

擬茲三大，賓是四門，
平　仄　　仄　平

歷試諸難，咸熙庶績，
仄　仄　　平　仄

斯無得而稱也。

又如庾信〈思舊銘序〉：

人之戚也，既非金石所移；
平　仄　　平　仄　平

士之悲也，寧有春秋之異？
平　仄　　仄　平　仄

高臺已傾，稷下有聞琴之泣；
平　平　　仄　　平　仄

壯士一去，燕南有擊筑之悲。
仄　仄　　平　　仄　平

項羽之晨起帳中，
仄　　仄　平

李陵之徘徊歧路，
平　　平　仄

韓王孫之質趙，楚公子之留秦，
平　　仄　　　仄　　平

無假窮秋，於時悲矣！
仄　平　　平　仄

況復魚飛武庫，預有棄甲之徵；
平　仄　　仄　仄　平

烏伏翟泉，先見橫流之兆。
仄　平　　仄　平　仄

星紀吳亡，庚辰楚滅。
　仄　平　　平　仄
紀侯大去，鄗子無歸。
　平　仄　　仄　平
原隰載馳，轘轅長別。
　仄　平　　平　仄
甲裳失矣，餘皇棄焉。
　平　仄　　平　平
河傾酸棗，杞梓與櫲櫟俱流；
　平　仄　　仄　　仄　平
海淺蓬萊，魚鱉與蛟龍共盡。
　仄　平　　仄　　平　仄
焚香複道，詎斂遊魂？
　平　仄　　仄　平
載酒屬車，寧消愁氣？
　仄　平　　平　仄
芝蘭蕭艾之秋，形殊而共瘁；
　平　仄　平　　平　　仄
羽毛鱗介之怨，聲異而俱哀。
　平　仄　仄　　仄　　平
所謂天乎？乃曰蒼蒼之氣；
　仄　仄　　平　平　仄
所謂地乎？其實搏搏之土。
　仄　仄　　仄　平　仄
怨之徒也，何能感焉！
凋殘殺翮，無所假於風飆；
　平　仄　　　仄　　平
零落春枯，不足煩於霜露。
　仄　平　　　平　　仄

蓋文章之成，積字而成句，積句而成章，而兩字、三字可構成一詞組，每一詞組之末字，須講究平仄之黏對，一如律詩然，即所謂馬蹄韻者。而徐庾於詞組節奏之上，隔聯句腳之處，莫不平仄相對，馬蹄相銜，如徐陵之「臣聞封唐有聖，還承帝嚳之家；居代維賢，終纂高皇之祚」，其上句詞組之末字爲「唐」、「聖」、「承」、「嚳」、「家」，其平仄分別爲「平仄平仄平」，見其平仄相間也，而下句詞組之末字爲「代」、「賢」、「纂」、「皇」、「祚」，其平仄分別爲「仄平仄平仄」，與上句相對，此爲黏對之對者，至於黏者，即上聯末句之最末字，與下聯首句之末字，平仄須相同，如「還承帝嚳之家」之「家」，與下聯首句「居代維賢」之「賢」，皆爲平聲，又「終纂高皇之祚」之「祚」，與下句「無爲稱於革舄」之「舄」，又皆爲仄聲，此即所謂黏者，曾國藩謂之「四六落腳一字黏法」〔註 54〕。梁朝以來，麗辭之調馬蹄，僅諧每句之末字，而徐庾精於調聲，每句詞組之末字，幾調馬蹄，且達於全篇，偶有不諧者，已屬極寡。以此見徐庾麗辭之新變也。

第三節　以《文心雕龍》通變論分析徐庾麗辭

通變爲劉勰《文心》核心之理論，特立〈通變〉篇論之，而此主張又散見於全書，亦其批評文章之標準也。本論文於上節，既歸納彥和論通變之方法有五端，今欲以之分析徐庾麗辭，可由文體之通變與文術之通變二方面析之。

一、《文心雕龍》文體通變論與徐庾麗辭

劉勰謂「將閱文情，先標六觀」(《文心雕龍・知音》)，六觀之一曰觀通變，故知通變之主張，非惟其核心理論，亦是其文學批評之標準，〈通變〉篇曰：「名理有常，體必資於故實；通變無方，數必酌於新聲。」以之運用於觀文體之通變，即觀其是否遵守文章體製之規範，蓋爲文必把握該文體寫作不易之基本法則，此謂之體製也，體製爲文體之具體外象，於文學發展之中，據其用途對象之不同，而有其體書寫之必備要素者，遂逐漸塑造成一文體之規範，故爲文須論其是否合體，前人常評某文章「有體氣」，即是也。劉勰於

〔註 54〕〔清〕李瀚章編，〔清〕李鴻章校：《曾國藩家書家訓》（北京：中國民族攝影藝術出版社，2002 年），〈咸豐八年十月廿九日〉（1858 年 12 月 4 日），頁 450。

各類文體之批評，必「原始以表末，釋名以章義」(〈序志〉)，以見某一文類，與該文體之規範，出入何如？觀之〈頌讚〉曰:「至於班傅之〈北征〉、〈西征〉，變爲序引，豈不褒過而謬體哉！……又崔瑗〈文學〉，蔡邕〈樊渠〉，並致美於序，而簡約乎篇。」以爲班固之〈車騎將軍竇憲北征賦〉、傅毅之〈西征賦〉，過於敷敘事實，又褒揚功德太甚，而忽略頌體之體製規範，乃易頌爲序、引之體，遂爲「謬體」，矣，又如崔瑗之〈南陽文學頌〉、蔡邕之〈京兆樊惠渠頌〉，皆致力於序文之美，而頌之主體反而簡約矣，此皆不善於文體之通變者。

徐庾麗辭善於新變，前節已論之矣，大抵其對偶、藻飾、隸事、聲律，皆有通變之美，而文體方面，則頗善於變體。前章已比較《文心》各體風格論與徐庾麗辭之文體風格，此處茲舉徐庾諸文體中特爲變體之墓誌銘討論之。譚獻評徐陵〈司空徐州刺史侯安都德政碑〉曰:「碑志之文，以徐爲正，庾爲變，孝穆骨勝，子山情勝。」〔註55〕然則正變之異者何？劉勰〈誄碑〉曰:「自後漢以來，碑碣雲起，才鋒所斷，莫高蔡邕。」則是以蔡邕碑志爲正體也，孫德謙《六朝麗指》曰:「碑誌之文，自蔡中郎後，皆逐節敷寫，至有唐以降，乃易其體。若六朝則猶守中郎矩矱，王仲寶、沈休文外，以庾子山爲最長。」〔註56〕然而庾信能守蔡邕之矩矱，何以譚獻謂其爲變體？觀之庾信碑誌，既述誌主之姓氏、籍貫、家族淵源，乃有以議論起首者，如〈周柱國大將軍長孫儉神道碑〉起句：

> 蓋聞放勳立而羲和昇，重華登而元凱用。思皇多士，既成西伯之功；俊德克明，乃定南巢之伐。是知惟賢非后弗食，惟後非賢弗乂，若夫君臣一德，啓心沃心，見之昌寧文公矣。

又如〈後魏驃騎將軍荊州刺史賀拔夫人元氏墓誌銘〉起句：

> 「在河之洲」，聞君子之配德；「言采其蕨」，見夫人之有禮。用之風化，人倫厚焉。

似此以議論起首，用於墓誌銘中，頗爲創體，庾信碑誌甚有借碑主生平以抒己身世悲涼之情者，此爲新變之徵，亦譚獻所謂「子山情勝」之處，然前人頗有批評者，如劉師培《漢魏六朝專家文研究》曰:「陳思王〈魏文帝誄〉於篇末略陳哀思，於體未爲大違，而劉彥和《文心雕龍》猶譏其乖甚。唐以後之作誄者，盡棄事實，專敘自己，甚至作墓志銘，亦但敘自己之友誼而不及

〔註55〕〔清〕李兆洛編，〔清〕譚獻評：《駢體文鈔》，頁238。

〔註56〕孫德謙：《六朝麗指》，收入王水照編：《歷代文話》，冊9，頁8450。

死者之生平，其違體之甚，彥和將謂之何耶？又作碑銘之序不從敘事入手，但發議論，寄感慨，亦爲不合。蓋論說當以自己爲主，祭文弔文亦可發揮自己之交誼，至於碑志序文全以死者爲主，不能以自己爲主。苟違其例，則非文章之變化，乃改文體，違公式，而逾各體之界限也。」〔註 57〕劉師培直以碑誌之議論抒情爲乖體，有違碑誌體之公式，劉氏又曰：「試觀蔡伯喈所作碑文，但形容事實，不加贊美，而其揄揚已溢於事實之表，贊美與事實融合無間，故文章絕妙。降及六朝，此法漸致乖失。如庾子山〈哀江南賦〉借古物以比附事實，固甚恰當，但於敘事之際不著功罪，及訂論功罪，復贅他語，此漢人所未有也。」〔註 58〕以爲碑誌不須議論，但形容事實，則有揄揚之情。然庾信碑誌確有通變之由來，蓋北朝碑誌已見於敘述之後，繼之以議論者，如北魏正光五年（524）四月〈侯掌墓志〉起句：「君諱掌，字寶之，上谷郡居庸縣崇仁鄉修義里人也。曾祖浮，司隸校尉、穎川汲郡二郡太守。祖甸，舉孝，中書議郎、揚烈將軍、帶守。軒轅恢基，壽丘祏緒，積德往昆，慶膺茲裔，故夷門高尚於前，平國秘名於後。司徒居漢，鼎飪以之克諧；光祿處晉，几杖由之載蔚。五運乘符，世資簪帶。」〔註 59〕本爲敘事而繼之以議論，庾信則變爲議論起首，再繼之以敘事，此其善通變之證一也。又劉勰〈誄碑〉曰：「夫屬碑之體，資乎史才，其序則傳，其文則銘。」碑體既爲史傳之體，資乎史才，則移史家之評於碑誌，亦屬善於通變之證二也。此外，庾信碑誌有運用對話而刻畫人物形象者，如〈周車騎大將軍贈小司空宇文顯和墓誌銘〉：

> 公稟山嶽之靈，擅風雲之氣，容止矜莊，聲名籍甚。彎弧挽強，左右馳射，故得名高上谷，威振樓煩。襲爵安吉縣侯，食邑五百戶。永興三年，幽、并叛換，有無君之心。帝顧謂公曰：「天下洶洶，將若之何？」公曰：「擇善而從之。」乃誦《詩》云：「彼美人兮。」西方之人兮。」帝曰：「是吾心也。」乃定入關之策。以公母老家大，令預爲計。公曰：「今日之事，忠孝不並。君不密則失臣，臣不密則失身。」帝愴然改容曰：「卿是我王陵。」遷朱衣直閤、閤內大都督，改封長廣縣公，邑一千五百戶。武帝初至潼關，太祖親迎溱水。太

〔註 57〕劉師培：《中國中古文學史講義》（上海：上海古籍出版社，2006 年 4 月），附《漢魏六朝專家文研究》，頁 131～132。

〔註 58〕同上註，頁 139。

〔註 59〕羅新、葉煒：《新出魏晉南北朝墓志疏證》（北京：中華書局，2005 年 3 月），頁 104。

> 祖素知公名而未之識也，目於眾，疑而不問，直云：「令此人射水傍小鳥。」應手即著。太祖喜云：「我知卿名矣。」即用爲帳內都督、滄州諸軍事、滄州刺史，增邑并前二千五百户。黃公衡之決士，魏后是以推心；潘承明之忠壯，吳王爲之降禮。異代同榮，見之今日。

此段敘北魏孝武帝與碑主宇文顯論欲入關依宇文泰事，宇文顯引《詩經》之言，以見其智。又武帝以宇文顯母老家大，令其預先爲計，宇文顯乃答以忠孝不兩全，使孝武帝愴然改容等事。觀其刻畫人物，善用對話，筆調細膩，直是後世小說體，而人物形象鮮明矣，此亦效之史書筆法，庾信善於通變之證三也。

二、《文心雕龍》文術通變論與徐庾麗辭

（一）「斟酌乎質文，檃括乎雅俗」表現於徐庾麗辭奇偶相生，駢散結合

劉勰之主張文質並重，前章劉勰《文心雕龍》緣情論已探討矣，而徐庾麗辭之情文相生，亦與彥和之說相呼應，蓋內容形式之相得益彰，文辭之華實並用，乃爲有體有用。文依質而立，而其理想，則華實並茂，銜華而佩實也。然而華質並茂之根本，乃在爲文之初，必還宗經誥，模經製式，如此，方能「斟酌乎質文，檃括乎雅俗」。還宗經誥者，仿經書之文辭也，蓋至情之文，無假雕飾，自能動人，往往出之以散文，蓋駢散之美感不同，而各有短長，駢體則聲韻諧調，詞采斐然，而情思蘊藉，然雕琢太過，轉傷眞美，散體則疏逸暢達，句式活潑，揮灑自如，而其弊則有傷從容之致，故駢散相合，則能集二體之長，去其所短，有典雅含蓄之美，而不流於板重。而劉勰〈序志〉之文辭，已有示範之例，文曰：

> 予生七齡，乃夢彩雲若錦，則攀而采之。齒在踰立，則嘗夜夢執丹漆之禮器，隨仲尼而南行。旦而寤，迺怡然而喜，大哉聖人之難見也，乃小子之垂夢歟！自生人以來，未有如夫子者也。敷贊聖旨，莫若注經，而馬鄭諸儒，弘之已精，就有深解，未足立家。唯文章之用，實經典枝條，五禮資之以成，六典因之致用，君臣所以炳煥，軍國所以昭明，詳其本源，莫非經典。而去聖久遠，文體解散，辭人愛奇，言貴浮詭，飾羽尚畫，文繡鞶帨，離本彌甚，將遂訛濫。

蓋《周書》論辭，貴乎體要；尼父陳訓，惡乎異端；辭訓之奧，宜體於要。於是搦筆和墨，乃始論文。

蓋〈序志〉本爲駢體，然中段雜以散文，觀其敘事清晰，一目瞭然，而知散文之藝術，有繼《左傳》、《史記》等經典之作也，故知駢散結合，其意蘊之互補，乃劉勰美學追求之理想，故其〈麗辭〉曰：「迭用奇偶，節以雜佩，乃其貴耳。」〈章句〉亦曰：「四字密而不促，六字格而非緩，或變之以三五，蓋應機之權節也。」以爲四六句爲麗辭最佳句式，然隨機而變，亦能使文章於整飭之中，出之以疏蕩。觀之徐庾麗辭，上節析論其對偶句，由前人之四四對，變爲四六對，已是通變之結果，而雖以四六爲主，亦時有變化焉。如徐陵〈答周處士書〉：

> 辱去年三月二十七日告，仰披華翰，甚慰翹結。承歸來天目，得肆閒居，差有弄玉之俱仙，非無孟光之同隱。優游俯仰，極素女之經文；升降盈虛，盡軒皇之圖藝，雖復考槃在阿，不爲獨宿，詎勞金液，唯飲玉泉。比夫煮石紛紜，終年不爛；燒丹辛苦，至老方成。及其得道冥真，何勞逸之相懸也。又承有方生，亦在天目，理當仰稟明師，總斯秘要。豈如張陵弟子，自墜高巖；孫泰門人，競投滄海。何其樂乎！聖朝虛心版築，尚想丘園，若彼能赴嘉招，便當謹申高命。但其人往歲，亦望至京師，觀此風神，確乎難拔。故以忘懷爵祿，詎持犧牲之談；高視公卿，獨騁蜉蝣之訓。所恐有道三辟，公車十徵，若斯者終當不屈。此既然矣，請復詳言。昔楚國兩龔，同時紆組；漢陰二老，相攜抱甕。凡之幽貞，若其鑿坏負石，方同形影；結綬彈冠，無容越楚。況乎糞土夔龍，糟糠名器，己行所不欲，非應及人。忽承來音，良以多感。何則？潁陽巢父，不曾令薦許由；商洛園公，未聞求徵綺季。斯所未喻高懷，而躊躇於矛楯也。唯遲山阿近信，更惠芳音，如或誠言，謹使聞奏。弟夙勞比劇，不復多呈。徐陵白。

引文加黑點者，示其散文處也，此篇實奇偶相生，駢散結合之佳作。周弘讓來書，欲請徐陵薦隱士方圓於朝，陵知縱使薦之，其人亦必拒，乃欲以要譽耳，故回書如此。文中嘲笑其人之假隱，優游於《素女》，而自有風神氣勢，蓋以其駢中夾以散文，故有疏朗之氣，說理能透也。

庾信駢散結合之作，多見於碑誌之體，如〈周大將軍崔說神道碑〉：

太師賀拔勝作牧西荊，公爲假節、冠軍將軍、防城都督。及南陽失守，卷甲奔梁。樂毅羈旅，猶思燕路；陳軫悽愴，終戀秦聲。幸值和鄰，言歸舊國。授衛將軍、都督，封安昌縣開國子，食邑三百户。弘農克復，沙苑揮鋒，進爵爲侯，增邑并前一千一百户。信珪則更受司勳，穀璧則還輸典瑞，鐵馬有河橋之戰，戈船有汾水之兵，除京兆太守。移民下邑，未學邊韶，走馬章臺，不同張敞。遷帥都督、持節、撫軍、通直散騎常侍、大都督。尋遷使持節、車騎大將軍、儀同三司、都官尚書、定州大中正。五曹奏事，有朱穆之忠；九品論人，見楊喬之直。改封安國縣侯，益邑合前一千四百户。賜姓宇文，改名爲說。漢王改婁敬之族，事重論都；魏後變程昱之名，恩深捧日。遷車騎大將軍、開府儀同三司、加侍中。竇憲連官，單于之寶鼎可致；張寬固位，渭橋之流星可識。攻木七工，既掌丘陵之賦；司會六典，乃均邦國之財。居官得人，於斯爲盛。

錢基博曰：「疏逸之道，則在寓駢於散。隘堪以爲：『駢體之中，使無散行，則其氣不能疏逸，而敘事亦不清晰。故庾子山信碑志諸文，述及行履，出之以散；每敘一事，多用單行，先將事略說明，然後援行故實，作成駢語以接其下；推之別種體裁，亦應駢中有散也。儻一篇之中，始終無散行處，是後世書啓體，不足與言駢文矣！』嗚呼！此彥和《文心》所爲致歎於『氣無奇類，文乏異采，則碌碌麗辭，昏睡耳目』者乎！」〔註 60〕然則知徐庾麗辭所表現之駢散結合，奇偶相生，皆與劉勰所論一致矣。

（二）「參伍以相變，因革以為功」表現於徐庾麗辭句法之化用

劉勰〈物色〉曰：「古來辭人，異代接武，莫不參伍以相變，因革以爲功。物色盡而情有餘者，曉會通也。」此通變之中心要領，所謂「參伍以相變，因革以爲功」，即易舊爲新，善於適要，如駱鴻凱《文心雕龍札記・物色》補記曰：「有同賦一物而比興不同，則諸作各擅其勝，如同一詠蟬，虞世南『居高聲自遠，端不藉秋風』，是清華人語；駱賓王『露重飛難進，風多響易沉』，是患難人語；李商隱『本以高難飽，徒勞恨費聲』，是牢騷人語。此因比興之不同而各據勝境也。」〔註 61〕故知同一物象，以情之不同，則易舊爲新，而

〔註 60〕 錢基博：《近百年湖南學風：駢文通義》，頁 116。

〔註 61〕 黃侃：《文心雕龍札記・附錄》（上海：上海古籍出版社，2000 年 5 月），頁 231。

有新情也，此亦〈物色〉所謂：「因方以借巧，即勢以成奇」者也。觀之徐庾麗辭，多能因襲革新前人之句，如：

功與造化爭流，德與二儀比大。（張協〈七命〉）
功烈與造化相侔，德施與風雲俱遠。（徐陵〈爲貞陽侯與陳司空書〉）

正情與曒日同亮，明略與秋雲競爽。（王儉〈策齊公九錫文〉）
金星將婺女爭華，麝月與嫦娥競爽。（徐陵〈玉臺新詠集序〉）
落花與芝蓋齊飛，楊柳共春旗一色。（庾信〈三月三日華林園馬射賦并序〉）

我才之多少，將與風雲而並驅矣。（劉勰《文心雕龍・神思》）
才壯風雲。（徐陵〈答李那書〉）

風流雲散，一別如雨。（王粲〈贈蔡子篤詩〉）
別離二國，雲雨十年。（徐陵〈報尹義尚書〉）

欲隕之葉，無所假烈風；將墜之泣，不足繁哀響也。（陸機〈豪士賦序〉）
凋殘殺翮，無所假於風飆；零落春枯，不足煩於霜露。（庾信〈思舊銘并序〉）

信松茂而柏悅，嗟芝焚而蕙歎。（陸機〈歎逝賦〉）
瓶罄罍恥，芝焚蕙歎。（庾信〈思舊銘并序〉）

城池無藩籬之固，山川無溝阜之勢。（陸機〈辨亡論〉）
江淮無涯岸之阻，亭壁無藩籬之固。（庾信〈哀江南賦并序〉）

義兵雲合，無救劫弒之禍。（陸機〈五等諸侯論〉）
混一車書，無救平陽之禍。（庾信〈哀江南賦并序〉）

墳前之樹，染淚先枯；庭際之禽，聞悲乃下。（陸機〈晉平西將軍孝侯周處碑〉）
墳前之樹，染淚者先枯；庭際之禽，聞悲者則下。（庾信〈周太子太保步陸逞神道碑〉）

上示諸例，見徐庾化用前人成句，而稍加變易，乃無循環因襲之弊，此其善於參伍以相變，因革以爲功者也。

其他劉勰所論修辭之術，尚散論於本論文其他章節，以呼應該章節所論之重點，而由前節所論徐庾麗辭之新變，亦知其對偶、藻飾、隸事、聲律，皆前有所承，因革而新變，合乎劉勰通變之旨，而非無中生有也。

（三）「憑情以會通，負氣以適變」表現於徐庾麗辭之妙語珠圓

劉勰〈通變〉曰：「是以規略文統，宜宏大體，先博覽以精閱，總綱紀而攝契；然後拓衢路，置關鍵，長轡遠馭，從容按節，憑情以會通，負氣以適變，采如宛虹之奮鬐，光若長離之振翼，迺穎脫之文矣。」主張於「拓衢路，置關鍵，長轡遠馭，從容按節」之實際寫作之初，必當「憑情以會通，負氣以適變」，據其思想情感以確定通變之法，唯其將「憑情」與「負氣」並舉，則此情必屬有個性有感染力之情。觀之東晉玄言詩風，雖亦作者之情志，然劉勰乃未能認同之，又如劉宋文字之訛詭，亦劉勰所批判者。縱觀南朝麗辭，聲律與用典與日俱進，劉師培《中古文學史講義》述其時文學之特色曰：「一曰矜言數典，以富博爲長也。齊、梁文翰與東晉異，即詩什亦然。自宋代顏延之以下，侈言用事，學者浸以成俗。齊、梁之際，任昉用事，尤多慕者，轉爲穿鑿。蓋南朝之詩，始以工言景物，繼則惟以數典爲工。因事各體文章，亦以用事爲貴。」〔註62〕故劉勰〈情采〉謂：「故爲情者要約而寫眞，爲文者淫麗而煩濫。而後之作者，采濫忽眞，遠棄風雅，近師辭賦，故體情之製日疏，逐文之篇愈盛。」然而劉勰亦非反對用典，〈事類〉篇仍稱許其用於「文章之外，據事以類義，援古以證今」也。唯用典太多，則流於淫文破典，製作雖多，而文詞雅懿，文體清峻者極少，又由其數典琢句之風盛，而文尤趨於侈豔，爲文造情，眞宰弗存。然而於此風氣之下，用典能巧，又能憑情以會通，負氣以適變者，蓋徐庾而已，其勝處在運典跌宕，妙語珠圓也，如徐陵〈玉臺新詠集序〉，固其文集中極有聲色之作，然其辭意相發，句法變化，皆爲四六之楷模，雖爲宮體詩之序文，而使事恰當，語不入於纖仄，王文濡評曰：「孝穆茲序，亦爲精心結譔之作，雖藻彩紛披，輝煌奪目，而華不離實，腴不傷雅，麗詞風動，妙語珠圓。」〔註63〕蔣士銓評「至如青牛帳裏，餘曲既終；朱鳥窗前，新妝已竟。方當開茲縹帙，散此條繩……」曰：「一翻一托。」〔註64〕即指此翻筆托筆之用，而其隸事更見佳妙矣。又如譚獻評庾信〈周太子太保步陸逞神道碑〉曰：「使事迭宕，子山擅場。」〔註65〕評庾信〈謝趙王

〔註62〕劉師培：《中國中古文學史講義》，頁83～84。

〔註63〕王文濡：《南北朝文評註讀本》，冊1，頁28。

〔註64〕〔明〕王志堅編，〔清〕蔣士銓評：《評選四六法海》，頁340。

〔註65〕〔清〕李兆洛編，〔清〕譚獻評：《駢體文鈔》，頁248。

賚絲布啓〉:「運事甚巧。」〔註 66〕皆是。上節徐庾麗辭之新變，已述其運事甚巧矣，此處猶欲辨明者，妙語珠圓之意爲何？上節言徐庾以前之藻飾，以藏詞爲奇，故句法有隔，呈古樸之感，及至徐庾，唯以麗藻星鋪，設色取妍，則句法漸趨於易識，又創爲成句，以爲典型，故易於效法焉，久則熟爛，故林紓《春覺齋論文》論「忌熟爛」:「曾文正論文『貴圓』。顧非熟何能圓？鄙意當於古人法律中求圓，不當于俗人眼孔中求圓。」〔註 67〕姚永樸《文學研究法》引曾文正《家訓》曰:「無論何等書家，其落筆結體，亦以『珠圓玉潤』四字爲主。世人論文家之語圓而藻麗者，莫如徐陵、庾信。」〔註 68〕其所謂圓，即劉勰「理圓事密」(〈麗辭〉)之意也，今有學者以爲《文心雕龍》所論圓有三意:一則詩文整體上呈現周備、圓熟、意蘊豐富之美，二則聲韻之美，蓋圓形物能產生良好之共鳴效果，三則指作品流動變化之美〔註 69〕，蓋思轉能圓，則觸物圓覽，理圓事密，音韻流動婉轉，情文相生，而徐庾特擅也。

(四)「望今制奇，參古定法」表現於徐庾麗辭典雅沉著之言

「望今制奇，參古定法」即〈定勢〉所謂:「執正以馭奇」者也，其言曰:「然密會者以意新得巧，苟異者以失體成怪。舊練之才，則執正以馭奇；新學之銳，則逐奇而失正。」然則奇正者，劉勰通變論之理想目標也，欲使奇正雖反，而能兼解俱通，其在「經」與「騷」乎！「經」乃永恆之理、常則之代表，〈宗經〉所謂:「文能宗經，體有六義:一則情深而不詭，二則風清而不雜，三則事信而不誕，四則義貞而不回，五則體約而不蕪，六則文麗而不淫。」「騷」則通變後之佳作，〈辨騷〉所謂:「固知《楚辭》者，體憲於三代，而風雜於戰國。」「若能憑軾以倚《雅》、《頌》，懸轡以馭楚篇，酌奇而不失其貞，玩華而不墜其實，則顧盼可以驅辭力，欬唾可以窮文致。」是知以宗經之態度，效〈離騷〉之逞奇，此即「望今制奇，參古定法」之原則也，雖〈體性〉曰:「雅與奇反。」然爲文能宗經而辨騷，則其文能奇正，亦〈情采〉所謂:「文采所以飾言，而辯麗本於情性。」此法庾信特能發揮，如〈爲閻大將軍乞致仕表〉:

〔註 66〕〔清〕李兆洛編，〔清〕譚獻評:《駢體文鈔》，頁 319。
〔註 67〕林紓:《春覺齋論文》，收入王水照編:《歷代文話》，冊 7，頁 6411。
〔註 68〕姚永樸:《文學研究法》，收入王水照編:《歷代文話》，冊 7，頁 6937。
〔註 69〕見黃金鵬:〈《文心雕龍》的圓美思想〉，《四川大學學報(哲學社會科學版)》，1996 年第 2 期，頁 63～67。

臣聞《禮》云：「大夫七十致仕於朝，傳家於子，膳則貳珍，衣稱時制。」臣自出身奉國，四十餘年，遭遇風雲，從微至著。太祖文皇帝扶危濟難，奄有關河。臣實無堪，中涓從事。自洛食風塵，河梁旗鼓，華陰有白馬之兵，河曲有黃沙之陣。臣雖用命，不能奇策。功薄賞厚，因人成事，恩澤年表，常以愧心。仰逢周朝以揖讓登庸，謳歌受命，主貴臣遷，頻煩榮寵。三槐以鑄鼎象物，知其神奸；五等以桓珪飾瑞，守其宮室。臣以何德，兼而有之？況復水土之職，王梁以應讖受徵；兵戈之王，韓信以登壇獨拜。語其連類，臣又何人！方今四海未寧，三主鼎峙，陛下勞心之日，群公展效之秋。而臣甲子既多，耄年又及，無參賓客之事，謬達諸侯之班。尸祿素餐，久忝彝典；負乘致寇，徒煩有司。加以寒暑乖違，節宣失序，風水交侵，菁華已竭。雖復廉頗強飯，馬援據鞍，求欲報恩，何能爲役？榮啓期之樂，適足自貽；燭之武之言，無能爲也。特乞解所居官，言從初服。事符骸骨之請，非謀几杖之賜。若臣北陵移病，東皐歸老，山河茅社，一反司勳，公侯珪璧，還封典瑞，則朝無冒位之人，臣免妨賢之責。虞氏養老，敢希東序之榮；周朝如荼，豈望西郊之禮。但瞻仰天威，方違咫尺，徘徊城闕，私增悽戀。不任知止之情云云。

據倪璠注《庾子山集注》，此文用典多出自《禮記》、《周禮》、《詩經》、《左傳》、《史記》，以其能用經書典故，故立論雅正，此與劉勰「參古定法」意相同也，何以故？蓋陸機〈文賦〉曰：「奏平徹以閑雅，說煒曄而譎誑。」說體興於戰國談士，其游說之術，必譬喻以動人，故乃「煒曄而譎誑」，煒曄則敘事鮮明而生動，譎誑則虛構而巧飾。劉勰〈論說〉乃否定陸機之說，而曰：「凡說之樞要，必使時利而義貞，進有契於成務，退無阻於榮身。自非譎敵，則唯忠與信。披肝膽以獻主，飛文敏以濟辭，此說之本也。」知劉勰之論文，必由文之爲德而發，故說體歸之忠信。然敘事、虛構者，後世小說之要素也，先秦說體如《戰國策》、《國語》之類，固後世小說之濫觴也，施之於文章，必增新奇。若《說苑》者，說體之書，史家嘗斥其憑虛杜撰，如劉知幾謂其：「廣陳虛事，多構僞辭。」〔註 70〕然而觀庾信〈爲閻大將軍乞致仕表〉一文，數用《說苑》之事，而皆能止於雅正，以其與諸經配合，不流於奇詭之故也，

〔註 70〕〔唐〕劉知幾撰，〔清〕浦起龍通釋：《史通通釋・外篇・雜說下》，頁 482。

如「榮啓期之樂，適足自貽」，用《說苑》：「孔子見榮啓期衣鹿皮裘，鼓瑟而歌。」「事符骸骨之請，非謀几杖之賜」，用《說苑》：「晏子任東阿，乞骸骨以避賢者之路。」若其典雅之中，又出之以沉著之言，即劉勰〈定勢〉所言「因情立體」者，譚獻評曰：「沉著之言，開府獨擅，《文選》三十卷微婉之體盡矣。」〔註 71〕蓋《文選》卷三十至卷三十九爲騷、七、詔策、令教文、表、上書、啓諸體，譚獻以爲《文選》此類文體，須用微婉之體，而其法則庾信文已盡之矣，此亦證庾信之善於通變也。

〔註 71〕〔清〕李兆洛編，〔清〕譚獻評：《駢體文鈔》，頁 141。

第八章　結　論

魏晉南北朝爲「文學自覺」之時代，於文論之集大成者，則有《文心雕龍》，於文章之集大成者，則徐庾麗辭是也，然而其間之關係與影響如何？蓋《文心》成書後，影響不絕如縷，蕭繹《金樓子》，有抄錄《文心》之辭；《顏氏家訓》、《文鏡秘府論》，有略同《文心》之論；即於作家而言，唐陳子昂「風骨」、「興寄」之說，其取向亦由《文心》而來，蓋其範疇與方向非唯相通，且復相同。然而後代文論，既有取乎《文心》，而文人之作，豈無《文心》之影響？又觀之史家，如劉知幾之作《史通》，亦有效及《文心》者，然如魏收、令狐德棻、魏徵諸人，於徐庾麗辭，則往往非之〔註1〕，蓋《文心》與徐庾麗辭，各爲文論與文章之瑰寶，何其接受之相異若此也？故欲明其關係與影響若何？還原其本色，即本論文之所由作也。是以本論文企圖就《文心雕龍》理論貢獻最特出者，即其樞紐論、緣情說、想像論、意象論、風格論、通變論數方面敘起，以洞悉《文心雕龍》理論之核心，然後析論徐庾麗辭與之相

〔註1〕如《太平御覽》卷五八五引《三國典略》：「齊主嘗問于魏收曰：『卿才何如徐陵？』收對曰：『臣大國之才典以雅，徐陵亡國之才麗以豔。』」〔宋〕李昉：《太平御覽》（臺北：臺灣商務印書館，1997年7月），冊4，頁2768。又如《周書・王褒庾信傳論》：「然則子山之文，發源於宋末，盛行於梁季。其體以淫放爲本，其詞以輕險爲宗。故能夸目侈於紅紫，蕩心逾於鄭衛。昔楊子雲有言：『詩人之賦麗以則，詞人之賦麗以淫。』若以庾氏方之，斯以詞賦之罪人也。」見〔唐〕令狐德棻：《周書》，冊3，頁744。又如《隋書・文學傳序》：「梁自大同之後，雅道淪缺，漸乖典則，爭馳新巧。簡文、湘東，啓其淫放，徐陵、庾信，分路揚鑣。其意淺而繁，其文匿而彩，詞尚輕險，情多哀思。格以延陵之聽，蓋亦亡國之音乎！周氏吞并梁、荊，此風扇於關右，狂簡斐然成俗，流宕忘反，無所取裁。」見〔唐〕魏徵：《隋書》（北京：中華書局，1982年10月），冊6，頁1730。

對應之特色，作雙扇之對比，以見乎《文心》之立論，有其實用性，而徐庾麗辭之作，有應得後人贊同者。繼之則試以《文心雕龍》理論分析徐庾麗辭，觀察徐庾麗辭有無符合《文心》理論，以確立二者間之關係，並確定徐庾麗辭爲《文心》理論之實踐者。據此研究理路，本論文得出結論如下：

樞紐論爲《文心雕龍》全書立論之體系，即其〈序志〉所謂「《文心》之作也，本乎道，師乎聖，體乎經，酌乎緯，變乎騷：文之樞紐，亦云極矣。」其徵聖宗經之思想眼光，亦超邁群倫，爲他人所未有，且《文心》本與六朝浮靡訛濫之文風爲對立，欲知其立論是否憑空而來？觀之文家之作，與之是否相應，即知其理論實用性之有無。用典爲齊梁後麗辭之特色，徐庾麗辭之用典，繁夥則過前人，手法亦巧妙，然細察其用典之內涵，則皆由聖人之經典而出，蓋孝穆文有史筆〔註 2〕，子山則尤善《左傳》，其出入經史，遊刃有餘，其立意亦皆雍容雅正，詩暫不論，以文觀之，皆雅麗之作，未嘗入於纖仄淫靡。而《文心》之文德說、雅正觀思想，於徐庾麗辭皆有體現；再比較《文心雕龍》、《顏氏家訓》文章源出五經論之差異，蓋顏之推初仕於梁，爲湘東王（蕭繹）右常侍，距離既近，當可考其淵源，而分析之後，則知徐庾麗辭之表現，皆傾向《文心》之論也。

魏晉南北朝之爲文學自覺之時代，即以其時文壇之文學觀，有重大之轉變，蓋以《文心雕龍》爲大成之緣情說，傳播既廣，詩言志之陳規，漸轉爲詩緣情，劉勰雖有情志之主張，而未反對緣情之作，其但書者，則文質並重，與夫具有風骨之作。蓋麗辭以麗爲尚，順此以往，則爲文造情之作多矣，而文格卑矣，故有待文質之調和，與具風骨之感染力。而徐庾麗辭之特色，即在其能集麗辭技巧之大成，吸收民歌之通俗之句法，遂成雅俗兼蓄，文質相宜，而情文兼至，蓋徐庾皆歷經侯景之亂，家國之變，而身遭流離，其遭遇與情感，皆與魏晉風骨，旨趣相契，亦劉勰所高度肯定者。今人據庾信之文，歸納其文學觀，即「性靈觀」，與劉勰之緣情說，其旨亦相通。劉勰之緣情說，以爲「人秉七情，應物斯感，感物吟志，莫非自然」（〈明詩〉），芸芸眾生，皆有其情，文章即緣情而作也，其影響也，即唐代文學之繁榮也，而徐庾麗辭於其間，則承上啓下之關鍵也。

〔註 2〕《史通・覈才》：「孝穆在齊，有志梁史，及還江左，書竟不成。」見〔唐〕劉知幾撰，〔清〕浦起龍通釋：《史通通釋》（上海：上海古籍出版社，2009 年 12 月），頁 232。

劉勰以「神思」統攝文學想像之內涵，而文學構思之過程，實即文學想像之過程，劉勰以爲「文之思也，其神遠矣」、「寂然凝慮，思接千載，悄焉動容，視通萬里」，則是文學之構思，必於想像之中運行焉，其本質爲完全、徹底之自由性思考，而此文學想像之發揮，必以奇爲至善，唯此奇爲奇正之奇，不同於詭詭，故劉勰又指出鍊意之方，以知如何達至奇正之境，在於「酌奇而不失其貞，翫華而不墜其實」(〈辨騷〉)、「奇正雖反，必兼解以俱通」(〈定勢〉)。至於徐陵麗辭之想像，具體呈現於其聯想想像，與創造想像之高明，或類似聯想，或接近聯想，或正面聯想，或反面聯想，皆能馳騁無礙，有意奇者，有字奇者，而烘托夸飾，運用自如，此徐庾麗辭精采之處，是知其想像之發揮，與劉勰之論，非異衢者。若再就徐庾麗辭作全篇之觀照，則其一篇之中，於劉勰想像論之奇思、奇正等要素，皆同時具備。

《文心雕龍》意象論，引意象之概念於文論，此劉勰之發明，影響後代文論甚鉅，如意境論、神韻論、境界論，皆以此爲基礎。意象爲顯示於文學作品中，寄託作者主體情思之具體物象，作者寓情於物，筆寫其物，情藏物外，於是物象有限，而其情意有餘不盡，故知意象之手法與特徵，即比興、隱秀，唯今人多以劉勰比興、隱秀乃施之於詩，即意象運用與分析，亦詩所有，於文則無，然本論文既歸納徐庾麗辭之意象，以示其意象運用之豐富，又據以分析其意象手法，乃知徐庾麗辭亦有比興、隱秀之妙趣也。又於徐庾麗辭，作全篇之觀察，則見庾信於比興、隱秀之運用，有過於徐陵，其文皆能含蓄而秀拔，此蓋古人以徐庾並稱，而又多以庾才過於徐之因也。

劉勰《文心》之風格論，集前人之大成，亦標示文體呈現之最高範疇，乃作家之創作個性，與文體規範、時代風氣，糅和呈現於其作也。六朝文壇既以麗爲趨向，劉勰亦不能盡反，於是務爲折衷，兼容並蓄，既持八體之說，而特於典雅之推崇，欲效典雅，必摹體以定習，此其論之大較。蓋齊梁以後，豔薄斯極，以徐庾同時之簡文、梁元觀之，即率多娛情遣懷，綺麗柔婉之作，而徐庾麗辭特能風格多元，徐陵則氣體淵雅有之，跌宕激越有之，或清麗妍華，或委婉蘊藉，庾信則有沉雄悲壯，有秀逸雋絕，又能遒宕多姿，清新高華，故知其文風非如劉勰所反對之新奇、輕靡者也。再就其章、表、賦、頌、檄、書、箴、銘、碑、誄諸體分析，其風格皆與劉勰理論相合。則史家之斥徐庾爲詞賦之罪人云云，確有未當。

《文心雕龍》通變論之價值，在劉勰徵引大量之史實，以證文學之質文代變，又分析變之勢，有正變與訛變，欲得正變，確乎正式，必「稟經以製式，酌雅以富言」，此劉勰主張為文必須宗經者也。當文壇漸趨訛變之際，劉勰折衷其論，主張通變，而劉勰之通變，與徐庾之新變，其有牴觸乎？本文歸納劉勰通變之方法，具體分析徐庾麗辭新變之事實，雖徐庾新變，特在駢文之對偶、藻飾、隸事、聲律諸方面，然而運用劉勰「觀通變」之主張，以其通變之方法，分析徐庾麗辭，乃知劉勰通變，與徐陵之新變，主旨無異，精神相通，然後知新變一詞，特史家之說詞耳，文人大手筆之變者，不曾憑空變出，必善於通變。徐庾麗辭之新變，與劉勰之通變無以異也，通變之說，立足於方法學而說也，新變之說，史家籠統涵攝而言之也。

本論文各章之主幹，第一節析述《文心雕龍》理論，第二節則分析徐庾麗辭之足與《文心》理論相應者，第三節再以《文心》理論分析徐庾麗辭。之所以如此，在於方便論述，使眉目清晰，蓋第二節重在深入剖析徐庾麗辭，以見徐庾麗辭與《文心》理論是否相應相合。然而二者之間，又可能存在《文心》理論僅部分表現於徐庾麗辭，或徐庾麗辭之表現有超越《文心》理論之處，故再設第三節作整體觀察。然而如此分節，或致第二、三節難以完全切割，有若干重複之弊。但權衡得失，如此分節亦有必要，如第三章所論「抒情、文質、風骨」皆緣情說之內涵，但「抒情、文質、風骨」之內涵又非必劉勰主張之「抒情、文質、風骨」，故列第二節深入分析徐庾麗辭之「抒情、文質、風骨」，第三節再整合比較。第四、五章之第二節，分析徐庾麗辭之想像、意象，已足見其表現之靈巧，皆《文心》論之未及者。然第二節尚僅止於單項分析，第三節則作全篇分析，更見徐庾麗辭能於一篇之中，包含《文心》之想像論、意象論，且於想像手法、意象手法之靈活運用，一篇之中足以完全涵蓋第二節所析述者。第六章風格論，知徐庾麗辭之風格多樣，超越《文心》所論，亦高於同時其他作家，而整體表現仍不失其典雅，並無流於奇詭、輕靡之處，亦無「繁采寡情，味之必厭」之作。第七章論《文心》之通變，與徐庾麗辭之新變，知其間僅為名目之異，其精神則同。徐庾麗辭雖曰新變，但亦非憑空變出新貌，其對偶、藻飾、隸事、聲律皆前有所承，與《文心》通變之旨相同，「新變」一詞乃史家所言耳。

綜上而論，徐庾麗辭多合乎劉勰《文心雕龍》之理論，劉勰《文心》理論之體現與實踐者，即徐庾麗辭也，然而徐庾文學觀與《文心》同，何以後人非之？觀之批評徐庾者，多唐代史家之身份，豈其鼎革易代，必欲詆訶前朝，乃示己朝之正當性乎？徐庾麗辭風扇初唐，其後見斥於史家，影響漸微，再受重視，有待乎明清矣，故其文字多佚，明人王志堅（1576～1633）編《四六法海》，張溥（1602～1641）輯《漢魏六朝百三家集》，六朝文學，乃重見曙光。清初陳維崧（1625～1682）之駢文，全效徐庾體，《四庫全書》錄之，且官方之《四庫全書總目》，於徐庾之評價，亦正面之肯定，至是徐庾麗辭，又見重士林矣。而劉勰《文心雕龍》成書之初，未為時流所稱，雖沈約賞之，然影響力非鉅，間有文人之徵引，而流通非廣，故今見其書闕文亦多。以其版本流傳而觀之，自敦煌遺書有唐寫本《文心雕龍》之外，至明清後，方見又受重視〔註3〕，蓋得力於校勘之功也，豈前人反對徐庾，乃同時亦反對《文心》乎？明清後《文心》既受重視，徐庾麗辭遂乃得人效法乎？此皆學術問題之尚待釐清者，唯本論文將《文心雕龍》與徐庾麗辭，作對比分析之研究，知《文心雕龍》理論之高明與實用，而具體實踐之作，則徐庾麗辭，差可配之。

〔註3〕參汪春泓：《文心雕龍的傳播和影響》，「《文心雕龍》問世以來的版本流傳情況」，頁63～114。

附錄一　徐陵（507～583）麗辭繫年表

篇　目	寫作時間／年齡	寫作緣起
鴛鴦賦	梁蕭綱東宮時期	《藝文類聚》卷九二《鳥部・鴛鴦》載賦四篇，首為梁簡文帝，次為梁元帝，復次為庾信，末為徐陵。此四賦當作於梁簡文在東宮時之唱和。
後堂望美人山銘	梁蕭綱東宮時期	梁簡文東宮後堂，梁東宮有玄圃園，中有山水亭館，後堂望美人山即其一景。
玉臺新詠集序	梁武帝中大通六年前後（534）。28 歲	梁簡文帝蕭綱命徐陵編《玉臺新詠》詩集。
與齊尚書僕射楊遵彥書	梁簡文帝大寶二年（551）。45 歲	侯景之亂，徐陵適出使東魏，東魏亡，陵入北齊，乃致書楊愔請求歸還。
在北齊與宗室書	梁簡文帝大寶二年（551）。45 歲	此前上書楊愔求還遭婉拒，乃致書北齊徐姓宗親，請求援手。
勸進梁元帝表	梁簡文帝大寶三年（552）。46 歲	梁簡文帝大寶二年，蕭綱被害。及王僧辯平侯景，徐陵乃撰表勸進蕭繹即位江陵。
與王僧辯書	梁元帝承聖四年（555）。49 歲	徐陵在齊得見梁使柳暉等，知侯景已平，致書向王僧辯表明心跡，渴望援引歸國。
與王吳郡僧智書	梁元帝承聖四年（555）。49 歲	徐陵此時似正在隨貞陽侯蕭淵明返國途中。因王僧辯拒境不納，陵遂致書其弟僧智，感念舊情，並求援手。
為貞陽侯與太尉王僧辯書	梁元帝承聖四年（555）。49 歲	《陳書・徐陵傳》:「及江陵陷，齊送貞陽侯蕭淵明為梁嗣，乃遣陵隨還。太尉王僧辯初拒境不納，淵明往復致書，皆陵詞也。」此為第一次致書。

篇　目	寫作時間／年齡	寫作緣起
爲貞陽侯答王太尉書	梁敬帝紹泰元年（555）。49 歲	《陳書・徐陵傳》：「及江陵陷，齊送貞陽侯蕭淵明爲梁嗣，乃遣陵隨還。太尉王僧辯初拒境不納，淵明往復致書，皆陵詞也。」
爲貞陽侯重與王太尉書	梁敬帝紹泰元年（555）。49 歲	同上。
爲貞陽侯與荀昂兄弟書	梁敬帝紹泰元年（555）。49 歲	荀昂兄弟指荀昂及其弟荀朗、荀晷。助王僧辯平侯景有功。徐陵隨貞陽侯反國，致書勸荀昂兄弟與王僧辯同來歸附。
爲貞陽侯重與裴之横書	梁敬帝紹泰元年（555）。49 歲	北齊遣上黨王高渙挾貞陽侯攻東關，散騎常侍裴之横禦之，齊克東關，斬裴之横，俘數千人。此書徐陵招降之辭，作於裴之横戰死前。
爲貞陽侯答王太尉書	梁敬帝紹泰元年（555）。49 歲	裴之横戰死，王僧辯懼，謀納貞陽侯，去信致其意，陵因代貞陽侯答書。
爲貞陽侯重答王太尉書	梁敬帝紹泰元年（555）。49 歲	王僧辯求以蕭方智爲皇太子，徐陵爲貞陽侯答書。
又爲貞陽侯答王太尉書	梁敬帝紹泰元年（555）。49 歲	貞陽侯求濟江南渡須衛士三千，王僧辯慮其有變，止受散卒千人，徐陵答書言太少。
爲貞陽侯與陳司空書	梁敬帝紹泰元年（555）。49 歲	陳司空即陳霸先，與王僧辯合力平侯景。徐陵與蕭淵明南歸，太尉王僧辯初不納，陵因致書陳霸先。
裴使君墓誌銘	梁敬帝紹泰元年（555）。49 歲	裴之横卒於紹泰元年（555）三月六日，是年五月蕭淵明稱帝，應不會爲裴舉行葬禮，故此墓誌銘當作於冬十月梁敬帝蕭方智即位以後。
爲陳武帝作相時與北齊廣陵城主書	梁敬帝太平元年（556）。50 歲	陳武帝作相時，指陳霸先稱帝前爲梁丞相時。北齊廣陵城主，即辛術。陳霸先襲殺王僧辯，黜蕭淵明，立蕭方智爲敬帝。齊人以納貞陽侯不得志，而據廣陵以臨江，屢告入寇。徐陵爲陳霸先致書，敘說其任相國之事。
爲陳武帝作相時與嶺南酋豪書	梁敬帝太平二年（557）。51 歲	徐陵爲陳霸先致書嶺南酋豪，邀此些酋豪洞主及其子弟，來建康爲官或做客，私欲以爲人質，以鞏固南方統制權。
進封陳司空爲長城公詔	梁敬帝太平二年（557）。51 歲	陳霸先爲司空，同時進封長城公。
冊陳王九錫文	梁敬帝太平二年（557）。51 歲	陳霸先冊封陳王事。《梁書・敬帝紀》：「（太平二年）九月辛丑，崇丞相爲相國，總百揆，封

篇　目	寫作時間／年齡	寫作緣起
		十郡爲陳公，備九錫之禮，加璽紱、遠游冠，位在王公上。」
封陳公九錫詔	梁敬帝太平二年（557）。51歲	《梁書・敬帝紀》：「（太平二年）九月辛丑，崇丞相爲相國，總百揆，封十郡爲陳公，備九錫之禮，加璽紱、遠游冠，位在王公上。」
禪位陳王策	梁敬帝太平二年（557）。51歲	是年九月陳霸先冊封陳王，十月梁敬帝禪位陳王。
禪位陳王詔	梁敬帝太平二年（557）。51歲	梁敬帝禪位陳王。
禪位陳王璽書	梁敬帝太平二年（557）。51歲	梁敬帝禪位陳王。
陳武帝即位詔	陳武帝永定元年（557）。51歲	陳霸王稱帝，改元永定元年。
爲陳武帝即位告天文	陳武帝永定元年（557）。51歲	陳霸王稱帝，改元永定元年。
陳武帝下州郡璽書	陳武帝永定元年（557）。51歲	《陳書・高祖紀下》：「（永定元年冬十月）景子，輿駕幸鍾山祠蔣帝廟。戊寅，輿駕幸華林園，親覽詞訟，臨赦囚徒。己卯，分遣大使宣勞四方，下璽書敕州郡。」
爲陳武帝與周宰相書	陳武帝永定元年（557）。51歲	周宰相指宇文護。陳霸先稱帝後，遣使者周弘正等，致書宇文護，欲與北周交好。
讓散騎常侍表	陳武帝永定元年（557）。51歲	《陳書・徐陵傳》：「紹泰二年，又使於齊，還除給事黃門侍郎、秘書監。高祖（陳霸先）受禪，加散騎常侍，左丞如故。」
太極殿銘	陳武帝永定二年（558）。52歲	梁太極殿毀於侯景之亂，至陳永定二年始得重建。
決斷大行俠御服議	陳武帝永定三年（559）。52歲	陳霸先卒於永定三年六月，朝臣共議靈堂俠御人所服衣服吉凶之制，請左丞徐陵決斷。
重答八座以下請斷俠御服議	陳武帝永定三年（559）。53歲	陳霸先卒於永定三年六月，朝臣共議靈堂俠御人所服衣服吉凶之制，博士沈文阿獨持己見，徐陵重答所決。
陳文帝登祚尊皇太后詔	陳武帝永定三年（559）。53歲	陳霸先卒，陳文帝即位，尊后爲皇太后。
廣州刺史歐陽頠德政碑	陳文帝天嘉元年（560）。54歲	陳文帝即位，進公位征南將軍、廣州刺史，又都督東衡州二十州諸軍事宜。

篇　目	寫作時間／年齡	寫作緣起
與李那書	陳文帝天嘉二年（561）。55 歲	李那即李昶，北齊遣殷不害使於陳，徐陵從殷處得睹李昶詩文若干篇，因致書寄意。
爲王儀同致仕表	陳文帝天嘉二年（561）。55 歲	王儀同指王沖，梁武帝甥，陳文帝天嘉二年，王沖年滿七十上表致仕。
司空徐州刺史侯安都德政碑	陳文帝天嘉三年（562）。56 歲	侯安都東討留異，於天嘉三年夏得勝而回，以功加侍中、征北大將軍，增邑並前五千戶，仍還本鎮。其年，吏民詣闕表請立碑，頌美安都功績，詔許之。
孝義寺碑	陳文帝天嘉三年（562）。56 歲	孝義寺在吳興烏程（今浙江湖州南），乃陳武帝章皇后捨籍里故宅而建。
讓五兵尚書表	陳文帝天嘉四年（563）。57 歲	《陳書・徐陵傳》:「天嘉初，遷太府親卿。四年，遷五兵尚書，領大著作。」
答李顒之書	陳文帝天嘉四年（563）。57 歲	北齊青年李顒之慕名投書，欲歸依門下，徐陵答書。據許逸民校箋，推測作年在六十歲上下。
報尹義尚書	陳文帝天嘉六年（565）。59 歲	此書作答於尹義尚〈與徐僕射書〉後。二人分手已逾十年，內容述離別之情，表思慕之意。
答諸求官人書	陳文帝天康元年（566）。60 歲	《陳書・徐陵傳》:「天康元年，遷吏部尚書，領大著作。陵以梁末以來，遷授多失其所，於是提舉綱維，綜覈名實。時有冒進求官，喧競不已者，陵乃爲書宣示。」
安成王讓錄尚書表後啓	陳文帝天康元年（566）。60 歲	《陳書・廢帝紀》:「（天康元年五月）庚寅，以驃騎將軍、司空、揚州刺史、新除尚書令安成王頊爲驃騎大將軍，進位司徒、錄尚書、都督中外諸軍事。
陳文皇帝哀策文	陳文帝天康元年（566）。60 歲	陳文帝即陳蒨，天康元年夏四月崩，六月甲子，群臣上謚曰文皇帝，廟號世祖。
薦陸瓊書	陳廢帝天康元年（566）。60 歲	陸瓊被薦前爲新安王（陳伯固）文學從事，位不登二品，吏部尚書徐陵薦瓊於高宗，乃除司徒左西掾。
爲護軍長史王質移文	陳廢帝光大元年（567）。61 歲	王質，梁武帝甥。入陳，文帝嗣位，以爲五兵尚書。此篇因華皎謀反而作。
與顧記室書	陳廢帝光大二年（568）。62 歲	陳暄作書謗徐陵，陵甚病之，致書文帝第三子鄱陽王之記室顧野王，說明被誣根由，意欲轉請鄱陽王在廢帝前爲己洗冤。

篇　目	寫作時間／年齡	寫作緣起
移齊文	陳廢帝光大二年（568）。62歲	敘平定華皎叛亂事，是時北齊以檄來賀捷，陳亦以移答之。
謝敕賚燭盤賞答齊國移文啓	陳廢帝光大二年（568）。62歲	華皎於光大元年五月叛亂，至九月事乃平。而齊使之來，在天統四年春正月，即陳廢帝光大二年。
爲陳宣帝與周冢宰宇文護論邊境事書	陳宣帝太建元年（569）。63歲	致書北周大冢宰宇文護，討論畫野分疆之事，以爲敦鄰款好之意。
讓右僕射初表	陳宣帝太建元年（569）。63歲	《陳書·徐陵傳》:「太建元年，除尚書右僕射。」
與章司空昭達書	陳宣帝太建元年（569）。63歲	太建元年冬十月，新除左衛將軍歐陽紇據廣州舉兵反，高宗詔章昭達討之。徐陵此書預先賀其戰捷。
晉陵太守王勱德政碑	陳宣帝太建元年（569）。63歲	《陳書・王通傳》附王勱傳：「太建元年，遷尚書右僕射。時東境大水，百姓饑饉，以勱爲仁武將軍、晉陵太守。在郡甚有威惠，郡人表請立碑，頌勱政績，詔許之。」
四無畏寺刹下銘	陳宣帝太建元年（569）。63歲	四無畏寺建於何時，未見史文記載，許逸民校箋以爲章太后所建，此銘作於廢帝被黜之後，即陳宣帝太建元年。
司空章昭達墓誌	陳宣帝太建三年（571）。65歲	《陳書・章昭達傳》:「三年，遘疾，薨，時年五十四。贈大將軍，增邑五百戶，給班劍二十人。」
答周處士書	陳宣帝太建三年（571）。65歲	周弘讓致書徐陵，請徐陵薦隱士方圓，陵答書。
又與釋智顗書	陳宣帝太建三年（571）。65歲	智顗弟子慧拔至徐陵處，言及智顗關心之意，徐陵答書，內容提及喪子（徐份）事。
讓左僕射初表	陳宣帝太建四年（572）。66歲	《資治通鑑》卷一七一《陳紀》:「太建四年，春正月，丙午，以尚書僕射徐陵爲左僕射，中書監王勱爲右僕射。」
與釋智顗書	陳宣帝太建四年（572）。66歲	釋智顗稱「智者大師」，太建元年至七年，智顗住錫建康，期間徐陵、毛喜、周弘正供養甚殷，三人並受菩薩戒。
爲陳宣帝答周武帝論和親書	陳宣帝太建四年（572）。66歲	北周杜杲、鮑宏於太建四年八月聘於陳，謀代齊，陳遂出邱江北以侵齊。

篇　目	寫作時間／年齡	寫作緣起
東陽雙林傅大士碑	陳宣帝太建四年（572）。66 歲	傅大士姓傅，名翕，字玄風，自號雙林樹下當來解善慧大士。元釋覺岸《釋氏稽古略》卷二引《陳紀・寺紀》:「(太建四年）九月，陳帝詔僕射徐陵撰婺州雙林寺傅大士碑。」
答族人梁東海太守長孺書	陳宣帝太建八年（576）。70 歲	徐長孺早年曾仕梁為東海太守，後轉投北朝，生平不可考。徐陵由使臣劉廣德、傅縡處得徐長孺書札，故答書。
檄周文	陳宣帝太建九年（577）。71 歲	周人滅齊，欲爭徐、兗，陳宣帝乃詔吳明徹率師北伐。
皇太子臨辟雍頌	陳宣帝太建十一年（579）。73 歲	《陳書・徐伯陽傳》:「十一年春，皇太子幸太學，詔新安王於辟雍發《論語》題，仍命伯陽為〈辟雍頌〉，甚見嘉賞。」與徐陵此頌所謂新安王「以十一年三月二十一日受詔弘宣發《論語》題」合，故知作頌非一人。
司空河東康簡王墓誌	陳宣帝太建十二年（580）。74 歲	河東康簡王即陳叔獻，陳宣王第九子，卒時年僅十三歲。
又與釋智顗書	陳宣帝太建十三年（581）。75 歲	陳宣帝太建十三年，智顗於天台設立放生池，事聞朝廷，敕為製碑一事。
天台山館徐則法師碑	陳宣帝太建十四年（582）。76 歲	《隋書・徐則傳》:「陳太建時，應召來憩於至真觀。朞月，又辭入天台山，因絕穀養性，所資唯松水而已，雖隆冬沍寒，不服綿絮。太傅徐陵為之刊山立頌。」
五願上智顗禪師書	陳後主至德元年（583）。77 歲	陳後主請智顗赴京師弘法，時在至德元年，智顗之所以肯於出山，既始於徐陵推薦，亦得力於永陽王陳伯智之勸請。智顗在金陵弘法期間，陳主親筵聽法，禮遇甚高。徐陵上五願書，或當在此時。
諫仁山深法師罷道書	陳代	仁山當指寺院，深法師不詳其為何人，罷道指還俗。法師還俗，不外求仕與娶妻兩世俗大事，徐陵曾由智者大師（釋智顗）授菩薩戒，或緣其信佛，故有此作，此篇作年無考，當在晚年。

附錄二　庾信（513～581）麗辭繫年表

篇　目	寫作時間／年齡	寫作源起
春賦	梁綱東宮時期	梁簡文帝有〈晚春賦〉，梁元帝有〈春賦〉，皆宮體風格，劉勰所言「爲文造情」者。
七夕賦	梁綱東宮時期	此篇亦宮體風格。
燈賦	梁綱東宮時期	此篇亦宮體風格。
對燭賦	梁綱東宮時期	此篇亦宮體風格，梁簡文帝、梁元帝皆有〈對燭賦〉。
鏡賦	梁綱東宮時期	此篇亦宮體風格。
鴛鴦賦	梁綱東宮時期	此篇亦宮體風格，庾信、徐陵、梁簡文帝、梁元帝四人皆有〈鴛鴦賦〉。
蕩子賦	梁綱東宮時期	此篇亦宮體風格，梁元帝有〈蕩婦秋思賦〉。
爲梁上黃侯世子與婦書	梁元帝承聖三年（554）。42 歲	《北齊書》:「蕭慤字仁祖，梁上黃侯曄之子。」倪璠曰：「慤本梁朝宗室，疑江陵陷後，隨例入關，若非隔絕，即是俘擄。此書摹寫暫離之狀，寫永訣之情，茹恨吞悲，無所投訴，殆亦〈哀江南賦〉中「臨江愁思」之類也。」
枯樹賦	西魏廢帝三年（554）。42 歲	倪璠曰：「〈枯樹賦〉者，庾子山鄉關之思所爲作也。」《朝野僉載》:「梁庾信從南朝初至北方，文士多輕之。信將〈枯樹賦〉以示之，於後無敢言者。」
陝州弘農郡五張寺經藏碑	西魏恭帝三年（556）。44 歲	五張寺寺主法映及洛州刺史張隆等，於寺中造一切法輪，庾信出爲弘農太守，逢茲佛會，遂相請託，有此碑文。

篇　目	寫作時間／年齡	寫作源起
溫湯碑	西魏恭帝三年（556）。44歲	弘農有溫湯，下有流黃，或有丹砂、白礬，此三種在下，蒸爲暖氣。是碑子山除弘農郡守所立，故作此文。
思舊銘并序	北周明帝二年（558）。46歲	庾信悼梁觀寧侯蕭永之作，蕭永之卒，王褒有送葬之詩，庾信著〈思舊〉之銘。三人同時羈旅，是篇皆其鄉關之思。
爲晉陽公進玉律秤尺升斗表	北周武帝保定元年（561）。49歲	晉陽公，晉國公宇文護。《周書》：「武帝保定元年五月，晉國公獲玉斗以獻。」
三月三日華林園馬射賦并序	北周武帝保定元年（561）。49歲	華林園是長安城西別苑，倪璠以爲幸華林園當是武帝事，疑在是年。
終南山義谷銘	北周武帝保定二年（562）。50歲	晉國公宇文護命開採終南山義谷之山木，庾信爲銘紀功。
小園賦	北周武帝保定二年（562）。50歲	此篇寫其隱逸與現實之矛盾，倪璠曰：「此賦傷其屈體魏周，願爲隱居而不可得也。」許東海以爲此賦當是五十歲以後之作〔註 1〕。繫年於此。
周柱國楚國公岐州刺史慕容公神道碑	北周武帝保定五年（565）。53歲	楚國公豆盧寧卒，庾信作神道碑誌其功績。
周冠軍公夫人烏石蘭氏墓誌銘	北周武帝保定五年（565）。53歲	《漢書》冠軍屬南陽郡。冠軍公夫人烏石蘭氏逝於保定五年四月。
周太傅鄭國公夫人鄭氏墓誌銘	北周武帝天和三年（568）。56歲	太傅鄭國公夫人，達奚武之妻，天和三年三月二十日薨。
象戲賦	北周武帝天和四年（569）。57歲	天和四年五月己丑，帝制《象經》成，集百僚講說，庾信作〈象戲賦〉、〈進象經賦表〉。
進象經賦表	北周武帝天和四年（569）。57歲	天和四年五月己丑，帝制《象經》成，集百僚講說，庾信作〈象戲賦〉、〈進象經賦表〉。
移齊河陽執事文	北周武帝天和四年（569）。57歲	《周書・武帝紀》：「天和四年夏四月己巳，齊遣使來聘。」以正月辛卯朔推之，當是四月二十二日來聘，二十七日移文。下篇〈又移齊河陽執事文〉云「大司馬齊國公」，知是齊王宇文憲所移。高氏受東魏禪，國號曰齊，時河陽爲彼所屬，故移。

〔註 1〕 許東海：《庾信生平及其賦之研究》（臺北：文史哲出版社，1984年9月），頁184。

篇　目	寫作時間／年齡	寫作源起
又移齊河陽執事文	北周武帝天和四年（569）。57歲	周天和四年十一月十日，陝州總管府長史梁昕所移。
周大都督陽林伯長孫瑕夫人羅氏墓誌銘	北周武帝天和四年（569）。57歲	夫人以周天和四年二月八日薨於長安之洪固鄉，時年二十三。其年某月日，葬於萬年縣之壽里。繫年於此。
周驃騎大將軍開府侯莫陳道生墓誌銘	北周武帝天和五年（570）。58歲	莫陳道生夫人拓跋氏，天和五年六月薨，即以其年十月同葬。
周大將軍義興公蕭公墓誌銘	北周武帝天和五年（570）。58歲	義興公蕭太，天和五年十一月葬於長安北原。
周大將軍趙公墓誌銘	北周武帝天和六年（571）。59歲	周大將軍趙廣，天和三年授都督陝虞等八州甘防諸軍事、陝州刺史。以疾逝，年二十九。天和六年六月歸葬於秦州。
周大將軍隴東郡公侯莫陳君夫人竇氏墓誌銘	北周武帝天和六年（571）。59歲	莫陳君夫人薨於天和六年四月七日，以其年十月十日遷葬於咸陽萬年縣之杜原。
周大將軍襄城公鄭偉墓誌銘	北周武帝天和六年（571）。59歲	襄城公鄭偉逝於天和六年四月十七日，夫人李氏，於其年十一月六日合葬。
周安昌公夫人鄭氏墓誌銘	北周武帝天和六年（571）。59歲	安昌公夫人鄭氏薨於天和六年五月二十日，十一月十六日歸葬於咸陽之白起原。
周大將軍聞嘉公柳遐墓誌銘	北周武帝天和六年（571）。59歲	庾信作墓誌銘稱「天和某年，歸窆於襄陽白沙之舊塋」，繫年於此。
周柱國大將軍長孫儉神道碑	北周武帝天和六年（571）。59歲	長孫儉薨於天和四年，天和六年北周武帝追贈爲鄫國公，再改銘旌，恩隆封墓。
周趙國公夫人紇豆陵氏墓誌銘	北周武帝建德元年（572）。60歲	紇豆陵氏，趙國公宇文招之妻，天和五年四月二十二日薨，年二十。七年二月日，歸葬於長安之洪瀆原。
哀江南賦并序	北周武帝建德元年（572）。60歲	〈哀江南賦〉有「幕府大將軍之愛客，丞相平津侯之待士」，當指宇文護，故知此賦作於本年三月護死之前。賦文述其鄉關之思，唯以悲哀爲主。
周大將軍瑯邪定公司馬裔墓誌銘	北周武帝建德元年（572）。60歲	司馬裔逝於天和六年正月十八日，以建德元年七月十三日，葬於武功郡之三時原。
周柱國大將軍大都督同州刺史爾綿永神道碑	北周武帝建德二年（573）。61歲	爾綿永薨於天和五年六月十六日，夫人赫連氏薨於建德元年十二月，二年正月合葬。

篇　目	寫作時間／年齡	寫作源起
周車騎大將軍贈小司空宇文顯和墓誌銘	北周武帝建德二年（573）。61 歲	宇文顯和以魏後元年疾甚，亡於同州，春秋五十七。建德二年二月二十三日遷葬於咸陽長安縣之洪瀆原。
賀新樂表	北周武帝建德二年（573）。61 歲	《周書》:「天和元年冬十月甲子，初造《山雲儛》，以備六代之樂。建德二年冬十月甲辰，六代樂成，帝御崇信殿，集百官以觀之。」
爲閻大將軍乞致仕表	北周武帝建德二年（573）。61 歲	《周書》:「閻慶字仁慶，河南河陰人也。孝閔踐阼，拜大將軍。建德二年，抗表致仕，優詔許焉。」
齊王進蒼烏表	北周武帝建德三年（574）。62 歲	《周書》:「建德三年，雍州獲青鳥。」
周太子太保步陸逞神道碑	北周武帝建德三年（574）。62 歲	步陸逞逝於建德二年五月十一日，三年正月十日，葬於京兆之高陽原。
周儀同松滋公拓跋競夫人尉遲氏墓誌銘	北周武帝建德三年（574）。62 歲	夫人亡於建德三年五月七日，年三十，同年十一月十五日葬於京兆之北陵原。
秦州天水郡麥積崖佛龕銘并序	北周武帝建德三年（574）。62 歲	天水郡，漢武帝元鼎三年置。龕者，塔也。《秦州地記》:「麥積山者，北跨清渭，南漸兩當，五百里岡巒，麥積處其中。崛起一石塊，高萬尋，望之團團，如民間麥積之狀，故有此名。其青雲之半，峭壁之間，鐫山成佛，萬龕千室，雖自人力，疑其鬼功。隋帝分葬神泥舍稅函於東閣之下，伽室之中。有庾信銘記，刊於巖中。」倪璠曰:「周武帝建德三年始除佛、道二教，是銘當在建德三年以前所作也。」
周大將軍崔說神道碑	北周武帝建德四年（575）。63 歲	崔說逝於建德四年正月十日，二月二十四日葬於京兆平原鄉之吉遷里。
周車騎大將軍賀婁公神道碑	北周武帝建德四年（575）。63 歲	賀婁慈病逝，年三十三，以建德四年三月歸葬於河州苑川郡之禁山。
周柱國大將軍紇干弘神道碑	北周武帝建德四年（575）。63 歲	紇干弘於建德四年四月二十五日歸葬於原州高平之鎭山。
答趙王啓	北周武帝建德四年（575）。63 歲	建德四年七月下詔伐齊，趙王宇文招爲後三軍總管。庾信答啓預祝勝利。
周驃騎大將軍開府儀同三司冠軍伯柴烈李夫人墓誌銘	北周武帝建德四年（575）。63 歲	夫人於建德四年三月薨，八月葬於長安之洪瀆原。

篇　目	寫作時間／年齡	寫作源起
賀平鄴都表	北周武帝建德六年（577）。65 歲	《周書・武帝紀》:「建德六年正月乙亥，齊主傳位於其太子恒，改元承光，自號爲太上皇。壬辰，帝至鄴。齊主先於城外掘塹豎柵。癸巳，帝率諸軍圍之，齊人拒守，諸軍奮擊，大破之，遂平鄴。」
移虜留使文	北周武帝建德六年（577）。65 歲	《周書》:「建德五年二月辛酉，遣皇太子斌巡撫西土，仍討吐谷渾，戎事節度，並宜隨機專決。」吐谷渾遣使入境在建德五年二月，發遣彼使在次年春初，建德六年正月所移也。
周上柱國齊王憲神道碑	北周武帝宣政元年（578）。66 歲	齊王宇文憲於宣政元年六月二十八日薨，年三十四，某年月日葬於石安縣洪瀆川之里。繫年於此。
賀傳位皇太子表	北周靜帝大象元年（579）。67 歲	《周書・宣帝紀》:「大成元年，帝傳位於太子衍，大赦天下，改大成元年爲大象元年。帝於是自稱天元皇帝，所居稱天臺，冕有二十四旒，車服旗鼓，皆以二十四爲節。」
謝滕王集序啓	北周靜帝大象元年（579）。67 歲	倪璠曰:「滕王以是年撰《庾開府集》二十卷，在新野製序，寄至長安，子山作啓謝之，遙寄於彼。」
周大將軍上開府廣饒公鄭常墓誌銘	北周靜帝大象元年（579）。67 歲	鄭常以大象元年薨於州鎮，時年六十三。同年歸葬於滎陽之山。
周大將軍懷德公吳明徹墓誌銘	北周靜帝大象二年（580）。68 歲	吳明徹逝於大象二年七月二十八日，於八月十九日寄瘞於京兆萬年縣之東郊。
周兗州刺史廣饒公宇文公神道碑	北周靜帝大象二年（580）。68 歲	宇文常在任遘疾，薨於方鎮，以大象二年十一月十日，歸葬於滎陽之某山舊墓。
周上柱國宿國公河州都督普屯威神道碑	隋文帝開皇元年（581）。69 歲	普屯威年六十九薨，於開皇元年七月返葬於河州金城郡之苑川鄉。

參考文獻

一、專書

（一）古籍

1.《周易正義》，《十三經注疏》，〔魏〕王弼、〔晉〕韓康伯注，〔唐〕孔穎達正義，臺北：藝文印書館，1977年8月。

2.《尚書正義》，《十三經注疏》，〔漢〕孔安國傳，〔唐〕孔穎達正義，臺北：藝文印書館，1977年8月。

3.《毛詩正義》，《十三經注疏》，〔漢〕毛亨傳，〔漢〕鄭玄箋，〔唐〕孔穎達疏，臺北：藝文印書館，1997年8月。

4.《周禮注疏》，《十三經注疏》，〔漢〕鄭玄注，〔唐〕賈公彥疏，臺北：藝文印書館，1997年8月。

5.《禮記正義》，《十三經注疏》，〔漢〕鄭玄注，〔唐〕孔穎達疏，臺北：藝文印書館，1997年8月。

6.《春秋左傳正義》，《十三經注疏》，〔周〕左丘明傳，〔晉〕杜預注，〔唐〕孔穎達疏，臺北：藝文印書館，1997年8月。

7.《周易略例》，〔魏〕王弼撰，收入嚴靈峰：《無求備齋易經集成》，臺北：成文出版社，1976年，冊149。

8.《後漢書》，〔宋〕范曄撰、〔唐〕李賢等注，北京：中華書局，1973年8月。

9.《晉書》，〔唐〕房玄齡等撰，北京：中華書局，1982年12月。

10.《宋書》,〔梁〕沈約撰，北京：中華書局，1974年10月。

11.《南齊書》,〔梁〕蕭子顯撰，北京：中華書局，1972年1月。

12.《梁書》,〔唐〕姚思廉撰，北京：中華書局，2002年10月。

13.《陳書》,〔唐〕姚思廉撰，北京：中華書局，2002年10月。

14.《周書》,〔唐〕令狐德棻撰，臺灣：鼎文書局，1978年12月。

15.《隋書》,〔唐〕魏徵撰，北京：中華書局，1982年10月。

16.《南史》,〔唐〕李延壽撰，北京：中華書局，2003年6月。

17.《北史》,〔唐〕李延壽撰，北京：中華書局，2003年7月。

18.《史通通釋》,〔唐〕劉知幾撰、〔清〕浦起龍通釋，上海：上海古籍出版社，2009年12月。

19.《隋唐嘉話》,〔唐〕劉餗撰、程毅中點校，北京：中華書局，1997年12月。

20.《增訂文心雕龍校注》,〔梁〕劉勰撰、〔清〕黃叔琳注、李詳補注、楊明照校注拾遺，北京：中華書局，2005年11月。

21.《文選》,〔梁〕蕭統編、〔唐〕李善注，臺北：華正書局，2000年10月。

22.《楚辭補注》,〔宋〕洪興祖撰，臺北：漢京文化事業公司，1983年9月。

23.《玉臺新詠箋注》,〔陳〕徐陵編、〔清〕吳兆宜注、程琰刪補，北京：中華書局，2007年10月。

24.《顏氏家訓集解：增補本》,〔北齊〕顏之推撰、王利器集解，北京：中華書局，2002年8月。

25.《王子安集註》,〔唐〕王勃著、〔清〕蔣清翊註，上海：上海古籍出版社，1995年11月。

26.《新校陳子昂集》,〔唐〕陳子昂撰，楊家駱主編，臺北：世界書局，2012年12月。

27.《文鏡祕府論彙校彙考》,〔唐〕遍照金剛撰、盧盛江校考，北京：中華書局2006年4月。

28.《史通通釋》,〔唐〕劉知幾撰、〔清〕浦起龍通釋，上海：上海古籍出版社，2009年12月。

29.《太平御覽》,〔宋〕李昉編,臺北:臺灣商務印書館,1997年7月。
30.《堯山堂偶雋》,〔明〕蔣一葵撰,收入《叢書集成續編》,臺北:新文豐出版社,1988年,冊200。
31.《漢魏六朝百三名家集》,〔明〕張溥輯,南京:江蘇古籍出版社,2002年3月。
32.《評選四六法海》,〔明〕王志堅編、〔清〕蔣士銓評,臺北:德志出版社,1963年7月。
33.《采菽堂古詩選》,〔清〕陳祚明評選、李金松點校,上海:上海古籍出版社,2008年12月。
34.《全唐詩》,〔清〕清聖祖御製,臺北:明倫出版社,1971年5月。
35.《四六叢話》,〔清〕孫梅撰,台北:世界書局,1984年9月。
36.《全上古三代秦漢三國六朝文》,〔清〕嚴可均輯,北京:中華書局,1999年6月。
37.《駢體文鈔》,〔清〕李兆洛編、〔清〕譚獻評,臺灣:中華書局,《四部備要》本,1965年。
38.《六朝文絜箋注》,〔清〕許槤評選、黎經誥注,臺北:鼎文書局,2001年12月。
39.《藝概》,〔清〕劉熙載撰,臺北:華正書局,1988年9月。
40.《駢文類纂》,〔清〕王先謙編,浙江:浙江古籍出版社,1998年6月。
41.《無邪堂答問》,〔清〕朱一新撰,北京:中華書局,2002年6月。
42.《徐孝穆集箋》,〔陳〕徐陵撰、〔清〕吳兆宜注,臺北:世界書局,1984年10月。
43.《徐陵集校箋》,〔陳〕徐陵撰、許逸民校箋,北京:中華書局,2008年8月。
44.《庾子山集注》,〔周〕庾信撰、〔清〕倪璠注、許逸民校點,北京:中華書局,2006年2月。
45.《陳維崧集》,〔清〕陳維崧撰、陳振鵬標點、李學穎校補,上海:上海古籍出版社,2009年5月。

46.《毛詩稽古編》,〔清〕陳啓源撰，山東：山東友誼書社，1991年10月。
47.《賦話》,〔清〕李調元撰，臺北：廣文書局，1971年1月。
48.《雨村詩話校正》,〔清〕李調元著、詹杭倫、沈時蓉校正，成都：巴蜀書社，2007年1月。
49.《歷代文話》，王水照編，上海：復旦大學出版社，2007年11月。
50.《南北朝文評註讀本》，王文濡選註，臺北：廣文書局，1981年12月。
51.《賦話廣聚》，王冠輯，北京：北京圖書館出版社，2006年。
52.《南北朝文舉要》，高步瀛撰，北京：中華書局，2005年1月。
53.《清詩話》，丁福保輯，上海：上海古籍出版社，1978年9月。
54.《清詩話續編》，郭紹虞編選、富壽蓀校點，上海：上海古籍出版社，1983年12月。

（二）今著

1. 丁紅旗,《魏晉南北朝駢文史論》，四川：巴蜀書社，2012年6月。
2. 丁福林,《半室齋文學論稿》，南京：鳳凰出版社，2014年11月。
3. 于景祥,《中國駢文通史》，長春：吉林人民出版社，2002年1月。
4. 于景祥,《駢文論稿》，北京：中華書局，2012年5月。
5. 王更生,《重修增訂文心雕龍研究》，臺北：文史哲出版社，1979年5月。
6. 王更生,《文心雕龍新論》，臺北：文史哲出版社，1991年5月。
7. 王更生,《重修增訂文心雕龍導讀》，臺北：華正書局，2004年2月。
8. 王更生,《文心雕龍讀本》，臺北：文史哲出版社，2004年10月。
9. 王禮卿,《文心雕龍通解》，臺北：黎明文化事業公司，1986年10月。
10. 王元化,《文心雕龍講疏》，上海：上海古籍出版社，1992年8月。
11. 王瑤,《中古文學史論》，北京：北京大學出版社，1998年1月。
12. 王忠林,《文心雕龍析論》，臺北：三民書局，1998年3月。
13. 王運熙、楊明,《中國古代批評通史——魏晉南北朝卷》，上海：上海古籍出版社，1995年12月。
14. 王運熙,《中古文論要義十講》，上海：復旦大學出版社，2004年12月。

15. 王運熙，《中國古代文論管窺》，上海：上海古籍出版社，2006 年 7 月。
16. 王運熙，《文心雕龍探索》，上海：上海古籍出版社，2014 年 4 月。
17. 王利器，《顏氏家訓集解：增補本》，北京：中華書局，2002 年 8 月。
18. 王永平，《六朝江東世族之家風家學研究》，南京：江蘇古籍出版社，2003 年 1 月。
19. 王叔岷，《鍾嶸詩品箋證稿》，北京：中華書局，2007 年 7 月。
20. 王承斌，《文心雕龍散論》，北京：國家圖書館出版社，2010 年 2 月。
21. 王毓紅，《言者我也：《文心雕龍》批評話語分析》，北京：商務印書館，2011 年 5 月。
22. 尹恭弘，《駢文》，北京：人民文學出版社，1994 年 7 月。
23. 中國文心雕龍學會：《論劉勰及其文心雕龍》，北京：學苑出版社，2000 年 2 月。
24. 汪春泓，《文心雕龍的傳播和影響》，北京：學苑出版社，2002 年 6 月。
25. 吉定，《庾信研究》，上海：上海古籍出版社，2008 年 7 月。
26. 沈謙，《文心雕龍之文學理論與批評》，臺北：華正書局，1990 年 7 月。
27. 呂武志，《魏晉文論與文心雕龍》，臺北：樂學書局，2006 年 1 月。
28. 吳聖昔，《劉勰文學思想建構與精髓》，臺北：貫雅文化，1992 年 10 月。
29. 吳先寧，《北朝文學研究》，臺北：文津出版社，1993 年 9 月。
30. 吳承學，《中國古典文學風格學》，北京：北京大學出版社，2011 年 7 月。
31. 吳作奎，《古代文學批評文體研究》，武漢：武漢大學出版社，2014 年 12 月。
32. 李國熙，《庾信後期文學中鄉關之思研究》，臺北：文津出版社，1994 年 6 月。
33. 李曰剛，《文心雕龍斠詮》，臺北：國立編譯館中華叢書編審委員會，1982 年 5 月。
34. 李士彪，《魏晉南北朝文體學》，上海：上海古籍出版社，2005 年 2 月。
35. 李乃龍，《文選文研究》，廣西：廣西師範大學出版社，2013 年 2 月。
36. 汪榮寶撰，陳仲夫點校：《法言義疏》，北京：中華書局，1997 年 10 月。

37. 汪洪章，《文心雕龍與二十世紀西方文論》，上海：復旦大學出版社，2005 年 5 月。
38. 辛剛國，《六朝文采理論研究》，北京：中國社會科學出版社，2005 年 2 月。
39. 何祥榮，《南北朝駢文藝術探賾》，香港：匯智出版有限公司，2005 年 11 月。
40. 何詩海，《漢魏六朝文體與文化研究》，北京：北京大學出版社，2011 年 7 月。
41. 何世劍，《庾信詩賦接受研究》，南昌：江西人民出版社，2013 年 10 月。
42. 林杉，《文心雕龍創作論疏鑒》，呼和浩特：內蒙古教育出版社，1998 年 3 月。
43. 林怡，《庾信研究》，北京：人民文學出版社，2000 年 5 月。
44. 林大志，《四蕭研研——以文學爲中心》，北京：中華書局，2007 年 2 月。
45. 周振甫，《文心雕龍注釋》，北京：人民文學出版社，1981 年 11 月。
46. 周振甫，《文心雕龍今譯》，北京：中華書局，1986 年 12 月。
47. 周振甫，《文學風格例話》，南京：江蘇教育出版社，2006 年 3 月。
48. 金秬香，《駢文概論》，臺北：臺灣商務印書館，1967 年 9 月。
49. 易聞曉，《詩賦研究的語用本位》，北京：中國社會科學出版社，2015 年 7 月。
50. 范文瀾，《文心雕龍注》，北京：人民文學出版社，1962 年 12 月。
51. 姜書閣，《駢文史論》，北京：人民文學出版社，1986 年 11 月。
52. 柏俊才，《竟陵八友考辨》，北京：中國社會科學出版社，2011 年 2 月。
53. 侯迎華，《漢魏六朝公文批評研究》，上海：上海人民出版社，2013 年 7 月。
54. 高林廣，《文心雕龍先秦兩漢文學批評研究》，北京：中華書局，2016 年 6 月。
55. 徐寶余，《庾信研究》，上海：學林出版社，2003 年 12 月。
56. 郝潤華，《六朝史籍與史學》，北京：中華書局，2005 年 3 月。

57. 奚彤雲，《中國古代駢文批評史稿》，上海：華東師範大學出版社，2006年10月。
58. 孫蓉蓉，《劉勰與《文心雕龍》考論》，北京：中華書局，2008年11月。
59. 張文勛，《文心雕龍研究史》，昆明：雲南大學出版社，2001年3月。
60. 張少康、汪春泓，《文心雕龍研究史》北京：北京大學出版社，2001年9月。
61. 張少康，《劉勰及其《文心雕龍》研究》，北京：北京大學出版社，2010年9月。
62. 張仁青，《中國駢文析論》，臺北：東昇出版事業有限公司，1980年10月。
63. 張仁青，《駢文學》，臺北：文史哲出版社，2003年9月。
64. 張仁青，《中國駢文發展史》，杭州：浙江大學出版社，2009年4月。
65. 張利群，《文心雕龍體制論》，桂林：廣西師範大學出版社，2010年11月。
66. 張鵬飛，《昭明文選應用研究》，北京：中國社會科學出版社，2014年5月。
67. 陳師松雄，《齊梁麗辭衡論》，臺北：文史哲出版社，1986年1月。
68. 陳師松雄，《南朝儷體文通銓》，臺北：文史哲出版社，1993年9月。
69. 陳鵬，《六朝駢文研究》，四川：巴蜀書社，2009年5月。
70. 陳恩維，《模擬與漢魏六朝文學嬗變》，北京：中國社會科學出版社，2010年7月。
71. 陳允鋒，《文心雕龍疑思錄》，北京：中央民族大學出版社，2013年9月。
72. 陳伯海，《意象藝術與唐詩》，上海：上海古籍出版社，2015年9月。
73. 陳玉強，《古代文論「奇」範疇研究》，北京：人民出版社，2015年12月。
74. 陸侃如、牟世金，《文心雕龍譯注》，濟南：齊魯書社，2009年4月。
75. 許東海，《庾信生平及其賦之研究》，臺北：文史哲出版社，1984年9月。
76. 曹道衡、劉躍進，《南北朝文學編年史》，北京：人民文學出版社，2000年11月。

77. 曹道衡、沈玉成，《中古文學史料叢考》，北京：中華書局，2003 年 7 月。
78. 曹道衡、沈玉成，《南北朝文學史》，北京：人民文學出版社，2006 年 6 月。
79. 章啓群，《經世與玄思：秦漢魏晉南北朝的精神文明》，北京：北京大學出版社，2009 年 1 月。
80. 郭鵬，《文心雕龍的文學理論和歷史淵源》，濟南：齊魯書社，2004 年 7 月。
81. 戚良德，《文心雕龍分類索引》，上海：上海古籍出版社，2005 年 12 月。
82. 傅璇琮、蔣寅、劉躍進，《中國古代文學通論・魏晉南北朝卷》，沈陽：遼寧人民出版社，2005 年 5 月。
83. 彭玉平，《詩文評的體性》，北京：北京大學出版社，2012 年 8 月。
84. 黃侃，《文心雕龍札記》，北京：中華書局，2006 年 5 月。
85. 黃暉：《論衡校釋》，北京：中華書局，2006 年 12 月。
86. 黃春貴，《文心雕龍之創作論》，臺北：文史哲出版社，1968 年 4 月。
87. 黃端陽，《文心雕龍樞紐論研究》，臺北：國家出版社，2000 年 6 月。
88. 黃霖，《文心雕龍匯評》，上海：上海古籍出版社，2006 年 6 月。
89. 黃霖、黃念然，《20 世紀中國古代文學研究史・文論卷》，上海：東方出版社心，2006 年 1 月。
90. 華仲麐，《文心雕龍要義申說》，臺北：臺灣學生書局，1998 年 10 月。
91. 普慧，《南朝佛教與文學》，北京：中華書局，2002 年 2 月。
92. 游志誠，《文心雕龍與劉子系統研究》，臺北：文史哲出版社，2010 年 4 月。
93. 童慶炳，《文心雕龍三十說》，北京：北京師範大學出版社，2016 年 1 月。
94. 褚斌杰，《中國古代文體概論（增訂本）》，北京：北京大學出版社，1990 年 10 月。
95. 詹鍈，《文心雕龍的風格學》，臺北：木鐸出版社，1984 年 11 月。
96. 詹鍈，《文心雕龍義證》，上海：上海古籍出版社，1994 年 9 月。
97. 詹福瑞，《中古文學理論範疇》，北京：中華書局，2005 年 7 月。

98. 葉慕蘭，《庾信年譜新編及其詩歌析論》，臺北：洪葉文化，2004 年 12 月。
99. 貫奮然，《六朝文體批評研究》，北京：北京大學出版社，2005 年 10 月。
100. 貫奮然，《文心觀念與文化意蘊：中國古代文體美學論集》，北京：中國社會科學出版社，2016 年 3 月。
101. 楊文生，《楊愼詩話校箋》，成都：四川人民出版社，1990 年 7 月。
102. 楊清之，《文心雕龍與六朝文化思潮》，濟南：齊魯書社，2014 年 1 月。
103. 萬奇、李金秋，《文心雕龍探疑》，北京：中華書局，2013 年 2 月。
104. 蔡宗陽，《劉勰文心雕龍與經學》，臺北：文史哲出版社，2007 年 5 月。
105. 蔣振華，《唐宋道教文學思想史》，湖南：嶽麓書社，2009 年 10 月。
106. 趙耀鋒，《文心雕龍研究》，銀川：陽光出版社，2013 年 1 月。
107. 趙樹功，《古代文學批評範式研究》，北京：中國社會科學出版社，2014 年 6 月。
108. 劉麟生，《中國駢文史》，臺北：臺灣商務印書館，1990 年 12 月。
109. 劉師培，《中國中古文學史講義（附《漢魏六朝專家文研究》）》，上海：上海古籍出版社，2006 年 4 月。
110. 劉渼，《臺灣近五十年來「《文心雕龍》學」研究》，臺北：萬卷樓圖書公司，2001 年 3 月。
111. 劉業超，《文心雕龍通論》，北京：人民出版社，2012 年 12 月。
112. 魯同群，《庾信傳論》，天津：天津人民出版社，1997 年 12 月。
113. 蔣伯潛、蔣祖怡，《駢文與散文》，上海：上海書店出版社，1998 年 1 月。
114. 鄧國光，《文心雕龍文理研究：以孔子、屈原爲樞紐軸心的要義》，上海：上海古籍出版社，2012 年 12 月。
115. 歐陽豔華，《徵聖立言——《文心雕龍》體道思想研究》，上海：上海古籍出版社，2015 年 2 月。
116. 魏宏利，《北朝碑志文研究》，北京：中國社會科學出版社，2016 年 1 月。
117. 鄭宇辰，《徐庾麗辭之形式與風格》，臺北：花木蘭文化出版社，2012 年 3 月。

118. 穆克宏，《文心雕龍研究》，夏門：鷺江出版社，2002 年 8 月。
119. 錢基博，《中國文學史》，臺北：海國書局，1971 年 5 月。
120. 錢基博，《近百年湖南文風；駢文通義》，上海：上海古籍出版社，2012 年 4 月。
121. 錢鍾書，《管錐篇》，北京：新華書店，2007 年 12 月。
122. 謝鴻軒，《駢文衡論》，臺北：廣文書局，1976 年 10 月。
123. 鍾濤，《六朝駢文形式及其文化意蘊》，北京：東方出版社，1997 年 6 月。
124. 鍾仕倫，《金樓子研究》，北京：中華書局，2004 年 12 月。
125. 瞿兑之，《駢文概論》，海南：海南出版社，1994 年 9 月。
126. 簡宗梧，《賦與駢文》，臺北：臺灣書店，1998 年 10 月。
127. 簡良如，《文心雕龍研究——個體智術之人文圖象》，臺北：國立臺灣大學出版中心，2008 年 12 月。
128. 歸青，《南朝宮體詩研究》，上海：上古籍出版社，2006 年 7 月。
129. 羅宗強，《魏晉南北朝文學思想史》，北京：中華書局，1996 年 10 月。

二、學位論文

1. 尹娟，《徐陵庾信比較研究》，河北：河北師範大學碩士論文，2010 年。
2. 田久增，《徐陵文學思想研究》，山東：山東大學碩士論文，2009 年。
3. 李曉菲，《徐陵詩文研究》，南京：南京師範大學碩士論文，2011 年。
4. 何恭傑，《劉勰《文心雕龍》對唐代文藝理論的影響——以情志與文采爲主的討論》，臺中：國立中興大學中文研究所碩士論文，2013 年。
5. 林師伯謙，《劉宋文研究》，臺北：東吳大學中文研究所碩士論文，1985 年。
6. 黃穎，《徐陵研究》，揚州：揚州大學博士論文，2011 年。
7. 楊倩，《明代《文心雕龍》接受研究》，山東：山東大學博士論文，2012 年。
8. 劉家烘，《徐陵及其詩文研究》，臺北：輔仁大學中文研究所碩士論文，1995 年。

9. 劉如娜，《《文心雕龍》與公安「三袁」文學思想比較研究》，山東：山東大學碩士論文，2012 年。

10. 冀霜，《徐陵創作與交游考論》，江西：江西師範大學碩士論文，2009 年。

11. 嚴維哲，《徐陵與北朝文學關係研究》，上海：上海師範大學碩士論文，2014 年。

三、期刊論文

1. 于景祥，〈《文心雕龍》與《文選》所揭示的賦體駢化軌跡〉，《社會科學輯刊》總第 167 期，2006 年第 6 期。

2. 方元珍，〈《文心雕龍》會通適變論〉，《空大人文學報》第 19 期，2010 年 12 月。

3. 方元珍，〈《文心雕龍》風格論探析〉，《空大人文學報》第 21 期，2012 年 12 月。

4. 方元珍，〈紀評《文心雕龍・諸子》平議〉，《空大人文學報》第 24 期，2015 年 12 月。

5. 王運熙、奚彤雲，〈《文心雕龍》批評當時不良文風的矛頭指向〉，《文史哲》總第 324 期，2011 年第 3 期。

6. 安家琪、劉順，〈庾信詩「綺麗」「清」「新」略論〉，《湖北經濟學院學報（人文社會科學版）》第 8 卷第 12 期，2011 年 12 月。

7. 汪春泓，〈論劉勰《文心雕龍》在唐初之北南文風融合中所發揮的理論主導作用〉，《鎮江師專學報（社會科學版）》，2000 年第 1 期。

8. 李威熊，〈五經含文與反經合道——談《文心雕龍》宗經的文學觀〉，《國文學誌》，第九期，2004 年 12 月。

9. 李偉，〈論《文心雕龍》對初唐文學的影響〉，《大連大學學報》，2009 年第 1 期。

10. 吳福相，〈劉勰審美意象論探究〉，《實踐博雅學報》第十三期，2010 年 1 月。

11. 吳瑞俠，〈庾信交遊資料考辨〉，《宿州學院學報》第 25 卷第 10 期，2010 年 10 月。

12. 余洛禕，〈明、清以降論者對徐陵詩文評價之商榷〉，《東華中國文學研究》第 9 期，2011 年 6 月。
13. 宋成英、何平，〈庾信晚期的詩歌創作對唐詩的影響〉，《文學研究》，2011 年 10 月。
14. 呂武志、陳鳳秋，〈從《文心雕龍》「六觀」看蘇轍的記體散文〉，《靜宜中文學報》第 2 期，2012 年 12 月。
15. 何世劍，〈二十世紀以來庾信研究綜論〉，《寶雞文理學院學報（社會科學版）》第 29 卷第 4 期，2009 年 8 月。
16. 何世劍，〈論李白對庾信詩賦的承傳接受〉，《中國文化研究》，2010 年 1 期。
17. 何世劍，〈庾信詩文接受及其當代意義〉，《南昌大學學報（人文社會科學版）》第 41 卷第 2 期，2010 年 3 月。
18. 何世劍，〈試論李商隱對庾信詩賦的接受〉，《河北師範大學學報（哲學社會科學版）》第 35 卷第 3 期，2012 年 5 月。
19. 何世劍，〈論楊愼對庾信詩賦的接受〉，《河北學刊》第 32 卷第 5 期，2012 年 9 月。
20. 何世劍、吳艷，〈論黃庭堅對庾信詩賦的接受〉，《南昌大學學報（人文社會科學版）》第 43 卷第 6 期，2012 年 11 月。
21. 何世劍，〈宋詩話視野中的庾信詩賦〉，《井岡山大學學報（社會科學版）》第 35 卷第 4 期，2014 年 7 月。
22. 何水英，〈從《文苑英華》對庾信詩歌的選錄看宋初詩教特徵〉，《梧州學院學報》第 21 卷第 4 期，2011 年 8 月。
23. 祁立峰，〈論宮體詩與抒情傳統之關係——兼論梁陳宮體的三種類型〉，《成大中文學報》第 40 期，2013 年 3 月。
24. 周建渝，〈徐陵年譜〉，《中國文哲研究集刊》第十期，1997 年 3 月。
25. 侯雲龍，〈庾信行事作品繫年〉，《吉林師範大學學報（人文社會科學版）》第 6 期，2003 年 12 月。
26. 馬玉、吳懷東，〈了解之同情——論王夫之的庾信批評〉，《船山學刊》總第 82 期，2011 年第 4 期。

27. 馬立軍，〈論庾信對北朝墓誌寫作傳統的繼承〉，《民族文學研究》，2014年第3期。

28. 張少康，〈劉勰《文心雕龍》對意境理論形成發展的貢獻〉，《臨沂師專學報》第18卷第5期，1996年10月。

29. 張仁青，〈庾信詩文之用典藝術〉，《魏晉六朝學術研討會論文集》，臺北：東吳大學中國文學系出版，2005年9月。

30. 張映紅，〈略論徐陵的文學觀〉，《重慶科技學院學報（社會科學版）》，2008年第8期。

31. 張俊、孫超，〈試析徐陵爲何沒能成爲融合南北詩風的大家〉，《文教資料》，2009年第19期。

32. 張喜貴，〈論庾信〈擬詠懷〉對阮籍〈詠懷〉的接受〉，《殷都學刊》，2013第4期。

33. 陳師松雄，〈古辭間儷之文用〉，《東吳中文學報》第9期，2003年5月。

34. 陳師松雄，〈儷古並存之原因〉，《東吳中文學報》第11期，2005年5月。

35. 陳師松雄，〈陸機之才學及其對南朝麗辭之影響〉，《魏晉六朝學術研討會論文集》，臺北：東吳大學中國文學系出版，2005年9月。

36. 陳師松雄，〈六朝麗辭體用說〉，《東吳中文學報》第13期，2007年5月。

37. 陳師松雄，〈徐庾麗辭同體異風說〉，《東吳中文學報》第15期，2008年5月。

38. 陳師松雄，〈陸機之家世及其在麗壇之地位〉，《東吳中文學報》第16期，2008年11月。

39. 陳師松雄，〈徐陵麗辭之文藝性與實用性〉，《東吳中文學報》第17期，2009年5月。

40. 陳允鋒，〈《文心雕龍》與白居易的文學思想〉，《南陽師範學院學報（社會科學版）》第5卷第2期，2006年2月。

41. 陳玲，〈《玉台新詠序》與徐陵——新變——審美理念〉，《西安電子科技大學學報（社會科學版）》第21卷第2期，2011年3月。

42. 陳亦橋，〈侍臣與詩人的背離——隋及初唐對庾信的接受〉，《貴州師範學院學報》第27卷第8期，2011年8月。

43. 陶禮天，〈試論《文心雕龍》「折中」精神的主要體現〉，《鎮江師專學報（社會科學版）》，2000 年第 1 期。

44. 曹萌，〈歷代庾信批評述論〉，《東南大學學報（哲學社會科學版）》第 7 卷第 2 期，2005 年 3 月。

45. 戚良德，〈《文賦》與《文心雕龍》比較研究〉，《魯東大學學報（哲學社會科學版）》第 25 卷第 5 期，2008 年 9 月。

46. 黃金鵬，〈《文心雕龍》的圓美思想〉，《四川大學學報（哲學社會科學版）》，1996 年第 2 期。

47. 程新煒，〈《文心雕龍》與六朝文學理論綜探〉，《青海師範大學學報（哲學社會科學版）》總第 89 期，2001 年第 2 期。

48. 彭曙蓉，〈白居易與劉勰《文心雕龍》主要文學思想的比較〉，《貴州文史叢刊》，2005 年第 3 期。

49. 游適宏，〈從《少岳賦草》看清代臺灣賦的庾信餘影〉，《漢學研究集刊》第 18 期，2014 年 6 月。

50. 楊春燕，〈從《文心雕龍》看劉腮的古今觀〉，《長沙鐵道學院學報（社會科學版）》第 4 卷第 4 期，2003 年 12 月。

51. 雷恩海，〈論韓愈對《文心雕龍》創作思想的認同與借鑒〉，《湖南大學學報（社會科學版）》第 25 卷第 1 期，2011 年 1 月。

52. 董麗娟，〈論《文心雕龍》中「圓」的內涵〉，《語文學刊》，2011 年第 12 期。

53. 蔡宗齊，〈意象、意境說與劉勰的創作論〉，《文心雕龍國際學術研討會論文集》，臺北：文史哲出版社，1999 年。

54. 鄭宇辰，〈《文心雕龍》與庾信的文學觀〉，《有鳳初鳴年刊》第 8 期，2012 年 7 月。

55. 劉暢，〈《文心雕龍》的南北文學觀〉，《天津師大學報》，1998 年第 1 期。

56. 劉暢，〈《文心雕龍》：尚北宗南與唯務折衷〉，《揚州大學學報（人文社會科學版）》，第 4 卷第 1 期，2000 年 1 月。

57. 劉雅嬌，〈庾信的「善《左傳》」〉，《柳州師專學報》第 21 卷第 4 期，2006 年 12 月。

58. 劉濤，〈六朝表策文流變及其文學史意蘊——以傅亮、任昉、徐陵文章爲考察物件〉，《廣西社會科學》總第 214 期，2013 年第 4 期。

59. 劉寧，〈新世紀庾信研究綜述〉，《天中學刊》第 30 卷第 1 期，2015 年 2 月。

60. 韓湖初，〈論蘇軾對《文心雕龍》文學理論的繼承和發展〉，《華南師範大學學報（社會科學版）》，2005 年第 4 期。

61. 韓鵬飛，〈庾信對《左傳》的文學接受動機探析〉，《綏化學院學報》第 33 卷第 11 期，2013 年 11 月。

62. 顏崑陽，〈文心雕龍「比興」觀念析論〉，《中央大學人文學報》第 12 期，1994 年 6 月。

63. 顏崑陽，〈《文心雕龍》二重「興」義及其在「興」觀念史的轉型位置〉，《文與哲》第 27 期，2015 年 12 月。

64. 羅玲雲，〈庾信與《左傳》〉，《牡丹江教育學院學報》總第 96 期，2006 年第 2 期。

65. 嚴銘，〈略論楊慎對庾信詩風的接受〉，《成都大學學報（社科版）》，2010 年第 3 期。